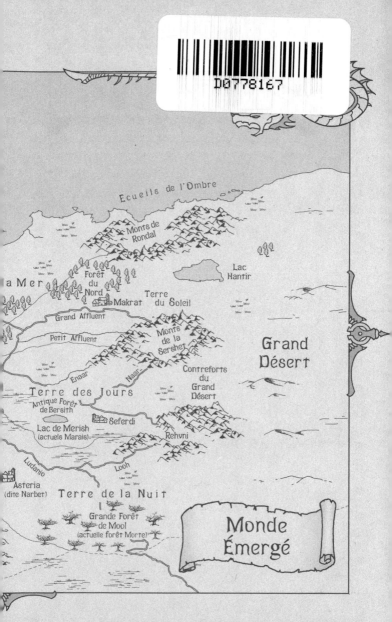

Ecueils de l'Ombre

Monts de Rondal

la Mer

Forêt du Nord

Makrat

Terre du Soleil

Lac Hantir

Grand Affluent

Petit Affluent

Monts de la Sersher

Grand Désert

Enaar

Naar

Contreforts du Grand Désert

Terre des Jours

Antique Forêt de Bersith

Seferdi

Lac de Merish (actuels Marais)

Rehvni

Ludanio

Looh

Asteria (dite Narbet)

Terre de la Nuit

Grande Forêt de Mool (actuelle forêt Morte)

Monde Émergé

CHRONIQUES DU MONDE ÉMERGÉ

Livre I. Nihal de la Terre du Vent

L'auteur

À l'âge de sept ans, **Licia Troisi** écrivait déjà des histoires que ses parents compilaient dans un cahier bleu… Plus tard, elle a choisi d'étudier l'astrophysique, ce qui lui a permis de décrocher un poste à l'Observatoire de Rome où elle travaille aujourd'hui. Sa passion pour l'écriture ne l'a cependant jamais quittée : à peine sortie de l'université, elle s'est lancée dans la rédaction des *Chroniques du Monde Émergé*. La série, publiée par la prestigieuse maison d'édition Mondadori, est déjà un best-seller en Italie.

Du même auteur, dans la même collection :

Les Chroniques du Monde Émergé

Les Guerres du Monde Émergé

Les Légendes du Monde Émergé

Licia Troisi

CHRONIQUES DU MONDE ÉMERGÉ

Livre I. Nihal de la Terre du Vent

Traduit de l'italien par Agathe Sanz

POCKET JEUNESSE
PKJ·

Directeur de collection :
Xavier d'ALMEIDA

Titre original :
*Cronache del
Mondo Emerso*
I. Nihal della Terra del Vento

Loi n° 49 956 du 16 juillet 1949 sur les publications
destinées à la jeunesse : janvier 2011.

Cronache del Mondo Emerso I – Nihal della Terra del Vento.
© 2004, Arnoldo Mondadori Editore S.p.A., Milano.
Prima edizione nella collana Massimi di Fantascienza marzo 2004.
© 2008, éditions Pocket Jeunesse, département d'Univers Poche.
© 2011, éditions Pocket Jeunesse, département d'Univers Poche,
pour la présente édition.

ISBN : 978-2-266-21390-5

UNE ENFANT

{…} c'est le pays le plus petit et le plus perdu du Monde Émergé.

Situé à l'ouest, il est bordé d'un côté par le grand fleuve Saar, et de l'autre par la Grande Terre, envahie par les troupes ennemies. Il n'y a pas un point d'où l'on ne puisse voir l'immense tour de la Forteresse, la demeure du Tyran. Elle domine telle une obscure menace la vie de tous les habitants de la région, leur rappelant sans cesse qu'il n'y a pas un lieu que le Tyran ne puisse atteindre.

Le royaume cependant est encore en partie libre.

Rapport annuel du Conseil des Mages (extrait)

La Terre du Vent est caractérisée par l'architecture particulière de ses cités, construites comme d'immenses tours, hautement organisées et pour la plupart autosuffisantes.

Chaque secteur des agglomérations urbaines est dédié à une activité précise. Le noyau de chaque tour est constitué d'une vaste zone centrale ouverte et cultivée. La tour-cité de Salazar est le dernier avant-poste de la Terre du Vent avant la Forêt, l'imposant bois qui marque la frontière avec la Terre des Roches {…}.

Anonyme, bibliothèque perdue
de la cité d'Ennawar (fragment)

1

SALAZAR

Le soleil inondait la plaine. C'était un automne particulièrement clément : l'herbe, encore d'un vert vif, ondulait autour des murs de la cité comme les vagues d'une mer tranquille.

Installée sur la terrasse au sommet de la tour, Nihal goûtait le vent du matin. C'était le point le plus élevé de Salazar, et c'est de là qu'on jouissait du plus beau panorama de la vallée qui se déroulait sur des milles et des milles, à perte de vue. La cité, avec ses cinquante étages d'habitations et de boutiques, dominait cette étendue sans limites : une unique tour, immense, qui abritait une métropole de quinze mille personnes, entassées sur ses mille pieds de hauteur.

Nihal aimait rester ici seule, laissant la brise jouer avec ses longs cheveux.

Elle s'asseyait sur une pierre les jambes croisées, les yeux fermés, son épée de bois à la taille, comme le font les vrais guerriers. Quand elle était ainsi tout là-haut, elle se sentait apaisée. Elle pouvait se concentrer sur elle-même, sur ses pensées les plus secrètes et sur cette vague mélancolie qui l'étreignait parfois, ce long murmure qui s'élevait de temps à autre du fond de son âme.

Mais ce jour-là, Nihal était d'une tout autre humeur. C'était un jour de bataille, et elle regardait la plaine comme un capitaine pressé de se jeter dans la mêlée.

C'était un petit groupe de gamins de dix à quinze ans. Tous des garçons, sauf elle.

Tous assis, sauf elle, debout au milieu d'eux. Elle était leur chef. Elle, une adolescente mince et élancée, avec de longs cheveux bleus flottant autour de sa tête, des yeux violets pleins de vie, et de grandes oreilles pointues. Malgré son air fluet, les gamins étaient suspendus à ses lèvres.

— Aujourd'hui, nous combattrons pour prendre les maisons abandonnées, dit-elle. Les fammins y règnent en maîtres. Ils ne savent rien de nous, et ils ne s'attendent pas à notre arrivée. Nous les aurons par surprise et les vaincrons avec nos épées.

— Quel est le plan ? demanda un petit garçon grassouillet.

— Nous descendrons en rangs serrés jusqu'à l'étage au-dessus des boutiques, puis nous couperons par les conduits de manutention, derrière le mur ; de là, nous déboucherons directement dans leur cachette. Nous les attaquerons par-derrière : si nous ne nous faisons pas remarquer, ce sera un jeu d'enfant. Je partirai en tête du groupe avec l'escadron d'attaque.

Plusieurs de ses compagnons hochèrent la tête d'un air décidé.

— Puis viendront les archers.

Trois garçons approuvèrent, la fronde à la main.

— Et, pour finir, les fantassins. Vous êtes prêts ?

Un chœur enthousiaste lui répondit.

— Alors, allons-y !

Nihal leva son épée en l'air et se jeta dans le passage qui conduisait de la terrasse à la tour, suivie par le reste de la bande.

La petite troupe marcha en rangs serrés à travers les corridors qui parcouraient le cercle intérieur de Salazar, sous les regards mi-amusés, mi-agacés des habitants de la ville qui connaissaient bien les batailles épiques de Nihal et de sa bande.

— Bonjour, général !

Nihal se retourna. Un petit être, à peine aussi haut qu'elle, trapu et le visage mangé par une épaisse barbe, lui faisait face : un gnome. Il la salua d'une révérence cocasse.

Nihal arrêta ses soldats et s'inclina à son tour.

— Toujours à la chasse aux ennemis ? demanda le personnage.

— Toujours. Aujourd'hui, nous devons faire déguerpir les fammins.

— C'est ça, comme tous les jours… À ta place, par les temps qui courent, je ne prononcerais pas ce nom avec autant de désinvolture. Même pour jouer !

— Nous, on n'a pas peur ! hurla un garçon au fond.

Nihal sourit d'un air effronté :

— En effet, nous n'avons pas peur. D'ailleurs, de quoi te soucies-tu ? Les fammins ne sont sympathiques à personne, et puis la Terre du Vent est encore libre.

Le gnome éclata de rire et lui dit en clignant de l'œil :

— Fais comme tu veux, général. Bonne bataille !

Ils descendirent un à un les étages de la tour, au pas cadencé et en rang, comme de vrais soldats. Ils passèrent devant les maisons et les boutiques, parmi le mélange incroyable de races et de langues de la population de Salazar, suivant à chaque niveau les longs corridors, éclairés à intervalles réguliers par le soleil qui tombait des fenêtres ouvertes sur le jardin central.

Toutes les tours de la Terre du Vent possédaient un profond puits qui avait une double fonction : éclairer les habitants de la cité, et accueillir une petite zone cultivée, composée de nombreux potagers et de quelques vergers.

Nihal s'engagea avec assurance dans une ruelle parallèle, où elle ouvrit une vieille porte vermoulue. Derrière, l'obscurité était totale.

— Nous y voilà !

La jeune fille prit un air solennel :

— À présent, nulle place pour la peur. Comme d'habitude. Notre devoir ne nous permet pas de faiblir.

Les autres acquiescèrent avec sérieux et se glissèrent dans là galerie.

On n'y voyait rien. L'air était épais et dense, saturé par l'odeur de renfermé.

Au bout de quelque temps, toutefois, leurs yeux s'habituèrent à l'obscurité et ils parvinrent à distinguer les marches d'un escalier humide qui s'enfonçait dans les ténèbres.

— Tu es sûre que ce n'est pas aujourd'hui qu'ils doivent réparer le mur ? lança un des enfants. J'ai entendu dire qu'il y avait des fissures par ici…

— Ils sont déjà passés, répondit Nihal. Je me suis renseignée, figure-toi ! Allez, trêve de bavardages, à l'action !

Le bruit de leurs pas résonna dans le conduit encore un bon moment. Et puis ce fut le silence.

— Nous y sommes, annonça Nihal en retenant son souffle.

C'était toujours comme ça avant l'attaque : le cœur s'affolait dans sa poitrine et le sang cognait à ses tempes. Elle aimait osciller ainsi entre le désir et la peur de se battre.

Ses doigts tâtèrent le mur pour trouver enfin une

porte en bois. Elle colla son oreille à la paroi et réussit à capter les voix des jeunes garçons de l'autre côté.

— Toujours nous, se plaignait l'un d'eux. J'en ai assez de faire le fammin !

— À qui le dis-tu ! La dernière fois, Nihal m'a couvert de bleus.

— Et moi, elle m'a cassé une dent…

— Quand Barod était le chef, c'était chacun son tour, au moins.

— Peut-être, mais avec Nihal on s'amuse beaucoup plus. La vache, quand on se bat, on dirait que c'est pour de vrai ! Je sens quelque chose, là, à l'intérieur… C'est comme si j'étais un vrai soldat !

— Il n'y a pas à dire, c'est elle la plus forte ! Il est juste qu'elle commande.

Nihal se détacha du mur et dégaina silencieusement son arme. D'un grand coup de pied elle enfonça la porte et fit irruption à l'intérieur en hurlant, suivie par sa troupe.

La grande pièce était pleine de poussière. D'épaisses toiles d'araignées pendaient aux fenêtres. C'était une riche maison abandonnée, comme toutes les habitations de cet étage. Six gamins étaient assis par terre, chacun avec une hache de bois dans la main ; bien qu'ils soient pris à l'improviste, ils se levèrent comme un seul homme, et la bataille commença.

Nihal se démenait telle une furie : elle se jetait violemment sur les ennemis, et son épée frappait sans relâche. Dans le feu du combat, les adversaires passèrent de pièce en pièce, traversant toute la maison jusqu'au couloir extérieur.

Le groupe armé d'épées avait le dessus. On commençait à entendre les gémissements des autres, qui reculaient devant les coups.

— Retraite ! cria le chef des fammins, et ceux qui en étaient encore capables se sauvèrent en courant vers l'escalier.

— Suivons-les ! répondit Nihal, qui s'élança derrière eux.

Un de ses combattants la retint par le bras :

— Pas dans les boutiques, Nihal ! Si mon père me prend encore une fois à faire des bêtises là-bas, il me tue !

Nihal se dégagea.

— Mais non ! On va juste les rattraper, et puis on se sauve !

— De pire en pire…, murmura l'enfant entre ses dents, sans pouvoir faire autrement qu'obéir à son capitaine.

Tous se ruèrent dans les escaliers et se mirent à les dégringoler comme des forcenés, l'arme au poing, vers l'étage des boutiques.

La plupart des magasins exposaient leurs marchandises dans une vitrine. Mais il y avait aussi de nombreux vendeurs, surtout ceux de fruits et légumes, qui avaient dressé des tables à tréteaux dans la ruelle. La petite troupe lancée au galop heurta l'une d'elles, bousculant quelques clients.

— Maudits casse-cou ! hurla le marchand, hors de lui. Nihal, cette fois ton père va m'entendre !

Mais Nihal continua à poursuivre les fugitifs. Quand elle courait ainsi, l'épée à la main, elle se sentait invincible.

Les siens avaient déjà capturé les fammins. Il ne restait qu'à attraper leur chef.

— Je m'en occupe ! hurla-t-elle à son armée en imposant un effort supplémentaire à ses jambes.

Elle accéléra et arriva sur les talons de son ennemi. Son souffle chatouillait maintenant la nuque du garçon. Il se jeta dans les escaliers et tomba violemment deux étages plus bas. Il se releva en grimaçant de douleur, vérifia s'il était au bon étage, et plongea par la fenêtre.

Nihal se pencha dehors : dans leur course folle, ils avaient dévalé toute la tour. Sa proie était blottie en plein milieu d'un des potagers du jardin central. Nihal sauta sans crainte, atterrit en souplesse et se lança l'épée au poing vers son adversaire, qui levait déjà les mains en l'air.

— Je me rends, lâcha-t-il, le souffle court.

Nihal s'approcha :

— Compliments, Barod. Tu es devenu drôlement rapide !

— C'est sûr, avec toi dans mon dos…

— Tu t'es fait mal ?

Barod jeta un regard sur ses genoux écorchés.

— Je ne suis pas aussi agile que toi. En tout cas, la prochaine fois, tu choisis quelqu'un d'autre pour faire le chef des fammins ! Moi, j'en ai assez : j'ai encore des bleus partout...

Le rire de Nihal fut interrompu par une voix furieuse :

— Encore toi ! Damnation ! Là, c'en est trop !

— Oh-oh ! Baar ! gémit Nihal.

Elle aida Barod à se relever, et les deux enfants se mirent à courir entre les pieds de salade.

— Inutile de vous enfuir, je sais qui vous êtes ! hurla la voix.

Lorsqu'ils arrivèrent au bout du jardin, Nihal se retourna vers son compagnon et lui dit :

— Toi, tu rentres chez toi ! Je m'occupe de lui.

Barod ne se le fit pas répéter.

Nihal, elle, afficha son air le plus impassible et attendit l'arrivée du paysan, un vieillard édenté dont la colère semblait sourdre par toutes les rides de son visage.

— J'ai déjà dit à ton père que si je t'attrapais encore par ici, il devrait payer pour les dégâts, criat-il. Aujourd'hui, trois salades à jeter, hier les courgettes... Sans parler de toutes les pommes que tu m'as volées !

Nihal prit un air contrit :

— Cette fois, je suis innocente, Baar ! C'est que

mon ami est tombé de la fenêtre là-haut, et je suis descendue pour l'aider.

— Ça fait des siècles que tes amis tombent dans mon potager et que tu viens les aider ! Si vous avez le vertige, tenez-vous loin des fenêtres !

Nihal hocha la tête, la mine désolée.

— Tu as raison, excuse-moi. Cela ne se reproduira plus jamais, fit-elle avec une expression tellement angélique que la colère du paysan parut fondre.

— Bon, ça va ! Disparais ! Mais dis à Livon que ça lui coûtera un autre aiguisage gratuit de mes faucilles.

— Oui, c'est ça !

La jeune fille lui lança un baiser et se sauva aussi vite que ses jambes le lui permettaient.

L'armurerie de Livon se trouvait à l'étage des boutiques, juste au-dessus des écuries et de l'entrée de Salazar, une lourde porte en bois à deux battants avec des montures en fer sur les côtés et de larges gonds, haute de plus de trente pieds. Le bois portait encore les traces de bas-reliefs sculptés dans un lointain passé, mais les figures étaient si usées que, à part quelques chevaliers et quelques dragons, il était difficile de distinguer quoi que ce soit.

Comme beaucoup de commerçants, Livon habitait dans sa boutique : cela lui permettait de gagner du temps et d'économiser le coût d'un loyer. Le seul inconvénient était le désordre qui y régnait, aggravé par le manque d'une présence féminine digne de ce nom dans les lieux. Comme Livon était armurier, la maison était pleine d'outils, d'armes, de blocs de métal et de morceaux de charbon.

Nihal ouvrit la porte en grand.

— Je suis rentrée ! lança-t-elle. Et je suis affamée !

Ses paroles furent couvertes par le vacarme. Dans un coin, Livon frappait avec un gros marteau une pièce de métal chauffé à blanc, d'où s'échappaient des milliers d'étincelles qui retombaient en cascade sur le sol. C'était un grand homme à l'épaisse chevelure de jais, entièrement recouvert de suie. Seuls ses yeux brillaient dans son visage noir comme de la houille.

— L'Ancien ! s'égosilla Nihal.

— Ah, c'est toi…, fit Livon en essuyant la sueur sur son front. Comme tu n'arrivais pas, j'avançais un travail pour demain.

— Tu veux dire que tu n'as rien préparé ?

— On n'avait pas décidé que, une fois par semaine, ce serait à toi de cuisiner ?

— Si… Mais je suis tellement fatiguée !

— Attends, attends. Ne me dis rien : je parie que tu as été jouer avec ta bande d'enragés, comme d'habitude.

Silence.

— Et, comme d'habitude, à l'étage des maisons abandonnées.

Silence.

— Et peut-être même que pour la énième fois vous avez terminé dans le champ de Baar…

Cette fois, le silence se fit coupable. Nihal ouvrit le garde-manger et prit une pomme.

— Tu sais quoi ? Ne te fais pas de souci, je vais manger ça, annonça-t-elle en sautillant de façon à se mettre, mine de rien, hors de portée de Livon.

— Bon sang, Nihal ! Combien de fois je t'ai dit de ne pas jouer dans les jardins ? Ici, ce n'est qu'un cortège de personnes qui viennent se plaindre et réclamer des réparations gratis !

Nihal s'assit, l'air peiné :

— C'est que, quand on se bat…

Livon poussa un soupir excédé et se mit à couper des légumes pour le repas.

— Ne me raconte pas de bêtises ! Si tu veux jouer, joue. Mais ne dérange personne !

Nihal leva les yeux au ciel : toujours les mêmes histoires…

— Ne fais pas le raseur, l'Ancien…

L'homme lui jeta un regard de travers.

— Tu ne pourrais pas m'appeler papa, de temps en temps ?

Nihal arbora un petit sourire malicieux.

— Allez, papa ! Dis ce que tu veux, je sais que cela te rend fier que je sois forte à l'épée...

De mauvaise grâce, Livon lui mit une assiette de crudités devant les yeux.

— C'est ça, mon déjeuner ?

— Oui, c'est ce que mangent les jeunes filles qui s'obstinent à jouer les garçons manqués. Si tu avais respecté le pacte et fait la cuisine, nous aurions eu quelque chose de chaud.

Il s'assit à côté d'elle et s'attaqua à ses légumes en maugréant dans sa barbe. Puis il reprit :

— Ce n'est pas que je sois mécontent...

Nihal rit sous cape. Livon résista encore quelques instants et se mit à rire à son tour.

— Allez, ça va. Tu as raison. Moi, je t'adore comme tu es, mais les autres... Tu as déjà treize ans... À ton âge, les filles doivent se marier...

— Et qui l'a dit ? Tu crois que je vais rester enfermée toute ma vie, à repriser des vieilles chaussettes ? Il n'en est pas question. Moi, je veux être un guerrier !

— Il n'y a pas de guerriers femmes, objecta Livon.

Sa voix trahissait cependant un orgueil mal dissimulé.

— Alors, je serai la première !

Livon sourit et ébouriffa d'une main les cheveux de sa fille.

— Tu es vraiment une sale gamine ! Des fois, je me dis que ce qu'il t'aurait fallu, c'est une mère…

— Ce n'est pas ta faute si maman est morte, répondit simplement Nihal.

— Non, acquiesça Livon, ce n'est pas ma faute.

Sur sa femme, Livon laissait planer le plus obscur mystère. Nihal s'était rendu compte très tôt que chaque enfant de Salazar avait un papa et une maman ; sauf elle. Toute petite, elle avait commencé à poser des questions, auxquelles Livon avait toujours donné des réponses vagues et confuses. Tout ce qu'elle en avait appris, c'est que sa mère était morte ; mais elle ne savait ni où ni en quelles circonstances.

— Comment était-elle ?

— Très belle.

— Oui, mais comment ?

— Comme toi, les yeux violets et les cheveux bleus.

Chaque fois qu'elle abordait le sujet, Livon perdait son sang-froid, et Nihal avait compris au fil du temps qu'il valait mieux éviter d'en parler.

Elle changea de sujet :

— Tu m'as toujours dit ceci : tu voulais que je sois une personne forte, que je suive mes propres désirs… C'est ce que j'essaie de faire.

Avec sa fille, Livon avait le cœur tendre : ces paroles lui firent venir les larmes aux yeux.

— Viens là, dit-il, et il la serra dans ses bras à lui faire mal.

— Tu m'étouffes, l'Ancien...

Nihal fit mine de se dégager, mais en réalité elle appréciait ce geste d'affection plus qu'elle ne voulait le montrer.

Dans l'après-midi, ils s'adonnèrent à leur activité habituelle : forger des armes.

Livon n'était pas seulement le meilleur armurier du monde connu (et peut-être même des autres) : c'était un artiste. Ses épées étaient des armes incroyables, d'une beauté époustouflante ; elles savaient aussi s'adapter à leurs propriétaires et exalter leurs capacités. Il façonnait des lances pointues comme des aiguilles et tranchantes comme des rasoirs, ornées de motifs sinueux qui, loin d'appesantir leur ligne, en rehaussaient le dessin.

Il était capable de marier le summum de l'efficacité à la splendeur de l'élégance ; il traitait ses armes tels des enfants ; c'était ses créatures, et il les aimait tendrement. Il adorait son travail parce qu'il lui permettait à la fois d'exercer son inspiration créatrice, qui semblait inépuisable, et de mettre à l'épreuve ses capacités techniques.

Chaque nouvelle arme était un défi lancé à son habileté d'artisan ; et, d'œuvre en œuvre, il tentait des expériences toujours plus hardies, utilisait de nouveaux matériaux, cherchait des formes d'une audace croissante, qu'il associait à des innovations techniques sans cesse plus subtiles.

La renommée de Livon était si grande qu'il ne manquait jamais de travail. Depuis longtemps, un peu par nécessité et un peu par pur plaisir, il se faisait aider par Nihal.

Pendant qu'elle lui passait le marteau ou qu'elle actionnait le soufflet, il lui offrait les perles de la sagesse des guerriers.

— Une arme n'est pas seulement un objet : pour un guerrier, son épée est comme un de ses membres. C'est une compagne fidèle qu'il n'échangerait contre aucune autre au monde : ils sont inséparables. Et, pour un armurier, une épée est comme un enfant. De même que la Nature donne vie aux créatures de ce monde, l'armurier forge la lame avec le feu et le fer, disait Livon, en appuyant sa phrase d'un rire tonitruant.

Il n'était pas étonnant que Nihal, avec un père qui vivait pour ses épées, entouré de soldats et de chevaliers, soit devenue aussi rebelle et aussi peu féminine.

Ils étaient absorbés par la fabrication d'une épée lorsque Nihal relança un de leurs éternels débats :

— Hé, l'Ancien…

— Mmm…

Livon abattit le marteau sur la lame.

— Je voulais te demander…

Un autre coup.

— Quand est-ce que tu me donnes une vraie épée ? dit-elle d'un air innocent.

Le marteau de Livon s'immobilisa dans l'air. Il soupira et se remit à battre l'acier :

— Tiens-moi cette pince.

— Ne change pas de sujet !

— Tu es trop petite.

— Ah oui ? Par contre, je ne suis pas trop petite pour me chercher un mari !

Livon lâcha son marteau et se laissa tomber sur une chaise, résigné :

— Nihal, nous en avons déjà parlé : une épée n'est pas un jouet.

— Ça, je le sais. Et je sais aussi comment on s'en sert, et même mieux que tous les garçons de la cité !

Livon soupira de nouveau. Il avait souvent pensé à offrir une épée à Nihal, mais la peur qu'elle ne se blesse l'en avait toujours dissuadé. D'un autre côté, il se rendait bien compte qu'elle faisait des prodiges avec son épée de bois ; et quand elle s'essayait avec une vraie arme, il était évident qu'elle en connaissait autant les risques que les pouvoirs.

Mesurant que les certitudes de son père étaient ébranlées, Nihal repartit à la charge :

— Alors, l'Ancien ? Dis ?

Livon regarda autour de lui.

— On verra, fit-il, sibyllin.

Il se leva et se dirigea vers les étagères où il conservait ses œuvres les plus accomplies, celles qu'il réalisait sans répondre à une commande, pour le plaisir. Il prit un poignard et le montra à Nihal :

— Celui-là, je l'ai fabriqué il y a quelques mois...

C'était une très belle arme : le manche était taillé en forme de tronc d'arbre, avec à une extrémité les racines et à l'autre deux branches entrecroisées qui s'élargissaient de part et d'autre ; d'autres rameaux en sortaient, et s'enroulaient encore jusqu'à se fondre dans la lame.

Les yeux de Nihal brillèrent :

— Il est à moi ?

— Il est à toi si tu me bats. Si c'est moi qui gagne, tu cuisines et tu fais le ménage pendant un mois.

— Ça me va ! Seulement, toi tu es grand et fort, alors que je suis encore une petite fille, n'est-ce pas ? C'est bien ce que tu répètes sans arrêt ? Alors, pour équilibrer les chances, tu devras rester dans l'espace de trois planches du parquet.

Livon sourit :

— Cela me semble légitime.

— Alors, donne-moi une épée, dit Nihal, excitée à l'idée de poser les mains sur l'acier.

— Il n'en est pas question ! J'utiliserai moi aussi le bois.

Ils se mirent face à face au centre de la pièce, Nihal avec son épée de bois à la main, et Livon avec un bâton.

— Prête ?

— Bien sûr !

Le duel commença.

Nihal n'était pas dotée d'une très grande résistance physique, et sa technique n'était pas impeccable, mais elle palliait ces faiblesses par l'intuition et la fantaisie. Elle parait tous les assauts, choisissait le moment juste pour attaquer, et sautait de droite et de gauche avec une surprenante agilité. C'était là toute sa force, et elle le savait.

Livon se sentit fier de ce garçon manqué aux longues tresses bleues qui lui faisait face. Soudain, le manche de bois lui échappa des mains et s'en alla heurter les lances appuyées contre le mur.

Nihal lui pointa son épée sur la gorge :

— Qu'est-ce qui t'arrive, l'Ancien ? Tu oublies les bases du combat ? Te laisser désarmer par une gamine... ?

Livon lui ôta son épée de bois et alla prendre le poignard sur l'étagère. Il le lui tendit :

— Tiens, tu l'as mérité.

Nihal le fit tourner plusieurs fois dans ses mains, le soupesant et en éprouvant le fil sur ses doigts. Elle dissimulait à grand-peine qu'elle était folle de joie : sa première arme !

— Mais, souviens-toi, ajouta son père, ne fais

jamais le fanfaron devant un ennemi vaincu. C'est une grande faute de goût.

Nihal lui répondit avec un regard malicieux :

— Merci, l'Ancien.

Elle était assez maligne pour savoir quand il la laissait gagner...

2

SENNAR

Toute petite déjà, Nihal fréquentait la bande des garçons avec qui elle arpentait Salazar en fomentant d'innombrables sales coups. Et si, au début, elle avait été accueillie avec une certaine méfiance, parce qu'elle était une fille et parce qu'elle avait un aspect pour le moins étrange, il ne lui avait pas fallu longtemps pour se faire accepter. Quelques duels avaient suffi à démontrer que pour l'exubérance, bien qu'elle appartînt au sexe féminin, elle n'avait rien à envier aux autres membres du clan.

Dès lors qu'elle fut admise, sa cote ne cessa d'augmenter. Les garçons l'admiraient ; et lorsqu'elle battit Barod, le chef, en combat singulier à l'épée, ils se mirent carrément à l'idolâtrer et l'élirent chef de la bande.

Bien qu'elle ne manquât pas de compagnie, Nihal se sentait parfois un peu seule. Elle montait alors au sommet de Salazar et contemplait le panorama de la large terrasse ouverte sur la steppe. Son regard pouvait embrasser la plaine à l'infini, sans rien rencontrer d'autre que l'énorme forteresse du Tyran au loin, et les silhouettes floues des autres cités.

Devant ce spectacle, Nihal trouvait la sérénité, et pendant un instant sa nature guerrière se tenait tranquille. C'était étrange : quand le coucher de soleil incendiait d'un même feu ciel et terre, elle réussissait à ne penser à rien. La seule chose qu'elle entendait était ce murmure qui lui venait du fond de l'âme, comme un chuchotement dans une langue qu'elle ne connaissait pas.

Depuis qu'elle avait gagné le poignard de Livon, Nihal était encore plus admirée.

Elle se promenait, la lame au côté, se sentant forte comme un chevalier. Plusieurs fois, elle l'avait mise en jeu lors d'une bagarre, et elle pouvait se vanter d'en être toujours sortie vainqueur.

Un matin de son treizième automne, Barod vint la chercher justement à ce propos : un jeune garçon inconnu voulait la défier en combat singulier. Nihal ne se le fit pas répéter, et elle se rendit crânement sur le toit de Salazar, lieu dévolu au déroulement de tous ses duels.

Quand elle vit son adversaire, elle faillit éclater de rire : grand et maigre, il devait avoir deux ou trois ans de plus qu'elle et arborait une grosse tignasse rousse tout ébouriffée.

Il lui suffit d'un coup d'œil pour comprendre que

l'atout majeur de son adversaire n'était sûrement pas la force physique. Ni certes l'agilité, affublé qu'il était d'une encombrante tunique – ornée d'un motif géométrique sur la poitrine – qui lui tombait jusqu'aux pieds. Comment pouvait-on se battre ainsi vêtu ?

L'arme secrète d'un type pareil ne pouvait être que la ruse, comme Nihal crut l'entrevoir dans ses yeux bleus très clairs. Cependant, elle ne s'en préoccupa pas : des adversaires déloyaux, elle en avait déjà battu plus d'un.

— C'est toi qui m'as fait appeler ?

— En personne.

— Et tu voudrais me défier ?

— Exactement.

— Tu ne parles pas beaucoup. Je ne t'ai jamais vu ici. D'où viens-tu ?

— De la lisière de la Forêt. Mais ma véritable patrie est la Terre de la Mer. Je m'appelle Sennar, pour répondre à ta prochaine question.

Nihal ne comprenait pas pourquoi ce garçon était aussi sûr de lui : il la connaissait de réputation, sans quoi il ne serait pas venu lui lancer un défi, donc il était exclu qu'il la sous-estime.

— Qui t'a parlé de moi ? Et pourquoi veux-tu m'affronter en duel ?

— Ici, tout le monde parle de la diablesse aux oreilles en pointe et aux cheveux bleus qui se bat comme un forgeron. Dis-moi un peu, tu n'aurais pas par hasard oublié d'être une fille ?

Nihal serra les poings : elle savait qu'il était néfaste de perdre son calme juste avant une bataille. Or Sennar, avec son ton railleur et son sourire sarcastique, cherchait justement à la faire sortir de ses gonds.

— Ce que je fais me regarde. Tu ne m'as pas encore répondu : pourquoi viens-tu me provoquer en duel ?

— Écoute, je me fiche éperdument de toutes ces idées stupides d'honneur et de gloire qu'ont dans la tête les gamins qui se bagarrent avec toi d'habitude. Je veux ton poignard ; parce qu'il est beau et parce que c'est Livon, le meilleur armurier du Monde Émergé, qui l'a fait. Si pour l'avoir je dois jouer avec toi, me voilà !

Ils décidèrent de se battre au bâton : le premier à être désarmé ou à tomber à terre serait déclaré perdant. Le poignard, trophée de la rencontre, fut remis solennellement au plus jeune des spectateurs.

— Tu vas enlever ta tunique, j'imagine ? dit Nihal.

— J'y suis habitué. À moins que tu ne te sentes humiliée d'être battue par un adversaire accoutré de la sorte...

Nihal encaissa la provocation sans broncher.

Le combat commença. Comme elle l'avait prévu, Sennar n'était ni fort ni agile, et pour le savoir-faire, il était bien inférieur à elle. Qu'est-ce qui le rendait donc si confiant ?

Nihal prit très vite le dessus. Rapide, elle se déplaçait sans cesse, désorientant son adversaire. Les garçons de sa bande l'encourageaient par des cris et des sifflements. Peu à peu, elle se sentit prise par l'excitation du combat, et l'ivresse la gagna : elle accéléra encore ses mouvements, para un coup, fit volte-face, toucha Sennar au flanc et se prépara à briser le bâton que le garçon avait levé au-dessus de lui pour se protéger de l'attaque imminente.

« C'est gagné ! » pensa-t-elle, triomphante.

Cette seconde de joie prématurée suffit à lui ôter la victoire des mains. Sennar la regarda droit dans les yeux d'un air glacial, esquissa un sourire et murmura quelque chose que Nihal ne comprit pas.

Au moment où elle s'apprêtait à l'abattre sur Sennar, la jeune fille sentit son bâton se ramollir entre ses mains et devenir visqueux et moite. Elle leva les yeux : à la place de son arme, il y avait un gros serpent qui se contorsionnait dans tous les sens en sifflant.

Nihal poussa un cri et jeta cette horreur au loin. Sennar ne perdit pas l'occasion : un croche-pied, et l'adolescente se retrouva par terre pour la première fois de toute sa vie.

— On dirait qu'il y a un vainqueur...

Sennar prit le poignard des mains de l'enfant qui le gardait.

Pendant un moment, Nihal demeura comme pétrifiée. Puis, recouvrant ses esprits, elle regarda autour d'elle. Nulle trace de serpent.

— Maudit tricheur ! Tu es un magicien ! Et tu ne me l'avais pas dit ! C'est déloyal ! Rends-moi mon poignard !

Elle se releva brusquement avec l'intention de bondir sur lui, mais Sennar l'arrêta d'un geste de la main.

— Tu ne crois pas que, au lieu de hurler, tu devrais me remercier pour la leçon ? M'as-tu jamais demandé si j'étais magicien ? Non. As-tu dit : « Je ne me bats pas contre les magiciens » ? Non. As-tu posé comme règle du combat d'exclure la magie ? Non. Alors, si tu as perdu, ce n'est que ta faute. Aujourd'hui, tu as appris qu'avant de se battre il faut bien connaître son adversaire ; et que la force n'est rien sans l'intelligence. À présent, cesse de pleurnicher : Livon te fera certainement un nouveau poignard.

Il ajouta encore en s'éloignant :

— Tout de même, tu es forte, on ne peut pas dire…

Et il s'en fut, toujours aussi flegmatique.

Nihal resta interloquée. Au bout d'un moment, la voix de Barod brisa le silence embarrassé de l'assemblée :

— Je suis désolé, Nihal, mais ce type a raison.

Pour toute réponse, Nihal lui assena un bon coup sur le nez et s'enfuit en pleurant.

Elle dévalait les escaliers à perdre haleine. Elle descendit jusqu'à l'étage des boutiques, où elle renversa une jarre d'huile en sautant par-dessus un étal. Tout ce qu'elle voulait, c'était se réfugier dans les bras consolateurs de Livon : lui au moins la comprendrait et lui donnerait raison. Il conviendrait avec elle que ce garçon avait été un lâche, et il lui offrirait un poignard mille fois plus beau que celui qu'elle avait perdu.

Livon écouta en silence l'histoire, entrecoupée par les sanglots de Nihal. Son seul commentaire, pour le moins inattendu, fut :

— Et alors ?

Nihal mit un moment à encaisser le coup.

— Comment ça, « et alors » ? Il m'a embrouillée !

— Je ne crois pas. Il a été malin, et toi naïve.

Nihal écarquilla les yeux, indignée.

— Aujourd'hui, tu as reçu deux leçons, poursuivit son père. Premièrement, si tu tiens pour de bon à une chose, tu ne dois pas prendre le risque de la perdre.

— Mais…

— Deuxièmement, quand on se bat en duel, il faut définir avec précision les règles et tâcher de connaître son adversaire.

Nihal n'en revenait pas : c'était exactement les mêmes paroles que celles de ce sale tricheur !

— Perdre fait partie de la vie, ma fille, mieux vaut t'y habituer dès maintenant. Il faut savoir accepter aussi les défaites.

Nihal s'assit de mauvaise grâce sur une chaise, la mine renfrognée.

— Tu me donneras au moins une épée…

— Une épée ? Ce n'est pas ma faute si tu as perdu le poignard que je t'avais offert. La prochaine fois, tu feras plus attention.

— Mais ça m'a demandé tant d'efforts, de le conquérir ! Et puis, tu en as tellement, des épées, que…

D'un geste, Livon lui ordonna de se taire. Son visage était sévère.

— Je ne veux plus entendre parler de cette histoire, c'est clair ?

Nihal s'enferma dans un silence hargneux, tandis que de chaudes larmes de colère coulaient sur ses joues.

Elle passa la nuit à réfléchir. La défaite lui cuisait terriblement, mais ce qu'elle ne se pardonnait pas, c'était d'avoir cédé aux sanglots. Elle se tournait et se retournait dans ses draps.

Le désir de laver sa honte ne lui laissait pas de répit. Elle aurait presque voulu sauter hors du lit et partir immédiatement à la recherche de ce traître, quel que soit l'endroit où il se cachait, fût-ce au bout du monde. Alors qu'elle hésitait entre plusieurs projets de vengeance, il lui vint cette idée : cette histoire montrait en fin de compte qu'un guerrier est obligé de maîtriser, ne serait-ce qu'un peu, l'art de la magie. Il était donc urgent de s'y mettre !

Nihal n'avait jamais ressenti aucun intérêt particulier pour la magie. Le charme d'une épée lui semblait infiniment plus grand que celui, éphémère, d'un enchantement, même réussi. Or, elle venait de comprendre que cela pouvait lui être utile.

Et puis, battre cette canaille sur son propre terrain serait une satisfaction extrême…

Elle voyait déjà la scène : Sennar, enserré dans les spirales de quelque puissant sortilège, lui demandait pitié et la suppliait en lui tendant son poignard…

Oui, c'était cela qu'elle devait faire. Peut-être qu'il lui faudrait des années pour apprendre la magie ; mais qu'importe ! Dût-elle attendre un siècle, elle retrouverait ce garçon, et elle le battrait.

Restait à dénicher un magicien disposé à lui enseigner son art.

Elle-même n'en connaissait pas, mais, avec toute la clientèle qui passait dans la boutique, Livon en trouverait sûrement un qui l'accepterait comme élève.

Le lendemain matin, elle fit part de sa décision à son père, qui fut loin de bien la prendre.

— Dis-moi que je rêve ! Tu montes cette histoire absurde pour un tel enfantillage ? Je t'ai déjà dit que tu devais apprendre à perdre, et le plus tôt serait le mieux.

— Pour moi, ce ne sont pas des enfantillages, répliqua Nihal, vexée. Si je veux devenir une guerrière, une grande guerrière, j'ai besoin de la magie. Qu'est-ce que cela te coûte, de me dire le nom d'une personne qui puisse me l'enseigner ?

— Je n'en connais pas, lança Livon, agacé, espérant clore ainsi la discussion.

Cependant Nihal ne s'avoua pas vaincue.

— Ce n'est pas vrai ! Je sais très bien qu'il t'arrive de vendre des armes avec des formules magiques gravées dessus. Quelqu'un te les prépare, ces formules, non ?

Poussé dans ses retranchements, Livon s'irrita encore plus. Il assena un grand coup de poing sur sa table de travail.

— Damnation ! Je ne veux pas que tu apprennes la magie, voilà !

— Mais pourquoi ?

— Et je ne suis pas obligé de te donner des explications sur tout ! coupa-t-il.

— Si tu ne m'aides pas, je chercherai par moi-même.

— À Salazar il n'y a personne.

— Eh bien, je m'en irai dans une des autres tours. Je n'ai pas peur de voyager, moi !

— D'accord ! Tu veux n'en faire qu'à ta tête ? Alors, va-t'en ! cria-t-il en lui tournant le dos.

Nihal sentit les larmes lui monter aux yeux. Ce n'était pas seulement parce que, après des années de vie paisible et heureuse, ils se disputaient pour la première fois. C'était parce qu'elle se sentait incomprise par Livon, alors qu'elle avait toujours cru qu'il était justement le seul être capable de partager ses pensées et ses sentiments. Et voilà qu'il la traitait comme une gamine capricieuse !

— Très bien ! dit-elle en ravalant ses larmes.

Elle s'apprêtait à sortir de la boutique quand la voix grave de Livon l'arrêta.

— Attends…, marmonna-t-il en se tournant vers elle. Nihal, c'est seulement que j'ai peur. Voilà, je l'ai dit ! J'ai peur que tu ne t'en ailles. Tant que tu veux faire le guerrier, je suis là ; mais s'il s'agit d'apprendre la magie…

Un nœud se forma dans sa gorge, qui l'empêcha de continuer.

— Tu es fou ou quoi ? Où pourrais-je bien aller ? Je n'ai que toi au monde !

Nihal l'étreignit.

— Tu es toute ma famille, l'Ancien !

Livon était ébranlé, mais ces paroles ne suffirent pas à apaiser son âme. Il serra Nihal dans ses bras pendant quelques instants, puis il l'écarta doucement.

— Il se trouve peut-être une magicienne…, dit-il, hésitant.

— Je le savais ! Merci, merci !

Nihal rayonnait de joie.

— Et où ça ?

— À la lisière de la Forêt.

— Ah…

Il n'y avait qu'un seul bois sur toute la Terre du Vent. Dans une contrée de steppes et de grands espaces à ciel ouvert comme celle-là, la Forêt était un lieu inquiétant, et personne à Salazar ne s'y serait aventuré sans crainte. Nihal ne faisait pas exception.

— Oui, et, pour tout dire, la magicienne qui y habite est ta tante.

Nihal le regarda avec des yeux ronds. En treize ans, elle n'avait jamais entendu parler d'une quelconque famille.

— Elle s'appelle Soana, et c'est ma sœur. C'est une magicienne très puissante.

— Quoi ? Nous avons des parents aussi intéressants, et tu me l'as caché ? Pourquoi tout ce mystère ?

Livon baissa instinctivement la voix :

— Le Tyran n'aime pas que l'on pratique la magie sur ses terres, ni sur celles de ses alliés. Ta tante a dû quitter Salazar. Disons que… elle est très amie avec les ennemis du Tyran, voilà !

Nihal en frémit d'excitation : une conspiratrice !

— Mince ! Ça alors, l'Ancien !

— Inutile de te le dire : j'apprécierais que tu n'ailles pas le crier sur tous les toits. N'en parle à personne, compris ?

— Moi ? Mais pour qui tu me prends ?

3

SOANA

Dès le lendemain matin, Nihal était prête à partir. Elle emportait avec elle un petit sac et une bonne provision de pain, de fromage et de fruits que Livon l'avait obligée à prendre, bien que la Forêt fût éloignée de Salazar de quelques lieues à peine.

Piétinant d'impatience au milieu de la boutique, elle écoutait une énième fois les conseils et les recommandations de son père.

— C'est la route qui conduit de la ville vers le sud, tu ne peux pas te tromper.

— Oui, tu me l'as déjà dit.

— Et comporte-toi correctement là-bas. Soana est une personne sévère, ne crois pas qu'elle te passera tout comme moi.

— Je ne me perdrai pas, je serai bien sage, et je te ferai honneur. Ça va ?

Livon lui appliqua un gros baiser sur le front.

— Ça va. À présent, file avant que je change d'avis.

— Salut, l'Ancien ! Quand je reviendrai, tu verras : un petit coup de magie, et je remettrai toute la maison en ordre !

En se dirigeant vers la porte, Nihal attrapa, mine de rien, une épée dans le tas de celles qui venaient juste d'être forgées.

— Nihal ?

La jeune fille se retourna, l'air innocent.

— Oui ?

— L'épée. Je ne crois pas t'avoir donné la permission de la prendre.

— Et tu me laisserais partir comme ça, toute seule, sans même une arme pour me défendre ?

Livon soupira et hocha la tête.

— Ce n'est qu'un prêt, d'accord ?

— D'accord ! répondit Nihal avant de sortir de la boutique en sautant de joie.

Le chemin se déroulait devant elle, droit et facile : impossible de se tromper. Sa nouvelle épée la protégeait, et plus l'adolescente s'enfonçait dans la steppe, plus elle se sentait apaisée. Même la pensée de la revanche, qui jusque-là avait dominé son esprit, s'estompait peu à peu.

Elle avançait entre les herbes, dans la légère brume matinale, avec la sensation que l'automne pénétrait sa peau. Depuis toujours, la nature avait le pouvoir de la calmer. Mais en même temps, dès qu'elle était seule, elle était envahie par son habituelle mélancolie, et l'étrange murmure intérieur se faisait insistant. Ce matin-là aussi, alors qu'elle cheminait ainsi, accompagnée par le seul bruissement de feuilles sèches sous ses pas, il lui semblait que des voix lointaines l'appelaient tout bas. Cependant cette impression était devenue une compagne familière pour Nihal, et elle ne s'en préoccupait plus : elle avait appris à aimer ces chuchotements comme de vieux amis.

Les premières cimes de la Forêt lui apparurent, menaçantes, au bout de quelques heures d'une marche rapide. À peine franchie l'orée du bois, on apercevait une bicoque dissimulée derrière les frondaisons. Faite de simples planches de bois, elle était toute petite. Nihal fut déçue : pour une grande magicienne, elle s'attendait à quelque chose de moins humble.

Elle s'approcha de la porte, un peu intimidée, et s'immobilisa quelques secondes sur le seuil.

Aucun bruit ne parvenait de l'intérieur. « Peut-être qu'il n'y a personne », se surprit-elle à espérer. Elle secoua les épaules pour couper court à ces hésitations et frappa.

— Qui est là ? demanda une voix.

— Nihal.

Silence… Puis un léger bruit de pas qui s'approchent, et enfin le grincement des gonds.

Une femme incroyablement belle apparut sur le seuil. Élancée, d'une grâce surprenante, elle avait des cheveux sombres qui encadraient un visage auquel une légère pâleur donnait un air solennel, des yeux noirs comme du charbon et des lèvres pleines et roses. Elle portait une longue tunique de velours rouge.

Nihal la regardait, impressionnée : voilà donc quelle était sa tante. Comment pouvait-elle être la sœur de Livon ?

La femme lui adressa un sourire énigmatique.

— Tu as grandi. Entre !

À l'intérieur régnait un ordre exemplaire. La pièce principale, de taille modeste, donnait sur deux petites chambres. Qui sait, peut-être y avait-il aussi un oncle dans la maison ? La pièce était presque entièrement tapissée d'étagères : une des parois était pleine de livres, une autre de récipients contenant des herbes et d'étranges mixtures. Au fond, il y avait une petite cheminée, et, au centre, une table chargée de gros volumes.

Nihal était intimidée à la fois par l'allure de sa tante et par l'aspect de la maison, si différente de la rassurante boutique de Livon.

— Assieds-toi.

Nihal obéit. Soana s'assit elle aussi.

— Je suppose que c'est Livon qui t'envoie.

La jeune fille hocha la tête.

— Tu te souviens de moi ?

Nihal était de plus en plus troublée. Alors, ainsi, elles s'étaient déjà rencontrées ?

— Quand ta mère est morte, j'ai aidé Livon à s'occuper de toi pendant quelque temps. Mais il est normal que tu ne me reconnaisses pas : je suis partie alors que tu n'avais pas encore deux ans, et ces temps obscurs ne m'ont pas permis de te revoir.

Plusieurs minutes de silence embarrassé suivirent ses paroles. Nihal aurait préféré rencontrer une parfaite inconnue plutôt que quelqu'un qui l'avait élevée petite ; et puis, cette femme était si belle qu'elle la mettait mal à l'aise. Tout à coup, la raison pour laquelle elle était venue la voir lui sembla infiniment stupide.

— Qu'est-ce qui t'amène chez moi ? demanda Soana.

Nihal prit son courage à deux mains.

— Eh bien, je… je suis venue pour que tu m'enseignes la magie.

— Ah…

— En réalité, ce que je souhaite vraiment, c'est devenir un guerrier.

— Je sais. Livon me parle beaucoup de toi quand il passe me voir.

Cela agaça Nihal : alors qu'elle ne soupçonnait même pas l'existence de cette tante, celle-ci savait tout sur elle !

— Mais je voudrais apprendre la magie parce que je pense que c'est utile. Pour un guerrier, je veux dire.

Soana hocha la tête, impassible.

— Et comment es-tu arrivée à cette conclusion ?

La question était embarrassante ; pourtant Nihal décida d'y répondre avec sincérité.

Elle parla de sa mésaventure, en arrangeant tout de même un peu la vérité pour la rendre plus acceptable. Ce qui la troubla, c'est qu'elle eut l'impression que ce qu'elle racontait n'était pas nouveau pour Soana. À la fin de son récit, la magicienne fut lapidaire :

— Et tu n'as pas l'impression que c'est une raison un peu stupide pour apprendre la magie ?

Le ton de sa voix était si dur que Nihal commença à regretter sa décision.

— Il est important que ta motivation soit forte, Nihal, parce que l'apprentissage de la magie est ardu. En outre, un magicien maîtrise de grands pouvoirs ; il est donc indispensable qu'il soit sage, et qu'il utilise sa puissance à de nobles fins. Le Tyran est celui qu'il est justement parce qu'il a recours à la magie pour servir le mal.

Nihal tenta de se défendre :

— Je ne veux pas apprendre la magie pour servir le mal ou pour une raison stupide. Je veux l'apprendre afin d'être une guerrière complète.

Au fond, n'était-ce pas quasiment la vérité ?

— Je ne suis pas tout à fait convaincue. Je veux néanmoins te donner la possibilité de me démontrer que tu dis vrai. Sennar sera bientôt là.

Nihal sursauta sur sa chaise.

— Comment ça, Sennar ?

— Il est mon élève. Je veux que tu lui serres la main et que tu lui promettes de ne pas te venger de lui à travers la magie.

Pour Nihal, ce fut comme si un vent glacé s'était tout à coup levé dans la pièce.

Voilà pourquoi Soana avait l'air de connaître cette histoire ! Quelle imbécile elle faisait ! Sennar lui avait pourtant bien dit qu'il venait de la lisière de la Forêt. Ainsi, cette vipère avait été nourrie dans le sein même de sa propre famille...

Un doute atroce naquit dans son esprit. D'une toute petite voix, elle demanda :

— C'est toi qui l'as envoyé me lancer ce défi ?

— Pourquoi aurais-je fait une chose pareille ? J'ai su ce qui était arrivé par Sennar, qui me l'a avoué ce matin. Par ailleurs, je n'ai pas l'habitude d'intervenir dans des querelles de gamins.

Nihal craignait que la magicienne ne soit vexée. Il était si difficile de comprendre ce qu'elle pensait !

— Il devrait arriver d'un moment à l'autre, dit Soana en jetant un regard par la fenêtre.

Nihal était plongée dans ses pensées. Bien sûr, serrer la main de Sennar, c'était reconnaître sa défaite et perdre totalement son honneur. D'un autre côté, refuser, c'était avouer à Soana qu'elle lui avait raconté n'importe quoi...

Au bout du compte, elle décida d'accepter les conditions de la magicienne : elle promettrait. Pour l'instant. Quant à sa vengeance, elle attendrait le moment propice.

Sennar fit son entrée, les bras chargés d'herbes de toutes sortes.

— J'ai bien cueilli ce dont tu avais besoin, Soana. J'espère qu'à présent tu me pardon…

La surprise fit mourir la phrase sur ses lèvres.

— Oh, salut ! Tu es venue chercher ma tête ? lança-t-il gaiement après une seconde de désarroi.

— Tu te trompes, Sennar. Nihal est venue ici pour devenir mon élève et pour faire la paix avec toi. N'est-ce pas, Nihal ?

La jeune fille réprima son dégoût et se prépara au sacrifice suprême : elle se leva, et, en regardant Sennar droit dans les yeux, elle lui serra vigoureusement la main.

— Sans rancune. J'ai perdu dans un combat loyal.

« Avec ça, j'aurai bu cet amer calice jusqu'au fond », se dit-elle en son for intérieur.

— Bon ; c'est mieux comme ça. Je vais trier les herbes, dit Sennar avant de quitter la pièce avec sa récolte.

— Tu as fait ce qu'il fallait, Nihal, dit Soana. À présent, tu es prête pour affronter ton épreuve.

Une épreuve ? Est-ce qu'elle ne venait pas déjà d'en surmonter une, et de taille ?

La jeune fille sentit une nouvelle fois sa détermination vaciller.

— Mais nous en parlerons en temps voulu.

Ce fut la magicienne elle-même qui s'occupa du déjeuner. Derrière la maison, il y avait un petit potager où couraient quelques poules. Soana y cueillit des légumes et se mit à préparer une soupe. Nihal, debout à côté d'elle, la regardait : quand elle coupait ainsi les légumes, elle avait l'air d'une femme comme une autre. Le seul moment surprenant fut lorsqu'elle s'approcha du foyer et qu'elle tendit la main en murmurant des paroles étranges : le feu s'alluma tout seul.

— Waouh ! Je saurai faire ça aussi ?

— Peut-être, Nihal, peut-être...

Le repas se déroula en silence. Seule Soana semblait à l'aise. Sennar, lui, ne pouvait pas s'empêcher de regarder à tour de rôle la magicienne et sa nièce, tandis que Nihal gardait résolument la tête penchée au-dessus de son bol de soupe.

C'est seulement à la fin du déjeuner que l'atmosphère commença à se dégeler un peu.

Soana avait sans nul doute compris que la présence de Sennar pesait à Nihal, car elle l'envoya dehors essayer un tour de magie. Elles restèrent seules, chacune à une extrémité de la table. Nihal était tellement embarrassée qu'elle aurait voulu disparaître. Par bonheur, la magicienne rompit le silence et se mit à lui poser des questions. Elle semblait soudain très intéressée par sa nièce et l'écoutait avec attention.

Nihal se dit que si elle voulait en savoir plus sur sa mère, c'était peut-être le bon moment.

— Qu'est-ce que tu sais de ma mère ?

— Pas grand-chose. Elle est restée avec nous si peu de temps…

— Papa ne me parle jamais d'elle.

Soana ne releva pas. Pourquoi c'était toujours comme ça quand on abordait ce sujet ?

— J'aimerais juste savoir comment elle était, puisque apparemment j'ai tout pris d'elle…

— Elle était très jeune, bien plus que ton père. Et très belle.

Soana parlait sans regarder sa nièce, les yeux perdus dans le lointain.

— Elle est morte quand tu n'avais que quelques jours.

— Et mes cheveux ? Et mes yeux ? Et mes satanées oreilles en pointe ? Je les tiens d'elle, n'est-ce pas ?

— Oui. Très peu de personnes naissent avec de telles caractéristiques, tu sais. On dit qu'il y en a une tous les mille ans. Tu devrais être fière.

Soana sourit, et l'adolescente lui rendit son sourire.

Elles passèrent le reste de l'après-midi à parler de l'enfance de Soana et de Livon à Salazar. Nihal s'amusa beaucoup. La magicienne était réservée et dominait ses émotions, mais parfois ses sentiments prenaient le dessus et coloraient son visage de tendresse ou d'hilarité. Dans ces moments-là, Nihal s'apercevait combien en réalité elle ressemblait à son frère.

Sennar revint à la nuit tombée. Nihal et Soana préparèrent le dîner ensemble, ce qui donna lieu à de nombreux éclats de rire : lorsqu'il s'agissait de manier une épée, Nihal n'avait pas son pareil, mais en cuisine c'était un vrai désastre !

À table, toutefois, l'atmosphère de complicité qui s'était instaurée entre la nièce et sa tante s'évanouit : Soana passa tout le repas à parler de magie avec Sennar, et Nihal s'ennuya ferme. C'est par exception, semblait-il, que sa tante laissait transparaître un peu d'elle-même.

Au moment du coucher, un drame éclata.

— Cette nuit, tu partageras la chambre avec Sennar, annonça Soana. Il te cède galamment son lit. Lui, il dormira par terre.

Nihal devint rouge comme une pivoine.

— Moi, je dors toute seule.

— Tu sais, je ne mords pas, la taquina Sennar en emportant les couvertures pour son lit de fortune.

— Bonne nuit, Nihal. Bonne nuit, Sennar, dit Soana avant de se retirer dans sa chambre.

La question était close.

Nihal s'assit sur le lit de Sennar, l'air farouche.

— Si tu as besoin de te changer, je peux sortir, proposa le garçon.

Nihal le foudroya du regard.

— Je dors habillée.

— Eh bien, pas moi. Ça ne t'ennuierait pas de te tourner ?

La jeune fille ne se le fit pas répéter. Elle enfonça la tête dans son coussin.

— C'est bon !

Quand elle se redressa, Sennar était allongé par terre sous ses couvertures. Un petit feu brûlait au milieu de la chambre, l'éclairant d'une lumière chaude. Nihal jeta malgré elle un regard admiratif à l'enchantement du jeune magicien.

— Ça te gêne ?

Pas de réponse.

— Bon, alors, je le laisse allumé. Bonne nuit !

Cependant Sennar ne parvint pas à se taire plus de quelques minutes.

— Je sais bien que tu me détestes. Tu m'as serré la main seulement parce que Soana te l'a demandé. Cela dit, tu m'as étonné : je pensais que tu voudrais te battre pour récupérer ton poignard. Je n'aurais jamais imaginé que tu choisirais d'apprendre la magie.

Nihal, elle, s'obstinait à garder le silence. C'était décidé, elle ne dirait pas un seul mot !

— D'accord, je l'admets : j'ai profité de ta faiblesse, et c'était un peu vil de ma part. Ça te va ? Mais j'avais besoin de ton poignard : il y a beaucoup de tours de magie qui requièrent des lames pointues, tu sais. Si tu veux, je pourrai t'en montrer quelques-uns.

Nihal était muette comme une carpe ; toutefois, Sennar ne se laissa pas décourager. Il écarta ses couvertures et s'assit en tailleur sur son lit.

— Je n'ai pas sommeil. Si je t'ennuie, tu n'as qu'à m'arrêter.

Et il se mit à parler, parler encore. Il lui avoua qu'il aimait le temps maussade de l'automne et combien il trouvait Soana extraordinaire, aussi bien comme femme que comme magicienne.

Il lui raconta que sa tante l'évoquait de temps en temps, et lui tint une quantité d'autres propos, plus ou moins futiles.

Nihal se taisait. Elle s'efforçait de ne pas prêter attention à son bavardage, mais elle n'y arrivait pas. D'abord parce qu'elle voulait en savoir plus sur sa tante, et ensuite parce qu'elle était bien obligée d'admettre que ce type avait une manière assez prenante de raconter les anecdotes.

Elle décida néanmoins de mettre fin à son monologue.

— Dis-moi, on peut savoir ce que je t'ai fait ?

Pourquoi a-t-il fallu que tu m'humilies devant tout le monde ?

Sennar devint sérieux d'un seul coup.

— Pourquoi ? Parce que tu joues à la guerre sans la connaître, Nihal.

— Et toi, qu'est-ce que tu en sais, de la guerre, hein ?

— Moi, je suis né et j'ai grandi sur les champs de bataille qui séparent la Terre de la Mer et la Grande Terre. Tu peux me croire, la guerre, ce n'est pas ce que tu imagines. C'est loin d'être un jeu, et ça n'a rien d'amusant.

Pour une fois, Nihal ne sut quoi répliquer.

— Il est tard, et tu as une épreuve à affronter demain, fit Sennar. Il vaut mieux que tu dormes, maintenant. Bonne nuit.

Sur ce, sa tignasse rousse disparut sous les couvertures.

Nihal resta un long moment à écouter sa respiration dans le noir.

4

LA GRANDE FORÊT

Quand Nihal se réveilla, le soleil resplendissait dans un ciel limpide.

C'était une de ces journées où la nature semble vouloir prendre sa revanche sur l'automne, en vain, car le froid de l'hiver naissant la talonne et en étouffe les ardeurs.

Sennar n'était pas dans la chambre ; Nihal en fut soulagée. Les paroles du garçon résonnaient encore à ses oreilles. Elle traîna quelques minutes au lit, puis elle se leva et alla rejoindre Soana dans la pièce principale.

La magicienne était assise à la table, plongée dans la lecture d'un gros livre. À côté d'elle, il y avait une tasse fumante en terre cuite et une tranche de pain noir.

— Bonjour, Nihal. Assieds-toi et prends ton petit déjeuner.

L'infusion était délicieusement parfumée au miel, et le pain encore chaud.

Nihal retrouva sa bonne humeur.

— Si tu es prête, je te parlerai de l'épreuve, dit Soana.

La jeune fille tendit l'oreille.

— Pour décider si je dois ou non t'instruire, j'ai besoin de savoir si tu as des aptitudes. La magie est en grande partie un don inné, et si tu n'as pas de prédispositions, je ne pourrai rien t'enseigner.

Elle se tut un instant avant de reprendre :

— Vois-tu, Nihal, un magicien est quelqu'un qui est capable d'entrer en contact avec les esprits primordiaux de la nature ; c'est d'eux qu'il tire sa puissance et ses pouvoirs. Il prie la force vitale qui imprègne le monde, et, s'il sait s'en faire accepter, elle lui prodigue son aide. La faculté de communiquer avec la nature peut être développée et affinée, c'est le rôle du maître ; cependant elle doit être innée. L'épreuve que tu vas passer sert justement à mesurer ton aptitude.

Nihal, qui commençait à s'intéresser au sujet, interrompit Soana :

— Tu es en train de dire qu'un magicien a du pouvoir seulement parce que les esprits de la nature le veulent bien ?

— Oui, au début, c'est comme ça, répondit la magicienne, l'air satisfait de la lueur de curiosité qu'elle apercevait dans les yeux de sa nièce. Les formules des sortilèges les plus simples ne sont rien d'autre que des prières aux esprits de la nature. À cette catégorie appartiennent les formules de guérison élémentaires et quelques enchantements de défense. Lorsqu'on est en mesure de s'en servir sans effort, on peut passer à l'étape suivante.

Le ton de Soana devint plus grave.

— À cette seconde catégorie appartiennent toutes les formules d'attaque, y compris celles qui sont gravées sur les armes. Le but final est de réussir à maîtriser la nature et de la plier à sa propre volonté. Alors ce ne sont plus les esprits qui guident la main du magicien ; c'est lui qui les contrôle avec sa force psychique. Lorsque l'on est capable de le faire, on est digne d'être appelé magicien.

— Il faut beaucoup de temps pour cela ?

— Cela varie. Sennar est mon élève depuis l'âge de huit ans, et il n'est pas encore prêt. Et pourtant, parmi tous les aspirants magiciens que j'ai connus, aucun n'avait un don aussi prononcé pour la magie. Moi-même, je continue à étudier encore aujourd'hui, car la nature est un livre qui recèle des mystères et des pouvoirs infinis.

Ces paroles enthousiasmèrent Nihal et lui firent oublier que Soana avait parlé d'années d'apprentissage. Elle se sentait prête à tout.

— Bon, fit-elle. Dis-moi quelle est cette épreuve que je dois passer.

— Tu vas te retirer dans la profondeur de la Forêt pour chercher à entrer en communion avec la nature. Je te laisserai deux jours et deux nuits. Si tu n'y parviens pas dans ce laps de temps, c'est que la magie n'est pas avec toi, et tu devras renoncer à ton projet. Dans le cas contraire, nous pourrons commencer l'apprentissage.

La belle détermination de Nihal fondit comme neige au soleil. Elle s'était bien doutée que l'épreuve serait difficile, mais ce que lui demandait Soana était tout bonnement effrayant.

D'innombrables histoires qu'elle avait entendues sur la Forêt lui revinrent d'un coup en mémoire : on racontait que de terribles esprits maléfiques peuplaient les sous-bois et que personne n'en était jamais revenu vivant. En outre, les pires criminels et rebuts de la société y avaient élu domicile...

Une idée rassurante lui traversa toutefois l'esprit :

— Bon... Ben, si nous sommes ensemble...

— Non, Nihal. Tu seras seule.

La terreur la reprit.

— Mais... mais pourquoi ? On raconte plein de choses terribles sur cette forêt, et je... Enfin...

— Nihal, tu penses que moi, la propre sœur de ton père, je t'enverrais seule s'il existait un réel danger ? Crois-moi, la Forêt est probablement un des lieux les plus sûrs de toute la région : la peur suffit à en écarter aussi bien les êtres malintentionnés que les honnêtes gens. Quant aux bêtes féroces, il n'y en a pas. Ce que tu as entendu, ce sont des fables destinées à effrayer les petits enfants.

— Je n'ai pas... Je t'en prie..., balbutia Nihal.

Soana lui sourit.

— Écoute, je ne peux pas rester avec toi dans la Forêt parce qu'il faut que tu sois seule pour mieux te concentrer. Allez, sois courageuse, et affronte cette épreuve en vrai guerrier.

La discussion s'acheva par les préparatifs du départ : Soana remplit une besace avec le strict nécessaire, et Nihal dut insister pour qu'elle l'autorise à emporter son épée.

Elles s'enfoncèrent dans le silence de la Forêt. Le soleil filtrait à travers les branches décharnées et s'amusait à projeter des taches de lumière sur les feuilles des sous-bois. La peur qui étreignait toujours Nihal cédait par moments devant ce spectacle. Mais le bois était aussi plein d'ombres et de frôlements qui lui ramenaient tout de suite à l'esprit le cortège de ragots qui entouraient ce lieu. Elle avait l'impression d'être observée par mille petits yeux, comme si les feuilles elles-mêmes la fixaient d'un regard malveillant. Elle se retournait à chaque bruit, et avançait d'un pas mal assuré derrière Soana qui, elle, progressait rapidement. Plus d'une fois elle eut envie de dire qu'elle renonçait à la magie et à tout le reste : rien ne méritait un tel supplice ! Mais, à la fin, l'orgueil fut plus fort que la terreur.

Elles marchèrent pendant une bonne heure avant d'atteindre une petite clairière circulaire, traversée par un ruisseau. Au centre se trouvait une sorte de trône taillé dans la pierre.

— C'est ici, déclara Soana.

Nihal regarda autour d'elle, tremblant de tous ses membres :

— Et que... que dois-je faire ?

— Assieds-toi sur le rocher, libère ton esprit de toute préoccupation, concentre-toi seulement sur la vie qui t'entoure. À un moment, tu la sentiras s'écouler à travers ton corps : ce sera le signe que tu as atteint l'état de communion.

La magicienne s'engagea sur le chemin du retour en lançant :

— On se revoit dans deux jours.

— Attends ! Et puis après ? cria Nihal dans une tentative désespérée de la retenir encore un peu.

— Et puis après, je viendrai, et je te demanderai de me montrer ton pouvoir. C'est tout. À bientôt, Nihal.

L'adolescente l'appela encore plusieurs fois, d'une voix toujours plus affolée, mais le bois avait déjà englouti la magicienne. Elle tomba à genoux, terrassée par le découragement, et se mit à pleurer.

Elle était seule. Et elle avait peur, comme jamais encore dans sa vie. Les arbres dénudés lui semblaient tendre des bras tels des squelettes prêts à l'assaillir. Cette clairière était une prison de bois ! Si les esprits maléfiques venaient la tourmenter, qui l'entendrait hurler dans cette immense solitude ? Elle pleura pendant une bonne heure. Puis, défaite, elle finit par se calmer.

Un petit oiseau s'était posé à côté d'elle et buvait à traits rapides l'eau d'une flaque en secouant sa petite tête. La scène la libéra un peu de sa peur. Sans bruit, elle attrapa sa besace et en tira un morceau de pain, qu'elle émietta près de l'oiseau – sans doute un migrateur de l'espèce des « têtes carrées ». Il parut d'abord effrayé, puis, une fois convaincu qu'il n'y avait pas de danger, il se jeta avec avidité sur ce repas inespéré.

Nihal mit quelques miettes dans la paume de sa main et la tendit au petit oiseau, qui la regarda avec méfiance pendant quelques instants avant d'y sauter. Elle pensa que si des créatures comme celle-là vivaient dans les bois, les esprits maléfiques n'étaient peut-être pas aussi nombreux que l'on voulait le faire croire. De toute façon, elle ne pouvait pas faire marche arrière, puisqu'elle ne connaissait pas le chemin… La seule solution était de chercher à surmonter l'épreuve.

Quand l'oiseau s'envola, Nihal fut de nouveau seule. Elle s'installa sur la pierre, l'épée au flanc, prête à toute éventualité. Elle essaya de se concentrer, mais elle s'aperçut que ce n'était pas si facile : elle sursautait au moindre bruissement, et sa main volait aussitôt vers son arme. Et, malheureusement, la Forêt était pleine de rumeurs et de craquements : dès que Nihal fermait les yeux, elle avait l'impression d'entendre des pas furtifs s'approcher d'elle, et l'unique moyen de se rassurer était de les rouvrir pour scruter les alentours. Dans ces conditions, il était bel et bien impossible de prétendre entrer en contact avec la nature parce que la nature, justement, Nihal la trouvait hostile.

À l'heure du déjeuner, elle était déjà épuisée. Elle voulut manger, mais elle avait l'estomac noué. Comme elle était morte de fatigue, elle essaya de dormir ; elle n'y parvint pas non plus, la peur ne lui laissant pas de répit. Alors, elle s'allongea dans l'herbe et contempla le ciel au-dessus de la clairière : ce devait être fantastique, d'être un oiseau, de pouvoir s'envoler loin d'ici, vers des aventures extraordinaires ! Elle se remit à pleurer, s'apitoyant sur son sort : comme elle aurait voulu avoir près d'elle quelqu'un avec qui parler !

« Les guerriers ne pleurent pas, les guerriers n'ont pas peur », se répétait-elle, et cette litanie prononcée à voix basse eut tout de même l'effet de la calmer.

Elle décida qu'elle affronterait l'épreuve avec courage.

Elle s'assit de nouveau sur le rocher et essaya de se concentrer. Cette fois, les choses allèrent un peu mieux : elle s'habituait petit à petit aux bruits de la forêt et leur accordait moins d'attention. Elle commença même à percevoir vaguement ce que Soana appelait « la vie de la nature », hélas, cette vie s'écoulait autour d'elle sans même l'effleurer.

Quand la nuit tomba, Nihal s'aperçut qu'elle n'était pas capable d'allumer un feu. L'obscurité descendait, inexorable, et elle se sentit complètement perdue. Désespérée, elle écarquillait les yeux pour essayer de voir, mais l'ombre enveloppait tout autour d'elle.

Soudain, elle entendit un craquement différent des autres.

Des pas. D'un bond, elle saisit son épée et se mit en position d'attaque.

— Qui est là ? lança-t-elle d'une voix mal assurée.

Aucune réponse. Les pas continuaient à s'approcher, réguliers.

— Il y a quelqu'un ? demanda-t-elle plus fort.

Silence.

Là, elle se laissa submerger par la panique.

— Mais qui est là ? Répondez, à la fin ! Répondez ! hurla-t-elle à gorge déployée, alors que les pas n'étaient plus qu'à quelques mètres d'elle.

— Tais-toi, Nihal, ce n'est que moi !

Sennar !

Nihal jeta son épée et se précipita sur lui en pleurant. Elle tambourina sa poitrine de coups de poing, mais lorsqu'elle sentit ses deux bras protecteurs la serrer contre lui, elle l'enlaça de toutes ses forces et sanglota sans retenue, oubliant qu'il s'agissait en principe de son pire ennemi.

— Allez, allez, ne pleure plus ! À présent, je suis là. Tout est fini.

Sennar commença par allumer un feu. Il ramassa quelques branches sèches et en fit un petit tas, sur lequel il apposa la main. Celle-ci devint étrangement lumineuse, et peu après un joyeux feu se mit à danser. Nihal avait essuyé ses larmes, mais elle hoquetait encore, pelotonnée contre le rocher.

— Je suis venu en cachette, lui dit Sennar. Je ne crois pas que Soana aurait approuvé…

Il rit gentiment :

— C'est que je sais combien les gens de la Terre du Vent ont peur de la Forêt ! J'imaginais que tu serais terrorisée. Excuse-moi si je t'ai effrayée, je ne voulais pas…

— Merci, renifla Nihal.

— De quoi ? Il faut prendre soin de ses ennemis, tu sais !

La jeune fille sourit. Elle était heureuse de ne plus se trouver seule. Le feu qui crépitait dans la nuit était rassurant, et tout à coup la clairière lui apparut comme une petite chambre accueillante.

Sennar se mit à préparer le dîner.

— Tu ne dois pas avoir peur, Nihal, disait-il en s'affairant. Crois-moi, il n'y a rien de mauvais dans la nature, ni esprits malins ni monstres. Ce sont les hommes qui sont malveillants. La nature te sera hostile tant que tu la percevras comme telle : quand tu cesseras de la craindre, elle t'accueillera à bras ouverts. C'est cela, le secret de l'épreuve.

Il lui tendit un petit morceau de viande rôtie. Elle était délicieuse.

La nourriture et le sentiment d'avoir réchappé au danger finirent de radoucir Nihal.

— Toi aussi, tu as été soumis à cette épreuve ? demanda-t-elle.

— Non, répondit Sennar la bouche pleine. Il n'y a pas eu besoin de cela.

Nihal, intriguée, laissa tomber sa dernière garde :

— Pourquoi est-ce qu'« il n'y a pas eu besoin » ? Et pourquoi as-tu décidé de devenir magicien, au fait ? Tu es drôlement mystérieux, tu sais !

— En bref, tu veux connaître mon histoire, c'est ça ?

Nihal acquiesça.

— Alors, tu as de la chance, parce qu'on ne peut pas dire que ma vie ait été ennuyeuse. Rien d'extraordinaire, mais il m'est arrivé un certain nombre d'aventures, et j'ai pas mal bougé...

Sennar s'assit en tailleur et commença à raconter :

— Comme tu le sais déjà, je suis né sur la Terre de la Mer et j'ai grandi sur un champ de bataille. Mon père était l'écuyer d'un chevalier du dragon, et ma mère était la seule femme de la garnison.

— C'était une guerrière ! l'interrompit Nihal, les yeux brillants.

— Non, elle était seulement amoureuse. Elle avait connu mon père dans le village où ils étaient nés tous les deux, et lorsqu'il a décidé de devenir écuyer, elle l'a suivi. C'est ainsi que dès mon plus jeune âge j'ai été au milieu des armes. Un peu comme toi.

Il s'allongea sur l'herbe. Les étoiles brillaient dans un ciel sans nuages.

— Tu as déjà vu un dragon de mer ?

Nihal secoua la tête.

— C'est la créature la plus incroyable qu'on puisse imaginer : une espèce de serpent avec des écailles d'un bleu très intense, qui varie à la lumière jusqu'à devenir presque vert. Et puis, il vole. C'est un animal... extraordinaire ! dit Sennar.

Ses yeux scrutaient le ciel comme s'il était sillonné par les dragons.

— Bon, pour résumer, j'adorais les dragons. Et, surtout, je savais communiquer avec eux. Tout le monde pense que seul un chevalier peut parler avec son dragon ; or, moi, j'étais capable de communiquer avec tous les dragons. Je jouais même avec leurs petits ! Je savais entrer en contact avec n'importe quel animal. Un jour – j'avais huit ans –, Soana est passée dans notre campement. Je ne sais pas si tu es au courant, mais elle fait partie du Conseil des Mages, qui conduit la résistance contre le Tyran. Cela fait maintenant plus de quarante ans que le

Tyran est en guerre contre les Terres de la Mer, de l'Eau, du Soleil…

Nihal prit une mine vexée :

— Je sais, qu'est-ce que tu crois ?

— Oh là là ! Ce que tu es susceptible ! se moqua Sennar. En fait, Soana m'a remarqué, et elle a voulu parler avec mes parents. Elle leur a dit qu'elle voyait en moi une immense force magique et que, s'ils me laissaient partir avec elle, elle ferait de moi un magicien très puissant. La décision n'a pas été facile pour eux… Finalement, ils m'ont laissé la suivre. Du reste, un champ de bataille n'est pas l'endroit idéal pour un enfant. Jusque-là, je n'avais rien vu que des armes, des morts et des blessés. La misère, quoi. Au début, l'idée de vivre avec Soana ne me disait rien qui vaille. Et puis j'ai commencé à goûter la saveur de la paix, ici, sur la Terre du Vent, et les choses ont changé. Bien sûr, mon père, ma mère et ma sœur, Kala, me manquaient… Mais en même temps j'étais content de ne plus voir les hommes tomber comme des mouches autour de moi. Quand j'ai eu dix ans, Soana m'a donné le choix : rester avec elle et continuer mon apprentissage, ou retourner dans ma famille et oublier la magie.

— Et qu'est-ce que tu as choisi ?

— Eh bien, avant de décider, je lui ai demandé l'autorisation de retourner sur la Terre de la Mer pour revoir les miens.

Sennar s'interrompit et prit une grande inspiration.

— Ce que j'y ai trouvé était terrible : la garnison de mon père avait été entièrement balayée, et tous ceux que je connaissais étaient morts. Mon père, m'a-t-on dit, avait protégé Parsel, le chevalier dont il était l'écuyer, avec son propre corps, et il l'a payé de sa vie...

Sennar se tut une nouvelle fois. Nihal le regardait sans rien dire.

— J'ai pleuré toutes les larmes de mon corps. Ils essayaient de me consoler en me disant que j'étais le fils d'un héros ; mais qu'est-ce que ça pouvait bien me faire ? Mon père était mort, je n'allais jamais le revoir.

Sa voix s'étrangla.

— Finalement, j'ai pris ma décision : retourner auprès de Soana et continuer à apprendre la magie. Une fois devenu magicien, je voulais mettre mon pouvoir au service de la paix et combattre le Tyran, pour mon père et pour tous les innocents que cette guerre a massacrés. Tu comprends maintenant pourquoi je m'en suis pris à toi ? La guerre n'est pas un jeu, on y meurt, et il n'y a que la paix qui puisse la combattre.

Nihal regarda Sennar avec admiration. L'adolescent lui semblait soudain fort et sage comme un vrai guerrier.

— Ça t'étonne, n'est-ce pas ? Tu pensais que

j'étais juste un imbécile, venu te chercher des noises, et tu te rends compte que je suis un homme qui a vécu et qui porte déjà une triste histoire sur ses épaules…

Ils rirent tous les deux.

— Et toi ? Pourquoi est-ce que tu veux devenir un guerrier ?

Nihal s'étendit elle aussi sur l'herbe. Au-dessus d'elle, le ciel déroulait son immense réseau d'étoiles.

— Je veux être un guerrier pour vivre sans fin des aventures. Je veux faire le tour du monde et rencontrer toujours des peuples différents. Et puis, j'aime me battre : quand j'ai une arme à la main, je me sens forte et à l'abri de tout ; j'ai l'impression d'être légère comme l'air. Et libre. Je ne sais pas encore pour qui je combattrai, mais puisque la paix est une belle chose qui profite à tout le monde, peut-être que je combattrai pour la paix. Et aussi, je veux devenir un guerrier pour Livon. Il est mon père, ma mère, mon frère…

Sennar se rassit et regarda affectueusement la jeune fille :

— Cette nuit, je resterai ici, avec toi. Ainsi tu pourras dormir tranquille. Mais demain, je m'en irai : tu dois affronter une épreuve, oui ou non ? Alors, maintenant, essaie de te reposer parce que ce sera une rude journée.

Nihal suivit le conseil de Sennar et se coucha sur

le manteau qu'il avait étendu pour elle par terre en guise de lit.

Elle se sentait incroyablement calme.

Avant de sombrer dans le sommeil, elle remercia encore Sennar. Mais elle dormait déjà quand il lui répondit.

— Et de quoi ? Nous sommes seuls sur cette terre, et l'unique moyen d'avancer, c'est de s'entraider. Bonne nuit, Nihal, ajouta-t-il en tirant la couverture sur ses épaules.

5

RÊVES, VISIONS ET ÉPÉES

C'était une terre qu'elle n'avait jamais vue, elle en était sûre, et pourtant elle avait l'impression que c'était sa vraie patrie. Elle se trouvait dans une grande ville, et se déplaçait avec aisance à travers ses innombrables rues, au milieu d'une foule colorée. Un va-et-vient continu, et, en fond sonore, des voix et des bruits emmêlés. Bien qu'elle fût entourée par une multitude de personnes, elle ne réussissait à distinguer aucun visage.

Peut-être était-elle en compagnie de quelqu'un.

Au fond d'une rue assez large elle apercevait une tour de cristal, aveuglante dans le soleil du matin. D'un blanc de neige, sa forme gigantesque semblait s'élever jusqu'au ciel.

Soudain, les gens qui l'entouraient se mirent à hurler.

Une immense tache sombre s'étendit sur le pavé. On aurait dit de l'encre. Elle regarda mieux : c'était du sang. Rouge vermeil, dense, visqueux. Du sang qui se répandit partout et finit par teinter le paysage entier et la tour elle-même.

Un gouffre vertigineux s'ouvrit sous ses pieds, et elle se sentit tomber. Elle cria de toute la force de ses poumons.

Elle tombait de plus en plus vite vers le fond, tout en sachant qu'il n'y avait pas de fond et que sa chute durerait éternellement. Pendant qu'elle s'enfonçait dans les ténèbres, des pleurs d'enfants et des hurlements déchirants retentissaient dans sa tête : « Venge-nous ! Venge notre peuple ! »

Elle ne voulait pas écouter, mais les voix lancinantes la harcelaient : « Tue-le ! Supprime ce monstre ! »

Et puis, soudain, aussi rapidement qu'elle était apparue, cette vision de mort se dissipa.

Nihal se retrouva en plein vol, sur le dos d'un dragon. Le vent lui chatouillait le visage, elle se sentait libre. Elle portait une armure noire et avait les cheveux coupés très court. Derrière elle se tenait Sennar. Elle savait qu'elle venait de le retrouver au bout d'une longue séparation et elle était heureuse, parce que d'une certaine manière elle était liée à lui.

L'image se fondit à son tour dans une aveuglante lumière blanche.

Nihal cligna des yeux. C'était le début d'une autre splendide journée de soleil, et elle était toujours dans la clairière. Donc, elle avait rêvé. Mais qui étaient les gens qu'elle avait vus dans son rêve ? Qu'est-ce qui avait bien pu leur arriver ? Et pourquoi chevauchait-elle un dragon avec Sennar ?

Elle chassa ces questions de son esprit. Ce n'était qu'un rêve, après tout.

Elle s'étira et s'assit sur le sol avec un bâillement sonore. Elle s'immobilisa net devant le spectacle qui l'attendait : la clairière était pleine de créatures à peine plus grandes que la paume d'une main. Leur chevelure était de mille couleurs, et elles voletaient autour d'elle en agitant doucement leurs fragiles ailes irisées.

Nihal n'arrivait pas à croire ce qu'elle voyait. « Je suis encore en train de rêver », se dit-elle en se frottant les yeux à plusieurs reprises.

Un des petits êtres s'approcha d'elle, la dévisagea longuement de ses grands yeux sans pupilles, et s'écarta un peu.

— Tu es une humaine ? demanda-t-il.

Nihal mit un peu de temps à répondre :

— Évidemment que j'en suis une.

— C'est étrange. Je ne me les rappelais pas comme ça, les humains. Et pas du tout avec des oreilles telles que les nôtres !

— Moi, je trouve qu'elle ressemble tout à fait à un…, intervint un autre, qui se tenait à distance. Enfin, tu vois ce que je veux dire, n'est-ce pas ?

— Impossible ! Il n'y en a plus ! fit un troisième.

Un autre encore se joignit à la discussion.

— C'est sûr, le Tyran les a…

— Silence ! cria celui qui voletait devant Nihal. Tous se turent.

— Il est possible que ce soit une humaine. Il y a tellement d'humains bizarres sur la Terre du Vent !

Nihal s'était en partie remise de sa stupeur :

— Et toi, qui es-tu ? Et toutes ces autres… choses… Qu'est-ce que vous faites ici ?

La créature la regarda d'un air irrité :

— Mademoiselle, attention à vos paroles ! Nous ne sommes pas des « choses ». Nous sommes des elfes-follets. Moi, je me nomme Phos, et je suis le chef de la communauté de la Forêt. C'est ici que nous habitons, si cela ne te dérange pas ! Et toi ? Je croyais que vous, les humains, vous aviez peur de la Forêt ?

— Je m'appelle Nihal, et je viens de Salazar. Je suis ici parce que je veux devenir magicienne.

— Ah, c'est ça ! dit Phos sur le ton de celui qui a tout compris. Tu fais partie de la bande de Soana !

Un murmure d'approbation s'éleva parmi les elfes-follets.

— Alors, tu es une amie. Une chic humaine, cette Soana ! Maintenant, je peux t'avouer que nous avons été un peu effrayés en te voyant. Il faut dire que, hier soir, tu as fait un sacré vacarme !

Phos battit des ailes pour s'approcher de l'oreille de Nihal.

— La plupart d'entre nous ont échappé aux persécutions du Tyran, et nous ne nous fions plus à personne, tu comprends…

Ce petit être commençait à plaire à Nihal. Il était drôle, et il la traitait comme s'il la connaissait depuis toujours.

— Écoute, je ne sais pas, toi, mais moi, je suis affamée. J'ai un peu de nourriture, alors si vous voulez, toi et tes amis, vous pouvez prendre votre petit déjeuner avec moi.

Phos et les siens ne se firent pas prier ; bientôt, la clairière se remplit de petites voix et d'éclats de rire. Les follets voletaient çà et là et faisaient mille cajoleries à Nihal pour la remercier.

La jeune fille fit asseoir Phos sur l'un de ses genoux :

— Alors, ainsi, tu es le chef de tous les elfes ?

— Pas de tous, seulement de ceux de la Forêt. Tu sais, notre communauté est la plus importante de tout le Monde Émergé. Il faut dire, ajouta-t-il tristement, que les forêts diminuent à vue d'œil et que beaucoup de nos semblables meurent ou sont obligés de fuir…

— Et pourquoi vivez-vous uniquement dans les bois ?

— Tu plaisantes ? *Nous sommes* les bois ! Un elfe-follet sans bois, c'est comme un poisson sans eau. Quelques-uns d'entre nous ont bien essayé de vivre ailleurs, certains même avec des humains, mais peu à peu ils se sont comme… fanés, tu vois… Et à la fin, ils sont morts, parce que, sans les bois où porter le regard et sans le parfum d'arbres à respirer, nous ne pouvons pas survivre. Tu peux me dire ce qu'il y a de plus beau qu'un bois ? L'hiver, on joue à cache-cache dans les branches sèches et on chante des berceuses aux animaux qui s'apprêtent à hiberner ; et à la belle saison, on prend le frais à l'ombre des feuilles et on se baigne sous les chaudes pluies d'été.

— Moi, j'ai l'impression que la Forêt se porte plutôt bien, dit Nihal.

Les yeux de Phos s'embuèrent et ses oreilles s'abaissèrent comme celles d'un chien battu.

— Non, hélas ! C'est le Tyran. Il détruit les forêts des terres qu'il conquiert pour fabriquer ses armes. Et les maudits fammins, ses esclaves, nous détestent. Un très grand nombre d'entre nous ont été capturés et réduits à leur servir d'animaux de compagnie. C'est une triste fin, tu sais, pour nous qui sommes libres comme l'air et qui ne demandons qu'un peu de verdure pour vivre en paix.

— Comme je te comprends ! Moi aussi, je veux être libre et voler d'aventure en aventure ! dit Nihal en se levant d'un bond. Tu sais quoi ? Je suis un guerrier – enfin, je vais bientôt le devenir – et je combattrai le Tyran. Je deviendrai le défenseur de tous les elfes-follets. Je m'engagerai dans l'armée rebelle, et je vous libérerai de l'esclavage. Dès lors, vous continuerez à vivre tranquillement dans les bois.

Phos la regarda d'un air désabusé :

— Ce serait beau… Mais la vérité, c'est que le monde que nous connaissons est en train de disparaître. Tout ce que nous pouvons faire, c'est nous terrer ici et essayer de rester en vie…

Assis en tailleur sur le genou de Nihal, Phos regardait au loin. Dans ses yeux se reflétait l'antique Forêt. La jeune fille se sentait étrangement proche de ce peuple menacé. L'espace d'un instant, il lui sembla que les voix intérieures qui la hantaient pleuraient à l'unisson avec le cœur blessé des elfes de la Forêt.

— Peut-être que tu as raison, dit-elle. Mais le mal ne peut pas régner toujours. À l'avenir, je suis sûre qu'il y aura un lieu où toi et ton peuple pourrez vivre en paix.

Phos lui sourit. Soudain, il redevint joyeux et léger, comme si cette discussion n'avait jamais eu lieu.

— Pourquoi es-tu ici, déjà ? Tu as parlé d'une épreuve.

— Soana a dit que je devais entrer en contact avec la nature et m'en faire accepter.

— Dans quel sens, « entrer en contact avec la nature » ?

— Eh bien, la sentir au fond de moi, qui s'écoule dans mon cœur… enfin, je crois…

— C'est tout ? Pour nous, les elfes-follets, c'est une chose naturelle.

— Et comment on s'y prend ?

— Ce n'est pas quelque chose que l'on crée. On le sent, et c'est tout.

Nihal se laissa tomber en arrière dans l'herbe, découragée :

— Mince alors ! Soana, elle, dit que je dois me concentrer, mais avec tous ces bruits bizarres, je n'y arrive pas. En fait, j'ai peur...

Phos se mit à rire aux éclats :

— Peur ?

— Qu'est-ce qu'il y a de drôle ? J'ai un problème, et toi, ça te fait rire ?

— Excuse-moi, se reprit Phos. Écoute, tu m'es sympathique, et tu nous as offert à manger. Je vais te donner un coup de main : nous, les elfes-follets, prierons les arbres et les prés pour qu'ils t'aident, et toi, tu n'auras qu'à... comment tu disais ? te *concentrer*.

Nihal sauta de joie et le remercia de tout cœur.

Phos rassembla les elfes-follets. Il leur parla un moment, puis la petite communauté s'éparpilla dans les airs. Phos fit de loin un geste d'encouragement à Nihal, et le silence retomba sur la clairière.

Nihal retourna sur son rocher et s'assit en tailleur, prête à se concentrer. Cette fois, rien ni personne ne pourrait la détourner de son but !

Cela fut plus difficile que prévu. Malgré l'aide des elfes, Nihal ne parvenait à distinguer que les bruits habituels de la forêt : le vent dans les branches, le frôlement des ailes des oiseaux et le murmure du ruisseau qui coulait sur les cailloux. Il fallut un très long moment pour qu'elle s'aperçût que derrière ces bruits anodins se cachait une musique secrète. Au début, elle crut que c'était son imagination et la fatigue due au temps passé sans bouger sur ce rocher qui lui jouaient des tours. Mais la musique se fit plus insistante. Les sons de la nature semblaient vraiment suivre leur mélodie propre. Le vent dans les arbres était la basse et le tambour, le givre qui se déposait sur les branches pendant la nuit et qui au matin tombait en une fine poussière était la harpe, et les oiseaux qui gazouillaient étaient les chœurs.

Même l'herbe participait au concert. Nihal pouvait l'entendre pousser, et ce chuchotement était comme une sorte de contre-chant.

C'est alors qu'elle eut la sensation très forte de la roche sous elle, puis de la terre. Elle percevait une pulsation régulière, celle de leurs artères invisibles, qui les irriguaient au rythme des battements d'un même cœur palpitant. La nature s'exprimait avec des paroles mystérieuses que Nihal ne comprenait pas, mais dont elle devinait confusément le sens. Elle disait que Tout est Un, et que l'Un est le Tout. Que chaque chose commence et finit dans la beauté de la nature. Et que tous les êtres vivants font partie du grand corps de la création.

Nihal fut traversée par une intense lumière, et une douce chaleur l'enveloppa. Elle sentit que son cœur ne pouvait pas contenir autant de beauté surhumaine, et elle eut peur de se perdre ; mais, au même instant, elle eut l'impression que des bras maternels l'entouraient, la réconfortaient, et lui enseignaient que dans le règne de la beauté, chacun maintient son identité sans cesser de faire partie d'un tout indivisible.

Alors elle commença à voyager sur les ailes du vent, chevauchant des nuages aux formes multiples.

Elle survola des terres où les forêts n'avaient pas de limites, et où tout était d'un vert éblouissant. Et il lui sembla être herbe et fleur, et étendre ses délicats pétales sous les rayons de soleil. Et puis elle fut arbre, et elle sentit ses branches s'élever vers le ciel et ses feuilles se balancer au souffle du vent. Elle fut le fruit et l'oiseau, le poisson et l'animal. Et pour finir, elle fut la terre nue dont chaque grain reçoit la vie et dont proviennent tous les êtres.

En un instant, elle crut saisir le sens de l'existence.

Elle se sentit vieille de mille ans, et sage. Elle éprouva qu'elle était née, qu'elle avait vécu, et qu'elle était morte des milliards de fois dans la multitude des êtres qui avaient foulé le sol du Monde Émergé.

Elle sentit que la vie ne finirait jamais.

Nihal ouvrit les yeux et revint d'un coup sur la terre. Il faisait nuit noire. Assise sans bouger sur ce rocher, elle avait voyagé dans le cœur de la nature pendant un jour entier. Épuisée, elle s'appuya sur le dossier de pierre, et alors seulement elle s'aperçut que les elfes-follets faisaient cercle à ses pieds. De chacun d'entre eux émanait une fine lumière colorée. Au centre se tenait Phos ; il était allongé sur le ventre, le menton dans ses mains, et la regardait en souriant :

— Comment c'était ?

— Merveilleux, répondit Nihal, le cœur et les yeux encore pleins d'étonnement.

Phos annonça qu'il s'occupait du dîner.

— Toi, reste là ! Nous allons chercher quelque chose à nous mettre sous la dent, lui dit-il avant de disparaître dans les profondeurs du bois escorté par sa petite armée.

Il réapparut peu après avec un monceau de fruits et de graines, délicieuses prémices de l'automne à venir, enveloppées dans une étoffe que les elfes-follets maintenaient aux quatre coins.

Lorsqu'ils se furent gavés de fruits secs, Phos présenta à Nihal un bol rempli d'un liquide épais et transparent.

— Goûte !

Perplexe, elle en huma le parfum.

— Goûte, je te dis. C'est délicieux. Et ça aide à se remettre des grandes fatigues.

Nihal but une gorgée. En effet, c'était exquis.

— C'est de l'ambroisie, la résine du Père de la Forêt, qui est l'arbre le plus haut de tout le bois. Pas mal, n'est-ce pas ?

Nihal vida le bol, tout en écoutant le babillage de Phos et des siens. Lorsque, à la fin, elle s'étendit sur l'herbe avec l'intention de regarder les étoiles, elle s'endormit d'un coup.

Cette nuit-là, son sommeil ne fut troublé par aucun rêve.

Le lendemain, elle se réveilla parfaitement reposée. Phos était à côté d'elle, tout seul.

— C'est aujourd'hui que tu t'en vas ?

Nihal se frotta les yeux :

— Oui, je crois. Soana ne devrait pas tarder à venir me chercher.

— Nous sommes amis maintenant, n'est-ce pas ?

— Bien sûr !

— J'ai quelque chose pour toi. Un gage d'amitié.

Le petit elfe lui tendit une grosse perle blanche, au centre de laquelle brillaient des milliers de paillettes de toutes les couleurs de l'arc-en-ciel. Nihal la tourna et la retourna dans ses mains, ébahie.

— C'est une Larme, expliqua Phos. On n'en trouve qu'aux pieds du Père de la Forêt : quand l'ambroisie sèche, elle forme ces pierres. C'est une sorte de catalyseur naturel qui augmente la puissance et la durée des sortilèges. Je me suis dit que c'était un beau cadeau à te faire ; il va te servir quand tu seras magicienne. Et puis, c'est un signe de reconnaissance : des arbres comme le Père de la Forêt, il y en a dans chaque bois, c'est pourquoi les Larmes sont le symbole de notre peuple. Partout où tu iras, les elfes-follets sauront que tu es une alliée.

— Merci, Phos. Elle est… magnifique, murmura Nihal, émue.

Elle aurait voulu lui offrir quelque chose en échange, mais elle n'avait aucun objet de valeur avec elle. Son regard s'arrêta sur son épée, appuyée au trône de pierre.

— Moi, je n'ai rien d'aussi précieux à te donner, dit-elle au chef des elfes-follets. Mais la chose qui me tient le plus à cœur, c'est mon épée. Je la ferai fondre par mon père, et je t'en rapporterai qui convienne à ta taille.

Phos battit des ailes avec enthousiasme :

— Oui ! Et, tu verras, j'apprendrai à manier l'épée et je deviendrai le meilleur elfe spadassin de tout le Monde Émergé !

Ils rirent tous les deux. Soudain, Phos dressa les oreilles :

— Voilà Soana ! Il vaut mieux qu'elle ne me voie pas. Elle ne serait pas contente de savoir que je t'ai aidée…

Il lui fit un dernier sourire et disparut aussi vite qu'un éclair.

Soana arriva peu après, suivie de Sennar. Elle était

encore plus belle que l'avant-veille. Pour l'occasion, la magicienne avait revêtu une somptueuse tunique violette, brodée de runes et de symboles magiques noir et or.

— Comment ça s'est passé ? demanda-t-elle à Nihal.

Celle-ci savourait d'avance son triomphe :

— Bien. Je suis entrée en communion avec la nature, et quelle expérience fantastique !

Soana sourit mystérieusement et fit un signe à Sennar :

— Nous allons voir ça...

Le jeune mage tira six petites pierres de sa besace, les disposa sur le sol selon un ordre précis et se concentra : aussitôt, six rayons de lumière relièrent les pierres entre elles, formant une étoile. Ensuite Sennar posa la main au centre, et de hautes flammes en fusèrent.

Alors seulement, Soana s'approcha. Elle ferma les yeux et leva les bras, les paumes tournées vers le ciel :

— Par l'Air et par l'Eau, par la Mer et par le Soleil, par le Feu et la Terre, je t'invoque, ô Esprit suprême, pour que l'âme de ma disciple soit éprouvée par tes flammes.

Le feu devint plus vif.

Soana ouvrit les yeux et regarda son élève avec intensité :

— Mets la main dans le feu, Nihal.

Nihal crut avoir mal entendu :

— Pardon ?

— Je t'ai dit de mettre la main dans le feu, répéta Soana.

La jeune fille se sentit défaillir.

— Comment ça, la main dans le feu ?

— Nihal ! Obéis.

Le regard de Soana n'admettait aucune réplique, mais les jambes de Nihal tremblaient, et son bras refusait de bouger. Ce fut à son tour de fermer les yeux et de prier désespérément pour que la nature l'ait vraiment acceptée.

« Tout est Un, et l'Un est le Tout. La flamme ne me brûlera pas parce qu'elle fait partie de moi et que je fais partie d'elle », se répétait-elle en tendant la main. Quand elle sentit la chaleur des flammes s'approcher, son courage fléchit de nouveau. Elle avait la bouche sèche, et son cœur battait la chamade. « Tout est Un, et l'Un est le Tout. Tout est Un, et l'Un est le Tout. Maintenant ou jamais ! »

Elle retint son souffle et plongea la main dans le feu.

Aucune douleur. Pas même la chaleur qu'elle avait ressentie auparavant.

Lorsqu'elle eut le courage de rouvrir les yeux, elle fut stupéfiée : sa main était entourée par les flammes qui l'enveloppaient comme un gant.

Soana claqua des doigts, les flammes disparurent,

et tout redevint comme avant. Nihal regarda sa
main, sidérée : elle était rose et fraîche.

— C'est un miracle ! murmura-t-elle en se parlant à elle-même.

— Non, Nihal. C'est un feu magique. Si tu
m'avais menti, ta main aurait été réduite en cendres.

Soana la prit par l'épaule :

— Tu as été vraiment courageuse, *ma chère élève*.
Et Nihal sut qu'elle avait gagné.

Commença le temps de l'apprentissage.

Ce fut pour Nihal une période fatigante, mais
fascinante, au cours de laquelle elle apprit peu à peu
à apprécier la magie. Chaque nouveau sortilège lui
donnait la sensation d'appartenir davantage à la vie
qui palpitait en chaque chose, celle qu'elle avait
sentie dans la clairière. Certes, la méditation et les
mille exercices préparatoires indispensables à maîtriser tout nouveau sortilège l'ennuyaient terriblement ; cependant elle prenait goût à l'effort et elle
sentait s'installer en elle un calme qu'elle n'avait
jamais connu.

Elle comprit toutefois vite que ce n'était pas là
son destin. Nihal apprenait avec facilité, mais il lui
manquait ce supplément de force magique typique
des grands magiciens que Sennar, lui, possédait sans
aucun doute.

Depuis la nuit où il était venu la secourir dans
la Forêt, leurs rapports s'étaient beaucoup améliorés.

Nihal avait bien eu à son retour des bois un petit sursaut de fierté, mais elle n'avait pas résisté longtemps. Sans le mesurer, elle en était même arrivée à traiter Sennar comme son meilleur ami. Ils passaient tout leur temps ensemble, au point que Nihal avait cessé de fréquenter la bande de Salazar ; elle avait trouvé dans le garçon aux cheveux roux l'ami qu'elle avait toujours voulu avoir.

S'ils partageaient l'enseignement de Soana, Nihal et Sennar étaient aussi unis par le sentiment d'être différents des autres : lui était un magicien – et sous le règne du Tyran les magiciens avaient très mauvaise réputation ; elle était une guerrière, ce qui allait à l'encontre de l'opinion commune, selon laquelle le destin d'une femme était de rester enfermée chez elle à s'occuper de son mari et de ses enfants. Ils se sentaient rebelles, agissaient selon leur bon plaisir, et rêvaient à leurs futurs exploits. Car pour Nihal c'était devenu une certitude : elle se joindrait aux troupes qui combattaient le Tyran. Soana et Sennar lui en parlaient souvent : ils lui avaient expliqué comment il avait usurpé par la force les trônes de plusieurs Terres du Monde Émergé et y avait institué des gouvernements fondés sur la terreur, qui avaient entraîné la décadence et la misère. Et combien le Tyran détestait toutes les races et voulait les soumettre à son obscur pouvoir. La jeune fille retint ce qu'ils lui avaient dit et ne cessait d'y songer même quand elle retournait à Salazar.

Depuis quelque temps, et de plus en plus souvent, des inconnus faisaient irruption dans la boutique de Livon et s'emparaient de ses armes sans
payer, au nom d'un prétendu accord entre le Tyran
et le roi Darnel. Le forgeron avait l'air de les craindre, et chaque fois qu'ils arrivaient, il obligeait
Nihal à se cacher. Elle assistait, impuissante, à la
scène : ces sombres personnages mettaient la boutique à sac et malmenaient son père. Nihal en bouil-
lait de colère et sa main se cramponnait à son épée.

Ce glaive était nouveau : comme promis, elle
avait fait fondre l'ancien pour que Livon en forge
un tout petit, qui avait enthousiasmé Phos.

Quant à Larme, elle l'avait confiée à son père en
disant :

— L'Ancien, peux-tu me fabriquer une épée avec
cette perle enchâssée dans la garde ?

Livon ne se le fit pas dire deux fois.

Pendant l'absence de Nihal, il avait eu tout le
loisir de réfléchir à leur relation. Sa fille grandissait,
et il n'était pas juste de lui briser les ailes seulement
parce qu'il désirait la garder auprès de lui. Jusque-là,
en matière d'éducation, il avait suivi son instinct,
mais il se souvenait du désir obsédant de liberté qui
l'animait, adolescent, et qui l'avait poussé à s'opposer souvent à son père. Il avait compris que la
sagesse, c'était d'accorder à Nihal sa liberté et de
seulement observer son vol de loin, sans négliger de

la soutenir en cas de difficulté, et de lui éviter les chutes douloureuses.

Il voulait démontrer à Nihal qu'il était décidé à la laisser grandir : il lui sembla que lui forger une épée était un bon moyen de la persuader.

Livon y mit du temps. Il voulait créer une épée extraordinaire qui n'abandonnerait jamais Nihal et qui lui rappellerait son père à chaque instant.

Le hasard voulut qu'un des ses fournisseurs, un gnome rusé avec un sens aigu des affaires, lui proposât à un prix raisonnable un bloc de cristal noir, le matériau le plus résistant de tout ce qui existait dans le Monde Émergé. On ne le trouvait que sur la Terre des Roches, et c'était avec ce même cristal qu'avait été construite la Forteresse du Tyran. Livon ne l'avait jamais travaillé, mais il connaissait la technique.

L'idée de fabriquer une épée noire l'enthousiasmait. Il entreprit donc d'en dessiner le modèle.

L'armurier pensa alors à Nihal, à sa manière d'être, à ce qui lui plaisait, et il décida de réaliser une arme avec une effigie de dragon : c'était l'animal qui lui semblait le plus apte à représenter le tempérament de sa fille. Et puis, Nihal aimait les chevaliers, et les plus puissants du Monde Émergé étaient justement les chevaliers du dragon.

L'image de l'épée se forma en son esprit dans ses

moindres détails : il ne lui restait plus qu'à la tirer du cristal noir. Il y travailla sans répit, surtout la nuit, car il voulait en faire la surprise à Nihal. Il profitait de tous les moments où la jeune fille n'était pas là et passait de longues heures penché sur le bloc de cristal, ses outils à la main et la sueur au front, allant jusqu'à négliger son travail habituel et provoquer les plaintes de ses clients.

— On se la coule douce, hein ? le taquinait Nihal.

Mais elle ajoutait aussitôt, sérieuse :

— Tu as besoin d'un coup de main, l'Ancien ?

Livon secouait la tête et répondait qu'un travail très important requérait sa pleine concentration. Il ne voulait pas lui avouer que c'était pour elle qu'il oubliait ses autres tâches.

En réalité, tous les armuriers, tous les artisans, tous les artistes espèrent connaître des moments comme celui qu'il était en train de vivre en voyant naître cette arme.

L'épée de cristal serait son chef-d'œuvre.

Enfin, un matin, Livon appela Nihal. Il avait les traits tirés de quelqu'un qui a travaillé la nuit entière, et son tablier était noir de poussière.

— Ça va ? demanda Nihal, inquiète.

— Je n'ai jamais été aussi bien ! C'est l'un des plus beaux moments de ma vie, répondit Livon en

lui tendant un objet enveloppé dans une peau tan-
née.

Quand Nihal défit le paquet, elle eut le souffle
coupé. Dans la lumière du matin étincelait une épée
noire, plus brillante que du verre, dont elle avait la
transparence. La lame, plate, était effilée comme un
rasoir et s'affinait légèrement du côté de la garde.
Autour de cette dernière, de forme rectangulaire,
s'enroulait un dragon ; sur le fond noir de l'arme se
détachait sa tête blanche : la Larme.

La gueule de l'animal était grande ouverte, de
même que ses ailes, qui se déployaient autour de la
lame, si délicatement ciselées que l'on pouvait en
distinguer la nervure des veines, et si fines qu'elles
semblaient transparentes.

Nihal osait à peine toucher cette arme merveilleuse. Livon avait déjà réalisé une quantité d'épées
extraordinaires, mais celle-ci était une véritable
œuvre d'art.

— Tu m'as demandé une épée, la voilà, dit
l'armurier. Cette fois, ce n'est pas un jouet. C'est
ton épée. Je l'ai faite en pensant à toi. Elle peut
défendre et attaquer : c'est une vraie arme pour un
vrai guerrier.

Livon sourit, et Nihal le regarda, les yeux brillants.

— Eh bien, prends-la dans la main, vas-y !
l'encouragea-t-il.

Nihal la souleva délicatement et fut surprise de

constater à quel point elle s'adaptait à sa paume, et combien elle était légère et maniable.

Livon se mit à rire :

— Elle n'est pas en verre, tu sais ! C'est du cristal noir, le matériau le plus solide que l'on connaisse. Regarde bien.

Il lui prit l'épée des mains, la posa sur son établi et assena un grand coup de marteau sur les ailes du dragon.

Nihal tressaillit, mais l'épée n'avait même pas une éraflure.

— Avec ça, tu pourras partir en quête de toutes les aventures que tu voudras !

Nihal sauta au cou de son père et l'étreignit fougueusement. Puis elle se détacha de lui et souleva sa nouvelle épée dans les airs :

— C'est mon épée, et je ne m'en séparerai jamais !

Livon rit de nouveau :

— Bon, je peux mourir en paix.

L'épée devint pour Nihal sa compagne la plus fidèle. Tous les jours, elle l'attachait à sa ceinture. Le plus souvent, elle s'en servait pour s'entraîner seule, n'ayant personne avec qui s'exercer au combat : Sennar était trop occupé par ses études, et même s'il consentait à croiser le fer, ce n'était pas utile : son niveau était bien inférieur au sien. Quant à Livon, elle le battait désormais trop facilement. Et puis, elle dormait presque toujours chez Soana.

Alors, dès que son apprentissage lui en laissait le loisir, elle courait dans la Forêt et perfectionnait sa technique avec l'aide de Phos : le petit elfe-follet lui lançait des graines, que la jeune fille devait toucher au vol. Sinon, elle donnait de grands coups dans les branches sèches. Ce n'était pas l'entraînement, mais c'était au moins une manière de rester en forme et de travailler son habileté et sa puissance. Nihal se raccrochait à cette mince pratique parce que le désir de manier l'épée était toujours plus pressant en elle.

L'occasion se fit attendre, mais elle finit par arriver.

6

LE CHEVALIER DU DRAGON

Deux années avaient passé depuis que Nihal s'était rendue à la lisière de la Forêt pour rencontrer Soana et lui demander de l'accepter comme élève, deux années d'études et de maturation, au cours desquelles ses liens avec Sennar n'avaient cessé de se renforcer.

À présent, son ami et confident était sur le point de devenir un magicien complet.

La cérémonie d'investiture devait avoir lieu auprès du Conseil des Mages, et serait d'autant plus solennelle que Sennar avait décidé de poursuivre ses études pour devenir conseiller.

Le Conseil des Mages déplaçait son siège tous les ans, de manière à ce que chaque Terre ait l'honneur de l'accueillir à son tour. Il était composé des huit magiciens les plus puissants – en force magique et en sagesse – des huit Terres. C'était tout ce qu'il restait de la démocratie du Monde Émergé. Par le passé, le Conseil des Mages en avait dirigé la vie culturelle et scientifique, mais depuis près de quarante ans, en coopération avec l'assemblée des souverains des Terres libres, il organisait et menait la guerre de résistance au Tyran.

Le Conseil dirigeait également la communauté des magiciens de tout le Monde Émergé, et c'est pourquoi chacun d'entre eux devait s'y référer pour sa propre investiture. Depuis que le Tyran avait fait son apparition, il était de plus en plus fréquent qu'on trouve dans les rangs de chaque armée au moins un magicien qui imposait des pouvoirs sur les armes, et qui, dans les cas les plus désespérés, se joignait aux troupes, leur apportant la force de sa magie.

Pour Nihal, c'était le premier vrai voyage de sa vie. Non qu'elle soit restée jusque-là recluse entre les murs de Salazar : lorsqu'elle accompagnait Livon chez ses fournisseurs, elle avait eu l'occasion de voir d'autres tours de la Terre du Vent. Cependant elle ne s'était jamais éloignée de plus d'une demi-journée de route, et au coucher du soleil elle était toujours de retour à la maison.

Cette fois, c'était différent : ils allaient dormir à la belle étoile, parcourir des centaines de lieues, et arriver finalement sur une terre inconnue, à propos de laquelle Nihal avait entendu tant d'histoires… Elle était très excitée par cette perspective, et elle le resta pendant tout le voyage. Tandis que la route défilait sous ses pas, ou quand ils se reposaient le

soir autour du feu, les jambes endolories et la tête
vidée par la fatigue, elle pensait qu'elle aimerait
mener une vie comme celle-là, allant d'étape en
étape, de Terre en Terre, et vivant mille aventures,
son épée au flanc.

Sennar était d'une humeur différente. Tout à son
nouveau rôle, il ne pensait qu'à son initiation. Il ne
savait pas ce qui était plus fort en lui : le désir d'être
un vrai magicien ou la peur du rituel qui l'attendait.
D'un côté, il craignait de ne pas être à la hauteur,
et de l'autre, il mourait d'impatience de recevoir
l'investiture.

Et puis, il y avait Soana, dont le comportement
était des plus étranges. Elle, d'ordinaire si mesurée
et impénétrable, était soudain rayonnante et sereine,
et même rieuse. Nihal avait appris à la connaître et
à l'aimer, mais elle ne l'avait jamais vue manifester
aussi ouvertement sa joie. On aurait dit que l'attente
de quelque chose l'éclairait d'une lumière nouvelle,
une lumière qui faisait resplendir sa beauté.

Ils arrivèrent en vue de la frontière au dixième
jour de marche.

La Terre du Vent, malgré quelques réserves, était
considérée par les Terres libres comme un territoire
ami : les frontières n'étaient pas encore surveillées,
et le passage des hommes et des marchandises n'était
pas soumis au contrôle.

Nihal cheminait avec les autres, plongée comme

à son habitude dans ses pensées, lorsque son attention fut attirée par une ombre énorme, trop rapide pour être celle d'un nuage. Elle leva instinctivement la tête vers le ciel... Ce qu'elle vit la cloua sur place et la remplit d'émerveillement.

Juste au-dessus d'eux voltigeait un dragon. L'animal décrivait des cercles paresseux dans l'air frais du matin, et les rayons du soleil transperçaient ses fines ailes, les faisant briller de mille feux. Il était le sosie du dragon sur son épée : même puissance, même vigueur, même beauté. Il avait un harnais et une selle dorée, et il était monté par un homme revêtu d'une armure étincelante.

Après un tour plus ample que les autres, le dragon se posa délicatement sur l'herbe, non loin du petit groupe. Nihal le regardait avec des yeux écarquillés, comme si elle voulait se remplir la vue et le cœur de ce spectacle. Elle ne s'aperçut pas que Soana avait couru à la rencontre du chevalier avec un élan inaccoutumé. L'homme descendit agilement du dragon, retira son casque, prit la main de Soana entre les siennes et y posa un long baiser.

Soana lui sourit avec tendresse :

— Mon bien-aimé...

— Voilà, je crois, une éternité que nous ne nous sommes pas vus, répondit le chevalier en lui rendant son sourire.

Soana, qui soutenait d'habitude le regard de quiconque, et même obligeait les autres à baisser les yeux devant elle, détourna la tête, intimidée.

— Un dragon ! Tu as vu ? Un dragon !

Le cri de Sennar ramena Nihal parmi les mortels.

Le jeune magicien, fou de joie, s'élança vers l'énorme animal ; Nihal, après une seconde d'hésitation, décida de le suivre. À mesure qu'elle s'approchait du dragon, elle le voyait en détail. Il la scrutait de ses pénétrants yeux rouges qui évoquaient la nuit des temps. Ses ailes repliées couvraient des flancs majestueux, où respirait une vie puissante.

Immobile comme une statue, il en imposait telle une œuvre d'art. Il était vert clair, mais cette couleur prenait par endroits des reflets surprenants : sur les côtés de la tête, elle tendait vers le rouge, s'obscurcissait le long de l'épine dorsale et sur la pointe des ailes, et s'éclaircissait sur son imposant poitrail.

Nihal se dit qu'il ne pouvait rien exister de plus beau et de plus fort, rien de plus grandiose ni de plus puissant. Ce devait être quelque chose, de le chevaucher, de sentir le battement de son cœur et de sillonner le ciel, accroché à ses ailes !

Quand Sennar commença à caresser le museau du dragon, le chevalier tressaillit :

— Fais attention, mon garçon !

— Ne vous inquiétez pas, répondit Sennar sans s'arrêter.

Le nouveau venu ne le lâcha pas des yeux : il l'observait avec circonspection, prêt à bondir au moindre signe de danger. Il eut l'air surpris en constatant que son dragon était tranquille, et même qu'il avait l'air d'apprécier les caresses de Sennar.

Nihal ne put résister : elle s'avança et tendit à son tour la main vers le dragon. La voix de Soana lui fit suspendre son geste :

— Pas toi, Nihal ! Un dragon est entièrement dévoué à son chevalier, et il ne se laisse pas approcher par les étrangers. Sennar, lui, peut le faire grâce à ses pouvoirs.

L'adolescente baissa la main, déçue. Elle aurait tant voulu toucher une telle créature ! Les chevaliers du dragon représentaient tout ce qu'elle rêvait d'être. Ils étaient des guerriers, les plus forts de tout le Monde Émergé, et ils combattaient le Tyran aux côtés des Terres libres. En outre, ils volaient dans les airs, en contact télépathique avec leurs dragons, unis en une seule et même entité…

— Les enfants, voici Fen, général des chevaliers du dragon de la Terre du Soleil. Fen, laisse-moi te présenter Sennar, mon élève. Et elle, c'est Nihal… Nihal ?

À présent qu'elle avait enfin sous les yeux un vrai dragon, Nihal n'arrivait pas à en détacher le regard. Complètement subjuguée, elle ne se rendait même pas compte que Soana était en train de lui parler.

D'une bourrade, Sennar l'obligea à détourner son attention du dragon vers le chevalier. Et là, ce fut un coup de foudre.

Fen était un homme jeune, mais plus un garçon. Grand et imposant, il possédait une beauté que Nihal avait cru n'appartenir qu'aux statues : son armure laissait deviner la musculature fine et puissante d'un athlète, ses cheveux châtains descendaient en boucles autour d'un visage à l'ovale parfait, ses lèvres charnues et bien dessinées s'ouvraient sur un sourire effronté, et ses yeux étaient d'un vert intense. « Dans ces yeux, pensa Nihal, éblouie, il y a toutes les couleurs de la Forêt au printemps, et toutes les émeraudes du Monde Émergé… »

Le chevalier lui apparut comme un véritable héros. Elle se sentit rougir violemment ; elle tenta de balbutier quelque chose, mais les paroles sortirent en flot incohérent de ses lèvres.

Fen sourit aux deux jeunes gens :

— C'est un plaisir de faire votre connaissance. Soana m'a tellement parlé de vous ! Et je dois avouer, Sennar, que je n'avais jamais vu personne caresser Gaart comme si c'était un gros chat !

Il se retourna ensuite vers Soana et lui serra doucement le bras :

— Le voyage a été dur ?

— Pas du tout. Ça a été un vrai divertissement ! C'est un très bel été…

— Je n'aime pas que tu voyages ainsi seule, par les temps qui courent.

— Sottise ! Tu sais bien que je suis capable de me défendre.

— En tout cas, maintenant c'est moi qui t'escorte jusqu'au Palais Royal.

Sans discuter davantage, et malgré les protestations amusées de Soana, Fen la prit dans ses bras et la déposa galamment en amazone sur la selle de Gaart.

— Et pour vous, les enfants, je me suis procuré des chevaux : un de mes écuyers vous attend à la frontière.

Nihal retrouva d'un coup la parole :

— Je peux aussi monter sur le dragon ?

— Désolée, Nihal, mais Gaart ne peut pas porter sur son dos plus de deux personnes.

— C'est que... il est si beau ! bafouilla Nihal, qui se maudit aussitôt de ne s'être pas mordu la langue.

Fen rit de bon cœur :

— Tu entends ça, Gaart ? C'est ton jour de chance !

Il regarda avec attention l'arme que Nihal portait à la ceinture :

— C'est plutôt ton épée qui est belle !

— Euh... quelle épée ?

— Celle-là !

Et, joignant le geste à la parole, il toucha la garde de l'arme.

À peine le chevalier eut-il effleuré sa taille que Nihal sentit ses oreilles s'enflammer.

— Soana m'a dit que tu voulais devenir un

guerrier. Comment est-ce que tu te débrouilles à l'escrime ?

Nihal lui lança un regard éperdu :

— Qui ? Moi ?

Sennar leva les yeux au ciel et décocha un nouveau coup de coude à son amie.

— Je me défends, finit par répondre Nihal.

— Très bien. Quand nous serons dans le Palais Royal à Laodaméa, nous croiserons le fer. Ainsi, tu me montreras ce que tu sais faire.

Sur ces mots, Fen enfourcha son dragon, passa ses bras autour de la taille de Soana et s'envola dans les airs.

Nihal eut l'impression de reprendre souffle après une longue apnée.

Sennar lui posa une main sur l'épaule :

— On doit aller chercher les chevaux. Bouge-toi, il faut se mettre en route !

— Oui, bien sûr…, répondit Nihal en essayant de sortir de sa torpeur et de retrouver son calme.

Pendant qu'ils galopaient au cœur de la Terre de l'Eau, Nihal ne faisait que penser à Fen. Elle se demandait ce qui lui était arrivé face au chevalier. Diantre ! Dans sa vie elle avait vu bien plus d'hommes que de femmes, et Fen n'était qu'un guerrier, après tout. Mais quand elle revoyait ses yeux verts…

— Ce n'est pas pour toi, dit Sennar d'un air malin.

— Quoi ? Pardon ?

— Tu crois que je ne me suis pas aperçu de la manière dont tu regardes Fen ? Une manière carrément impudique, si tu veux mon avis, ajouta-t-il avec une pointe d'ironie.

Nihal rougit :

— Mais… qu'est-ce que tu racontes ? Comment te permets-tu… ? Et puis, je regardais le dragon, figure-toi !

— Allez, dis la vérité à ton cher ennemi…

— Je ne regardais pas Fen ! répliqua Nihal, vexée. Il se trouve que c'est un chevalier du dragon… et que… je veux être une guerrière… Et son dragon est très beau… et son armure… aussi.

Sa tentative pathétique pour se justifier mourut dans un balbutiement.

— Remarque, tu ne dois pas avoir honte qu'il te plaise : il est grand, fort, impressionnant… Et c'est un chevalier, autant dire un héros, n'est-ce pas ? Personne ne pourrait t'en blâmer…

Nihal ne prit pas la peine de répondre. Elle serra la bride de son cheval et tenta de penser à autre chose. Mais, si elle fermait les yeux, l'image de Fen apparaissait aussitôt et elle sentait son cœur battre plus vite.

Après quelques minutes de silence, Nihal sortit de sa bouderie pour interroger Sennar :

— Ton père était écuyer d'un chevalier : qu'est-ce que tu sais sur leur ordre ?

— Le chevalier que mon père servait montait un dragon bleu. C'est un animal un peu différent, plus petit et qui ressemble davantage à un gros serpent. Fen appartient à l'ordre des Chevaliers de la Terre du Soleil, un ordre très ancien. Aujourd'hui, leurs dragons sont tous élevés sur la Terre du Soleil, mais autrefois ce n'était pas le cas : ils venaient de différentes Terres, et les chevaliers n'étaient soumis à aucun pouvoir. Ils n'étaient liés qu'à leur propre dragon et à l'ordre, et vivaient pour la plupart comme des mercenaires, mettant leur art au service du plus offrant. Pendant la guerre de Deux Cents Ans, presque chaque armée comptait dans ses rangs un chevalier du dragon.

Nihal écoutait avec attention.

— Quand la paix est revenue, il sembla que l'ordre se fût dispersé. Quelques chevaliers sont restés sur la Terre du Soleil pour y fonder l'Académie, alors que d'autres ont abandonné le Monde Émergé en franchissant les courants du Saar ou en traversant le Grand Désert. Mais quand la guerre contre le Tyran a commencé et que toutes les Terres libres ont uni leurs forces, créant une seule grande armée, les chevaliers du dragon ont été engagés comme généraux et comme commandants de ses troupes. Aujourd'hui, ils dépendent du Conseil des

Mages. C'est tout ce que je sais, Nihal. À ta place, je ne penserais pas trop à Fen...

Mais ces dernières paroles de Sennar se perdirent dans le vent.

Nihal s'était de nouveau abîmée dans le regard du chevalier du dragon.

7

SUR LA TERRE DE L'EAU

Ils avaient parcouru plusieurs lieues à l'intérieur de la Terre de l'Eau sans constater un changement quelconque du paysage : les mêmes steppes, peut-être un peu plus vertes que celles qui entouraient Salazar ; partout, c'était un océan infini d'herbes ondulant au vent.

Et puis, surgissant de nulle part, commencèrent à apparaître des ruisseaux, qui semblaient émerger de la terre comme le sang sort d'une blessure. Au début, ce n'était que des rigoles, larges comme le bras et peu profondes, mais très vite elles se muèrent en cours d'eau plus abondants, pour finir par se transformer en puissants fleuves.

Bientôt, l'eau devint la maîtresse absolue du pays : il était traversé par des fleuves, des rivières limpides, et de petits ruisseaux qui creusaient la terre comme des larmes. Les cours d'eau avaient la transparence du cristal. Des poissons multicolores filaient entre les joncs et de longues algues se pliaient au souffle léger des courants. La couleur de l'herbe était d'une intensité incroyable : le pays tout entier était le royaume de la verdeur et de l'eau : une terre pure, lavée par mille fleuves, et ornée de milliers d'arbres.

Nihal regardait autour d'elle avec de grands yeux. Elle se souvint de la vision qu'elle avait eue dans la plaine : peut-être que c'était celle-là, la Terre où les esprits de la Nature manifestaient tout leur pouvoir, le lieu où les forêts s'étendaient à l'infini.

— Ferme la bouche, Nihal, plaisanta Sennar, mais lui aussi était frappé par autant de splendeur.

Peu à peu apparurent aussi les premiers villages : implantés sur des îlots formés par les boucles successives des fleuves, ils avançaient leurs pilotis au bord de l'eau. Sur cette Terre, semblait-il, les hommes avaient trouvé le moyen le plus symbiotique de cohabiter avec la nature luxuriante.

Nihal et Sennar allaient de merveille en merveille. Mais le plus beau était encore à venir : après avoir chevauché au trot la moitié de la matinée, les deux voyageurs arrivèrent enfin devant le palais le plus extraordinaire qu'ils eussent jamais vu.

C'était une sorte de château, plutôt massif, en pierre de taille, qui s'élevait au sommet d'une immense cascade. L'eau courait sur ses contreforts, puis se séparait en milliers de petits ruisseaux qui se jetaient furieusement vers l'abîme sur une soixantaine de brasses, pour finir leur course en un lac d'un bleu indigo. L'entrée principale s'ouvrait sur la partie centrale de la cascade ; c'est là que les attendaient Fen et Soana.

Les visiteurs furent accueillis par des pages qui leur souhaitèrent la bienvenue et les escortèrent jusqu'à leurs chambres, toutes contiguës, surplombant la cascade. La vue dont on jouissait par la fenêtre était à couper le souffle : lorsqu'elle s'y pencha, Nihal ne sut pas si ce qu'elle voyait était le lac ou le ciel qui, par quelque fantaisie des dieux, avait décidé de faire la culbute pour descendre sur la terre.

Elle resta là, enchantée, jusqu'à ce que Soana vînt frapper à sa porte : le moment de rencontrer les souverains de la Terre de l'Eau était arrivé.

Soana conduisit Nihal et Sennar au cœur du palais royal : une grande salle circulaire, surmontée d'un toit hémisphérique en cristal sur lequel ruisselait l'eau de la cascade.

On se serait cru dans un autre monde. Nihal et Sennar, le nez en l'air, ne se lassaient pas d'observer le mouvement de l'eau qui déformait et redessinait sans cesse les contours de ce que l'on apercevait au-dehors ; si bien que lorsque Galla et Astréa firent leur entrée, ils furent pris par surprise.

Nihal n'avait jamais vu une nymphe de l'eau. La reine Astréa s'avança, comme transportée par une brise légère ; elle semblait ne pas toucher terre. Elle était pieds nus, et son corps diaphane était enveloppé dans une longue robe immatérielle. Ses cheveux, très longs et transparents, pareils à de l'eau pure, se dissolvaient dans l'air environnant après y avoir décrit d'amples volutes. Il était évident qu'elle ne venait pas du monde des humains : la reine de la Terre de l'Eau était une émanation directe de la nature, une de ses filles bien-aimées.

Galla la tenait par la main. Le roi, lui, était un simple humain : une certaine délicatesse des traits le faisait paraître très jeune, mais au bras de la nymphe il n'était qu'un habitant de la terre ferme, lourd et ordinaire.

Depuis toujours sur la Terre de l'Eau les deux peuples vivaient ensemble. Pendant très longtemps, ils s'étaient tolérés l'un l'autre, en cherchant à avoir le moins de contact possible : les hommes habitaient de gracieux bourgs bâtis dans la plaine ou sur des pilotis, le long des fleuves ; les nymphes, elles, vivaient retirées dans leurs bois.

Le mariage d'Astréa et de Galla, la première union métisse de la région, inaugura une nouvelle ère.

Galla était l'héritier de la famille royale. Malgré leur cohabitation, les deux peuples n'avaient pas d'organisation commune : la Terre de l'Eau était gouvernée par les hommes qui siégeaient au Conseil du Roi, tandis que les nymphes avaient leur propre reine, à peine reconnue par les humains ; jusqu'à ce que le jeune Galla ait l'idée saugrenue de tomber amoureux d'Astréa.

Les sentiments furent contrariés par les deux parties. Les parents de Galla se lamentaient : on n'avait jamais vu un humain épouser l'une de ces créatures diaboliques ! De surcroît, Astréa n'était ni reine ni princesse ; c'était une simple plébéienne, qui passait son temps à courir à moitié nue à travers les bois.

Les nymphes, de leur côté, interdirent à Astréa tout contact avec cet homme : c'était un humain, c'est-à-dire un être grossier, incapable de vivre en harmonie avec les esprits primordiaux de la nature.

Mais Galla et Astréa ne s'avouèrent pas vaincus : ils continuèrent à se voir malgré les interdictions, ne cessant de rêver à une vie commune et transgressant toutes les lois non écrites sur la cohabitation entre nymphes et humains.

Dès le jour de leur mariage, ils changèrent beaucoup de choses. Le roi et la reine établirent qu'il n'y aurait plus de division et que les deux peuples devraient coopérer. À cette fin, ils firent construire quelques villages où des humains et des nymphes commencèrent à vivre ensemble. Ce fut une expérience réussie : au début, les deux camps se regardaient avec méfiance ; puis la vie commune les poussa peu à peu à s'accepter.

Astréa se tourna vers Soana :

— Ma chère magicienne, je suis heureuse que tu nous rendes de nouveau visite après une si longue absence. Mon peuple et notre Conseil ont besoin de ta sagesse : de terribles bruits courent, et je sens dans mon cœur que la puissance du Tyran augmente de jour en jour.

À ces paroles, son époux lui serra la main et la regarda avec douceur.

— Je te remercie, chère reine, répondit Soana. Cependant tu n'es pas sans savoir que ma contribution aux décisions du Conseil des Mages est bien réduite. C'est pourquoi j'ai emmené avec moi Sennar, mon meilleur élève. Je me suis efforcée d'affiner les immenses capacités que j'ai vues en lui il y a bien longtemps : je suis sûre qu'il sera d'une très grande aide pour notre monde opprimé par la tyrannie.

Galla la regarda avec sympathie :

— Je crois que tu as raison, Soana. Ce garçon pourrait bien être celui que nous attendons depuis tant d'années, depuis le jour où Reis a quitté le Conseil : un guide fort et sûr qui sache nous montrer la voie vers la liberté.

Le jeune magicien s'éclaircit la voix :

— Tout ce que j'espère, pour le moment, c'est de pouvoir apporter ma contribution à la lutte des Terres libres contre le Tyran. Je ne sais pas quel projet le destin a conçu pour moi, mais je suis très honoré de la confiance que vous me témoignez.

Pendant cette discussion, Astréa n'avait cessé d'observer Nihal. Elle la fixait avec une telle curiosité que la jeune fille se sentit mal à l'aise.

— Mais… cette jeune qui fait partie de ta suite, Soana, n'est-elle pas…

La reine ne put continuer : d'un regard, la magicienne la pria de s'arrêter.

Nihal était perplexe. Elle se demandait ce que la reine avait voulu dire, et pourquoi elle la regardait avec autant d'insistance. Elle fut tentée de demander des explications à Soana, mais la compagnie s'était déjà dispersée, et chacun prenait place à la longue table dressée au milieu du salon.

Nihal, encore songeuse, suivit les autres, jusqu'à ce que la vision du repas qui les attendait vienne balayer toute autre réflexion. Il ne restait qu'une seule place libre à la table, et elle était à côté de Fen.

Nihal sentit une secousse dans son estomac. Son cœur se mit à battre avec une telle force que pendant un instant elle eut peur que cette pulsation ne fût entendue aussi par les autres convives.

Elle rejoignit sa place avec une nonchalance toute feinte. À peine eut-elle tiré sa chaise que Fen lui adressa un sourire lumineux.

« Maudites oreilles, pensa Nihal en sentant celles-ci s'enflammer. Et maudits genoux ! Pourquoi diable est-ce que vous tremblez ? »

Sennar, qui était assis en face d'elle, lui fit un clin d'œil gentiment moqueur. De l'autre côté de Fen se tenait Soana. Tout au long du déjeuner, elle parla avec Galla et Astréa de la guerre et du Tyran.

Elle ne se retournait que rarement vers Fen, qui, lui, témoignait à Soana le plus grand empressement : il lui versait à boire, lui souriait, et de temps en temps effleurait son genou sous la nappe.

Nihal s'efforçait de conserver son calme. Elle baissa la tête et se mit à manger en toute hâte. Elle ne goûtait pas la saveur des aliments ; elle ne participait pas à la discussion. Elle sentait seulement la présence du chevalier à sa droite. Cela lui faisait le même effet que si elle avait été assise à côté d'un feu. Et puis, elle sentait son parfum : pas une odeur artificielle, simplement celle de sa peau.

Malgré ses efforts, Nihal ne réussit pas à éviter le regard de Fen pendant tout le déjeuner.

— Alors, tu veux me révéler ton secret ? demanda-t-il à un moment.

Nihal avala trop vite la bouchée qu'elle était en train de mastiquer, s'étrangla, versa dessus une bonne rasade d'eau, et se retourna vers le chevalier avec la mine de l'agneau qui va à la rencontre du loup.

— Quel… quel secret ?

— Celui de ton épée. D'où est-ce que tu tiens une arme aussi belle ?

— D'où je la tiens ?

Fen éclata de rire :

— Mais, dis-moi, tu réponds toujours aux questions par d'autres questions ?

— Oui. Enfin, non. Pas toujours. Parfois.

— J'ai compris, tu ne veux pas me révéler le nom de ton armurier préféré. Tu as raison. À chaque guerrier son mystère.

Nihal bredouilla un « exact, c'est sûr »... Par chance, la voix de Soana vint mettre fin à cette piteuse discussion :

— Nihal, Sennar a besoin d'une assistante. Il passera toute la nuit à méditer pour se préparer à l'épreuve de demain, et il faut quelqu'un qui connaisse un peu la magie pour l'aider. J'ai pensé à toi. Qu'est-ce que tu en dis ?

Nihal, qui souhaitait seulement que le supplice du déjeuner se termine au plus vite, s'empressa de lancer :

— Oui, oui. Bien sûr. Je le ferai avec plaisir.

— Alors, ça veut dire que nous devrons croiser l'épée dans l'après-midi, conclut Fen.

Les oreilles de Nihal connurent une dernière flambée, la pire de toutes.

Après le déjeuner, Astréa et Galla prirent congé, et les invités se retirèrent. Tandis qu'ils parcouraient le long corridor qui menait à leurs chambres, Sennar se mit à taquiner Nihal :

— Alors ?

— Alors quoi ?

— Tu es prête pour un bon sommeil réparateur ?

— Bien sûr. Pourquoi ?

— Oh, pour rien. C'est juste qu'une longue

veille nous attend cette nuit, et qu'il vaut mieux nous reposer un peu maintenant. Je ne voudrais pas que toi, avec toutes les pensées que tu as dans la tête…

— Eh bien, sache que je vais faire le somme le plus tranquille de ma vie. Je n'ai absolument aucune pensée particulière à l'esprit, répliqua Nihal, agacée.

Sennar sourit :

— Tant mieux ! Bon, eh bien, si tu as besoin de moi, tu sais où me trouver…

Nihal ouvrit la porte de sa chambre et la referma au nez de son ami.

Si ce même après-midi Nihal avait frappé à la porte de Sennar, cela n'aurait rien eu de surprenant. Plus d'une fois, en effet, lors des longues nuits passées dans la maison de la Forêt, Nihal avait mis son orgueil dans sa poche et avait couru chercher du réconfort auprès du jeune garçon. Il lui arrivait souvent de faire des cauchemars semblables à celui de la première nuit dans la Forêt et d'entendre dans son sommeil mille voix désespérées qui l'appelaient au secours. Ces nuits-là, elle se réveillait terrorisée, et si, les premières fois, elle était restée seule à pleurer dans le noir, une nuit, elle avait été frapper chez Sennar. Depuis, elle s'était toujours appuyée sur son ami pour surmonter ces moments terrifiants, même si elle ne lui avait jamais révélé la nature de ses cauchemars.

Cet après-midi-là, Nihal n'eut pas besoin de Sennar : elle ne réussit tout simplement pas à fermer les yeux.

Fen lui avait donné rendez-vous quelques heures plus tard ! Elle n'arrivait pas à penser à autre chose : elle était sur le point d'affronter un chevalier du dragon, c'est-à-dire l'un des meilleurs combattants du Monde Émergé. Le moment de prouver qu'elle avait vraiment l'étoffe d'un guerrier était arrivé. Mais il n'y avait pas que cela qui la tourmentait. « Et si Sennar a raison et que je sois vraiment tombée amoureuse ? » se demandait-elle. Cette éventualité lui semblait assez peu honorable : les guerriers sont censés combattre, et non perdre leur temps avec des histoires romantiques…

Cela ne l'empêcha pas de penser à Fen et à la manière dont il lui avait souri quand elle s'était assise à table à côté de lui.

Bien qu'elle ne se soit pas endormie, l'heure du combat arriva sans qu'elle ne s'en rende compte. L'écuyer de Fen, un tout jeune garçon, vint frapper à sa porte pour la conduire dans la salle d'armes du palais.

Le chevalier l'y attendait, déjà prêt pour le duel, debout au centre de la salle. Il avait revêtu son armure dorée, à l'exception du casque, et il avait une expression ô combien différente de celle qu'elle lui avait vue quelques heures auparavant. Le sourire avait disparu de ses lèvres, et on lisait dans ses yeux une concentration extrême.

Face à cet homme, Nihal se sentit toute petite, promise à un rôle qui n'était pas le sien. Elle eut envie de décamper en courant ; elle réussit cependant à se retenir en se répétant que la première qualité d'un guerrier était le courage.

— Tu n'as rien pour te protéger le corps ? lui demanda Fen dès qu'il la vit.

— Non, répondit Nihal. C'est que, en réalité, je n'ai jamais combattu jusqu'à présent. Pour de vrai, je veux dire, répondit Nihal.

— Ce n'est pas grave. Tu disposeras ainsi de toute ton agilité.

Nihal hocha la tête, mais elle avait un nœud dans la gorge qui refusait de se dénouer, et son esprit était encombré de pensées confuses.

— En garde, ordonna Fen.

La jeune fille ne sut plus quoi faire.

Elle essaya de se calmer, de se rappeler ce qu'elle avait appris sur l'art du combat dans sa vie… Elle se prépara à l'attaque.

L'assaut de Fen fut imprévu et foudroyant. Il combattait avec force, cherchant ouvertement à fatiguer son adversaire et à la déstabiliser. Il avait beau jeu : Nihal était saisie d'effroi et hors d'état de se concentrer. Comme si cela ne suffisait pas, elle n'arrivait pas à détacher ses yeux du visage de Fen. Il lui semblait que le monde commençait et finissait dans cet homme qui avançait vers elle avec des mouvements précis, l'épée au poing.

Elle recula dès le début et ne réussit même pas à organiser un demi-assaut : après quelques frappes à peine, l'épée lui vola des mains et Nihal tomba violemment à terre.

Fen la regarda, étonné :

— Eh bien ? Tu veux te battre ou non ? Ne me dis pas que c'est tout ce que tu sais faire !

Nihal sentit les larmes lui monter aux yeux.

— Soana m'a dit que tu te débrouillais bien, poursuivit le chevalier. Allez, n'aie pas peur. Fais-moi voir ce dont tu es capable.

« Ne pense à rien. Bats-toi. Bats-toi, et c'est tout ! » s'enjoignit Nihal en se relevant, bien décidée à se reprendre. Elle ferma les yeux, vida son esprit. « Qui as-tu devant toi, Nihal ? Un ennemi. Rien d'autre qu'un ennemi. Il est beau, d'accord, et peut-être même que tu es tombée amoureuse de lui, mais ça, ça n'a rien à voir avec le combat. D'ailleurs, tu veux faire impression sur lui ? Alors, montre-lui que tu sais manier l'épée. Parce que tu es forte. Tu es forte et courageuse. Tu dois le lui prouver. »

Nihal garda les yeux fermés jusqu'à ce qu'elle sente le coup de Fen descendre sur elle, et c'est seulement là qu'elle fut prête à se battre pour de bon. Elle esquiva l'attaque du chevalier *in extremis* en se jetant sur le côté et commença à trouver son assise dans l'espace où elle évoluait.

Le point faible de Fen était la prévisibilité : il avait une technique impeccable, mais à cause de cela justement Nihal fut bientôt capable d'anticiper ses mouvements. Elle se déplaçait de plus en plus vite. Elle para les coups les uns après les autres et se mit à attaquer avec d'amples fendants vers le bas, obligeant Fen à reculer. Quelques feintes lui permirent ensuite de s'approcher à un pas de son adversaire, qui fut contraint de lever plus haut son épée. C'est ce qu'elle attendait : elle plia les genoux et se prépara à le frapper par en bas.

Mais le chevalier n'était pas aussi démuni qu'elle l'imaginait... Elle ne s'était pas aperçue que depuis un moment Fen tenait son épée d'une seule main. Avec sa main libre, il la saisit en un éclair par le bras et lui tordit le poignet : elle était désarmée.

Ils restèrent quelques instants dans cette position, immobiles et hors d'haleine. Tout à coup, Nihal prit conscience qu'elle était à un souffle des lèvres de Fen. Elle rougit, se libéra, et d'un bond rétablit la distance de sécurité.

Fen s'essuya le front :

— Ainsi, Soana avait raison !

Nihal retint un sourire d'orgueil. Combattre contre cet homme lui plaisait. En fait, il n'était pas si prévisible que ça. Il était précis. En outre, il avait la capacité de rester lucide ; et il était prêt à tout pour vaincre.

— On recommence ? lui demanda-t-il.

Nihal avait surmonté sa peur :

— Je ne demande pas mieux.

Les deux adversaires passèrent l'après-midi à s'exercer sans interruption. Nihal se sentait libre et heureuse. Elle ne pensait à rien ; son corps se mouvait, précis, comme s'il agissait de manière autonome. L'intensité et la fougue de la rencontre l'enivraient, et, plus ils combattaient, plus elle était excitée. Elle ne s'était même pas rendu compte que Sennar les avait rejoints et les observait depuis un coin de la salle.

Finalement, ils s'assirent à terre, le dos appuyé au mur, en nage et à bout de souffle.

— Avec qui tu t'entraînes, d'habitude ? lâcha Fen.

— Avec personne.

— Qu'est-ce que ça veut dire, « avec personne » ?

— Eh bien, Sennar, à l'épée, c'est un vrai désastre…

— Alors, écoute, Nihal. J'ai une proposition à te faire. Tu as un talent naturel qui ne doit pas être gaspillé. Soana vient souvent me voir. Je voudrais que tu viennes avec elle afin que je puisse t'entraîner moi-même.

Nihal eut l'impression que son cœur s'arrêtait de battre. Elle s'imagina passer avec Fen des milliers d'après-midi comme celui-là, et d'autres encore, où ils ne feraient que discuter. Folle de joie, elle chercha à masquer son émotion en affichant un air blasé :

— Oui… oui. Moi, ça me va.

Fen se mit à rire. Il lui tendit la main et l'aida à se relever.

C'est ainsi que Nihal commença sa carrière de guerrier.

Elle était impatiente de tout raconter à Sennar. En sortant, elle eut la surprise de le trouver juste devant la porte, le regard noir de colère.

— Sennar, tu n'imagines pas ce qu'il vient à l'instant de…

Il ne la laissa pas continuer :

— Je le sais, au contraire. Et permets-moi de te dire que tu es en train de te fourrer dans un sacré pétrin…

— Mais… qu'est-ce que tu racontes ?

— Nihal, arrête de te faire des idées sur Fen…

— Oh, s'il te plaît. Encore ? C'est une obsession !

— Je te ferai remarquer que, s'il y a quelqu'un ici qui souffre d'une obsession, c'est toi.

L'adolescente soupira.

— Bon. Et alors, même si c'était vrai ?

— Nihal…

— Tu te plains toujours que j'aie l'air d'un garçon. Si j'ai le béguin pour lui, cela veut dire que je n'ai pas oublié quel est le devoir d'une vraie jeune fille…

— Nihal, écoute-moi…

— Trouver quelqu'un qui l'épouse ! conclut Nihal avec un sourire resplendissant.

— Écoute, Nihal. Je vais être clair avec toi : Fen aime Soana, et Soana aime Fen.

Le sourire disparut lentement des lèvres de son amie.

— Je suis désolé. J'ignore comment tu t'es débrouillée pour ne pas t'en rendre compte ! Mais c'est ainsi, crois-moi.

Nihal se sentit soudain d'une affreuse sottise. En effet, comment avait-elle pu ne pas s'en apercevoir ? C'était clair comme le soleil : la joie de Soana pendant le voyage, leur rencontre, la main de Fen sur ses genoux pendant le déjeuner…

Sans un mot, elle serra la garde de son épée et se dirigea vers sa chambre, la tête haute.

La nuit précédant l'initiation de Sennar fut longue et sans sommeil.

Nihal assista son ami avec dévouement. Elle essaya de ne penser à rien et de rester proche de lui. Mais lorsque les premières lueurs de l'aube apparurent, elle ne résista plus :

— Sennar, je peux te poser une question ?

— Je t'écoute.

— Est-ce que tu as déjà été amoureux ?

— Euh… Oui, je crois que oui…

— Et comment c'est ?

— C'est différent pour chacun, mais, en général, tu penses sans arrêt à la personne qui te plaît, dès que tu la vois ton estomac se noue, ton cœur se met à battre la chamade… des trucs dans ce genre, quoi. Tu dois le savoir !

— Sennar…

— S'il te plaît, laisse-moi me concentrer !

— Je crois que c'est toi qui avais raison.

La cérémonie d'investiture eut lieu lors d'une audience privée, au grand dam de Nihal, qui était très curieuse de voir comment cela se déroulait. Elle dut se contenter de jeter un coup d'œil furtif dans la salle du Conseil pendant que Sennar en franchissait le seuil : elle eut à peine le temps d'apercevoir une grande pièce sombre, et huit magiciens et magiciennes d'origines différentes, assis solennellement sur des sièges de pierre.

Puis la porte se referma, et Nihal se retrouva seule.

Elle ne savait que faire. Elle n'avait pas le courage d'aller à la recherche de Fen. Elle ne connaissait pas cette Terre et ne savait pas où se rendre pour faire une promenade. Elle retourna donc dans sa chambre où, inévitablement, elle se mit à ruminer ses peines d'amour.

Savoir que Fen était épris d'une autre femme la faisait souffrir, et elle versa même quelques larmes d'une amante désespérée. Mais cette douleur était aussi douce à l'extrême, et Nihal s'y laissa glisser sans retenue. Elle s'aperçut qu'elle aimait l'amour ; et qu'elle aimait la sensation d'être amoureuse.

L'idée d'oublier Fen parce qu'il était le compagnon de Soana ne l'effleura même pas.

Cet après-midi-là, Nihal enferma jalousement ses sentiments à l'intérieur d'elle-même et les alimenta d'espérances et de rêves, d'un léger désespoir et d'exaltations fugitives.

La cérémonie d'initiation fut un succès. Les membres du Conseil des Mages furent on ne peut plus impressionnés par ce jeune garçon long et maigre à l'irrésistible pouvoir magique.

Sennar sortit de la salle épuisé, pâle et en sueur ; à présent, il était magicien. Il reçut comme présent un vêtement noir, qu'il ne quitta plus : une longue tunique de coupe semblable à celle qu'il portait lorsqu'il était novice, mais ornée de traits rouges enchevêtrés, qui culminaient en un énorme œil grand ouvert sur le ventre.

— C'est vraiment inquiétant, commenta Nihal.

Soana, Sennar et Nihal repartirent l'après-midi même, après avoir pris congé d'Astréa et de Galla.

Devant l'entrée du palais, entourés par le fracas de la cascade, Soana et Fen s'enlacèrent un bref instant. Sennar et Nihal s'étaient déjà éloignés de quelques pas quand la voix du chevalier couvrit le vacarme de l'eau.

— Nihal !

La jeune fille se retourna.

— À bientôt ! Et continue à t'entraîner !

À peine rentrée à la maison, Nihal commença à compter les jours.

8

LA FIN D'UN CONTE DE FÉES

Dès leur retour sur la Terre du Vent, les choses reprirent leur cours au rythme habituel : Nihal se consacrait sans enthousiasme à la magie, et Sennar étudiait nuit et jour.

Les huit mages avaient décidé que le jeune garçon resterait encore une année auprès de Soana pour apprendre les devoirs et les obligations d'un membre du Conseil. Passé cette période, Soana devrait faire un rapport sur les capacités de son élève, et Sennar pourrait aspirer à devenir conseiller.

Depuis qu'il avait été nommé magicien, le jeune garçon était totalement absorbé par son nouveau rôle. Il passait des heures entières penché sur des livres, et lorsqu'il eut épuisé ceux de la bibliothèque de Soana, il commença à vagabonder à travers la Terre du Vent à la recherche de nouveaux ouvrages.

Après le voyage sur la Terre de l'Eau, Nihal ne supportait plus la vie inactive de Salazar et était impatiente de connaître de nouveaux pays. C'est pourquoi, sous prétexte que pendant ses courtes

pérégrinations son ami pouvait avoir besoin de protection, Nihal l'accompagnait toujours.

Elle admirait la persévérance de Sennar. Elle aussi
aurait aimé être ainsi : forte, déterminée, le regard
toujours tourné vers son but. C'est vrai, elle n'était
pas portée sur la magie, elle décida pourtant qu'elle
devait au moins réussir à apprendre les sortilèges qui
pouvaient être utiles à un guerrier. C'est ainsi qu'elle
s'efforça de retenir surtout les formules de guérison,
indispensables en cas de blessure, et quelques formules d'attaque élémentaires, qui dans des cas désespérés pourraient la tirer d'affaire. De manière
inattendue, Soana la laissa agir, insistant néanmoins
pour qu'elle assimile parfaitement la façon d'entrer
en contact avec les esprits de la nature.

Fen entraînait Nihal une fois par mois. En général, c'était elle qui allait le rejoindre en compagnie
de Soana ; mais, de temps à temps, le chevalier leur
rendait visite à l'improviste.

Quand il arrivait ainsi, c'était une grande joie
pour Nihal.

Plus le temps passait, et plus elle sentait qu'elle
l'aimait. Elle adorait chacun de ses gestes, connaissait chacune de ses expressions. Elle était convaincue
qu'elle l'aimerait toujours. Qu'importait s'il ne pouvait jamais être à elle ? « L'amour n'a rien à voir
avec la possession, se disait-elle, l'amour ne s'arrête
devant rien. Et je l'aime. »

Fen ne semblait pas s'être aperçu de la dévotion de son élève envers lui. Il était évident qu'il avait mis en place cet entraînement pour faire plaisir à Soana ; or, rapidement, il y prit plaisir : combattre contre cette frêle jeune fille l'amusait, et c'était une occasion supplémentaire de voir la magicienne.

Au cours de ces rencontres, Nihal apprenait beaucoup. Le maître ne se ménageait pas et l'élève était une disciple idéale. Elle assimilait conseils, enseignements, techniques, et se réappropriait le tout avec une inépuisable fantaisie : elle inventait des mouvements, étudiait de nouveaux coups, et adaptait efficacement l'art des armes à sa corpulence.

Fen était impressionné et ne perdait pas une occasion de la complimenter : sa façon de se mouvoir était une vraie danse de mort ! Il n'avait jamais vu personne combattre de cette manière.

Naturellement, Nihal était flattée ; cependant, dans le fond de son cœur, demeurait un espoir : un jour il la remarquerait d'une autre manière, et il comprendrait que, même si elle se battait mieux qu'un homme, elle restait toujours une jeune fille. Parfois, elle se sentait comme la protagoniste infortunée de tant de contes, amoureuse de l'homme interdit, et persévérant dans ses sentiments avec héroïsme. À présent elle savait parfaitement que Sennar avait raison : Soana et Fen étaient comme une seule et même personne. En présence du chevalier, les yeux de la magicienne brillaient d'une lumière particulière, et lui avait dans le regard une tendresse que Nihal aurait rêvée pour elle. Les voir ensemble était une souffrance, et quelquefois, lorsqu'elle était seule, Nihal éclatait en sanglots, mais elle n'aurait renoncé à cet amour pour rien au monde.

Si quelqu'un pouvait disputer à Fen une partie des rêves de Nihal, c'était Gaart.

Avec lui, elle avait peut-être encore moins d'espérance qu'avec son cavalier. Un après-midi, elle avait essayé de l'approcher : le dragon s'était immédiatement montré incommodé, puis il avait commencé à donner des signes d'irritation et, pour finir, il avait craché une flamme par les narines. Nihal avait compris une bonne fois pour toutes que ce n'était pas la peine d'insister, mais elle ne renonçait pas à l'idée de chevaucher un jour un dragon bien à elle. Si elle se tenait à l'écart de Gaart, elle continuait à l'admirer de loin et à imaginer d'interminables vols sur sa croupe.

— Pourquoi est-ce que tu vas chez ce type ? Qu'est-ce qu'il a de tellement spécial ? Je ne te suffis pas ?

Livon n'avait pas bien pris que le chevalier donne des leçons à sa fille ; et il était inutile de lui rappeler que c'était justement lui qui l'avait poussée à suivre sa propre route.

Quand Nihal restait à Salazar pendant quelques

jours, l'armurier avait l'impression que tout était de nouveau comme avant : Nihal était toujours la petite fille qui lui passait ses instruments sur l'établi, noire de la poussière flottant dans la boutique. Seulement, sa fille retournait ensuite chez Soana, et Livon en souffrait. L'enfant qu'il avait élevée lui manquait et il aurait voulu que la jeune femme que Nihal était en train de devenir reste toujours auprès de lui.

Un an après l'investiture de Sennar, la vie continuait, tranquille, sur la Terre du Vent. Les marchands travaillaient à leur commerce, les aubergistes faisaient couler le vin, et les petits garçons de toutes origines couraient çà et là à travers les tours-cités.

Quelques signes prémonitoires, pourtant, auraient dû donner à réfléchir à la population.

Le roi Darnel flattait le Tyran de toutes les manières possibles : les taxes qui lui étaient destinées avaient augmenté de façon démesurée, une grande partie des récoltes finissait directement dans ses greniers, et de nombreuses terres restaient en jachère parce que le Tyran réclamait des hommes habiles pour combattre dans son éternelle guerre contre les Terres libres.

Pendant ses voyages avec Sennar, Nihal se rendit compte que la misère commençait à se répandre lentement parmi la population ; les habitants de la Terre du Vent, néanmoins, restaient convaincus que la servilité du roi Darnel les maintiendrait encore quelque temps en sécurité et leur permettrait de continuer à mener leur existence paisible.

Jusqu'à ce qu'un jour survienne un événement inquiétant.

Un vieux paysan arriva en ville, complètement bouleversé. Vêtu de haillons, il parcourait les escaliers de la tour en hurlant à travers les larmes que les fammins avaient saccagé son village et massacré ses voisins, et que les hommes, arrivés à leur suite, avaient enlevé toutes les jeunes filles et tué ceux qui avaient osé s'interposer. À chaque question que l'on essaya de lui poser, le vieillard répondait : « Lada, ma pauvre Lada… », comme s'il n'avait pas compris ce qu'on lui demandait.

La plupart des habitants le prirent pour un fou et cessèrent de lui prêter attention. Nihal et Sennar, eux, se dépêchèrent de prévenir Soana. La magicienne décida aussitôt de se mettre en route vers la frontière pour savoir s'il y avait vraiment quelque chose à craindre.

Pour la première fois depuis que leurs destins s'étaient croisés, elle partait seule.

— Il vaut mieux que quelqu'un capable de se battre reste en ville, le cas échéant. Je compte sur toi, Nihal, dit-elle en souriant, Salazar est un peu entre tes mains.

Soana se fit accompagner par Fen, laissant Nihal triste et heureuse à la fois : l'idée que la magicienne et son chevalier bien-aimé voyageraient ensemble ne lui plaisait pas du tout, mais être promue défenseur de la ville la remplissait d'orgueil.

Le lendemain du départ de Soana, Nihal et Sennar se retrouvèrent comme toujours sur le toit de Salazar. Ils avaient pris l'habitude d'y venir en fin de journée, pour se détendre et profiter du coucher de soleil sur la steppe. Ils restaient là à contempler le disque solaire, qui, du jaune, virait lentement au rouge, teintant le ciel de sa couleur sanglante avant de disparaître dans l'immensité vert sombre de la plaine. Les deux amis bavardaient et se racontaient leurs journées respectives.

Or, ce soir-là, Nihal était d'une humeur particulière. Elle était sérieuse et regardait Sennar à la dérobée. Et quand le magicien s'en apercevait, elle détournait les yeux.

— Ça va, Nihal. Il est parti, d'accord, mais ce n'est pas la peine de...

Nihal ne le laissa pas finir sa phrase :

— Est-ce que je t'ai déjà raconté que je venais ici avant de te rencontrer ?

— Non... pas vraiment. Pourquoi ?

— Sennar, il y a quelque chose que je ne t'ai jamais dit. Je n'en ai d'ailleurs parlé à personne.

— De quoi s'agit-il ? demanda le jeune homme, curieux.

— Eh bien, voilà : j'entends des voix.

Sennar garda le silence pendant quelques secondes, puis éclata de rire, ce qui rendit Nihal furieuse :

— Je te ferai remarquer que cela n'a rien de drôle ! Si tu es disposé à m'écouter, ça va, sinon, on peut aussi bien changer de sujet.

— Non, non, excuse-moi ! C'est les nerfs, quand tu as dit : « J'entends des voix »… Enfin, bref… Vas-y, je t'écoute.

Alors, Nihal raconta tout : l'étrange mélancolie qui l'étreignait dès qu'elle se retrouvait seule, les voix lointaines qui semblaient l'appeler, et les images de mort qui pendant tant de nuits avaient peuplé ses rêves… Elle ne savait pas pourquoi elle avait besoin d'en parler à ce moment précis, alors que cela était pour elle une énigme depuis le début de sa courte vie, mais, ce soir-là, elle espérait que Sennar pourrait lui apporter une réponse.

À la fin de son récit, le magicien resta un moment songeur avant de répondre :

— Je ne sais que te dire, Nihal. Peut-être es-tu une voyante et tes rêves sont-ils prémonitoires. Pourtant, il me semble, rien de ce que tu m'as rapporté ne s'est réalisé jusqu'à présent, alors… Tu ferais mieux, je crois, d'en parler à Soana.

— Oui, j'y ai déjà pensé, seulement…

Nihal laissa la fin de sa phrase en suspens pour fixer un point au loin sur la plaine.

— Qu'est-ce que c'est que ça ? murmura-t-elle, intriguée.

Aux confins de la steppe se formait une ligne obscure, comme un trait de crayon qui aurait souligné l'horizon. Elle s'étendait, longue et sinueuse, et s'épaissit lentement jusqu'à prendre les formes d'une tache : on aurait dit de l'encre qui se répandait sur une feuille, ou un grand drap noir qui s'abattait sur la terre.

Nihal et Sennar scrutaient l'horizon, mais l'éclat du soleil couchant les aveuglait.

La même peur sourde grandissait en eux, la même crainte.

Et puis, ils comprirent.

Une armée. Une immense armée de guerriers noirs comme la nuit.

Les deux jeunes gens étaient pétrifiés. Cette image de fin du monde exerçait sur eux une fascination inexplicable. C'était un spectacle terrible et beau à la fois, une sinistre étendue mouchetée de centaines de milliers de lances braquées contre le soleil et composée d'une multitude d'êtres hurlants, au-dessus de laquelle se levait une silhouette ailée : un énorme dragon noir, chevauché par un homme habillé d'une armure brune. Dans le silence recueilli du coucher du soleil se mit à résonner l'écho lointain de milliers de cris sauvages qui parlaient de mort.

Tout cela rappelait quelque chose à Nihal. C'était

comme si elle avait déjà vu cette scène, non pas une, mais des milliers de fois. Les voix lui traversèrent la tête comme un coup de tonnerre.

Elle porta les mains à ses oreilles avec un gémissement de douleur.

Sa plainte sembla réveiller Sennar. Il l'attrapa par les épaules et l'obligea à l'écouter :

— C'est le Tyran, Nihal ! C'est le Tyran qui vient s'emparer de Salazar ! Nous devons prévenir la population, nous devons dire à tout le monde de fuir…

Mais Nihal le regardait avec des yeux vides. L'écho des voix résonnait toujours dans son esprit.

Les vociférations de l'armée étaient de plus en plus proches, de plus en plus menaçantes.

— Tu as compris ce que je viens de dire, Nihal ? Cours !

Et Nihal courut. Elle se jeta dans la trappe qui menait à l'intérieur de la tour. Puis elle se précipita dans les escaliers en essayant de chasser de son cœur la peur glaciale qu'elle venait d'éprouver. Elle hurla de toute la force de ses poumons :

— Le Tyran arrive ! Son armée est à nos portes !

La nouvelle s'était déjà répandue parmi les habitants de Salazar.

C'était la panique. La cité retentissait de voix affolées, les gens se pressaient dans les escaliers et les ruelles. On voyait partout des êtres désespérés qui cherchaient à fuir.

En peu de temps, les couloirs de la tour se remplirent d'une foule terrifiée qui affluait vers de dérisoires voies de secours. Et ce chaos indescriptible avait l'odeur de la mort. Les hurlements se superposaient les uns aux autres, cris de femmes, d'hommes, d'enfants, tel un fleuve impétueux qui se brisait contre les remparts et emportait tout sur son passage.

Certes, quelques-uns appelaient au calme ; d'autres essayaient de rassembler ceux qui savaient se battre pour organiser la résistance. Mais la vérité était qu'il n'existait aucune échappatoire. Il n'y avait rien à tenter, aucun moyen de se défendre. Darnel avait mis son armée au service du Tyran plusieurs années auparavant ; et que pouvaient bien faire les habitants de Salazar, qui étaient pour la plupart des réfugiés de guerre d'autres Terres ? Mourir avec honneur, peut-être, en essayant de résister ? Et pourquoi, si de toute façon il fallait mourir ?

Alors, tous cherchaient un improbable salut dans la fuite. Hélas, celle-ci était impossible. La sombre armée du Tyran avait dévoré la plaine à une vitesse folle, et elle se tenait déjà au pied des murs, encerclant la ville.

La terreur s'était emparée de la tour : des femmes pleuraient en serrant leurs enfants contre elles, des hommes se jetaient dans le vide par les fenêtres, tandis que de rares courageux, l'arme au poing, se frayaient un chemin à travers la masse affolée.

Nihal cherchait à rejoindre Livon : il leur fallait fuir ensemble ! Elle connaissait chaque recoin de Salazar, elle y avait joué toute son enfance ; elle trouverait un moyen de s'échapper. Oui, ils parviendraient à se sauver. Elle ne devait pas avoir peur. Elle devait garder son sang-froid. Et se concentrer.

La boutique n'était pas très loin, mais Nihal, ballottée par la foule, avait du mal à avancer. Elle entendait les vociférations de l'armée derrière l'enceinte, et, déjà, les coups de bélier contre la porte centrale de Salazar.

« Il n'y a pas d'issue », songea-t-elle. Elle chassa aussitôt cette pensée de son esprit avec toute la force de son âme et continua à avancer à travers des centaines de silhouettes.

Un coup, un autre coup.

« Encore quelques mètres. Je vois l'enseigne. Je la vois ! »

Un fracas déchirant : la porte de la ville avait cédé.

Les énormes gonds en fer se plièrent comme des brins d'herbe. Le bois millénaire des battants vola en éclats.

Les soldats du Tyran envahirent Salazar avec des hurlements de bêtes.

Nihal fit irruption dans la boutique :

— Il faut fuir, l'Ancien ! On s'en va, vite !

— Nihal ! Il ne faut pas qu'ils te voient !

Livon était en train de rassembler ses épées. Il

jeta un regard à sa fille et se dirigea vers l'arrière-boutique :

— Attends, tu dois te couvrir ! Je te prends un manteau.

— Mais qu'est-ce que tu racontes ? Il faut partir, tout de suite !

— Il ne faut pas qu'ils te voient, Nihal !

La jeune fille se mit à hurler :

— On n'a pas le temps, tu comprends ? Nous devons fuir, nous cacher !

— C'est toi qui ne comprends pas ! S'ils te voient, c'est fini ! Ils te tueront !

À l'extérieur résonnaient des cris et des rires gras, des sons gutturaux, inhumains. Les soldats du Tyran étaient entrés dans la ville.

Nihal ne savait que décider. Livon lui semblait devenu fou. Elle décida qu'il fallait en finir, maintenant ; elle se jeta sur lui en essayant de le traîner :

— Viens ! En route, je te dis ! En route !

Trop tard. La porte de la boutique s'ouvrit avec fracas.

Sur le seuil apparurent deux êtres monstrueux : de longs crocs incurvés dépassaient de leurs mâchoires, et ils étaient recouverts de poils roux et hérissés. Leurs mains et leurs pieds étaient identiques, avec quatre doigts armés de longues griffes. Le premier tenait une hache, le second une énorme épée grossièrement taillée. Leurs voix semblaient venir droit de l'enfer.

— Regarde donc, quelle surprise ! Un vieux et un demi-elfe ! Toujours en vie ! Qu'est-ce que tu fais là, petite bâtarde ?

Nihal n'écoutait pas, tous ses sens en alerte. Elle mit la main à l'épée et voulut se lancer sur les fammins, mais Livon l'empoigna par le bras, la souleva dans l'air et la jeta le plus loin possible.

La jeune fille se cogna la tête en tombant. Pendant un instant, elle crut perdre connaissance. Tout devint sombre. Le bruit de lames qui se heurtent. Quand elle rouvrit les yeux, elle vit que Livon essayait de tenir tête aux deux créatures. Elle se leva et courut vers lui, mais il la repoussa de nouveau avec violence :

— Sauve-toi, Nihal ! Sauve-toi !

Cela ne dura qu'un instant. Un battement de cils : un des deux fammins transperça Livon de part en part.

Nihal vit son père s'effondrer sur le sol comme un sac vide.

Elle vit son sang se répandre sur le pavé de la boutique.

Elle vit le démon arracher son épée du corps sans vie.

Elle ne ressentit rien. Elle regarda simplement la scène, les yeux écarquillés et les membres paralysés.

Puis vint le désespoir, et juste après une colère animale, qu'elle n'avait jamais éprouvée auparavant. Elle se jeta avec un hurlement inhumain sur l'assassin de son père, et un seul coup lui suffit pour lui trancher la tête.

Pendant une seconde, l'autre fammin resta pétrifié ; puis il se reprit et lança sa hache sur Nihal. La jeune fille sentit l'arme l'effleurer d'un souffle d'air. Elle bondit sur le côté et se mit à l'abri derrière la table de travail. Mais le fammin avança vers elle en grondant et en faisant tournoyer son arme. Le banc de bois éclata en mille morceaux.

À présent, le monstre était au-dessus d'elle. En un clin d'œil, Nihal saisit l'énorme marteau qu'elle avait vu tant de fois dans la main de Livon. Elle se baissa promptement et le lança sur les genoux du fammin, qui se rompirent d'un coup. Alors seulement, elle le frappa avec violence et l'acheva en le transperçant de son épée.

La jeune fille ressentit un froid étrange au côté gauche. Un froid métallique, et une chaleur humide dessous, le long de la cuisse. Elle regarda : elle avait une blessure profonde au flanc et perdait son sang. Elle regarda Livon : il gisait à terre, les yeux fermés, comme s'il dormait.

S'allonger à côté de lui. Fermer les yeux. Et se reposer.

L'idée faisait son chemin dans son esprit bouleversé quand soudain, dans la rue, un hurlement strident la ramena à la réalité : elle devait fuir, elle devait se sauver.

« Réfléchis, Nihal. Respire. Réfléchis. Une issue de secours. Tout ce dont tu as besoin, c'est une issue de secours. »

Le conduit ! Elle était encore une petite fille lorsqu'elle l'avait découvert un jour en jouant. Il passait derrière la boutique et servait autrefois à l'entretien des murs. Une galerie obscure et sans aération creusée dans le mur d'enceinte.

Nihal prit une masse dans le foyer. Elle dut faire un effort monstrueux pour la soulever, mais quand elle l'abattit sur la paroi, celle-ci céda d'un coup. Le conduit était toujours là. Elle s'y glissa péniblement et commença à descendre les marches.

Il y faisait sombre. Nihal avait le regard brouillé, et son cœur battait à tout rompre. Le sang continuait à couler le long de sa jambe, et chaque pas lui coûtait un élancement de douleur. À travers les murs elle entendait encore, tel un cauchemar lancinant, les cris des soldats, les hurlements aigus des femmes, les pleurs des enfants, le bruit sourd des corps qui tombaient à terre et le sifflement des haches.

Très vite, les marches devinrent irrégulières. La douleur au flanc gauche augmenta jusqu'à devenir insupportable. Nihal se mit à pleurer ; ses larmes coulaient sans qu'elle parvienne à les arrêter. Elle haletait : plus elle descendait, plus la chaleur était étouffante.

Elle ne savait plus où elle était : parfois la galerie semblait monter, parfois elle s'élargissait jusqu'à devenir une sorte de petite rue, et parfois enfin elle redescendait. La jeune fille suffoquait et n'avait presque plus conscience de ce qu'elle faisait. La tentation de se laisser choir sur le sol et d'attendre qu'on la retrouve était toujours plus forte. Il lui semblait que, si elle faisait encore un pas, elle en mourrait. Elle continua pourtant à tituber dans l'obscurité, en traînant sa jambe gauche. Elle devait avancer, sans penser à rien. Livon était mort pour la sauver. Il fallait qu'elle vive.

Depuis combien de temps marchait-elle ainsi ? Des heures ? Quelques minutes ? Enfin, elle sentit une bouffée d'air frais sur le visage. Elle accéléra. Encore quelques minutes – ou peut-être des heures –, et quelqu'un viendrait à son secours.

Une fissure dans le mur s'ouvrait vers l'extérieur. Vers le salut, et vers la liberté. Nihal se pencha pour regarder au-dehors : en contrebas coulait un fleuve aux eaux sales. Elle rassembla ses dernières forces et se mit à élargir le passage en s'écorchant les mains. Ensuite, elle prit une grande bouffée d'air frais et se laissa tomber.

Le contact avec l'eau fut désagréable. Nihal avait froid et elle se sentait faible. Elle n'arrivait pas à coordonner ses mouvements. Elle décida de s'abandonner complètement, et le courant l'emporta pendant un temps qui lui sembla très long. Elle s'aperçut qu'elle était tout près de la rive, mais elle n'avait plus aucune force. Elle voulait seulement se laisser flotter les yeux fermés. Se reposer. Oublier.

Tout à coup, elle sentit qu'on l'attrapait par le bras.

« Voilà. C'est fini, pensa-t-elle. Enfin, c'est fini. »

Quelqu'un la transportait sur la berge, quelqu'un dont elle ne distinguait pas le visage.

— Nihal !

Une voix qui semblait venir de très loin.

— C'est moi, Sennar !

La jeune fille entrouvrit les yeux.

— Livon… Livon est mort, murmura-t-elle.

Et puis ce fut comme dans son rêve. Elle se laissa tomber en arrière, et l'obscurité l'enveloppa.

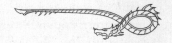

COMBATTRE

Quand il entra au Conseil des Mages, il n'était encore qu'un adolescent. Né sur la Terre de la Nuit et doté d'un extraordinaire pouvoir magique, il avait l'air d'un vieux sage, entièrement voué au bien et à la justice. Il fut élu à l'unanimité. C'est seulement lorsqu'il fut nommé chef du Conseil pour l'année en cours qu'il révéla sa vraie nature et commença à exclure les autres conseillers des décisions les plus importantes.

{...} couvert de honte il fut chassé, mais le jeune magicien avait tout prévu à la perfection. Il mena lui-même l'attaque de la salle du Conseil, avec des hommes et des armes fournis par les rois que Nammen avait destitués et qui brûlaient de reprendre {leurs terres}.

Seuls quelques mages échappèrent au massacre ; ils se réfugièrent sur la Terre du Soleil, mais celui qui allait être le Tyran s'en moquait : en quelques heures, il était devenu le maître de la moitié du Monde Émergé. Petit à petit, il évinça également les rois qui l'avaient soutenu jusqu'à étendre son pouvoir sur quatre nouvelles Terres : la Terre des Jours, la Terre du Feu, la Terre des Roches et celle de la Nuit. À partir de ce moment, la guerre des Terres libres contre le Tyran devint permanente.

Annales du Conseil des Mages (fragment)

9

LA VÉRITÉ

Elle n'arrivait pas à bouger un seul muscle. Elle ne comprenait ni où elle était ni ce qui se passait. Elle entendait confusément une sorte de litanie, éprouva une sensation de chaleur sur le côté gauche. Puis elle ne vit plus que de la lumière.

L'aube pointait à l'horizon lorsque Nihal se réveilla. Le jour filtrait à peine par la fenêtre près de son lit. Elle ne se souvenait de rien, ou presque : un long voyage à travers un chemin obscur et étroit, la fuite devant quelque chose…

La mémoire lui revint peu à peu et par fragments. Elle se rappela avoir échappé à une armée puis avoir été capturée ; pourtant la chambre où elle se trouvait ne lui semblait pas être une prison. Elle essaya de tourner la tête. Quelqu'un était assis à côté d'elle.

— Nihal, tu es réveillée !

Sennar était pâle et semblait fatigué. Elle aurait voulu lui poser des questions, mais pas un son ne sortait de sa bouche.

— Chut… Tu es dans la maison de Soana. Il n'y a rien à craindre. Essaie de te reposer, nous parlerons quand tu iras mieux.

Nihal ferma les yeux et retomba dans un sommeil sans rêves, qui dura tout le jour et toute la nuit suivante.

Quand elle rouvrit les yeux le lendemain, le soleil était déjà haut dans le ciel. Nihal le regarda ; sa lumière lui sembla étrangement pâle. Puis elle comprit. Une odeur âcre flottait dans l'air et le ciel était obscurci par d'épais nuages de fumée : après le saccage, l'armée avait livré Salazar aux flammes.

Elle se sentait encore très fatiguée, mais cette fois elle se souvenait de tout.

« Livon est mort. » Ce fut sa première pensée. Elle revit la scène avec précision : le corps qui s'effondrait sur le pavé, le monstre qui en retirait son épée… Elle ferma les yeux pendant que sa poitrine explosait : « Livon est mort. »

Sennar était toujours auprès d'elle :

— Comment ça va ?

— Je ne sais pas, répondit Nihal, étonnée que sa voix fût aussi faible.

— Ta blessure était très grave. C'est un miracle que tu aies survécu.

Nihal se tourna vers son ami :

— Comment as-tu fait pour me sauver ?

— Avec la magie, Nihal. Mais cela n'a pas été facile.

Sennar lui raconta qu'il s'était rendu invisible pour se faufiler dans les ruelles de la ville. Salazar avait l'air d'une termitière prise de folie ; les soldats du Tyran étaient partout : il ne pouvait rien faire. Certain que Nihal était allé chez Livon, il avait essayé de la rejoindre, mais le sortilège lui demandait trop d'énergie. Il s'était caché dans une auberge. Là, il y avait un soldat. Mort. Il lui avait enlevé son armure et l'avait revêtue.

— Je suis arrivé trop tard à la boutique. J'ai vu Livon et deux fammins… Et puis j'ai vu la brèche dans le mur, et j'ai tout compris. J'ai couru sur la berge du fleuve. Lorsque je t'ai repêchée, il me semblait impossible que tu respires encore.

Sennar sourit à son amie :

— C'est une chance que tu sois si petite, tu sais ? Je t'ai enveloppée dans mon manteau, je t'ai mise sur mon épaule comme un sac, et je me suis dirigé vers la maison de Soana. L'armée était venue de l'est, elle n'avait même pas effleuré la zone de la Forêt.

Le jeune magicien frotta ses yeux rougis par la fatigue :

— Depuis que nous sommes rentrés, j'ai utilisé toutes les formules de guérison que je connais. J'y ai passé la nuit entière, en espérant que l'armée camperait à Salazar et ne viendrait pas jusqu'ici. Et

puis Soana est arrivée : elle et Fen étaient aux frontières de la Terre du Vent quand ils ont vu l'armée
déferler. Ils ont fait immédiatement demi-tour, Fen
pour rassembler ses troupes et venir défendre notre
terre, Soana pour avertir la population. Ils n'ont pas
réussi à intervenir à temps, mais ça, tu le sais...

— Combien de temps suis-je restée inconsciente ?

— Trois jours, Nihal. Trois jours sans donner
aucun signe d'amélioration.

Sennar fit une pause et la regarda d'un air grave :

— J'ai vraiment redouté que tu ne meures.

Soana revint dans l'après-midi. Elle n'avait plus
rien de la belle magicienne que Nihal connaissait.
Ses yeux gonflés trahissaient sa détresse, son visage
et ses cheveux étaient noirs de suie, et ses vêtements
en désordre. Elle avait les traits tirés par l'effort que
lui demandait le devoir d'ériger une barrière magique autour de la maison. De cette manière l'armée
du Tyran ne pouvait pas la voir : même si des soldats
étaient passés dans les environs, ils n'auraient aperçu
que la profondeur du bois, et une force surnaturelle
les aurait poussés à s'éloigner.

Soana s'assit à côté du lit et essaya de sourire :

— Comment te sens-tu ?

— Qui sont les demi-elfes ? lança froidement
Nihal pour toute réponse.

— Si tu te reposes, tu te remettras très vite, et...

Nihal haussa la voix :

— Pourquoi est-ce que ces deux monstres m'ont appelée « demi-elfe » ?

Soana prit une profonde respiration. Une larme traça un sillon clair sur sa joue noire de cendres.

— D'accord, dit-elle. Tu as le droit de savoir.

Et elle commença à raconter.

— Il y a seize ans, je ne faisais pas encore partie du Conseil, j'étais seulement l'assistante d'un de ses plus sages membres : la magicienne Reis, du peuple des gnomes. Nous étions en mission diplomatique sur la Terre de la Mer, et nous avons décidé d'aller voir par nous-mêmes ce qu'il restait de la communauté des demi-elfes. Ce que nous avons trouvé était horrible…

Il y avait du sang partout. Dans l'air régnaient son odeur métallique et un silence lourd, absolu.

Pas un souffle de vent, pas une voix ni un chant d'oiseau dans le bruissement des feuilles des arbres. Seulement l'immobilité de la mort.

Soana avait porté sa main à sa bouche :

— Il est arrivé jusqu'ici…

Les petits poings de Reis se serrèrent sur les plis de son long vêtement. Dans ses yeux brillait la haine :

— Ça ne finira jamais !

Les deux magiciennes avaient commencé à faire le tour des cadavres étendus sur le sol et des maisons de ce village exterminé à coups d'épée. Elles marchaient, hébétées comme dans un rêve, se forçant à regarder ce que leurs yeux voulaient fuir : partout, ce n'était que des visages tordus par la douleur, des yeux grands ouverts sur l'inconnu, des corps abandonnés sur le sol.

Et puis, un son, si ténu qu'on l'aurait cru le fruit de l'imagination.

Soana s'était retournée brusquement, tous les sens aux aguets. Pendant quelques secondes elle n'avait entendu qu'un silence assourdissant. Et puis de nouveau cette faible plainte. Elle s'était mise à chercher parmi un tas de cadavres.

— Qu'y a-t-il ? avait demandé Reis.

— Une voix ! Il doit se trouver quelqu'un qui n'est pas mort !

Soana avait continué à soulever les corps : le son se fit plus clair. Ce n'était pas un gémissement de douleur, ni les pleurs étouffés et désespérés d'un survivant ; c'était un cri fort et plein de vie : le vagissement d'un bébé.

Sous le cadavre d'une femme Soana avait aperçu un bout de tissu qui se soulevait faiblement. Elle avait écarté le corps sans vie avec délicatesse. C'était une très jeune femme, presque une enfant, touchée à l'épaule par un coup de hache.

Elle avait dans les bras un nouveau-né qui poussait des cris véhéments, comme le font les bébés lorsqu'ils ont faim ou qu'ils veulent être changés. Soana l'avait soulevée et avait retiré le linge taché de sang qui l'enveloppait : c'était une petite fille. Elle était indemne.

Reis s'était approchée :

— *Elle est blessée ?*

Elle était toujours ainsi : directe, et d'une froideur qui la faisait paraître insensible. C'est juste que lorsqu'elle parlait du Tyran ses yeux s'éclairaient d'une lumière sombre et terrible.

Soana regardait l'enfant, incrédule : comment la vie pouvait-elle surgir ainsi, pure et imperturbable, du sein de la mort ?

— *On dirait qu'elle va bien…*

Reis avait attrapé le bras de Soana pour l'obliger à s'incliner à sa hauteur et avait observé attentivement la petite fille. L'expression de la gnome avait changé d'un coup.

— *Tu vois quelque chose ? avait demandé Soana, bouleversée.*

— *Une enfant saine et sauve au milieu des cadavres est un signe. Je dois consulter mes cartes, et après je pourrai te dire…*

Soana s'était relevée et s'était mise à bercer la petite, lui murmurant de paroles douces pour la calmer.

Reis avait jeté un regard autour d'elle :

— *Nous n'avons plus rien à faire ici. Il vaut mieux ne pas nous attarder : les fammins peuvent revenir d'un moment à l'autre. Couvre l'enfant pour qu'on ne la voie pas. Nous rentrons au Conseil.*

Soana avait obéi, et les deux magiciennes avaient quitté le village.

Soana fit une pause et regarda Nihal, qui avait écouté sans dire un mot.

— Cette enfant était l'unique survivante d'un peuple entier : le dernier demi-elfe du Monde Émergé. Nous avons décidé de l'emmener sur la Terre du Vent, sûres que là, personne ne ferait attention aux traits de son visage…

Le cœur de Nihal s'accéléra.

— Elle avait de grands yeux violets, des oreilles pointues et des cheveux bleus. Cette enfant, c'était toi, Nihal.

Un silence qui sembla durer une éternité s'abattit sur la chambre.

Soana attendit patiemment les questions qui n'allaient pas tarder à tomber. La voix de la jeune fille n'était qu'un souffle :

— Mais alors, Livon…

— Livon était un homme exceptionnel. Quand je t'ai amenée chez lui, il t'a accueillie sans hésitation, et il m'a juré qu'il te protégerait au prix de sa vie. Pendant les premiers temps, nous nous sommes occupés de toi ensemble, mais ensuite les choses se sont compliquées. Reis a quitté le Conseil ; à Salazar, les gens ont commencé à murmurer et à me montrer du doigt comme une sorcière. J'ai été obligée de me retirer dans cette maison, et Livon t'a élevée seul. Il t'a aimée comme sa fille, Nihal, tu le sais.

Soana tendit la main pour caresser le visage de l'adolescente, mais celle-ci détourna la tête avec colère :

— Pourquoi ne m'avez-vous rien dit ? Pourquoi m'avez-vous tenue dans l'ignorance ?

— Parce que nous voulions que tu vives libre et insouciante le plus longtemps possible. Pendant seize ans, je me suis laissée espérer que tu pourrais avoir une vie normale. Reis avait vu quelque chose en toi, quelque chose de fondamental pour l'avenir de tout le Monde Émergé qu'elle n'a jamais voulu me révéler. J'ai espéré qu'elle s'était trompée, que tu n'étais prédestinée à rien. Seulement, Reis ne se trompait jamais… Je suis désolée que tu découvres tout cela dans des circonstances pareilles, Nihal.

Mais Nihal n'écoutait plus.

Elle pensait à Livon qui, sans être son vrai père, lui avait consacré sa vie au point de se sacrifier pour elle.

Elle pensait à toutes les fois où elle avait rêvé de sa mère.

Elle pensait à son peuple, qui n'existait plus ; à l'extermination d'une race entière.

C'était donc ça, les voix de ses rêves : des cris de vengeance qui réclamaient le sang pour le sang. Et qui le lui réclamaient à elle : la dernière survivante de son peuple et de sa cité. Elle avait survécu à tout, alors qu'elle aurait préféré mille fois mourir avec Livon plutôt que se retrouver là, dans ce lit, anéantie par la douleur.

Soana repoussa tendrement une mèche de cheveux de son front et s'éloigna sans rien dire de plus.

10

EN FUITE

Nihal passa les quatre jours suivants dans un silence complet. Elle resta allongée, sa douleur au côté gauche pour toute compagne, à regarder par la fenêtre sans dire un mot.

Elle avait besoin de réfléchir. Il lui semblait avoir été jetée à l'improviste dans l'existence de quelqu'un d'autre. Jusque-là, sa vie consistait à se réveiller le matin en entendant Livon battre l'acier, le dos penché sur son travail, apprendre la magie auprès de Soana, discuter avec Sennar, et jouer à faire le guerrier, l'épée au poing, en rêvant à son avenir. En un instant, tout avait changé. Elle avait tué : manier l'épée n'était plus un jeu. Elle ne reverrait plus jamais Livon, si ce n'est mort, à terre, dans ses rêves. Et c'était sa faute !

Qui l'avait harcelé avec sa manie de vouloir se battre ? Elle. Qui s'était comportée comme une gamine en jouant avec la mort ? Elle. Et n'avait-elle pas signifié un danger permanent pour lui, elle, la dernière survivante d'un peuple que le Tyran avait

157

effacé de la surface de la terre ? N'était-ce pas elle que les fammins voulaient tuer en entrant dans la boutique ?

Nihal était convaincue de porter malheur.

Elle avait toujours considéré son aspect insolite comme une bizarrerie de la nature. En fait, il portait un terrible secret. Ses rêves lui avaient cruellement montré ce qui était arrivé et la faisaient assister comme à un spectacle à l'extermination de son peuple. Le récit de Soana avait confirmé ses visions : ce carnage enfoui dans son inconscient la concernait de très près.

Pendant chacune de ces quatre nuits, les voix de son peuple la tourmentèrent en réclamant vengeance.

La dernière nuit, elle vit enfin en rêve les visages de ses semblables : chacun d'eux venait à elle avec son histoire et son désespoir, et dans ces regards muets Nihal lut le caractère irrémédiable de ce qui était arrivé. Parmi eux se trouvait aussi celui de Livon. Il avait dans les yeux une profonde tristesse, et il lui murmurait :

— C'est toi qui m'as fait mourir, Nihal...

Elle se réveilla trempée de sueur, en hurlant. Sennar arriva sur-le-champ :

— Un autre cauchemar ?

Nihal acquiesça, le souffle court :

— Je suis seule, Sennar. Ma place n'est pas ici, parmi les vivants, mais avec ceux de ma race !

Elle regarda au-dehors par la fenêtre.

— Pourquoi suis-je encore vivante, alors que Livon est mort pour moi ?

Jusque-là, Sennar avait préféré ne rien lui dire. Il était convaincu que Nihal devait trouver une issue toute seule. Il se souvenait encore des discours vides que lui avaient faits les soldats après la mort de son père pour essayer de le consoler : mieux valait le silence. Cependant, en la voyant en larmes, il ne put s'empêcher de parler :

— Je ne sais pas, Nihal. Et je ne sais pas non plus pourquoi le Tyran a tué tous les demi-elfes. Mais maintenant tu es là. Et tu dois avancer. Pour toi-même et pour Livon, parce que lui, il t'aimait, et il voulait que tu sois heureuse et forte.

Nihal secoua la tête :

— C'est si difficile… Je pense sans arrêt à lui et à ce qu'il a fait pour moi, et surtout à ce que, moi, je n'ai pas fait pour lui. Et je n'arrête pas de me dire que c'est ma faute. Il était très fort à l'épée, il pouvait battre les fammins, il le pouvait. Mais je l'ai distrait. C'est moi qui l'ai tué ! Je suis stupide…Je…

Elle se mit à pleurer. Depuis le jour de la bataille, elle n'avait pas versé une larme. Sennar la serra contre lui, comme il avait fait dans la Forêt ce soir-là, qui semblait à présent remonter à des siècles.

Le jour suivant, Nihal vit apparaître dans le cadre de la fenêtre un petit visage apeuré. C'était Phos. Sennar le fit entrer, et l'elfe-follet s'installa sur le drap de Nihal. Il fallut un peu de temps pour qu'il se décide à parler.

Après quelques jours de pillage sur la Terre du Vent, l'armée du Tyran avait pénétré dans la Forêt pour faire provision de bois. Les soldats avaient découvert les elfes-follets, et ils s'étaient mis à les pourchasser. Cela fut terrible. Beaucoup de petits êtres furent tués ou capturés.

Phos rassembla le plus grand nombre possible de ses semblables, et il les conduisit dans le seul refuge fiable : le Père de la Forêt. Quand les fammins s'en étaient approchés, le grand arbre les avait défendus. Avec ses branches il avait attrapé trois ou quatre de ces effroyables monstres par le cou et les avait étranglés. Tous les autres avaient préféré s'enfuir. Phos et ses compagnons étaient restés cachés pendant des jours, jusqu'à ce qu'ils n'entendent plus les cris des soldats. Quand ils étaient sortis à l'air libre, la Forêt était en grande partie détruite. De leur nombreuse communauté il ne restait pas même la moitié.

— Puis j'ai rencontré Sennar. Il m'a tout raconté. Alors, j'ai décidé de venir te voir. Je me suis dit que si nous pleurions ensemble, ça irait peut-être mieux après…

Le petit elfe-follet se mit à sangloter. Nihal le prit dans ses mains et l'éleva à la hauteur de sa joue.

— Courage ! Vous émigrerez, et vous trouverez une autre terre où vivre.

— Tu ne comprends pas. Nous ne pouvons pas bouger. S'ils nous voient, ils nous captureront, et ce sera la fin.

Sennar, qui avait tout entendu, intervint :

— Écoute, Phos. Dans très peu de temps, nous devrons partir, nous aussi : Soana est à bout de forces, elle ne peut pas continuer à maintenir la barrière, et je suis moi-même épuisé. Nous irons sur la Terre de l'Eau ; là, Nihal sera en sécurité. Vous n'avez qu'à venir avec nous, nous vous cacherons. Là-bas, il y a tellement d'elfes-follets ! Vous vous referez une vie…

Phos s'éleva en volant au-dessus du lit et entoura le cou de Sennar de ses deux petits bras :

— Merci, merci… Que puis-je faire pour m'acquitter de ma dette envers vous ?

— Nous avons besoin de chevaux. Et de l'ambroisie pour le voyage, dit Nihal. Autrement, j'ai bien peur que vous ne soyez obligés de m'abandonner en route.

La jeune fille commençait à retrouver sa présence d'esprit.

Ils se mirent aussitôt à organiser le départ. Il fut

décidé que Sennar revêtirait l'armure qu'il avait dérobée le jour de l'invasion, de manière à ne pas éveiller les soupçons, et que le groupe suivrait un sentier secret indiqué par Phos. Il ne restait plus qu'à fixer la date.

Nihal ne s'était pas encore levée. Avant d'affronter le voyage, elle devait au moins se remettre sur pieds. Au début, ce fut difficile. Elle avait la tête qui tournait, et il lui semblait que ses jambes ne la porteraient pas. Mais elle s'appliquait sans jamais se plaindre. Sennar avait raison : il fallait s'en aller. S'ils mouraient ici, tout cela n'aurait servi à rien. Les survivants d'un massacre ont plus de responsabilités que les hommes ordinaires.

Ils partirent de nuit sous un mince croissant de lune.

L'obscurité était presque totale. Sennar avait revêtu l'armure, Nihal était enveloppée dans un grand manteau noir, et Soana était à moitié dissimulée par une longue cape de lin.

Soudain, l'obscurité s'éclaira de petites lumières : c'était les elfes-follets. Nihal fut étonnée de voir à quel point ils étaient peu nombreux : à peine quelques dizaines, tous mal en point, avec les yeux cernés et, dans le regard, la couleur de l'exil.

— Je n'ai trouvé que celui-là. Les autres, les fammins les ont pris, dit Phos en montrant du doigt un pauvre canasson, maigre et apeuré.

Sennar se tourna avec difficulté pour regarder. Il était vraiment drôle, affublé de cette cuirasse, et Nihal se demanda comment il faisait pour en supporter le poids.

— Ça ira très bien, dit-il. Merci, Phos.

Les elfes-follets se cachèrent dans deux sacoches fixées sur la croupe du cheval, et Nihal monta en selle. Sa blessure, bien que quasiment refermée, était encore douloureuse.

« Nom d'un chien, nous ne sommes pas encore partis, et je me sens déjà mal », songea-t-elle.

Elle but une gorgée d'ambroisie, et la caravane se mit en route.

Ils commencèrent par longer la Forêt. Blotti sous le manteau de Nihal, Phos faisait le guide. La nuit était profonde, le silence absolu. Pas même un bruissement d'arbres : ils semblaient se taire en signe de résistance. Nihal eut la sensation que la douleur imprégnait la nature.

Ils cheminèrent toute la nuit. Sennar ouvrait la marche, Soana et Nihal le suivaient, côte à côte. De temps en temps, on entendait un murmure provenant d'un des sacs, et une petite tête colorée en émergeait : il était difficile de respirer à l'intérieur, et les elfes-follets venaient prendre l'air à tour de rôle.

Soana, qui avait passé les derniers jours à réciter des formules magiques pour protéger la maisonnée, avait peine à avancer. Quant à Nihal, le trot du cheval lui était un supplice.

Aux premières lueurs de l'aube, ils s'enfoncèrent dans le bois : ils avaient décidé qu'il était plus sûr de voyager la nuit et se reposer le jour. Ils établirent un tour de garde pour éviter d'être surpris pendant leur sommeil. Ils se réveillèrent au coucher du soleil et se remirent aussitôt en route.

Ils n'arrivèrent en vue du Saar que la nuit suivante. Devant eux, l'eau bouillonnait avec fracas, agitée par le courant ; le Grand Fleuve était si large qu'on n'en voyait pas l'autre rive. Peu nombreux étaient ceux qui avaient osé le traverser, et aucun n'en était sorti indemne : tel un être obscur et malveillant, le Saar semblait prêt à engloutir quiconque tenterait de l'affronter. Ses berges étaient dépourvues de toute végétation : aucune forme de vie ne s'aventurait là où régnait le sombre Seigneur des Eaux. C'est de ce fleuve que naissaient les splendides canaux de la Terre de l'Eau, mais à cet endroit il montrait son visage le plus hostile.

Phos déclara :

— Ici, nous sommes à découvert. Nous devons avancer plus vite. Si nous sommes assez rapides, nous pouvons traverser la zone aride de la Terre du Vent en une nuit.

Le groupe se prépara à une marche soutenue.

Après un long chemin, ils aperçurent une lueur : une tour avait été incendiée. On entrevoyait encore sa silhouette noire à travers les flammes. C'était une cité comme celle de Salazar et, comme elle, elle était victime de la folie du Tyran.

Ils pressèrent le pas, la mort dans l'âme. Une ville en feu signifiait des ennemis à proximité, et la zone aride n'en finissait pas. Or, déjà, les premières lueurs de l'aube coloraient la clairière.

Ils étaient épuisés ; il fallait trouver un refuge. Hélas, ils ne voyaient rien qui puisse les abriter à des milles et des milles. Enfin, alors que le soleil était déjà haut à l'horizon, ils arrivèrent aux abords d'une ferme.

Sennar partit en éclaireur. Quand il revint, son visage était grave :

— Il vaut mieux ne pas s'arrêter ici. Continuons.

Nihal éperonna son cheval.

— Nihal, non ! Reviens !

La jeune fille galopait vers la ferme, ignorant les cris de Sennar.

Le spectacle était désolant : l'étable était vide, le potager à l'abandon, et des outils traînaient disséminés çà et là. Nihal descendit péniblement les quelques marches qui menaient à la maison, et s'approcha de la porte d'entrée entrouverte. Lorsqu'elle la poussa, ses vieux gonds gémirent.

À l'intérieur, il faisait sombre et il régnait une odeur de mort. Un homme était pendu au plafond ; une femme et une petite fille gisaient à terre dans une mare de sang.

Nihal resta pétrifiée. Il lui sembla que la pénombre

se peuplait des visages de ses rêves ; elle les entendit de nouveau hurler et se plaindre. L'histoire se répétait, les massacres se succédaient. Elle cria et tomba à genoux.

— Allez, sors. Ne regarde pas, lui ordonna Soana, qui l'avait rejointe.

— Mais il faut regarder, au contraire ! Il faut se graver dans l'esprit ce que le Tyran est en train de faire à notre monde ! hurla Nihal avec véhémence.

Le jeune magicien la prit par le bras et la tira au-dehors.

Ils enterrèrent les corps en prenant soin de dissimuler les tombes, et comme la matinée était déjà bien avancée, ils décidèrent de dormir dans le grenier. Mais trouver le sommeil ne fut facile pour personne : tous étaient hantés par des images de mort.

Malgré les protestations de Sennar, Nihal insista pour faire elle aussi un tour de garde. Elle s'assit sur le seuil, son épée à la main, scrutant l'horizon. La vision des champs désolés sur lesquels cette famille avait dû passer tant d'heures à travailler la faisait suffoquer.

La journée s'écoula pourtant dans un calme étrange.

Avant le coucher du soleil, Nihal réussit à s'endormir un peu, son épée serrée contre elle, et pour la première fois depuis qu'elle avait découvert qu'elle était un demi-elfe elle ne fit pas de cauchemar. Elle rêva que Fen arrivait et l'emmenait au loin. Ensuite, devant la cascade du palais d'Astréa et Galla, il lui donnait un très long baiser. « Tout est fini, Nihal, je suis là maintenant… », lui disait-il.

Au réveil, elle se demanda comment elle avait pu faire un rêve aussi beau dans un moment aussi dramatique. Elle n'avait pas pensé un seul instant au chevalier depuis l'attaque de Salazar, mais elle s'aperçut que son amour ne s'était pas évanoui pour autant. Qui sait où Fen était, pour qui il combattait, et s'il allait bien…

Le soir, ils reprirent la route.

Ils atteignirent un maquis, et la protection des arbres redonna un peu de sérénité à toute la compagnie. Quelques elfes-follets s'aventurèrent même hors de leur sac pour se dégourdir les ailes, et le visage de Phos s'illumina lorsqu'il constata que le petit bois ne présentait aucune trace du passage des fammins :

— Tout n'est pas détruit ! Peut-être qu'il y a encore de l'espoir…

Sennar retira son casque et respira à pleins poumons :

— Enlève ton manteau, Nihal. Ici personne ne peut te voir.

La jeune fille secoua la tête.

— Non. Je ne veux pas vous faire courir de risque.

Pâle, maigre et vêtue de noir, Nihal avait un peu l'air d'une créature diabolique. L'espace d'un éclair, Sennar eut presque peur d'elle. Ce n'était plus la jeune fille qu'il avait connue à Salazar. Elle avait changé, sans qu'il sache dire en quoi.

La nuit suivante se déroula également dans la sérénité. Ils s'arrêtèrent pour se reposer avant l'aube. Après l'expérience de la veille, ils apprécièrent de pouvoir dormir sur l'herbe.

Nihal décida de prendre le premier tour de garde. Elle en profita pour marcher un peu, car elle voulait se rétablir le plus vite possible. Elle regarda le paysage autour d'elle, émerveillée par ce petit coin de paradis au milieu de la désolation de la guerre. Elle se rappela l'épreuve dans la Forêt, qui lui semblait appartenir à une autre vie.

Un craquement la tira de ses pensées. Elle se retourna d'un bond : c'était Soana. Depuis le jour de la révélation, elle ne lui avait plus parlé.

— Tu te sens mieux ?

La magicienne était redevenue elle-même : belle et forte.

— Oui.

— Tu n'arrives pas à me pardonner, n'est-ce pas ? demanda Soana, allant droit au but.

La réponse de Nihal fut sèche et sincère :

— Non.

Elle ne voulait pas la blesser, mais il lui fallait se libérer de ce nœud de rancune qui lui serrait la gorge.

— C'est normal, poursuivit la magicienne. Je sais ce que tu ressens ; je sais que la mort de Livon est une chose que l'on ne peut pas réparer, mais je voudrais t'assurer que je partage ta douleur. Livon était mon frère, Nihal.

— Tu n'étais pas là quand il est mort !

— Dans tes yeux je vois tout ce qui s'est passé.

La jeune fille se tut pendant un long moment, luttant contre les larmes.

— Je voudrais ne pas être en colère contre toi, Soana, dit-elle enfin, mais je n'y arrive pas. Je suis en colère contre le monde entier. Même contre moi. Je me déteste d'être ce que je suis.

Soana inclina la tête :

— Je comprends, Nihal. Moi aussi, je me déteste : je n'ai pas été capable de sauver la Terre du Vent, j'ai laissé mourir mon frère, je n'ai pas su t'éviter cette douleur... J'ai pris une décision. Quand nous arriverons en terre libre, je quitterai le Conseil. Sennar prendra ma place. Je ne manquerai à personne.

— Mais pourquoi ? s'écria Nihal. Tu es très précieuse pour le Conseil, au contraire !

— Mon devoir était de veiller sur la Terre du Vent, d'anticiper les manœuvres du Tyran et d'en avertir le Conseil. J'ai échoué, Nihal, tout simplement. J'ai surévalué mes pouvoirs de magicienne. Ou peut-être ai-je sous-évalué la puissance obscure de la magie du Tyran. Quoi qu'il en soit, c'est une erreur impardonnable.

— Et qu'est-ce que tu vas faire ?

— Je chercherai Reis. Je dois savoir, Nihal. Pour le Monde Émergé, mais aussi et surtout pour toi.

Nihal la regarda dans les yeux :

— Tu as toujours été un guide pour moi. Mais maintenant, c'est comme si quelque chose s'était cassé à l'intérieur de moi. Même si je n'arrive peut-être plus jamais à être comme avant avec toi, je veux que tu le saches : je t'aime bien.

Soana lui caressa la joue :

— Tu es devenue une femme, Nihal.

Au bout de quatorze nuits de marche, ils n'avaient toujours pas atteint la frontière, mais leur voyage touchait pourtant à sa fin. On entrevoyait au loin les lumières d'un campement ennemi. Plus d'une vingtaine de tentes étaient réparties en désordre sur une petite plaine, avec au centre une tente plus grande que les autres, qui devait être celle du chef de la garnison.

— On dirait que notre chemin s'arrête ici, dit Sennar en retirant son casque.

Aucun d'entre eux ne savait comment franchir la ligne de front. Soana ne se laissa cependant pas décourager.

— S'il existe un campement ennemi, il doit y en avoir aussi un de nos alliés. Il ne reste plus qu'à trouver le moyen de communiquer avec eux, dit-elle en s'asseyant par terre. Sennar, donne-moi les pierres du cercle magique !

Pour s'exécuter, le jeune homme fut obligé de retirer son armure.

— Je sais que c'est utile que je porte ce machin-là, mais c'est vraiment mortel !

Après s'être extirpé avec peine de sa cuirasse, il se mit à fouiller dans sa besace. Il en sortit six pierres gravées de runes. Soana les disposa aux sommets d'une étoile imaginaire, comme le jour où elle avait soumis Nihal à l'épreuve du feu. Une flamme bleue apparut au centre de l'étoile. Soana récita une formule magique, et une épaisse fumée s'en éleva, qui se dispersa rapidement dans l'air.

— Quand nous sommes loin l'un de l'autre, Fen et moi communiquons ainsi. J'ignore où il se trouve, mais il est probable qu'il soit engagé sur ce front. Je viens de lui dire où nous sommes. Quand nous aurons dépassé le campement, il saura où venir nous récupérer.

Sennar la regarda avec de grands yeux :

— Dépasser le campement ? De quelle façon ? Ça doit être plein de sentinelles !

— Tu sais très bien comment faire pour que les sentinelles succombent au sommeil, Sennar. Nous commencerons à avancer dès que nous aurons des nouvelles de Fen. Tu t'introduiras dans le camp sous prétexte d'apporter un message, et tu les endormiras tous. Les elfes-follets pourront ensuite survoler la zone, et Nihal et moi nous passerons à pied.

Sennar n'aimait pas du tout l'idée de jouer les héros, mais il tâcha de se convaincre que c'était la seule solution.

Après deux jours d'attente, la petite troupe commença à désespérer que Fen ait reçu le message. Encore une fois, Soana était la seule à ne pas avoir de doutes. Et, en effet, le matin du troisième jour, une colombe se posa près d'eux. Un feuillet était attaché à une de ses pattes, sur lequel avaient été tracées quelques directives et des runes mystérieuses. Nihal ne put s'empêcher de penser que Fen avait voulu envoyer à la magicienne un message confidentiel. « Les rêves sont vraiment mensongers ! » se dit-elle.

— Nous passerons à l'action cette nuit. Sennar, c'est le moment d'y aller.

Le jeune magicien, qui avait toujours rêvé du moment où il réaliserait des actes héroïques pour libérer le Monde Émergé du joug du Tyran, se découvrait soudain plus peureux qu'il ne l'avait imaginé. Il hésita quelques instants ; puis, s'efforçant de se donner du courage, il monta en selle et se prépara à partir.

— Sennar !

Nihal était debout à quelques pas de lui. Pour la première fois depuis des jours, elle sourit :

— Bonne chance ! Et reviens en un seul morceau...

Sennar lui répondit par un clin d'œil.

— Ça va être une vraie balade, lança-t-il avant de s'éloigner.

Une attente angoissée commença. Nihal était bouleversée à l'idée que Sennar puisse lui aussi mourir : elle ne supporterait pas de perdre un autre être cher. Elle passa toute la journée tendue et préoccupée, à ruminer cette pensée.

Phos essaya de la distraire :

— Allez, dis-toi plutôt que dans très peu de temps nous allons partir d'ici ! J'ai tellement hâte d'arriver sur la Terre de l'Eau ! Pas toi ? Des fleuves, des bois à perte de vue, une foule d'autres elfes, et la paix...

Mais Nihal ne l'écoutait même pas. Elle continuait à se ronger les ongles et à jouer nerveusement avec son épée. Aucun bruit ne venait du campement, et ça, c'était plutôt un bon signe. Si Sennar avait été découvert, cela aurait déclenché pas mal de tapage.

La nuit tomba. Ils étaient convenus avec Fen qu'ils se retrouveraient à l'aube de l'autre côté du camp, au bord du fleuve. Les follets prirent leur envol, planant très haut, au milieu des arbres pour que les lumières qui émanaient de leur corps ne soient pas trop visibles. Soana et Nihal se mirent elles aussi en route. Quand elles eurent dépassé l'entrée du campement, Nihal fit apparaître par magie un petit éclair : c'était le signal convenu avec Sennar. Ensuite, elle attendit, la gorge nouée. Il lui sembla qu'une éternité s'était écoulée avant que le magicien n'émerge de derrière une tente, sain et sauf. Se retenant de se jeter à son cou pour l'embrasser, elle chuchota :

— Ils dorment tous ?

— Je crois que oui. Ça m'a demandé un sacré bout de temps ! Cet endroit est énorme. Pour la peine, j'ai pris deux ou trois choses…

Sennar tira deux longues épées de sous son manteau, une pour lui, et une pour Soana.

Bien que tout le campement fût plongé dans le sommeil, ils préférèrent le traverser en rampant sans un bruit. Nihal revit des fammins : quelques-uns gisaient autour des restes d'un feu, profondément endormis. Parmi eux il y avait aussi de nombreux hommes et quelques gnomes. Tous ronflaient, la bouche grande ouverte et les doigts encore serrés autour de gobelets de cidre. Quand le sommeil les avait cueillis, ils devaient être en train de faire la fête, sans doute pour célébrer la mort des innocents habitants de la Terre du Vent. Nihal eut grande envie de mettre le feu au camp et de les laisser tous griller dans les flammes. Elle s'en dissuada : « Pas maintenant. Il n'y a pas d'urgence. Chaque chose en son temps. »

La petite troupe avança avec lenteur jusqu'à ce qu'elle arrive en vue du dernier avant-poste : un ultime obstacle avant la rencontre avec Fen, et le salut. Nihal constata qu'elle était émue à l'idée de revoir le chevalier.

— Maudit magicien ! Traître !

Le cri déchira le silence de la nuit. Deux fammins arrivaient en courant dans l'obscurité. Ils étaient encore loin, mais ils s'approchaient rapidement.

— Tu ne les avais pas tous endormis ? s'exclama Nihal.

La jeune fille n'eut qu'une fraction de seconde pour réfléchir : rester caché ne servait à rien, ce qu'il fallait, c'était dérouter l'adversaire. Elle saisit son épée et se jeta sur les deux ennemis.

Les fammins se ruèrent vers elle, mais Nihal ne se laissa pas intimider : elle continua à avancer. Elle ne se baissa qu'au dernier moment, quand l'un d'eux chargea, et le transperça de part en part.

Avec le second, elle ne bénéficia pas du même effet de surprise. Après un bref échange de coups, la jeune fille se mit à reculer : les quelques forces qu'elle avait récupérées commençaient à l'abandonner. « Je n'y arriverai pas », songea-t-elle. La douleur de sa blessure se fit lancinante, et son épée lui semblait peser des tonnes. « C'est impossible ! »

C'est alors qu'un éclair verdoyant passa au-dessus

de sa tête et réduisit le fammin en cendres. Elle se retourna : Sennar la regardait d'un air ironique.

— Il va falloir que tu trouves un moyen de t'acquitter de ta dette envers moi, lança-t-il. C'est la deuxième fois que je te sauve la vie !

— Ce n'est pas le moment de bavarder, magicien de pacotille ! riposta-t-elle en souriant. Je ne voudrais pas que nous ayons d'autres surprises de ce genre.

Soana et les deux jeunes gens quittèrent le camp ennemi en courant. Et ils coururent sans s'arrêter jusqu'à ce qu'ils aient rejoint la rive du Saar, où les elfes-follets les attendaient déjà depuis un bon moment. La blessure de Nihal la faisait à ce point souffrir qu'elle n'arrivait quasiment plus à respirer.

— Fais voir.

Sennar souleva sa chemise. Le bandage était imbibé de sang. Malgré ses protestations, le magicien la fit s'étendre et se mit à réciter des formules incompréhensibles.

La jeune fille se détendit, sa respiration devint plus profonde, et très vite elle se sentit envahie par une agréable sensation de bien-être.

— Merci, Sennar. Merci pour tout.

Allongée sur le sol, elle regarda à travers ses paupières entrouvertes le ciel se colorer de rose. Dans la clarté de l'aube, elle vit trois points verts qui grossissaient de plus en plus : des dragons !

Fen et les siens les avaient trouvés.
Ils étaient sauvés !

Plus tard, elle entendit le chevalier lui murmurer
quelque chose. Il y était question de Gaart, mais
elle était trop fatiguée pour comprendre.

C'est en dormant qu'elle fit son premier vol sur
un dragon.

11

LA DÉCISION DE NIHAL

Nihal et ses compagnons furent conduits dans un village de la Terre de l'Eau, de l'autre côté de la frontière. C'était Soana qui avait insisté pour cette installation modeste : à ses yeux, elle n'était déjà plus membre du Conseil, et ne voulait pas être l'hôte d'Astréa et de Galla à Laodaméa.

Le village s'appelait Loos. C'était l'un de ceux où hommes et nymphes vivaient ensemble. C'était un lieu très plaisant, conçu pour favoriser la cohabitation entre ces deux peuples si différents. Les humains avaient besoin de maisons, alors que les nymphes trouvaient l'abri pour la nuit dans les arbres. Certaines zones du village étaient donc entièrement recouvertes de petites constructions sur pilotis plantés dans le fleuve, tandis que d'autres regorgeaient de grands arbres.

Au début, Nihal fut étourdie par le verdoyant chaos de Loos. Elle et Soana étaient logées dans la maison d'un pêcheur, un homme plein de prévenance à l'égard de la jeune fille : lorsqu'il la vit arriver, épuisée et mélancolique comme elle était, il l'obligea à rester au lit pendant deux jours de suite sans la laisser lever le petit doigt. Ainsi, même si ses rêves continuaient à la hanter, Nihal put se consacrer entièrement à sa guérison, et, dès que ses jambes le lui permirent, elle commença à se faufiler hors de la maison pour aller à la découverte de cette terre merveilleuse.

Et puis, il y avait Fen.

Son campement n'était pas très loin du village, et il venait souvent rendre visite à Soana. Nihal attendait ces occasions de le voir avec angoisse. Il lui importait peu qu'il vienne pour la femme qu'il aimait et non pas pour elle. Rêver était la seule chose qui lui restait et qui l'aidait à maintenir ses souvenirs douloureux à distance.

Le chevalier la traitait avec tendresse, prenait toujours le temps de lui parler, et surtout il continuait à l'entraîner au combat. Pendant leurs duels, Nihal ne pensait plus à rien. C'était mieux que la plus folle rêverie : elle s'emparait de l'épée noire, dans laquelle il lui semblait sentir encore palpiter la vie de Livon, et son corps se mettait à bouger tout seul, entraînant son esprit dans l'oubli.

Pendant ce temps, Sennar étudiait comme un forcené. Il s'était opposé à la décision de Soana. Évidemment, il aurait été heureux de pouvoir accéder au Conseil plus tôt que prévu, mais pas de cette manière : il était très attaché à la magicienne, son maître, et pour rien au monde il n'aurait voulu la voir renoncer à sa charge. Pourtant Soana était inébranlable, et Sennar avait dû se faire une raison. Il avait alors décidé que si son destin était de devenir aussi vite conseiller, il devait s'acquitter de sa mission le mieux possible.

Il passait ses journées plongé dans les livres de la bibliothèque royale et ne rentrait à Loos que le soir, fatigué et affamé. Souvent, il était si épuisé qu'il ne passait même pas voir Nihal. Cependant, si leurs discussions au coucher du soleil se faisaient de plus en plus rares, le jeune homme n'oubliait pas pour autant son amie.

Un après-midi, Nihal alla s'entraîner dans le petit bois où s'étaient installés provisoirement Phos et les siens. Pour les elfes-follets, les choses n'allaient pas très bien.

— Les nymphes nous traitent comme des serviteurs ! se plaignait leur chef. Elles sont peut-être belles et gracieuses, mais je peux t'assurer qu'elles sont insupportables ! « Apporte-moi ceci, apporte-moi cela… » Nous ne sommes tout de même pas venus jusqu'ici pour devenir des pages !

Il était clair que lui et son petit groupe émigreraient bientôt vers d'autres horizons…

Ce jour-là pourtant, il n'y avait personne dans le bois, à part Nihal, qui s'entraînait avec concentration, portant de grands coups dans le vide. Sennar arriva silencieusement comme à son habitude.

— Pas d'étude aujourd'hui ? demanda la jeune fille, qui avait appris à sentir sa présence.

— Non.

Sennar lui tendit un parchemin :

— Regarde ce que j'ai trouvé ! Cela faisait un bon moment que je le cherchais.

C'était une page froissée et à moitié brûlée, sur laquelle était dessinée une ville. De hauts édifices étaient dominés par une immense tour blanche. Dans les rues se détachaient les cheveux bleus d'une foule de demi-elfes, occupés à leurs tâches quotidiennes.

Sous le dessin, une écriture aux caractères élaborés indiquait : « Ville de Seferdi, Terre des Jours. »

— C'est beau, n'est-ce pas ? Voilà le seul témoignage sur ton peuple que j'ai pu dénicher à la bibliothèque. J'ai cru que cela te ferait plaisir de le voir.

Nihal ne répondit pas. Elle regardait encore et encore la feuille abîmée par le temps. Ses yeux se remplirent de larmes.

Quand Sennar s'en aperçut, il fut très peiné :

— Je suis un imbécile ! Excuse-moi, je ne pensais pas que cela te ferait souffrir...

Pour toute réponse, Nihal serra le vieux parchemin contre sa poitrine et lui sourit à travers les larmes.

Ils passèrent l'après-midi à discuter : de la décision de Soana, de l'imminente investiture de Sennar au Conseil, de cette terre verdoyante...

C'était comme autrefois, lorsque Nihal était encore une gamine obsédée par l'idée de devenir un guerrier, et Sennar un apprenti magicien prometteur.

— Et alors ? demanda le jeune homme.

— Alors quoi ?

— S'il te plaît, Nihal. Tu peux tromper tout le monde, mais pas moi : qu'est-ce que tu es en train de mijoter ?

— Rien du tout.

— C'est cela ! Tu as fait tout ce que tu pouvais pour te remettre le plus vite possible, tu ne perds pas une occasion de te battre avec Fen, et tu passes tes après-midi ici à fendre l'air avec ton épée. Alors, on peut savoir ce que tu as dans la tête ?

Une fois de plus, Nihal fut touchée de voir à quel point Sennar la comprenait.

— Je veux combattre, déclara-t-elle.

Sennar secoua la tête :

— Ça, je le savais...

— Non, attends. Je ne veux pas juste me jeter dans la mêlée pour me faire tuer. Si je dois mourir, ce sera après avoir vengé Livon et tout mon peuple.

— Et comment penses-tu y arriver, s'il te plaît ?

— J'ai décidé de devenir chevalier du dragon.

— Tu plaisantes, ou quoi ?

— Je suis très sérieuse.

— Nihal, un ordre aussi important ne laissera jamais une femme entrer dans ses rangs !

Nihal savait que Sennar avait raison : cela ne serait pas facile. L'ordre des chevaliers du dragon était antique et prestigieux. Même pour un homme capable et volontaire, il n'était pas évident d'y entrer, alors pour une jeune fille... Et si, par miracle, elle réussissait à se faire accepter à l'Académie, il faudrait encore aller jusqu'au bout de l'entraînement : les chevaliers du dragon étaient à peine quelques centaines dans tout le Monde Émergé, et pas plus de quatre ou cinq aspirants par an ne réalisaient leur rêve...

Cependant Nihal avait pris sa décision, et elle ne s'arrêterait pas avant de survoler le champ de bataille sur le dos de son dragon.

— Je ne suis pas une femme, Sennar. Et je ne suis plus une enfant. Je suis un guerrier. Je dois donner un sens à mon destin de survivante ; et ce sens est dans la bataille. Ce n'est pas un caprice, c'est une nécessité : je dois combattre pour ceux qui sont morts et pour ceux qui mourront encore.

Sennar regarda la jeune fille qui se tenait devant lui. Son amie était réellement un guerrier, et le feu qui brûlait dans ses yeux était celui qui connaît son devoir. Le magicien soupira, lui prit les mains et les serra dans les siennes. Nihal n'était plus seule dans sa détermination.

Dix jours après leur arrivée à Loos, Nihal était complètement rétablie. La petite troupe avait trouvé dans le village le calme dont elle avait besoin. Mais pour Sennar, Soana et Nihal, le moment était venu de quitter la Terre de l'Eau : leur prochain but était la Terre du Soleil, où devait se réunir le Conseil des Mages cette année-là.

Chacun des trois voyageurs s'apprêtait à affronter un avenir incertain. Soana allait renoncer à sa charge pour entreprendre un voyage sans destination précise à la recherche de Reis. Sennar, lui, se préparait à devenir conseiller et se demandait si, avec ses dix-huit ans à peine, il serait à la hauteur de la tâche. Quant à Nihal, elle ne pensait qu'à la guerre : à celle qu'elle livrerait sur le champ de bataille, et à celle qu'elle menait déjà en elle-même contre le désespoir.

Ils quittèrent Loos un matin à l'aube.

Profitant de quelques jours de permission, Fen avait proposé de les accompagner. Soana était sur le point de s'embarquer pour le périple de tous les dangers, et il voulait passer le plus de temps possible avec elle avant son départ.

Nihal était heureuse. Elle voulait lui annoncer sa décision elle-même.

Ils étaient déjà loin de la Terre de l'Eau lorsque la jeune fille aborda le sujet. Ils s'étaient arrêtés dans un bois pour se reposer et manger un peu, et l'atmosphère était détendue.

Nihal prit son courage à deux mains :

— Je… j'ai quelque chose à vous dire. J'y ai

beaucoup réfléchi, et… Voilà, j'ai décidé de devenir chevalier du dragon. Quand nous serons arrivés à Makrat, j'aimerais beaucoup que Fen me conduise à l'Académie.

Ses paroles eurent l'effet d'un coup de tonnerre dans un ciel d'été. Après d'interminables secondes de froid glacial, ce fut le chevalier, son maître et son mentor, qui parla le premier :

— Tu te rends compte de ce que tu dis ? Tant qu'il s'agit de t'entraîner, c'est bien naturel, mais, là, nous parlons de la guerre, de la vraie guerre.

Nihal sentit la terre se dérober sous ses pieds. Elle s'était imaginé que Fen accueillerait la nouvelle avec joie, qu'il l'admirerait et l'épaulerait.

— Mais… je ne me suis jamais entraînée pour jouer…

Un regard de Soana fit changer Fen de ton. Son visage s'adoucit, et il afficha un de ses sourires habituels. Nihal y vit une touche de condescendance qui l'irrita.

— Ce n'est pas ce que je voulais dire, répondit le chevalier.

Les yeux de la guerrière se remplirent de larmes :

— Je ne suis pas en train de te demander ton aide ! Ni ton approbation, d'ailleurs.

— Nihal, écoute, essaie de raisonner un peu…

Elle se leva d'un bond :

— Je me débrouillerai toute seule ! Je n'ai besoin de personne.

Prenant son épée, elle s'enfonça dans les bois. Elle ne voulait pas qu'on la voie pleurer. Pendant qu'elle s'éloignait en espérant de toutes ses forces que personne ne tenterait de la suivre, elle se demanda pourquoi Fen l'avait traitée ainsi. Lui, son maître et ami ! Cet essai de mettre à mal ses rêves était une vraie trahison.

Elle s'assit au pied d'un arbre et serra sa tête entre ses genoux. Finalement, elle aurait bien voulu que Fen la rejoigne et lui dise qu'il avait parlé ainsi par sollicitude pour elle, par amour et désir d'être auprès d'elle.

« Mais qu'est-ce que je suis en train de me raconter ? se dit-elle à elle-même, les joues baignées de larmes. Il aime Soana, je ne suis qu'une gamine pour lui. »

Quand Fen arriva, Nihal n'avait pas encore épuisé toutes ses larmes.

— Je ne voulais pas te faire pleurer, lâcha-t-il.

La jeune fille fixait obstinément l'herbe.

— Je suis ton maître, et je sais fort bien que tu as de grandes capacités. Cependant l'apprentissage à l'Académie est très dur. Et tu es une fille. Voilà tout.

— Je le sais, que je suis une fille ! Ce n'est pas la peine que vous continuiez tous à me le répéter à chaque instant, lança Nihal avec véhémence sans lever les yeux.

— Ce que je veux dire, c'est que tu vas au-devant de mille difficultés.

— Je sais ça aussi.

Fen soupira :

— Tu es bien sûre que c'est ce que tu veux ?

Nihal acquiesça fermement.

— Alors, d'accord. Je te présenterai à Raven, le Général Suprême. Et je lui demanderai de t'admettre à l'Académie. Tu es contente ?

Le chevalier se pencha pour essayer d'apercevoir son visage, toujours caché entre ses genoux :

— Allez, je n'aime pas voir les femmes pleurer.

Nihal redressa la tête et le regarda de ses yeux rougis : il n'y avait plus trace d'hostilité dans son expression.

— Merci, murmura-t-elle.

Il lui tendit la main pour l'aider à se relever. Nihal ne put résister : dès qu'elle fut sur ses pieds, elle l'enlaça et se serra fort contre lui.

La suite du voyage fut brève : ils avaient de bons chevaux, et il ne leur fallut que cinq jours pour atteindre la Terre du Soleil. Dans l'esprit de Nihal, ce nom évoquait un endroit splendide et lumineux ; or ce fut une région chaotique et incroyablement peuplée qui se présenta à ses yeux.

Le territoire pullulait de villes noires de monde, où les maisons s'empilaient les unes sur les autres, dans un enchevêtrement inextricable. Entre deux cités s'étendaient des bois luxuriants, qui firent penser à Nihal que ce serait un endroit idéal pour Phos et les siens.

Cette terre opulente étalait toutes ses richesses : les habitants portaient de somptueux vêtements, et les demeures croulaient sous une profusion de dorures et d'ornements. Chaque ville, grande ou petite, était organisée autour d'un imposant palais carré, siège du gouvernement municipal. C'est là que se réunissaient les délégués et le gouverneur.

Devant le palais s'ouvrait une vaste place, qui accueillait chaque jour un marché regorgeant de marchandises. Là se trouvait le seul espace à découvert que possédaient les villes de la Terre du Soleil : pour le reste, c'était un réseau de ruelles qui s'entrelaçaient sans ordre apparent, entrecoupées d'avenues à peine plus larges et de petites places, sur lesquelles on débouchait par surprise du labyrinthe des maisons. Et partout or, statues, fontaines déversant des jets d'eau, dans le va-et-vient continuel des gens.

Cet étalage d'abondance incommodait Nihal, qui trouvait ce luxe déplacé en temps de guerre. La pauvreté ne révélait son visage que dans les impasses les plus sombres, où les réfugiés des Terres conquises par le Tyran vivaient dans de misérables baraques. En les voyant, Nihal ne pouvait s'empêcher de penser à son propre peuple : avant d'être définitivement éradiqués, les demi-elfes eux-mêmes avaient sans doute été contraints de vivre ainsi, dépendant de l'aumône de nantis qui dilapidaient leurs richesses avec indifférence à la tragédie qui se jouait à deux pas d'eux.

Ils traversèrent une myriade de cités avant d'atteindre Makrat, la capitale, où siégeaient cette année le Conseil des Mages et où se trouvait l'Académie de l'ordre des chevaliers du dragon.

La capitale était à l'image du pays tout entier : des maisons princières construites de manière anarchique, des foules qui allaient et venaient, et des réfugiés qui assaillaient les voyageurs à chaque pas, cela dans un chaos suffocant.

Fen pointa une construction étrangement sobre pour les standards de la Terre du Soleil : l'Académie. Nihal la fixa dans son esprit : demain, elle serait présentée au Général Suprême.

Cette nuit-là, ils dormirent dans une auberge. Comme les chambres n'étaient pas assez nombreuses, pendant un instant Nihal rêva qu'elle partagerait la sienne avec Fen.

Évidemment, elle eut droit à une chambre avec Sennar. Il n'y avait qu'un seul lit, et son ami fut obligé de passer la nuit par terre. Aucun des deux ne trouvait le sommeil.

C'est le magicien qui rompit le silence :

— Tu dors ?

— Non.

— Je me demandais si tout allait changer dès

demain. Si, toi et moi, nous finirions par prendre des routes différentes…

Nihal sourit :

— Je n'ai aucune intention de perdre mon ennemi préféré ! C'est plutôt toi, grand conseiller, qui seras trop occupé pour venir me rendre visite.

— Oh, j'essaierai de trouver le temps… Entre un sortilège et un autre…

Le futur grand conseiller ne put finir sa phrase : il reçut un coussin en pleine figure.

Nihal et Fen se rendirent au palais de l'Académie de bonne heure à travers les rues de Makrat encore désertes.

Le chevalier avait perdu sa bonne humeur habituelle. Il semblait tendu, et la jeune fille sentit que, si cela n'avait dépendu que de lui, il aurait déjà abandonné cette histoire absurde. Il la regardait de temps en temps à la dérobée, mais elle continuait à marcher, l'air décidé, concentrée sur ce qu'elle allait faire.

Nihal portait un long manteau noir qui ne laissait deviner que son épée, et dont la capuche dissimulait son visage. Le reste de son habillement n'était pas moins sombre : un corsage et un pantalon de cuir, tous deux rigoureusement noirs. Elle se sentait l'âme vindicative. Elle s'était promis à elle-même que, tant que les horreurs commises par le Tyran perdureraient, elle ne cesserait pas la lutte.

Le palais de l'Académie était un bâtiment carré, ouvert sur une large esplanade. L'entrée se faisait par un énorme portail à double battant. Deux jeunes soldats armés de hallebardes montaient la garde de part et d'autre.

— Nous sommes venus pour nous entretenir avec le Général Suprême de l'Ordre, le très grand Raven, dit Fen.

Nihal pensa que toute son entreprise commençait vraiment là : que devrait-elle mettre en jeu pour obtenir ce qu'elle voulait ?

Un des deux gardes alla s'informer auprès de ses supérieurs.

— Le Général Suprême accepte de vous recevoir, annonça-t-il en revenant. Vous pouvez l'attendre dans la salle d'audience.

Nihal, familière des petits espaces de Salazar, fut très impressionnée par l'immense salle, que divisaient deux nefs soutenues par des rangées d'énormes colonnes : si elle avait essayé d'en entourer une avec ses bras, elle n'aurait probablement réussi à en étreindre qu'à peine la moitié… Cette magnificence cherchait sans doute à intimider le visiteur qui attendait d'être reçu en audience. Cela réussit très bien avec la jeune fille…

Ils attendirent près d'une heure. Nihal commençait à s'énerver :

— C'est quel genre d'homme, le Général Suprême ?

— Hautain, coléreux, peu enclin à la compréhension, dit Fen d'un ton coupant.

— C'est un bon début..., tenta de plaisanter Nihal.

Elle n'eut pas l'occasion de poursuivre car le mystérieux Raven faisait enfin son entrée.

Il portait une armure en or, incrustée de pierres précieuses. « Comment est-ce qu'on peut se battre engoncé dans un truc pareil ? » se demanda Nihal. Comme si cela ne suffisait pas, il portait dans les bras un petit chien poilu qu'il caressait sans arrêt.

Le Général Suprême alla s'asseoir sur un siège au fond de la salle.

— Mon bon Fen, commença-t-il d'un ton affecté. Je suis flatté qu'un héros comme toi vienne me rendre visite ! J'ai su que les choses s'étaient un peu améliorées sur le front de la Terre du Vent. Je m'en félicite. La nouvelle de sa chute nous avait beaucoup attristés. C'est une chance que notre ordre puisse compter sur un chevalier comme toi !

Fen s'inclina et décida d'aller droit au but :

— Je vous remercie, Général. Vous me surestimez... Si je me suis permis de venir vous déranger aujourd'hui, c'est parce que j'ai ici un jeune élève qui souhaite entrer à l'Académie. Je le trouve très prometteur. Voilà pourquoi j'ai eu la hardiesse de...

Il était évident que le ton obséquieux de Fen remplissait d'aise le Général Suprême.

— Tu as très bien fait, mon cher Fen ! Tu sais

que personne ne peut espérer entrer à l'Académie sans mon autorisation. Mais si ce jeune aspirant est aussi doué que tu le prétends... J'imagine qu'il s'agit de ce garçon masqué qui se tient à tes côtés ?

Le moment de se faire connaître était arrivé. Nihal prit une profonde inspiration et dénoua son manteau.

Pendant quelques secondes, des expressions contradictoires se succédèrent sur le visage du Général Suprême : la stupeur de trouver devant lui une jeune fille maigrichonne avec des cheveux bleus et des oreilles en pointe, le soupçon qu'il puisse s'agir d'une illusion, et enfin une colère débordante. Il serra convulsivement les mains sur le pauvre petit chien, qui jappa d'indignation, puis se retourna vers Fen.

— C'est une plaisanterie, je suppose ? siffla-t-il.

Le chevalier s'efforça de garder un air respectueux, mais résolu :

— Non, Général Suprême. Cette jeune fille est l'un des plus habiles spadassins que j'aie jamais rencontrés.

— Et moi, je ne me serais jamais attendu à une pareille énormité de ta part, Fen ! M'amener une gamine en essayant de la faire passer pour un guerrier ! Aurais-tu oublié l'honneur de l'Ordre ?

Fen fut tenté de s'excuser, de prendre Nihal par le bras et de s'en aller : la situation lui semblait complètement folle. Mais, en même temps, il aimait bien cette jeune fille et il était convaincu de sa valeur.

Ce fut Nihal qui le tira d'embarras :

— C'est avec moi que vous devez parler.

— Toi, qui t'a donné la permission d'ouvrir la bouche ?

— C'est moi l'aspirante, et c'est de mon sort qu'il s'agit. C'est donc à moi que vous devez vous adresser.

Le visage de Raven était tout congestionné. Il se tourna de nouveau vers le chevalier :

— Arrête tout de suite cette petite intrigante ! Je ne tolérerai pas son effronterie !

— Vous devez croire Fen quand il vous dit que je suis un bon spadassin ! lança Nihal. Mettez-moi à l'épreuve.

— Petite fille, ici nous entraînons les guerriers qui défendront les Terres libres ! Je conçois que te battre puisse être ton passe-temps préféré, mais ne compte pas le pratiquer en ces lieux.

Nihal était résolue à ne pas se laisser intimider. Ce à quoi elle aspirait était trop important pour qu'un général arrogant, fût-il Suprême, se mette en travers de son chemin. Elle le fixa droit dans les yeux et lui répondit d'une voix assurée :

— Je ne suis pas une petite fille. Je suis un guerrier, et je demande à être mise à l'épreuve. Est-ce votre coutume, d'empêcher les aspirants de prouver leur habileté ?

Raven se leva d'un bond et fit mine de partir.

Nihal haussa la voix :

— Je suis un demi-elfe ! Le dernier. Je suis là pour combattre et venger mon peuple. Ne me refusez pas une chance !

Raven la foudroya du regard :

— Cela ne m'intéresse pas de savoir qui tu es et d'où tu viens. Il n'y a pas de femmes parmi les chevaliers du dragon, un point, c'est tout. La discussion est close.

Le Général Suprême n'était pas encore arrivé à la porte que résonnèrent les dernières paroles de Nihal :

— Je ne m'en irai pas d'ici avant que vous ne m'ayez mise à l'épreuve. Je vous le jure !

12

DIX GUERRIERS

Nihal fut imperturbable. Toutes les tentatives de Fen pour la dissuader de s'entêter et la ramener avec lui ne servirent à rien.

— J'ai pris ma décision, répétait-elle simplement.

Elle s'assit en tailleur sur le pavé de la salle, son épée dégainée devant elle, et attendit.

Au début, on la laissa faire. Il était évident que Raven ne la prenait pas au sérieux. Quand dix heures se furent écoulées, elle vit deux gardes entrer dans la salle. Ils essayèrent de la porter à l'extérieur, mais Nihal ne se laissa pas déplacer d'un millimètre : une riposte éclair les fit déguerpir sur-le-champ.

Par la suite, on tenta à plusieurs reprises de la faire sortir, et cela finissait toujours de la même manière : un coup d'épée, et le garde s'en allait, piteux et désarmé.

La quatrième fois, Nihal perdit patience. Elle atteignit d'un bond une imposante statue et grimpa avec agilité jusqu'à sa tête : là-haut, plus personne ne pouvait l'inquiéter.

Un peu avant minuit, Raven en personne fit son entrée dans la salle.

— Toujours là, petite fille ? Nous verrons bien ce que tu feras lorsque tu auras faim.

— C'est vous qui verrez ce dont je suis capable quand je tiens à quelque chose !

Cependant, la question des vivres était en effet un problème : l'estomac de Nihal grondait déjà depuis un bon moment... Résolue, la jeune fille s'appuya contre le mur, les jambes serrées contre sa poitrine, et chercha à tromper sa faim en s'endormant.

Elle fut réveillée par un battement d'ailes régulier et insistant. Elle se mit à scruter l'obscurité de la salle avec circonspection, et elle le vit : un petit faucon, sorti de nulle part, voltigeait entre les colonnes.

Nihal se frotta les yeux, mais le faucon était toujours là. Il se dirigea même droit sur elle et laissa tomber entre ses genoux un petit paquet avant de disparaître comme il était arrivé.

La jeune fille ouvrit le paquet : il contenait du pain, du fromage, des fruits et une gourde remplie d'eau. Et aussi un parchemin.

Salut, guerrière,

Quand on m'a raconté ta petite discussion avec le Général Suprême, je me suis imaginé sa tête, et j'ai ri ! Je ne pouvais plus m'arrêter. En tout cas, sache que je suis avec toi : persévère, et tu vas gagner !

Ah ! Ton grand benêt de Fen adoré a été très impressionné par ton geste : je te le dis parce que je te sais tellement entichée de lui que cela te fera plaisir. Soana, elle, n'a pas fait de commentaire, mais il était clair que cela ne lui plaisait pas beaucoup. Qu'est-ce que tu veux, il n'y a que moi qui te comprenne...

Puisqu'ils essaieront de t'avoir par la faim, je t'envoie quelques provisions pour t'aider à tenir le siège.

Bon appétit, et bonne nuit !

En guise de signature, Sennar avait dessiné la caricature d'un magicien. Nihal sourit, pleine de gratitude envers son ami. Elle l'aurait été encore davantage si elle avait su qu'en ce moment précis Sennar avait bien d'autres choses auxquelles penser.

Le matin même où Nihal s'était rendue à l'Académie, Soana s'était présentée au Conseil, dont la plupart des membres avaient cherché à la dissuader de renoncer à sa charge. La magicienne, qui ne s'attendait pas à ce que sa décision soit aussi contestée, était demeurée intraitable : elle avait répété obstinément qu'elle ne se sentait plus digne d'occuper sa place et que la recherche de Reis lui tenait plus à cœur pour le moment. Ensuite, elle avait proposé son élève comme successeur. L'assemblée des Mages avait réagi avec perplexité ; Dagon, le membre ancien, avait souhaité en parler avec elle en privé. « Sennar est trop jeune, Soana, avait-il déclaré. Son pouvoir magique est remarquable, je ne le nie pas, mais il faut qu'il mûrisse. Il a tout le temps de devenir un magicien extraordinaire et de servir le Conseil de son mieux. Tu sais bien qu'accueillir un nouveau membre trop hâtivement peut être fatal. »

Soana avait insisté : « C'est vrai, il a tout le temps devant lui ; en revanche, ce n'est pas le cas du Monde Émergé. Il est nécessaire de réunir toutes les forces dont nous disposons, et Sennar est un grand atout, comme la jeune demi-elfe. C'est pourquoi je te demande de l'accepter à ma place et de me laisser partir à la recherche de Reis. Elle seule peut résoudre l'énigme qui entoure l'existence de Nihal. »

Dagon avait réfléchi longuement aux paroles de la magicienne : « Soit. Ton élève sera examiné par les membres du Conseil, moi inclus. Il ne sera admis que si tous sont d'accord. En ce qui te concerne, même si c'est à contrecœur, je ne peux que m'en remettre à ta volonté : je te relève de tes devoirs. »

Sennar avait commencé ses entretiens aussitôt. Même s'il n'avait été examiné que par deux conseillers, le soir venu, il était complètement épuisé. Ils lui avaient posé des questions sur ses origines, sur ses attentes et ses motivations, et ses connaissances accumulées au cours de mois d'études solitaires avaient été analysées dans le moindre détail. Il avait dû prouver son habileté de magicien par des sortilèges de toutes sortes, au terme desquels il s'était traîné à l'auberge, à bout de forces.

C'est dans ces conditions que Sennar avait pensé à son amie et que, avant de s'écrouler sur son lit, il avait trouvé le courage de préparer quelques vivres, de lui écrire cette lettre et de lancer un enchantement sur le faucon.

Les trois jours suivants furent aussi difficiles pour le jeune magicien que pour Nihal.

Sennar fut interrogé sans trêve, et Nihal resta perchée sur la tête de la statue en veillant à se protéger des flèches que les gardes lui lançaient de temps en temps. Elle avait mal partout, mais elle continuait à résister : elle était déterminée à obtenir ce qu'elle voulait, quel que soit le prix à payer.

La rumeur se répandit dans Makrat en un éclair : une jeune fille aux cheveux bleus et aux oreilles en pointe s'était hissée sur une statue de l'Académie pour narguer Raven, et personne n'arrivait à la déloger de là. Ses habitants se pressèrent aussitôt sur l'esplanade, puis dans l'Académie, voulant voir cette bizarrerie de leurs propres yeux.

Enfin, le quatrième jour, la situation sembla se débloquer. Vers midi, Raven fit une entrée en grande pompe dans le salon, son éternel petit chien sous le bras. Il se fraya un chemin à travers la foule et déclara :

— Devant ta persévérance, j'ai décidé de te contenter : tu soutiendras ton épreuve demain matin, sur la place d'armes de l'Académie. Maintenant, descends. C'est un ordre.

Nihal ne bougea pas d'un poil :

— Quelles sont les conditions ?

— Tu devras battre dix de nos plus vaillants élèves. Dix, pas un de moins.

Un murmure parcourut l'assistance : c'était une entreprise impossible !

La demi-elfe eut une réaction surprenante : elle se glissa en bas de la statue, se planta en face de Raven et le regarda droit dans les yeux :

— J'accepte. Mais je veux que vous juriez devant tous que, si je réussis, je pourrai devenir élève de l'Académie.

Raven sourit d'un air moqueur :

— Tu as ma parole.

Nihal passa l'après-midi toute seule, enfermée dans sa chambre à l'auberge. Étendue sur le lit, son épée à côté d'elle, elle regardait le plafond. Elle n'avait aucune envie d'errer dans les rues de Makrat. En revanche, elle aurait volontiers passé un peu de temps avec Sennar ; hélas, le magicien était occupé par ses entretiens.

Elle pensa longuement à l'épreuve qui l'attendait le lendemain. Elle pensa aussi à Fen : il y assisterait sans doute, et il cesserait enfin de la considérer comme une gamine.

Puis elle sortit son parchemin. Elle le fixa avec une telle intensité qu'il lui sembla faire partie de la scène qui y était représentée. Nihal aurait tant voulu trouver quelque part un autre demi-elfe avec qui partager le poids de la terrible hérédité que lui avait léguée son peuple ! Elle aurait voulu savoir comment avaient vécu ses congénères, s'ils avaient aimé et souffert comme elle. Jamais elle ne s'était sentie aussi seule. C'était terrible, de savoir qu'il ne restait de tous les siens que cette feuille chiffonnée, et puis elle, une jeune fille perdue sur une terre étrangère. Ses rêves l'incitaient à la vengeance, à la guerre, mais surtout à la haine. Et Nihal en était pleine : elle haïssait le Tyran qui avait exterminé les siens, elle haïssait les fammins qui lui avaient arraché sa famille, et elle se haïssait elle-même parce qu'elle avait survécu.

Sennar et Soana revinrent à la tombée de la nuit. Nihal apprit par eux que Fen était reparti : sa permission étant finie, il avait dû retourner sur le champ de bataille. Elle en fut abattue.

Sennar avait les yeux hagards ; il se consolait en se disant que son supplice prendrait fin le lendemain, après l'examen de Dagon.

— Je reconnais que combattre ne doit pas être

facile, mais la vie d'un magicien n'est pas non plus de tout repos ! plaisanta-t-il.

Il vit aussitôt que son amie n'avait pas le cœur à rire. Il devinait les sentiments qui agitaient Nihal, mais il savait que personne ne pouvait l'aider : se hisser hors du gouffre était une tâche qu'elle ne pouvait pas confier à un autre.

Au moment de se séparer, il la serra dans ses bras :

— Bonne chance pour demain !

— Merci… aussi pour ce que tu as fait pour moi hier. Dis-moi, ajouta-t-elle en souriant, combien de fois as-tu l'intention de me sauver la vie ?

Elle lui était infiniment reconnaissante : de la comprendre, de l'aider, d'être là. Il était son ami, et une des rares personnes qui lui restaient au monde.

— Et bonne chance à toi demain !

Cette nuit-là, Nihal dormit bien et se réveilla reposée et sûre d'elle. Elle prit son manteau et son épée et se dirigea toute seule vers l'Académie.

Elle fut ébahie en voyant la foule de gens qui essayaient d'y pénétrer. Les gardes ne laissèrent passer qu'elle. Cependant, une heure plus tard, ceux qui se pressaient devant les portes étaient si nombreux que Raven donna l'ordre de les faire entrer.

Le Général Suprême avait choisi personnellement les élèves qui devaient combattre. Ils avaient tous fini l'entraînement et étaient sur le point de devenir chevaliers : aucun doute, ils ne feraient qu'une bouchée de cette petite créature présomptueuse !

Nihal rejoignit l'arène affectée à l'épreuve. C'était un énorme espace en terre battue. Au fond, sur un râtelier, étaient disposées des armes de toutes sortes.

Les spectateurs commencèrent à se masser autour de l'arène : au premier rang on voyait les chevaliers dans leurs armures rutilantes, entourés d'une multitude de jeunes garçons qui portaient le même vêtement en toile brune. Derrière s'installèrent les gens du commun, poussés par la curiosité et par l'admiration pour cette étrange jeune fille.

C'est alors que Nihal vit apparaître ses adversaires. Ils étaient tous grands et robustes, plus âgés que les garçons en tunique et manifestement bien plus forts qu'elle.

Le Général Suprême se fit attendre. Lorsqu'il se présenta enfin sur le petit balcon paré pour l'occasion, il répondit aux acclamations des spectateurs par un sourire condescendant : il était évident qu'il jouissait déjà de son futur triomphe. Il se tourna vers Nihal, qui avait gagné le centre de l'arène, et déclara :

— Comme promis, jeune fille, j'ai voulu te permettre de démontrer ce que tu sais faire, afin que l'on ne puisse pas dire que j'ai refusé à quiconque l'opportunité d'entrer à l'Académie. J'espère que tu te rends compte de la concession que je fais pour toi.

Nihal se contenta de lui sourire ironiquement en lui faisant une brève révérence.

— Les règles sont les suivantes : chacun combattra avec les armes qui sont en sa possession. Les affrontements auront lieu l'un après l'autre, sans pause. Celui qui réussira à désarmer, à faire tomber, ou à blesser son adversaire sera proclamé vainqueur du duel. Tu devras battre les dix élèves, mais tu n'as le droit de tuer aucun d'entre eux.

Il ne faisait aucun doute que Raven cherchait à l'effrayer. Combattre sans répit contre dix habiles guerriers, armée de sa seule épée et sans cuirasse, semblait tout simplement impossible.

Néanmoins, Nihal retira son manteau et répondit d'une voix ferme :

— Moi, Nihal de la tour de Salazar, dernier demi-elfe de ce monde, j'accepte vos conditions, Général Suprême.

Le silence se fit dans l'assistance.

Le premier combattant était une espèce de géant : haut et massif, le corps presque entièrement protégé par une armure, il avança vers la jeune fille d'un pas décidé, une épée à la main.

Raven leva le bras, puis l'abaissa pour signifier le début du combat. Aussitôt, le géant se précipita sur Nihal et lui assena un grand coup avec l'intention de briser son épée. Son attaque tomba à l'eau : Nihal l'esquiva en glissant sur le côté et tenta immédiatement une riposte. Son adversaire para l'attaque à son tour ; puis, par une série de fentes successives, il essaya de la toucher sur le côté. Nihal n'eut qu'à se baisser : au moment où le jeune homme levait le bras pour préparer son prochain coup, la jeune fille, rapide, le toucha au ventre avec la pointe de son épée. La cuirasse qui le couvrait glissa doucement à terre : l'adolescente avait tranché ses lacets de cuir.

Surpris, le géant en lâcha son épée et demeura un moment abasourdi à regarder la fine ligne rouge qui lui barrait le torse.

Nihal ramassa l'arme de son adversaire et la planta dans la terre en s'écriant :

— Voilà le premier !

Un brouhaha admiratif parcourut la foule : le combat avait duré moins d'une minute !

Raven eut l'air un peu déconcerté. Il n'imaginait pas que cette gamine puisse être aussi habile, cependant il voulut croire que sa victoire n'était que le fruit du hasard.

Le deuxième adversaire était lui aussi armé d'une épée et portait une cuirasse. Vu le misérable sort de son prédécesseur, il choisit de miser non pas sur la force, mais sur la technique et la vitesse. Il commença à se battre comme s'il reproduisait au fur et à mesure les enchaînements appris dans un manuel. Occupée à répondre coup pour coup, Nihal semblait ne pas pouvoir passer à l'assaut. Au vrai, elle en profitait pour étudier la tactique de son adversaire. Au bout de quelques minutes, elle fut capable de prévoir tous ses déplacements. Elle le laissa mener le jeu pendant un moment encore pour lui donner l'impression de la dominer, et lorsque, convaincu d'avoir la victoire entre les mains, son rival se jeta vers elle dans un ultime fendant, la demi-elfe fit un bond sur le côté. D'un geste, elle bloqua l'épée enne-mie au sol, puis pointa la sienne sur la gorge du jeune homme. L'arme de celui-ci fut propulsée en l'air d'un coup de pied, rattrapée au vol et plantée dans la terre comme deuxième trophée.

Le public applaudit timidement.

Raven s'agita sur son siège. Mais il n'y avait rien à dire : Nihal était forte. Elle avait déjà vaincu deux habiles guerriers alors qu'elle n'était pas censée en battre un seul.

Les choses n'allèrent pas mieux pour le troisième, ni pour les trois suivants, dont Nihal se débarrassa sans difficulté. Six épées étaient déjà alignées sur la terre battue, et l'enthousiasme des spectateurs allait croissant : des cris d'excitation, des applaudisse-ments et des hurlements d'approbation emplissaient l'arène. Mais la jeune fille n'entendait rien. Son esprit était concentré sur le combat, et son corps se déplaçait avec précision, esquivant assauts et fentes.

C'est au septième adversaire qu'elle le comprit : elle avait compté sans la fatigue. C'était presque un adulte, dont la technique ne semblait avoir aucune faille. Certes, il n'était pas très rapide, mais à ce stade du combat Nihal n'était plus capable d'imposer un rythme soutenu. Le duel se déroulait dans un déchaînement de parades et d'attaques, et les forces semblaient équilibrées. Soudain, la demi-elfe fit un faux pas et faillit perdre l'équilibre.

C'est alors qu'elle entrevit dans un éclair un poignard se diriger vers son ventre. Elle eut à peine le temps de l'éviter : le coup laissa un large accroc sur son corset de cuir.

Son adversaire ne lâcha pas prise et continua à l'attaquer à la fois avec son épée et avec son poignard. Nihal comprit qu'elle ne pourrait pas continuer ainsi. Elle n'avait jamais combattu avec deux épées en même temps, mais elle s'était souvent entraînée avec la main gauche. Elle se rapprocha de la zone où elle avait planté les épées dans la terre et en tira une au hasard.

Elle se débrouilla plutôt bien. Le public, hypnotisé par le mouvement tourbillonnant des épées, observait en silence la jeune fille : on aurait dit qu'elle dansait. Même Sennar, qui avait rejoint l'arène, n'avait jamais vu son amie combattre ainsi. Elle parait et attaquait sans trêve, le corps tendu par l'effort.

Elle lui sembla plus belle et plus forte que jamais.

L'adversaire de Nihal avait beaucoup misé sur sa deuxième arme, et maintenant que l'adolescente l'avait rendue inoffensive, il ne savait plus quoi faire. Il commençait à reculer quand, sous la double attaque de Nihal, son poignard lui glissa des mains. La jeune combattante se débarrassa de sa deuxième épée et continua à le frapper avec l'autre jusqu'à ce qu'elle l'ait désarmé.

Lorsqu'elle ramassa les deux armes de son adversaire et les ficha dans la terre, la voix de Raven résonna dans l'arène :

— Je déclare l'épreuve terminée. Tu as été blessée, jeune fille, tu peux rentrer chez toi.

Des sifflements et des cris de désapprobation parmi le public lui répondirent.

Nihal ne se troubla pas. L'épée au poing, elle s'avança vers le promontoire de Raven et lui montra la déchirure sur son corset :

— Comme vous voyez, Général Suprême, je n'ai rien du tout !

Raven était furieux : cette étrange créature était en train de ridiculiser ses élèves ! Aucune de leurs techniques ni de leurs bottes secrètes ne semblait capable d'en venir à bout.

Le huitième adversaire était armé d'une hache.

Nihal le regarda dans les yeux avec un air de défi.

— La dernière personne qui m'a attaquée avec

une hache était un fammin. Je lui ai tranché la tête d'un seul coup.

— Eh bien, avec moi, cela ne se passera pas comme ça ! répliqua l'autre sans se laisser intimider.

Le combat commença. Ce guerrier-là frappait pour tuer. Doté d'une grande force physique, il ne manquait pas pour autant d'agilité ni de technique. Nihal savait qu'elle ne pourrait pas contrer tous les coups de hache, aussi se limitait-elle à les esquiver. Mais son adversaire la poussa dans ses retranchements : il faisait tournoyer son arme dans toutes les directions, l'obligeant à se déplacer sans arrêt. La lame passa plusieurs fois très près de son corps ; or Nihal savait qu'à la première goutte de sang qui tomberait à terre, son espoir d'entrer à l'Académie s'envolerait pour toujours. C'est alors qu'elle eut une idée : elle se mit à observer attentivement les mouvements de son adversaire, et, au moment opportun, elle empoigna son épée des deux mains et l'abattit de toutes ses forces sur le manche de la hache. Le contrecoup sur ses poignets fut douloureux, mais elle serra les dents et maintint plus fort sa garde. Enfin, elle se baissa soudain.

La lame de la hache tourna plusieurs fois sur elle-même dans l'air avant d'atterrir sur le sol quelques mètres plus loin. Le public se mit à l'acclamer et à scander le nom de la jeune combattante.

L'avant-dernier combattant, qui portait une épaisse cuirasse et un bouclier, se jeta sur elle avant qu'elle n'eût le temps de se préparer. Il enchaînait les violents assauts sans lui laisser aucune répit.

Le silence se fit de nouveau dans le public. Nihal reculait inexorablement, incapable de contre-attaquer. Bientôt, elle se trouva acculée au râtelier où étaient disposées les armes. Dans un geste désespéré, elle se colla contre la grille de métal. Sûr de sa victoire imminente, son adversaire mit toute sa force dans un dernier coup. Mais, rapide comme l'éclair, Nihal plia les genoux et visa le ventre de son ennemi, qui pour un bref instant apparut sous la cuirasse.

Le stratagème ne fonctionna qu'à moitié : l'épée du jeune homme s'encastra bien dans le râtelier, mais celle de Nihal se planta dans le bouclier qu'il avait aussitôt abaissé pour se protéger. Les deux combattants s'affrontèrent du regard. Puis, alors que le combattant était sur le point d'extraire son arme, Nihal lui décocha un violent coup de pied. Le guerrier s'écroula lourdement sur le sol tandis que son bouclier lui échappait des mains, libérant l'épée de cristal noir. L'avant-dernière arme vint rejoindre les autres dans la terre sous les applaudissements enthousiastes des spectateurs.

Nihal était à bout de forces : elle avait épuisé ses ressources physiques, et son énergie morale commençait à vaciller. Elle n'aurait jamais imaginé que combattre puisse l'épuiser à ce point. C'est alors qu'elle prit conscience des clameurs de la foule : jusque-là, elle était si accaparée par le combat qu'elle n'avait prêté aucune attention à ce qui l'entourait. Maintenant, elle se rendait compte que ce brouhaha confus, c'étaient des cris d'encouragement. La foule tout entière scandait son nom.

Elle était forte, invincible, et nul ne pouvait faire obstacle à sa volonté : voilà ce que lui hurlait la foule, et Nihal la crut. Elle leva son épée, et le public poussa un hurlement d'enthousiasme. Alors qu'elle regagnait le centre de l'arène, Nihal aperçut un instant Sennar : si son ami était là, tout ne pouvait que lui réussir. Elle lui sourit de loin, et elle crut voir que le magicien lui rendait son sourire.

Quand le dernier adversaire s'avança d'un pas ferme, Nihal sentit un léger frisson de peur la parcourir. Ce n'était pas le plus impressionnant des guerriers qu'elle avait affrontés, mais son regard était particulièrement inquiétant. Ses yeux, très clairs, paraissaient dépourvus d'iris, et leur couleur se fondait dans le blanc de la cornée. Malgré sa douleur au poignet, Nihal serra la garde de son épée. Le guerrier s'arrêta face à elle ; il semblait ne pas avoir d'arme. Soudain, il bougea un bras, et un long fouet noir se déroula sur le sol comme un serpent. Nihal n'avait jamais vu une arme de ce genre. Elle était prête au combat, mais lorsque le fouet lui frôla le visage pour retomber sur le sol l'instant d'après, elle pâlit.

— Je peux te découper en tranches quand je veux, petite fille ! la défia le guerrier.

Le fouet siffla de nouveau aux oreilles de Nihal. La jeune fille ne parvenait pas à le voir arriver. Il jouait autour de son corps, s'amusant à l'effleurer sans jamais la toucher.

— Souviens-toi de mon nom : Thoren, de la Terre du Feu, lança son adversaire. Souviens-t'en, parce que c'est moi qui vais te tailler en pièces.

Le cercle dessiné autour d'elle par le fouet était toujours plus précis et plus serré.

Alors Nihal ferma les yeux. Pendant un instant, elle ne perçut que l'obscurité ; puis, très vite, celle-ci lui permit de se concentrer sur les sifflements du fouet qui emplissaient l'espace sonore. À présent, elle entendait les coups. Elle arrivait à comprendre d'où ils venaient. Et elle commença à les parer avec une précision mécanique.

Le jeune homme visait les jambes, cherchant à lui faire perdre l'équilibre. Elle sautait, esquivait et voltigeait, à l'abri de chaque coup. Cependant, la distance qui la séparait de son adversaire était trop grande. Nihal était réduite à la défensive, elle ne pouvait engager une attaque.

C'est alors que le fouet commença à siffler plus près du corps de son ennemi. Nihal crut à un miracle. Elle s'approcha de lui, jusqu'à sentir son odeur, une odeur de combat et de guerre. Il lui suffit d'un seul coup pour trancher le fouet. Le sourire de triomphe mourut aussitôt sur ses lèvres : une chaîne de fer entourait son épée. Le jeune homme jeta à terre le manche de son fouet et la regarda d'un air moqueur :

— Tu manques d'expérience, fillette ! Et c'est bien pour cela que tu vas mourir.

Nihal se sentit perdue mais voulut refuser à son adversaire la satisfaction d'une victoire trop facile.

— Et toi, tu parles trop ! Dans un combat, seul le vainqueur peut perdre son temps en discours.

— Mais j'ai gagné ! répliqua Thoren en dégainant son épée d'un fourreau pendu à sa taille. Dois-je te chercher ou viens-tu mourir toute seule ?

Nihal essaya de dégager son épée ; en vain. La chaîne la maintenait fermement.

— J'ai compris : le petit poisson qui s'est pris à mon hameçon ne veut pas collaborer…

Thoren tira la chaîne à lui. Il avait beaucoup de force, et Nihal dut s'arc-bouter pour ne pas être entraînée. Elle se voyait sans défense : son poignet lui causait une douleur affreuse, et elle ne pouvait rien faire pour se dégager.

Du haut de son poste d'observation, Raven goûtait chacune des secondes qui rapprochaient Nihal de la mort.

— Épargnez-la ! Elle a combattu loyalement ! Qu'elle soit admise à l'Académie ! hurlait le public.

Mais Thoren voulait son sang.

— Finissons-en avec ce jeu stupide, murmura-t-il entre ses lèvres.

Soudain Nihal se vit jetée à terre, et achevée. Ses yeux se remplirent de larmes, et une colère s'empara d'elle : non, elle ne pouvait pas mourir maintenant ! Cela aurait anéanti le sens de sa vie entière, et par là même, celle de tout un peuple.

Le jeune combattant imprima une terrible secousse à la chaîne. C'est alors que Nihal agit : s'aidant de la puissance de son adversaire, elle se propulsa en avant avec l'énergie du désespoir. Thoren ne comprit pas à temps : la demi-elfe lui tomba dessus et son épée lui transperça le bras de part en part.

Ils tombèrent tous les deux sur le sol ; et une tache de sang se forma sous leurs corps. Nihal tenta de se relever : elle devait absolument se mettre debout, sans quoi elle ne serait pas déclarée vainqueur. Elle y arriva au prix d'un effort surhumain.

Les jambes tremblantes, elle parvint à rejoindre le centre de l'arène et leva son visage barbouillé de poussière vers Raven, les yeux remplis d'orgueil.

Le grand Raven, le Général Suprême, fut bien obligé de capituler : cette personne étonnante sortait en tout point de l'ordinaire.

— Tu viens d'entrer à l'Académie, jeune fille.

Le public explosa en un hurlement de jubilation.

— Mais attends un peu avant de crier victoire. C'est maintenant que commence le vrai défi.

Aussitôt, la foule entoura Nihal. Des centaines de

mains vinrent la toucher, la serrer, lui donner des petites tapes amicales dans le dos. La jeune fille ne tenait plus sur ses jambes. Elle se laissa tomber à terre comme un sac vide.

Lorsque Sennar la rejoignit en se frayant un chemin à travers la cohue et la releva, Nihal se serra contre lui et un sourire illumina son visage fatigué.

13

L'ACADÉMIE DES CHEVALIERS

Sennar porta Nihal dans ses bras jusqu'à l'auberge et la veilla toute la nuit : le souvenir des jours où elle avait failli mourir était encore vif, et il se faisait beaucoup de souci pour elle.

Mais Nihal dormait béatement, tantôt rêvant d'être un chevalier du dragon, et tantôt voyant Fen en songe. Elle se réveilla le matin suivant sous les rayons d'un soleil vigoureux qui jouaient sur son oreiller. Elle s'étira, s'assit sur son lit et, pour la première fois depuis longtemps, se sentit presque sereine.

Elle entendit la voix de Sennar :

— Tu sais que c'est fatigant, d'être ton ami ? Tu risques ta vie un jour sur deux...

Nihal sourit. Une douleur à l'abdomen lui rappela sa journée de la veille.

— J'ai réussi ?

— Oui.

— Alors, je suis à l'Académie ?

— Je t'ai dit que oui !

— Et j'ai été blessée ?

— Oh, à peine... Tu as un poignet à moitié cassé, et il s'en est fallu de peu que tu te fasses transpercer le ventre. Des broutilles, quoi... Et maintenant, allonge-toi, guerrier. Je dois continuer mes formules.

Nihal laissa Sennar soulever sa tunique et apposer ses mains sur son ventre et sur son poignet. Ce n'était pas la première fois que le magicien pratiquait sur elle des enchantements de guérison, mais le contact avec sa paume avait quelque chose de nouveau.

— Sennar ! Qu'est-ce que tu as ? Tu rougis ?

Gêné, le jeune magicien changea de sujet :

— J'ai entendu dire que notre Général Suprême avait salement triché : ton dernier adversaire n'était pas un élève de l'Académie, mais un mercenaire payé par ses soins... Enfin, pour la petite histoire, tu lui as presque arraché un bras.

Cette nouvelle laissa Nihal impassible. Elle ne souhaitait rien d'autre que commencer l'entraînement le plus vite possible, et chaque minute qui passait lui semblait du temps perdu.

— Quand est-ce que je peux entrer à l'Académie ?

— Quand tu veux. Même si je ne crois pas que Raven soit impatient de te voir...

— Tant pis pour lui ! déclara Nihal.

Sennar finit de la soigner, puis la regarda d'un air sérieux :

— Écoute, il faut que je te dise quelque chose…

— Qu'est-ce qu'il y a ?

— Eh bien… je suis membre du Conseil. Voilà.

Nihal en sauta presque sur son lit :

— Oh là là ! Bravo, Sennar, c'est fantastique ! Nous sommes un couple de vainqueurs ! Tu te rends compte ? Nous ne sommes même pas encore adultes, et nous réalisons déjà nos rêves !

— Attends, attends. Ce n'est pas aussi fantastique que ça…

Sennar lui raconta qu'après les épreuves sans fin auxquelles il avait été soumis, après les entretiens, les sortilèges et une interminable entrevue secrète entre Dagon et Soana, le membre ancien du Conseil avait finalement décidé de lui parler. Il l'avait invité dans son cabinet de travail, une grande pièce circulaire en pierre pleine de livres, et l'avait fait asseoir sur un siège de marbre au centre de la salle.

Sennar s'était soudain senti comme un petit garçon. Il avait pensé que c'était peut-être le but de Dagon : le rendre humble. Mais il se trompait.

« Après avoir examiné avec attention tes capacités et tes intentions, avait commencé le chef du Conseil, nous sommes arrivés à une décision. »

Les mains du jeune magicien tremblaient.

« Nous te déclarons digne d'entrer au Conseil, Sennar. Tu prendras la place de Soana. »

Alors que Sennar ouvrait la bouche pour le remercier et dire que c'était un grand honneur pour lui, promettre qu'il servirait de son mieux les intérêts du Monde Émergé et réciter les autres formules toutes faites qui pouvaient lui venir à l'esprit dans un moment pareil, Dagon lui avait intimé l'ordre de se taire d'un geste :

« Attention, toutefois. Un conseiller n'est pas un simple magicien, ni même un magicien plus puissant que les autres. C'est un sage, un politique, un gouvernant ; de ses décisions dépend l'avenir de beaucoup de personnes. Pour l'instant, tu es un magicien plein d'avenir, mais de peu d'expérience. Avant toi, seul le Tyran avait eu accès aussi jeune au Conseil, tu peux donc comprendre pourquoi j'ai tellement hésité à t'accorder cette chance. Je souhaite par conséquent que tu sois placé sous la tutelle d'un membre du Conseil pendant un an : il finira de t'enseigner les devoirs d'un conseiller et il évaluera ta conduite. Pendant les six premiers mois, c'est moi qui serai ton maître. Nous irons sur le front de la Terre du Vent, afin que tu apprennes ce que doit faire un conseiller en temps de guerre. Ensuite, tu passeras six mois ici, sur la Terre du Soleil, parce qu'un conseiller doit également savoir agir dans des conditions de paix. Cette Terre est sous la juridiction de Flogisto, c'est donc lui qui te guidera. Enfin, tu participeras chaque mois aux réunions communes. C'est tout. Bienvenue au Conseil des Mages. »

— Alors, tu t'en vas…, murmura Nihal.

Sennar baissa les yeux. Il aurait voulu lui dire que cette séparation lui pesait à lui aussi, que tout ce qu'il voulait, c'était être avec elle, pour toujours, et la libérer des fantômes qui la tourmentaient. Mais aucune de ces paroles ne sortit de sa bouche.

— C'est mon devoir, dit-il simplement.

— Et Soana ?

— Elle a tenu à attendre que tu te réveilles pour te dire au revoir. Je pense qu'elle partira cet après-midi.

Nihal se leva soudain et attrapa son épée.

— Hé ! s'écria Sennar. Où est-ce que tu comptes…

— Je vais m'entraîner !

Une minute plus tard, elle était dehors. Elle ne savait même pas où aller, et la confusion qui régnait dans la ville lui fit prendre conscience qu'elle était seule désormais. Elle courut droit devant jusqu'à un large belvédère dominant un bois. Sur la ligne d'horizon se découpait nettement le sinistre profil de la forteresse du Tyran.

Nihal s'assit sur le parapet, les pieds dans le vide. Un immense sentiment de solitude la submergea :

Sennar serait bientôt loin, au milieu des foudres de la guerre, Soana se lancerait à la recherche de Reis, et elle resterait seule sur cette terre bruyante et vulgaire, avec son épée pour unique compagne. L'imposante bâtisse noire de la forteresse lui apparut soudain comme un monstre qui dévorait peu à peu sa vie... La jeune fille chassa ces pensées de son esprit en se traitant d'imbécile. « Pourquoi avoir peur ? Que t'importe d'être seule ? Tu es un guerrier à présent, et tu ne dois penser à rien d'autre qu'à combattre et à détruire le Tyran. »

Elle resta encore un moment à contempler le paysage du haut du belvédère, et elle décida qu'elle entrerait à l'Académie le jour même.

Quand elle retourna à l'auberge, Soana était sur le point de partir. Elle sembla à Nihal plus belle et plus hiératique que jamais.

La magicienne l'attira à elle :

— C'est aussi pour toi que je fais ce voyage. Je sais que tu es forte et que tu continueras à avancer, quoi qu'il arrive.

Nihal eut l'impression qu'il s'agissait plus d'un adieu que d'un au revoir.

— Merci, Soana.

Ce fut tout ce qu'elle réussit à dire.

Soana serra son élève magicien dans ses bras :

— J'espère que tu t'acquitteras de ton devoir mieux que moi, Sennar.

— Et moi, j'espère que nous nous reverrons bientôt. Et qu'alors je serai digne la confiance que tu m'accordes.

La magicienne adressa un dernier sourire aux deux jeunes gens et se mit en route sans se retourner. Nihal et Sennar la suivirent longuement des yeux : avec elle, c'est une partie de leur vie qui s'éloignait.

Quand Soana ne fut plus qu'un point à l'horizon, Nihal se retourna vers son ami.

— Accompagne-moi à l'Académie, Sennar.

— Déjà ? Attends au moins que je m'en aille ! Nous pourrons rester ensemble ce soir.

Mais la décision de la jeune fille était irrévocable :

— Non. Excuse-moi ; je ne supporterais pas de te voir partir, toi aussi. Et puis, ça ne sert à rien de remettre cela à plus tard.

Ils traversèrent Makrat, plus chaotique que jamais. Bien qu'ils fussent côte à côte, Nihal et Sennar se sentaient déjà séparés par des milliers de lieues. Ils n'échangèrent pas une seule parole jusqu'au portail. Nihal n'avait emporté qu'un petit sac, un vêtement de rechange, et le parchemin de son peuple. Et, à la taille, elle avait son épée de cristal noir.

— Ce n'est pas un adieu, Nihal, dit Sennar. La Terre du Vent n'est pas si loin. Je viendrai te voir chaque mois, je te le jure.

Nihal ne répondit pas.

Un silence embarrassé s'ensuivit. Les deux amis

restèrent un moment les yeux fixés sur le sol, puis Sennar se mit à parler avec animation :

— Tu dois tenir bon, sans fléchir. Je sais ce que tu traverses ; il faut que tu sois courageuse. Je serai loin physiquement, mais crois bien que je demeure avec toi. Toujours.

— Moi aussi, je demeurerai avec toi, murmura Nihal.

Sa voix se brisa.

— Ne m'oublie pas, lâcha le magicien.

— Aucun risque !

Nihal lui donna un rapide baiser sur la joue et se força à le quitter.

La sentinelle la reconnut tout de suite :

— Nous ne t'attendions pas aussi tôt. Entre.

La porte s'ouvrit en grand, et Nihal disparut, avalée par l'obscurité.

Elle avança jusqu'à la salle d'audience, où elle fut surprise d'être accueillie par le Général Suprême en personne, assis sur son siège. La sentinelle qui l'accompagnait lui donna un coup sur le dos et l'obligea à s'agenouiller. Nihal fit la grimace.

— Il faudra t'habituer, jeune fille, dit le garde. Dorénavant, tu devras obéir en tout.

Raven se leva et commença à marcher dans la salle, son petit chien dans les bras :

— En somme, on peut dire que tu as réussi, et j'imagine à quel point tu dois te sentir fière et importante… Mais, à ta place, je ne me réjouirais pas trop. Ta vie ici ne sera pas de tout repos. Je n'oublie pas que tu m'as… mis dans l'embarras. Même s'il faut reconnaître que tu es un guerrier hors du commun, cela ne te facilitera pas l'existence. Tu devras prouver qui tu es et ce que tu vaux à chaque instant de ton séjour ici. Et si tu tombes à terre, sache que je serai toujours derrière toi pour t'écraser.

Raven garda le silence un moment avant d'ajouter brusquement :

— Lahar te conduira à l'école et te mettra au courant de certaines choses.

Puis il lui tourna le dos et s'en alla.

La jeune demi-elfe se releva. « Ne t'imagine pas m'avoir fait peur ! » pensa-t-elle.

— Suis-moi, jeune fille !

Elle sursauta : surgi de nulle part, un homme long et maigre comme un clou se tenait derrière elle.

Ils parcoururent un corridor interminable et d'une obscurité funèbre, qui débouchait sur une énorme salle vide.

Lahar traitait Nihal avec suffisance ; sa voix était pleine d'hostilité.

— Ça, c'est l'arène des débutants. Tous ceux qui arrivent à l'Académie doivent d'abord apprendre le maniement de l'épée avant de pouvoir passer aux autres armes. Il y a beaucoup de salles comme celle-ci, toutes réservées à des techniques de combat différentes : un chevalier du dragon doit maîtriser chaque type d'arme. Aujourd'hui, il n'y a personne, parce que les élèves ont un jour de repos hebdomadaire. À ce propos : cela ne te concerne pas ; toi, tu n'y as pas droit.

Ils traversèrent un autre dédale de couloirs et arrivèrent dans une arène couverte.

— C'est ici que les élèves plus avancés se familiarisent avec leurs dragons. Mais peut-être que tu ne viendras jamais ici…, ajouta-t-il avec un petit sourire sarcastique.

Nihal ne réussit pas à se retenir :

— Et pourquoi donc, je te prie ?

— Je t'interdis de me parler sur ce ton ! hurla l'homme en lui lançant un regard haineux. Après la première phase d'entraînement, les élèves doivent prouver leur valeur en combattant sur le champ de bataille. Et je t'assure que les fammins ne font aucune différence entre une fille et un garçon…

— Je connais les fammins. J'en ai tu…

— Silence ! Je te le conseille : désormais ne prends la parole que lorsqu'on t'interroge…

Ils visitèrent ensuite le réfectoire, où des dizaines de bancs étaient disposés dans un ordre parfait, puis arrivèrent devant une longue enfilade de dortoirs, de dix lits chacun, équipés à la spartiate. En plus d'une paillasse, chaque élève disposait pour tout mobilier d'une sorte de table de nuit où il pouvait ranger ses affaires personnelles.

Puis Lahar accompagna Nihal jusqu'à une petite chambre obscure qui empestait le renfermé.

Le sol en terre battue était recouvert d'un peu de paille, et seul un faible rai de lumière filtrait à travers une meurtrière.

— Puisque tu es une femme, tu dormiras ici.

Nihal parcourut la pièce des yeux avec un mélange d'abattement et de dégoût :

— Mais… il n'y a pas d'air !

— Et alors ? Tu t'attendais à une suite princière ? On vient à l'Académie pour apprendre à combattre, pas pour se donner du bon temps. Et maintenant, écoute-moi bien, parce que je n'ai pas l'intention de le répéter : ici, on se lève tous les matins à l'aube pour s'entraîner au maniement des armes. Après le déjeuner, à midi précis, commencent les cours de théorie et de stratégie militaires. Le dîner est servi au coucher du soleil. Dès qu'il est terminé, chacun se retire dans sa chambre. Il est interdit de circuler dans l'Académie après la tombée de la nuit. Tu as droit à un jour de repos par mois. Jusqu'à ce que tu aies fini la première phase de l'entraînement, tu devras porter la tenue des élèves de l'Académie, ensuite tu seras confiée à un chevalier du dragon et les règles que tu auras à suivre alors seront celles données par ton maître. C'est tout pour le moment.

Tu es libre jusqu'à demain. Cependant, je te conseille de rester ici et de te tenir tranquille. Bon séjour.

Lahar allait sortir mais il se ravisa :

— Ah, j'oubliais ! Les élèves n'ont pas le droit de posséder d'arme. Donne-moi ton épée.

La jeune fille serra fortement sa garde et lui jeta un regard de défi :

— Je suis sûre que tu vas faire une exception pour moi.

— Pour une petite bâtarde comme toi ? Et pourquoi, s'il te plaît ?

Il n'avait pas fini sa phrase que la pointe de cristal noir lui pressa la gorge.

— Peut-être personne ne t'a-t-il dit que j'ai gagné mon droit d'entrée à l'Académie en battant les dix meilleurs élèves… et mon droit à vivre en tuant deux fammins sur la Terre du Vent.

L'homme se mit à transpirer. Il connaissait très bien son histoire. Il regarda la demi-elfe avec haine, cracha par terre et sortit en claquant la porte.

Nihal rengaina son épée avant d'aller à la meurtrière. Elle étouffait.

Elle se colla à la grille, à travers laquelle on n'entrevoyait qu'un quartier surpeuplé de Makrat. Le cœur lourd, elle se jeta sur le tas de paille qui lui tenait lieu de lit et regarda le plafond en essayant de se donner du cœur à l'idée de ses futures aventures de guerrier. Cependant cela ne la sortit pas de son abattement.

Alors, elle se mit à penser à Livon et toucha bel et bien le fond du désespoir.

Elle s'endormit sans qu'elle s'en aperçoive. Elle fut réveillée brutalement par un vacarme venant des chambres à côté.

Nihal se redressa et vit la porte de son réduit s'entrouvrir peu à peu. Le soleil s'était couché, et il faisait sombre. Nihal finit par distinguer une silhouette trapue qui se glissa dans la pièce en boitant.

— Qui est-ce ? demanda-t-elle, inquiète.

La silhouette s'immobilisa :

— Rien de mal, rien de mal. Ici, obscur. Tu veux lumière, peut-être. Moi entre, apporte lumière. Lahar m'a dit. Pas peur, pas peur.

L'inconnu avait une voix aiguë et geignarde. Il s'approcha d'elle et lui caressa le bras.

Nihal sauta sur ses pieds :

— Qu'est-ce que tu veux de moi ?

— Rien de mal, apporte lumière pour toi, comme ça, toi voir. Appelle toi pour le dîner aussi.

Nihal réussit à le voir : petit et gras, il était complètement chauve et avait une jambe en bois. Il n'y avait rien de symétrique dans son corps ; on aurait dit une vieille poupée de chiffon désarticulée. Sur son visage se lisaient à la fois la malice et la servilité. Il tenait une torche à la main.

— Rien de mal, rien de mal…, répéta-t-il.

— J'ai compris ! Ça suffit ! Qui es-tu ?

— Malerbe, moi sers ici. Rien de mal, pas peur...

Il tendit de nouveau le bras vers elle.

Nihal recula, horrifiée. Le contact avec cet être hideux la dégoûtait.

— Merci pour la lumière. Je n'ai plus besoin de rien, maintenant, va-t'en !

Malerbe prit un air contrit et se retira en marchant à reculons comme une écrevisse, sans cesser de la regarder.

Nihal appuya la torche contre le mur. La lumière la calma. Cette apparition l'avait troublée, il lui semblait encore voir les petits yeux de la créature informe fixés sur elle. Elle décida d'aller au réfectoire pour chasser cette sensation désagréable.

La salle était pleine de garçons bruyants installés à table. La vue de jeunes gens de son âge égaya un instant Nihal, qui se sentit un peu moins seule. Elle s'avança à la recherche d'une place libre.

Le silence se fit aussitôt dans la salle. Nihal se figea, surprise. Tous les yeux étaient pointés sur elle. On la dévisageait avec des regards étonnés, effrayés, menaçants ou méfiants. Jamais elle ne s'était retrouvée ainsi au centre de l'attention. Elle se dirigea pourtant comme si de rien n'était vers une place libre. Le garçon qui était assis à côté posa aussitôt la main sur la chaise :

— Il y a quelqu'un là.

Nihal essaya ailleurs, mais partout où elle allait, la réponse était la même :

— C'est occupé.

Puis une voix retentit dans le silence du réfectoire :

— Hé, demi-elfe ! Pourquoi es-tu habillée comme ça ?

Nihal regarda autour d'elle. La voix venait d'une estrade installée à l'écart des élèves, où se tenaient les maîtres.

— Et comment devrais-je être habillée ?

— Tu es une élève. Du moins, c'est ce qu'on dit…, ajouta l'homme qui l'avait interpellée avec un sourire malsain. Donc, tu dois porter la tenue des élèves.

Seule dans cette immense salle, au milieu de l'hostilité générale, Nihal se sentit sans forces.

— On ne me l'a pas donnée, se justifia-t-elle.

— Alors, tu ne devais pas descendre. Lahar ne t'a pas expliqué les règles ?

— Si, mais je…

— Eh bien, pour que tu comprennes qu'il faut y obéir, tu seras de garde jusqu'à l'aube. Quant à tes vêtements, Malerbe te les apportera tout à l'heure.

Quelques-uns des garçons ricanèrent.

— Et maintenant, assieds-toi et mange.

Nihal se tourna vers l'unique place où elle ne s'était pas encore risquée. Elle n'eut même pas le temps de demander.

— Ni monstre ni petite fille ici, lui dit farouchement un jeune garçon.

Nihal s'écarta. Que voulait dire cette sortie ? Le Monde Émergé était plein de peuples divers, nymphes, elfes-follets, gnomes et hommes : que signifiait la remarque selon quoi il n'y avait pas de place pour les monstres ?

Parce qu'elle avait grandi au sein d'une population métissée, Nihal ne s'était jamais sentie différente. Mais, là, devant l'élite des hommes des Terres libres, sa présence lui semblait tout à coup incongrue.

Elle s'assit sur une chaise isolée, loin des autres, et mangea en silence, le cœur plein d'amertume. Après le repas, elle retourna en hâte dans son réduit obscur, en tâchant d'attirer l'attention le moins possible. Malerbe l'attendait devant la porte, un paquet informe à la main et un sourire hébété sur le visage. Nihal prit les vêtements sans un mot ; mais le valet avait déjà franchi le seuil.

— Tu peux t'en aller ! lança Nihal, agacée.

Malerbe s'éloigna, l'air mortifié.

Nihal claqua la porte. Savoir que cette créature était dehors, à l'attendre, la rendait folle. Elle plaça avec colère son épée en travers du chambranle pour empêcher quiconque d'entrer, Malerbe ou l'un des arrogants élèves qui avaient cherché à l'humilier.

Elle regarda autour d'elle : la pâle lumière du flambeau tremblait, éclairant davantage les contours de sa petite chambre, qui ressemblait tout à fait à une cellule. Puis elle examina les vêtements : ils étaient composés d'une paire de pantalons et d'une large tunique en toile. Elle les jeta dans un coin et s'allongea sur sa paillasse. Dans le couloir, on entendait les voix des autres élèves, entrecoupées d'éclats de rire ; elle en était exclue.

Pour la première fois de sa vie, elle eut la conscience amère de ne pas être humaine. Elle était différente de tous ! Elle demeurait comme une sorte de vestige d'une époque révolue.

Et que faisait-elle là ? Tous les autres demi-elfes étaient morts, sa place n'était pas parmi les vivants. Ce n'était pas des pensées nouvelles pour elle, mais maintenant elles étaient liées à une sensation qu'elle venait d'éprouver dans sa chair, celle d'être une étrangère en ce monde. Elle pleura longuement, étouffant ses sanglots pour qu'on ne les entende pas et séchant avec rage ses larmes du dos de sa main. Elle s'assoupit en pleurant.

Avant l'aube quelqu'un essaya de forcer sa porte. Nihal se leva d'un bond :

— Qui est là ?

La voix de Malerbe lui parvint de l'extérieur : il parlait de garde, et de tours… Nihal se rappela sa punition, et la blessure de l'humiliation qu'elle avait subie se réveilla.

Elle s'habilla en hâte. La tunique, trop large, la faisait paraître encore plus petite. Elle prit son épée et son manteau et sortit.

En la voyant, Malerbe s'illumina. Il lui mit une main sur l'épaule :

— Au portail, là ils sont.

— Ne me touche pas ! gronda la jeune fille.

À l'entrée de l'Académie l'attendait un garde, à moitié endormi.

— Tu as de la chance, il ne te reste que deux heures avant l'aube, dit-il en bâillant.

Il était presque poli, mais dès qu'il la reconnut à la lueur de la torche, il la regarda lui aussi avec animosité. Avant de s'en aller, il lui remit sa lance.

Le froid était pénétrant, et les ridicules pantalons qu'on lui avait donnés ne la réchauffaient pas du tout : sans son manteau, elle serait morte de froid. Elle frissonna. Ses yeux se fermaient obstinément. Rien à dire, c'était un début parfait.

Le reste de la journée ne se passa pas mieux.

Elle mangea seule, comme le soir précédent, puis se rendit dans la salle où avait lieu l'entraînement. La plupart des garçons avaient déjà commencé ; elle remarqua qu'ils étaient répartis par groupes. Elle regarda autour d'elle, cherchant lequel pouvait bien être le sien, quand un homme lui fit signe d'approcher :

— Tu dois être la nouvelle élève. Je suis Parsel, ton maître. Viens avec moi.

Nihal le suivit jusqu'à un endroit où étaient rassemblés quelques élèves, tous à peu près de son âge.

— Voilà notre plus jeune équipe. C'est là qu'on apprend le maniement de l'épée dans ses rudiments et les techniques de base.

Nihal le regarda, incrédule :

— Comment ça, les rudiments ? J'ai été acceptée à l'Académie parce que j'ai battu dix des meilleurs spadassins de cette école !

— Vraiment ? Eh bien, on m'a demandé de t'instruire, donc tu resteras ici avec nous.

Mais Nihal ne voulut rien entendre :

— D'accord. Alors, combattons ! Comme ça, vous comprendrez quelle est ma valeur et vous saurez où m'envoyer.

Elle allait dégainer son épée quand Parsel l'arrêta d'un geste agacé.

— Un instant, jeune fille ! Pour moi, c'est déjà incongru qu'une femme apprenne à manier l'épée, je te conseille donc de rabattre ton caquet et de faire comme je te dis.

Nihal sentit qu'elle n'avait pas le choix. Elle passa toute la matinée à écouter ce qu'elle savait déjà et à s'entraîner telle une novice, s'amusant toutefois à désarmer les jeunes élèves qui lui faisaient face. Elle pensa à la façon dont elle avait imaginé sa vie à l'Académie, et en confrontant ses rêves à la réalité, elle fut submergée par la tristesse.

14

NIHAL LA RECRUE

Cette morne journée ne fut que la première d'une longue suite, toutes placées sous le signe de la solitude et de la grisaille de l'hiver qui descendait sur la Terre du Soleil.

Le comportement des autres élèves à l'égard de Nihal n'avait pas changé. C'était une fille, elle avait un aspect étrange ; de plus, ils commencèrent à la craindre pour son habileté au combat.

La rumeur selon laquelle elle était une sorte de sorcière issue d'une espèce malveillante dédiée à la magie et à la guerre se répandit dans l'école. Quelqu'un alla même jusqu'à insinuer qu'elle était une espionne envoyée par le Tyran en personne pour détruire l'Académie de l'intérieur. Ces ragots eurent pour effet de mettre à jamais Nihal au ban : quand elle traversait les couloirs, les élèves s'écartaient sur son passage ; des murmures hostiles et des regards désapprobateurs l'accompagnaient partout.

Un épisode augmenta encore la crainte qu'elle inspirait.

Souvent, des garçons venaient jusqu'à sa porte la nuit, en prenant bien soin de s'enfuir dès qu'ils l'entendaient bouger. Un soir, alors qu'elle était plongée, comme d'habitude, dans un sommeil agité, quelqu'un avait réussi à pénétrer dans sa chambre. Elle dormait, entourée par les visages suppliants qui peuplaient ses rêves, quand elle sentit qu'on la touchait. Elle se redressa d'un bond : Malerbe, un effroyable sourire sur les lèvres, lui caressait le bras tout en bredouillant une litanie incompréhensible.

Nihal poussa un cri, empoigna son épée et la lui pointa sur la gorge. Le valet éclata en sanglots et implora son pardon. Nihal, qui bouillonnait de colère, l'attrapa par le col et le traîna dehors, où s'étaient amassés quelques garçons ensommeillés. À la vue de cette furie avec une épée à la main, tous reculèrent.

— Regardez bien, bâtards ! Voilà ce qui arrive à ceux qui essaient de me faire du mal !

Et elle passa lentement sa lame sur la gorge de Malerbe, qui criait comme un cochon. Elle ne lui fit qu'une égratignure, mais dès lors le va-et-vient devant sa porte cessa une fois pour toutes.

Cependant les nuits de Nihal n'en étaient pas plus tranquilles.

La solitude et l'hostilité qui l'entouraient l'entraînaient toujours plus profondément dans ses cauchemars. Il n'y avait pas de nuit où les visages des demi-elfes ne la persécutaient.

Elle se réveillait terrorisée, et la vision de cette chambre, loin de la calmer, l'agitait encore plus. Elle avait l'impression d'être enfermée dans un tombeau. Alors elle s'asseyait sur son lit, les bras autour de ses genoux, et regardait le petit quartier de ciel à travers la meurtrière en essayant de chasser son angoisse.

Mais la nuit suivante, tout recommençait.

Le désir de venger son père et son peuple devenait obsédant. Et la douleur l'endurcissait : si au début elle avait souffert de la haine de ses camarades, elle avait fini par s'y habituer, et même par l'apprécier. La peur des autres élèves lui plaisait.

Sennar ne vint pas la voir le premier mois, ni le deuxième, ni le troisième. Nihal avait un besoin désespéré de parler avec lui, de s'entendre dire que tout irait bien, et que cette longue nuit serait un jour juste un mauvais souvenir. Mais elle reçut seul un message laconique, porté par le faucon qu'elle reconnaissait maintenant entre tous : « Je suis mort de fatigue, je n'ai pas une minute à moi, mais je vais bien. Je ne t'ai pas oubliée. »

Nihal devint sombre et taciturne. Elle se jeta corps et âme dans l'étude.

Sa façon de se battre était de plus en plus rageuse et violente. Et elle-même devenait de plus en plus habile, rapide et cruelle.

Parsel, le maître d'épée, pour avoir évalué le potentiel de Nihal, souffrait de la voir perdre son temps parmi des garçons qui savaient à peine tenir une arme. Un jour, il la prit à part :

— J'ai vu comment tu te bats et comment tu te déplaces. Tu es douée, Nihal.

Elle le regarda, soupçonneuse : elle ne savait pas si elle pouvait se fier à lui, ou s'il préparait un coup tordu.

— Tu as déjà connu la guerre ?

Nihal lui raconta les leçons de Livon et de Fen, les trois fammins qu'elle avait tués, deux à Salazar et un à la frontière de la Terre du Vent. Le maître lui sourit :

— C'est bien ce que je pensais ! Alors, tu ne racontais pas d'histoires le jour de ton arrivée...

Nihal, qui affichait toujours un air fier et indomptable, baissa les yeux.

— J'en suis convaincu, il serait plus profitable que tu t'entraînes avec des armes nouvelles pour toi. J'ai donc demandé à Raven qu'il te laisse t'initier aux autres techniques de combat. Pour le moment ma requête reste sans réponse.

Nihal soupira : l'espace d'un instant, elle avait vu la porte de sa prison s'entrouvrir, et voilà qu'elle se refermait aussitôt.

— Cet homme me déteste...

— Tu ne dois pas parler comme ça du Général

Suprême. Tu ne l'as pas connu quand il combattait encore. C'était un guerrier extraordinaire. Maintenant, il est un peu amolli par le pouvoir, mais c'est encore un homme valeureux. Il sait reconnaître un vrai guerrier. Dès que tu lui prouveras ce que tu vaux sur le champ de bataille, il changera d'avis. Parce que la guerre est une tout autre chose que ce que nous faisons ici.

Quand Parsel lui proposa de l'entraîner au maniement de la lance en dehors des heures de cours, Nihal se sentit libérée du poids de l'emprisonnement qu'elle subissait. Ils commencèrent à s'exercer tous les soirs, et elle put enfin utiliser au maximum ses capacités. En outre, l'apprentissage de la lance l'enthousiasma : elle apprit à se battre au corps à corps et à mener des assauts à cheval. Toutes ces nouveautés lui donnèrent l'impression de revivre.

Parsel, de son côté, avait pris à cœur le destin de son élève : il admirait son inébranlable détermination et sa ténacité, et il était chaque jour plus surpris de son talent. Il devinait la profonde tristesse qui l'étreignait, rare chez une personne aussi jeune ; et lui qui n'avait jamais eu ni famille ni affection pour quiconque éprouvait envers elle un élan protecteur quasi paternel.

Une étrange intimité se créa entre eux. Cependant la seule forme de communication qui les liait était le combat. Ils parlaient avec les armes : Nihal était réservée, fermée même, et l'unique manière qu'elle avait d'exprimer ce qu'elle ressentait était de combattre. Quant au maître, il avait appris à lire dans les mouvements de l'élève ses états d'âme, et il lui répondait en essayant de fissurer l'armure que la demi-elfe avait érigée en son cœur. Ils ne devinrent pas vraiment amis ; un jour, Nihal se risqua toutefois à lui faire une confidence : elle lui parla de Malerbe, de la crainte qu'il lui inspirait et de la visite nocturne qu'il lui avait rendue.

Parsel l'écouta, puis secoua la tête :

— Tu ne devrais pas le haïr, tu sais. Il porte une terrible histoire sur les épaules.

Nihal changea aussitôt d'expression.

— C'est un gnome, poursuivit le maître d'armes. Nous ne savons pas de quelle Terre il vient, nous l'avons trouvé, il y a quelques années, qui croupissait dans une prison du Tyran alors que nous venions de libérer un important avant-poste sur la Terre des Jours. Il était couvert de plaies, signe qu'il avait été torturé. Autour de lui gisaient un grand nombre de ses semblables, tous moribonds. Nous les avons portés dehors avec l'espoir de les sauver, mais il n'y eut rien à faire. Il a été le seul à survivre. Le dévouement avec lequel il a soigné ses compagnons de cellule et la douleur que lui a provoquée leur mort nous ont fait penser qu'il devait s'agir de membres de sa famille.

Il se tut un instant avant de reprendre :

— Pendant quelque temps, Malerbe est resté un mystère pour nous : que faisait-il dans ce cachot, et pourquoi avait-il été torturé de la sorte ? Nous ne connaissions pas encore les abîmes d'horreur dans lesquels le Tyran plonge les peuples qu'il soumet. Par la suite, quand nous nous sommes trouvés devant de nombreux cas analogues, nous avons compris. Les fammins ne sont pas une espèce, comment dire ? *naturelle*. Ce sont des créatures du Tyran. Il les a façonnés en se servant de la magie, et maintenant il cherche à perfectionner d'autres êtres qui le serviraient aveuglément. Malerbe en est la preuve vivante : son corps martyrisé est le fruit des tentatives du Tyran pour faire des gnomes des guerriers parfaits. Nous ne savons pas combien de malheureux il a utilisés pour ses expériences, ni combien en sont morts. Peut-être des peuples entiers.

Nihal, qui avait écouté avec attention, frissonna.

— Il est probable que Malerbe t'a prise en sympathie, ou que tu lui rappelles quelqu'un. Dans sa cellule, il y avait une jeune gnome. Elle aurait pu être sa fille… Il ne voulait sans doute pas te faire du mal ; tu devrais le traiter avec plus de tolérance. Il a tant souffert dans sa vie !

Dès lors, Nihal regarda le gnome avec d'autres yeux, même si elle avait toujours peur de lui. Elle s'efforçait de réprimer son dégoût et essayait de lui parler avec gentillesse, le remerciait pour les services qu'il lui rendait et répondait à ses sourires répugnants, où peu à peu elle commença à entrevoir une lueur de reconnaissance. Dans un certain sens, ils se ressemblaient : deux êtres différents des autres, haïs, craints, et profondément seuls.

Cinq mois après son arrivée à l'Académie, Nihal fut convoquée par Raven. Elle se rendit à la salle d'audience, résignée à l'exaspérante attente habituelle. Mais le Général Suprême était déjà sur son trône.

— On m'a dit que tu es douée et que tu progresses très vite, jeune fille, fit-il.

Nihal n'en croyait pas ses oreilles.

— Ton maître m'a demandé à plusieurs reprises de te laisser passer à la phase d'entraînement supérieure. Eh bien, je crois que le moment est venu : j'accepte que tu apprennes le maniement des autres armes. À présent, tu peux t'en aller.

Raven quitta la salle sans ajouter un mot, la longue traîne de son manteau étalée derrière lui, plantant Nihal là, incrédule et heureuse.

Elle se sentit tout de suite à l'aise dans son nouveau groupe. Ses compagnons étaient aussi arrogants que les précédents, mais elle n'était plus obligée de se battre en réservant ses capacités. En outre, depuis qu'elle s'était exercée au maniement de la lance avec Parsel, elle était curieuse de découvrir les autres armes. Les heures d'entraînement passaient très vite, tant Nihal était stimulée par ces apprentissages.

Elle apprit à user du poignard dans un corps à corps, finit d'assimiler les subtilités de l'art de la lance, et, bien qu'elle fût menue, elle se mesura aussi à la massue et à la hache.

Avec la première, elle eut quelques difficultés : l'arme pesait lourd, et elle avait déjà du mal à la soulever ; alors, quant à porter des coups précis... La hache en revanche lui plaisait beaucoup, lui rappelant par certains aspects l'épée : c'était une arme simple et puissante, qui lui permettait de donner libre cours à sa rage.

Parsel lui fit également travailler le fouet, avec lequel le fameux Thoren avait failli la tuer, et elle se rendit compte à quel point il était difficile à maîtriser.

Enfin, elle se familiarisa avec l'arc. Les débuts ne furent pas très concluants. Ce que Nihal aimait dans la bataille, c'était l'ardeur, le corps à corps, la fatigue et la sueur. Or le tir à l'arc exigeait de la concentration et du sang-froid, deux qualités qui lui manquaient en tout point. « C'est bien pour cela que tu dois apprendre à l'utiliser », lui disait son maître lorsque la jeune fille s'impatientait.

En peu de temps, Nihal commença à prendre confiance en cette arme insolite. La force physique n'était pas essentielle pour la pratiquer, et, une fois surmontée la frustration des tirs manqués, elle y trouva de grandes satisfactions. Elle se découvrit une excellente visée, talent que peu d'élèves de son groupe partageaient. Elle s'exerça même au tir en mouvement. Mais l'épée restait son arme de prédilection. Dans aucun domaine elle n'excellait autant qu'à l'escrime ; c'est juste lorsqu'elle empoignait la garde qu'elle se sentait totalement à l'aise.

Nihal apprenait avec facilité, et il ne lui fallut pas beaucoup de temps pour dépasser la majorité de ses compagnons d'armes. Sa bravoure lui valut bientôt l'admiration de tous et la méfiance qu'ils éprouvaient à son égard se transforma peu à peu en respect. Les élèves étaient plus âgés qu'elle, qui venait à peine d'atteindre dix-sept ans, à l'exception d'un jeune garçon fluet au visage encadré de boucles blondes, qui avait des yeux gris et des joues rebondies.

Nihal l'avait à peine remarqué, pour s'être depuis longtemps résignée à une vie solitaire.

Ce fut lui qui, un matin au réfectoire, prit l'initiative de l'approcher. Nihal était en train de manger seule, comme à son habitude, lorsqu'elle entendit une voix gracieuse lui demander :

— Excuse-moi, c'est libre ?

La chose était tellement insolite qu'avant de répondre Nihal regarda autour d'elle pour s'assurer que le garçon ne s'adressait pas à quelqu'un d'autre.

« Qui est ce type ? se demanda-t-elle. Je l'ai déjà vu, mais où ? »

— Bon, ben, s'il n'y a personne, je m'assois.

Nihal le fixait, incrédule, sa cuillère suspendue dans l'air. Le blondinet s'installa en face d'elle, tripota son pain, puis s'éclaircit la voix et se mit à déverser un flot de paroles :

— Tu es Nihal, la demi-elfe, n'est-ce pas ? Je t'observe depuis que tu es arrivée ici. Ou plutôt depuis qu'ils t'ont mise dans notre équipe. Non, pour dire la vérité, je t'avais déjà vue dans l'arène, avec les dix gars... Tu as été extraordinaire ! Tu t'es débrouillée d'une manière... Je n'ai jamais vu personne se battre comme ça ! D'ailleurs, personne ne se bat comme toi ! Je te jure, j'étais comme... hypnotisé. C'est ça, hypnotisé ! Et puis, quelle épée ! De quoi est-elle faite ? Elle a l'air vraiment incassable ! Ah, quel étourdi ! Je ne me suis même pas présenté : je suis Laio, de la Terre de la Nuit.

Il lui tendit une main que Nihal serra sans avoir eu le temps d'ouvrir la bouche.

Laio parla sans cesse pendant tout le déjeuner, lui adressa bien d'autres compliments, et lui raconta en partie sa vie. Il lui posa aussi quelques questions, auxquelles Nihal réussit tout juste à répondre par un oui ou un non. Il avait un enthousiasme d'enfant, qu'il transmit à Nihal.

Il lui apprit qu'il avait quinze ans et qu'il était à l'Académie depuis un an et demi. Il lui parla de sa terre d'origine, qu'il n'avait pratiquement jamais vue – sa famille l'avait quittée durant sa prime enfance —, mais dont il connaissait par cœur l'étrange histoire. Pendant la guerre des Deux Cents Ans, un magicien avait eu une idée qui au départ sembla géniale : par un sortilège, il invoqua une nuit éternelle sur toute la Terre afin de mettre en difficulté les armées ennemies, et conféra en même temps à ses compatriotes la vision dans l'obscurité. Hélas, le magicien était mort prématurément, et à la fin de la guerre personne ne fut capable de lever l'enchantement.

— Parce que ce n'était pas un sortilège normal, tu comprends ? C'était un sceau. Enfin, un enchantement irrévocable, un truc éternel. Non, pardon, pas tout à fait éternel… Enfin, si, éternel, puisque le magicien est mort. Et seul celui qui a invoqué un sceau peut le défaire. Voilà, comme ça c'est clair… Non ?

Laio conclut sa longue tirade par un soupir de satisfaction. C'est alors que Nihal se mit à rire. D'abord timidement, puis à gorge déployée. Laio l'imita et ils en eurent bientôt tous les deux mal aux côtes.

C'est ainsi que naquit leur amitié.

Laio ne la quitta plus d'un pas. Nihal ne savait pas si elle devait être contente ou gênée par tant de vénération, mais elle ne pouvait pas nier que cela lui plaisait bien. C'était le premier élève qui ne la craignait pas, et qui ne la haïssait pas non plus. Certes, leur lien n'avait pas la profondeur de celui qui l'unissait à Sennar. Toutefois, avec son ingénuité et son admiration exagérée, Laio lui réchauffait le cœur.

De plus en plus souvent, il la rejoignait le soir dans son réduit pour bavarder. Nihal apprit ainsi qu'il était entré à l'Académie pour se plier à la volonté de son père, un grand général qui espérait faire de lui un valeureux guerrier.

Lui, par contre, avait de tout autres aspirations.

— Je veux voyager, tu comprends ? Sillonner le Monde Émergé en long et en large, découvrir des territoires inconnus, des terres nouvelles... Et je te jure, si cela ne dépendait que de moi, je quitterais les armes dès demain !

Nihal ne comprenait pas comment on pouvait être obligé de faire quelque chose contre sa volonté.

— Si tu n'aimes pas combattre, tu n'as qu'à arrêter, lui dit-elle un jour. La vie de guerrier n'est pas vraiment agréable, ça n'a pas de sens de t'engager si tu n'es pas convaincu.

Mais Laio haussa les épaules :

— Et qu'est-ce que je peux bien faire d'autre ? Mon père n'accepterait jamais un fils voyageur. Ou plutôt un vagabond, d'après ses paroles. Il a toujours voulu que je devienne guerrier. Alors, je serai guerrier.

C'était une réalité nouvelle pour Nihal : elle qui avait toujours pris ses décisions toute seule, qui avait choisi la route qu'elle allait suivre, elle pensait que c'était pareil pour chacun. Elle le découvrait avec étonnement, il y avait des gens dont le chemin avait déjà été tracé par d'autres et ils n'avaient pas la possibilité de se choisir la vie qu'ils voulaient.

Quand elle protestait, Laio répondait simplement : « Nous avons tous un destin. Pour certains, il coïncide avec ce dont ils ont toujours rêvé, et pour d'autres non. C'est comme ça, on n'y peut rien. »

Lorsque Laio retournait dans sa chambre après leurs discussions, Nihal se demandait souvent quel était le sien, de destin…

Naturellement, son jeune ami voulut savoir quelque chose de sa vie. Mais la première fois qu'il lui posa une question sur son passé, Nihal le renvoya sur-le-champ, et elle s'enferma dans un silence qui dura plusieurs jours.

Il lui fallut beaucoup de temps avant qu'elle puisse parler à Laio de ses origines, et de Livon. Ce lui fut très difficile : la douleur provoquée par la mort de son père et par l'extermination de son peuple était toujours très vive, et elle se sentait aussi coupable qu'aux premiers instants.

Elle lui parla également de Sennar, lui disant à quel point elle était liée à ce jeune magicien et combien il lui manquait. Dans un moment de confiance particulière, elle lui avoua qu'elle était amoureuse depuis longtemps d'un homme extraordinaire, qui l'apercevait à peine.

Laio accueillit la nouvelle avec perplexité.

— Si cela te rend heureuse… Moi, l'amour ne m'intéresse pas du tout. Les femmes ne savent que pleurnicher et minauder… En un mot, je ne leur trouve rien d'attirant.

— Vraiment ? Je suis une femme, au cas où tu ne l'aurais pas remarqué…

— Oui, mais tu es un guerrier. C'est différent.

Nihal ne sut pas si elle devait être flattée dans son âme de guerrier, ou offensée dans sa féminité.

Il s'était écoulé plus de six mois depuis l'entrée de Nihal à l'Académie quand Sennar entreprit une démarche pour lui rendre visite. La jeune fille n'avait aucune idée des efforts que devait déployer son ami pour cela. Le Général Suprême s'obstinait à lui en refuser la permission. Après une série d'attentes interminables et d'audiences infructueuses, Sennar se décida à demander de l'aide à son maître.

Dagon avait toujours tenu à ce que les pouvoirs politique et militaire soient séparés, mais il avait beaucoup d'affection pour Sennar et savait à quel point c'était important pour lui de revoir Nihal. Un matin, le membre du Conseil se présenta à Raven, accompagné de son élève.

— Depuis que cette jeune fille est entrée à l'Académie, paraît-il, elle n'a jamais eu le droit d'en sortir : tu ne crois pas qu'il serait temps de la laisser retrouver la lumière ?

Le Général Suprême, indigné par cette intrusion

dans son domaine propre, se montra froid et intraitable.

— Raven, cette jeune fille est très précieuse, insista le chef du Conseil : c'est l'unique survivante du peuple des demi-elfes, et Reis a vu dans son destin quelque chose d'important. C'est une sorte d'arme. Et tu prends soin de tes armes, n'est-ce pas ?

L'audience fut longue ; mais Dagon était patient.

Finalement, après plusieurs heures de tractations, Raven se résigna à ouvrir les portes de l'Académie, en maudissant pour la énième fois cette gamine qui finissait toujours par le vaincre.

Quand Sennar la vit venir vers lui, il eut du mal à la reconnaître : amaigrie, flottant dans l'uniforme des élèves de l'Académie, elle avançait sur l'esplanade d'un pas qui avait quelque chose de la cadence militaire. « Ce ne peut pas être elle », se dit-il. Il souhaita de toutes ses forces que son amie redevienne comme avant, et espérait qu'elle avait surmonté sa douleur. Lorsqu'elle fut près de lui, il lui sourit avec émotion et tendit les bras, mais Nihal recula, se dérobant à son étreinte.

— Qu'est-ce que tu veux ?

— Comment, « qu'est-ce que je veux » ? Je suis venu te voir, c'est tout..., fit Sennar, terrassé.

— Tu avais dit que tu viendrais tous les mois. Tu me l'avais promis !

— Je sais, mais ça a été plus difficile que prévu, je n'ai pas…

— Pour moi aussi, ça été dur. C'est tout ! En ce qui me concerne, nous n'avons rien d'autre à nous dire.

Sur ce, Nihal tourna le dos à son ami. Mais avant qu'elle ne s'éloigne, Sennar lui attrapa le bras et l'obligea à s'arrêter. Elle se dégagea et se mit à pleurer avec rage.

— As-tu la moindre idée de ce qu'ont été pour moi ces six derniers mois ? Devines-tu combien je me suis sentie seule, seule et abandonnée ? J'ai tout imaginé : que tu étais parti pour quelque endroit inaccessible, que tu m'avais oubliée, et même que tu étais mort !

Sennar la serra contre lui :

— Pardonne-moi.

Elle avait beau se débattre, le magicien ne la lâcha pas.

— Pardonne-moi, répétait-il. Maintenant je suis là.

— Je te déteste, murmura Nihal en s'abandonnant enfin à l'étreinte de son ami. Tu m'as tellement manqué !

Lorsqu'ils arrivèrent dans le réduit de Nihal, Sennar songea qu'il n'était qu'un misérable. Avoir abandonné Nihal, sa Nihal, dans un endroit aussi horrible !

Ils s'assirent. Ils avaient tant à se raconter.

— J'aurais voulu venir te voir dès le premier mois. Seulement, je n'ai pas eu un moment de répit. Je ne passais à Makrat que le temps nécessaire aux réunions du Conseil, et je devais repartir juste après, parce que sur la Terre du Vent la situation était intenable.

Nihal aurait presque préféré ne pas en savoir plus. Elle n'avait aucune envie d'apprendre à quel sort avait été réduite la terre où elle avait grandi. Mais Sennar lui raconta tout.

— Le premier jour, je n'arrivais pas à y croire. Ce lieu désolé ne pouvait pas être la Terre du Vent ! Cela a été très dur. Si Dagon ne m'avait pas retenu, je serais reparti aussitôt. Tout n'était que désolation, mort qui rôde, et désespoir. J'avais l'impression d'être retourné dix ans en arrière, je me sentais aussi perdu et sans défense qu'à l'époque. Et le pire, c'était de repenser à cette terre telle qu'elle avait été avant. L'air frais du matin, la vie qui fourmillait dans les tours… Les couchers de soleil, tu te souviens ?

Nihal avait aussi l'impression d'avoir fait un voyage dans le temps.

— Ils étaient magiques. Le vent se levait, le soleil plongeait dans l'herbe, et la plaine entière se teintait de rouge…

La voix de Sennar se brisa. Puis il reprit d'un ton grave :

— Il n'y a plus rien, Nihal. Rien que la fumée

et la brume des incendies qui ravagent tout. On distingue à peine le soleil ! Partout règne une atmosphère irréelle : à la fin des combats, on voit sortir de nulle part des êtres de toutes espèces qui errent comme des fantômes au milieu des traces du carnage. Ils ont tout perdu, et ils cherchent désespérément le salut. Ou peut-être la mort, qui sait ? Et puis, il y a le silence. Quand les combats cessent, le silence nous enveloppe. Tu te rappelles qu'à Salazar il était impossible de trouver la paix : le tapage des marchands, les voix des gens qui se racontaient leurs histoires, la musique qui parvenait des tavernes... Maintenant, on n'entend plus un seul bruit qui ressemble en rien à la vie.

Le magicien s'interrompit pour reprendre son souffle :

— Le pays est partagé en deux : d'un côté nos troupes, de l'autre, la zone contrôlée par le Tyran. Nous ne savons rien de précis sur ce qui se passe là-bas. Les quelques chanceux qui ont réussi à franchir la ligne du front racontent des choses terribles. Il semble que toute la population soit réduite à l'esclavage et travaille pour nourrir l'armée du Tyran. Et ce monstre est en train d'abattre la Forêt : avec le bois, il fabrique des armes, et il fait cultiver les terres déboisées par ses nouveaux esclaves. Ils travaillent jour et nuit. Ceux qui n'y arrivent plus disparaissent, et on n'entend plus parler d'eux. La zone est gouvernée par un certain Dola qui jouit de la souffrance des gens. Il dirige aussi l'armée. C'est un guerrier invulnérable. Il combat toujours en première ligne, monté sur un dragon noir. On dit que le Tyran lui a donné le don de l'immortalité, car rien ni personne ne l'atteint. Son armée est très puissante. Elle est composée de fammins, d'hommes et de gnomes qui combattent sans répit, au mépris de leur propre vie. Si nous avons pu résister jusqu'à présent, c'est grâce à l'abnégation des chevaliers du dragon. Malheureusement, ces six derniers mois nous n'avons pas réussi à reprendre la plus petite parcelle de terre.

Nihal lui demanda d'une voix tremblante :

— Et qu'est devenu Salazar ?

— Salazar n'existe plus, tout simplement. Après la première attaque, Dola y a enfermé tous ses habitants et y a mis le feu. Il l'a laissée brûler pendant des jours. On raconte qu'avant l'incendie, il a fait mettre en ligne les prisonniers et les a obligés à se prosterner à ses pieds pour implorer sa pitié, leur disant qu'il épargnerait seuls ceux qui se soumettraient. Ceux qui ont refusé d'obéir ont été envoyés dans la tour. Quant aux autres, il en a choisi une dizaine au hasard et les a fait exécuter quand même. Voilà quel genre d'homme est Dola !

Sennar regarda le quartier de ciel qu'on apercevait par la meurtrière.

— Pendant longtemps, j'ai cru que le Tyran convoitait le pouvoir. Je pensais que ce qui l'intéressait, c'était de régner sur tout le Monde Émergé. Mais ce que j'ai vu m'a fait comprendre que cela n'a rien à voir avec le pouvoir : ce qu'il veut, c'est la destruction totale, pour elle-même.

Nihal serrait si fort les poings que leurs articulations étaient toutes blanches. Le magicien les prit entre ses mains et les caressa avec tendresse :

— Je sais ce que tu ressens.

Puis il lui parla de son rôle sur la Terre du Vent :

— Je travaillais en contact étroit avec l'armée. Et figure-toi que mon interlocuteur direct était Fen ! Avec lui et Dagon, nous avons planifié de nombreuses attaques pour conquérir du terrain et affaiblir l'ennemi. Hélas, tout a été inutile. J'ai eu beaucoup recours à la magie : des enchantements collectifs sur les troupes, surtout, ou sur les armes. Ça a été très fatigant. On se réveillait à l'aube pour ne se coucher qu'à la nuit noire. Si encore on avait pu dormir ! Souvent on était obligés de se déplacer ou d'organiser une défense improvisée. Ne crois pas que je n'aie pas pensé à toi, Nihal. Chaque fois que j'arrivais à Makrat, j'espérais trouver le temps de venir jusqu'à toi, mais avec le Conseil, les réunions, les Mages... et la guerre, qui m'entraînait de nouveau dans son tourbillon... Je n'avais que des morts devant les yeux.

Nihal l'écoutait en silence. En compagnie de Sennar, elle se sentait revenue quatre ans auparavant, dans le bois. Elle n'était plus seule. Les fantômes qui l'avaient hantée pendant tout ce temps s'étaient dissipés. Elle lui parla de ses journées, toutes pareilles, de la haine de Raven pour elle, de l'amitié de Parsel, des nouvelles armes qu'elle avait appris à manier.

Et des rêves qui continuaient à la persécuter.

— Tu comprends, Sennar ? Tous ces morts que je vois ont existé vraiment ! Comment pourrais-je être indifférente à leurs plaintes ?

Sennar, fort de l'espoir que le temps aurait permis un progrès, constata que Nihal n'avait pas encore trouvé sa place dans le monde.

Au bout d'un moment, on frappa à la porte et un visage souriant s'y encadra. Quand Laio vit un jeune homme dans la chambre de Nihal, il se figea :

— Ah, tu as de la visite… Je m'en vais.

Sennar ne fut pas moins surpris : il avait imaginé que Nihal se ferait des amis, mais à la vue du garçon, son visage s'assombrit. Que voulait-il ?

— Non, non, viens, fit Nidal. Je te présente le fameux Sennar.

Elle se leva et le fit entrer :

— Et lui, c'est Laio, mon ami et compagnon d'armes !

Laio et Sennar se serrèrent la main avec circonspection. L'esprit de Sennar galopait à bride abattue : pourquoi cet individu se permettait-il d'entrer dans la chambre de Nihal comme s'il était chez lui ?

Leurs rapports étaient donc aussi étroits ? Elle venait de dire qu'ils étaient amis ; mais amis jusqu'à quel point ? Plus il le regardait, moins il lui plaisait.

Pendant un instant, un froid glacial régna dans la chambre. Nihal aussi ressentit quelque chose d'étrange : une sorte de malaise qui flottait dans l'air. C'était comme écouter le son de sa propre voix : on sait qu'elle nous appartient, et pourtant elle nous semble étrangère. Elle en fut interdite.

— Et si on sortait un peu ? proposa-t-elle. C'est mon jour de repos mensuel, après tout !

Ils passèrent l'après-midi à se promener dans le vacarme de Makrat. Nihal détestait toujours autant cette confusion, et s'y sentait aussi déplacée que le premier jour. Sennar, lui, resta sur la réserve, et Laio avait l'impression d'être de trop.

Ce fut en somme un après-midi plutôt désagréable.

L'heure de partir arriva pour Sennar. Une fois seuls, lui et Nihal s'arrêtèrent un moment devant le portail de l'Académie.

— Alors, maintenant tu vas rester un peu par ici..., commença Nihal.

— Oui. À présent, je dois évoluer en zone de paix. Je pourrai venir te voir plus souvent...

— Bien. Alors, à bientôt.

Nihal détestait les au revoir qui s'éternisent. Elle

lui donna un baiser sur la joue et se tourna pour entrer. Dans un élan de courage, Sennar la retint :

— Dis-moi... En fin de compte... ce Laio, c'est qui, au juste ?

Nihal le regarda, étonnée, puis éclata de rire :

— Qu'est-ce qu'il y a ? Tu as peur que je te remplace, ou quoi ? Laio est un petit garçon. Et il m'adore. Grâce à lui, je me sens moins seule. Il se fiche pas mal que je sois humaine ou demi-elfe. Et c'est beaucoup pour moi, tu sais.

— Oui, non, bien sûr... En fait, j'étais juste curieux. Rien de plus.

Nihal rit encore en dévisageant son ami, et ils se saluèrent joyeusement.

Au cours des mois suivants, la vie de Nihal s'améliora pour de bon.

Après les débuts houleux, elle avait pris Malerbe en affection. Il était très gentil avec elle : il lui mettait de côté des petits extras de la cantine, rangeait sa chambre et lui apportait de temps en temps quelques fleurs des champs, que Nihal acceptait avec le sourire. Cela faisait bien longtemps que personne n'avait été aussi prévenant avec elle...

Quelquefois, ils discutaient. Avec des phrases décousues et les larmes aux yeux, le gnome lui racontait les mêmes horreurs que celles qu'elle voyait dans ses rêves. Et elle se laissait aller à lui confesser ses peurs et ses désirs de vengeance. Il lui semblait que Malerbe, en dépit de son apparente folie, comprenait avec l'intelligence du cœur ce qu'elle ressentait. Et puis, elle n'arrivait plus à tout garder pour elle.

La présence de Laio était aussi devenue importante. Savoir qu'il y avait quelqu'un de prêt à l'écouter et à la consoler dans les moments sombres rassurait Nihal. Les mois d'entraînement et la discipline rigide de l'Académie n'avaient pas changé le garçon. Il était resté un enfant aux yeux grands ouverts sur un avenir qu'il voyait tout en rose. Sa compagnie rappelait à Nihal les jours tranquilles où elle vivait encore à Salazar avec Livon. Ils formaient un drôle de couple : elle était l'élève la plus prometteuse de l'école, lui le plus faible et le moins motivé. Mais ils se trouvaient toujours ensemble.

Chaque mois désormais, avec une très grande ponctualité, Sennar se présentait à l'Académie. Parfois Fen se joignait à lui, et alors Nihal laissait parler sa féminité, se complaisant dans son éternel et malheureux amour.

Le chevalier était fier d'elle. Plus le temps passait, plus il se rendait compte qu'elle était destinée à de grands exploits. Ils croisaient l'épée dans l'arène centrale, celle des dragons, quand les autres élèves n'y étaient pas ; et ils étaient capables de combattre pendant des heures. Elle ne se lassait jamais d'être avec lui, et lui éprouvait un singulier plaisir à se mesurer avec cette jeune fille.

Un an s'était écoulé depuis le jour où Nihal avait franchi le seuil de l'Académie de l'ordre des Chevaliers du dragon de la Terre du Soleil. À présent, elle maîtrisait au mieux toutes les armes auxquelles elle s'était essayée. Quant à l'épée, elle dépassait largement ses compagnons. Même Raven dut capituler devant le témoignage des différents maîtres, qui juraient qu'un combattant comme elle ne se trouvait pas tous les jours : il fallait l'envoyer le plus vite possible sur le champ de bataille.

Bien avant la fin prévue de son apprentissage, Nihal était prête pour l'épreuve la plus importante : la guerre.

15

ENFIN LA BATAILLE !

Ils étaient une trentaine en tout, qui devaient être répartis en petits groupes et affectés à différents pelotons, détachés sur divers fronts. Chacun d'eux serait confié à la tutelle d'un vétéran chargé de juger leur comportement dans le camp, outre qu'ils sauveraient la peau de ceux qui se mettraient dans le pétrin. Tous recevraient de plus une tunique de couleur voyante qui leur permettrait d'être identifiés comme élèves de l'Académie, et qui aiderait leur superviseur à contrôler leur attitude pendant le combat.

Avant l'épreuve, les entraînements se succédèrent à un rythme intensif. Dès l'aube, les aspirants guerriers s'affrontaient dans l'arène pour parfaire la maîtrise de chaque arme, corrigeant leurs erreurs et affinant les différentes tactiques à adopter sur le champ de bataille.

Au coucher du soleil, ils étaient épuisés. Tous, sauf Nihal.

Seule dans sa chambre, elle se retournait sous ses couvertures sans réussir à trouver le sommeil. Son esprit se projetait déjà sur le champ de bataille. Son rêve allait enfin se réaliser : elle participerait à l'anéantissement du Tyran ! Elle ne parvenait pas à croire qu'elle avait réussi à en arriver jusque-là, et elle avait hâte de combattre. Elle sentait qu'ainsi elle trouverait finalement le sens de son existence ; elle échapperait à sa culpabilité de seule survivante de son peuple, et à cette faute : ne pas avoir assez aimé Livon et l'avoir laissé mourir. Elle comptait les jours.

Tous n'étaient pas aussi contents. Laio, qui avait été admis à l'épreuve grâce aux pressions de son père, était terrorisé. Il avait accepté avec insouciance le destin que lui avait choisi sa famille : le jour où il devrait se rendre sur le champ de bataille lui paraissait si lointain qu'il ne s'en préoccupait pas. Mais à présent, la nuit, il entendait le cliquetis des armes résonner dans sa tête. Peut-être qu'il ne serait pas terrassé au combat, mais mort de peur, ça, c'était sûr.

Nihal essayait en vain de lui remonter le moral. À la fin, elle lui proposa un pacte :

— Écoute-moi bien, Laio. Je te jure que si les choses devaient mal tourner, je me chargerai de te sauver. En échange, tu me promettras que tu parleras à ton père pour le convaincre de te laisser faire ce que tu veux.

Laio s'était dépêché d'accepter, espérant de tout son cœur que Nihal tiendrait sa parole.

Sennar se faisait beaucoup de souci pour Nihal ; cependant il n'était pas pris par surprise. Il savait depuis toujours qu'elle ne se serait pas arrêtée avant d'avoir respiré la poussière du champ de bataille.

Les mois passés sur la Terre du Soleil lui avaient fait du bien. Après les horreurs de la guerre, pouvoir goûter à la paix fut merveilleux, et la vie de cette Terre particulière commençait même à lui plaire. Flogisto, sous la conduite de qui il avait continué à se perfectionner, était un magicien extraordinaire. C'était un vieillard à l'âge indéterminé, plié en deux par les ans et affligé d'une fâcheuse tendance à tout oublier. Mais le temps ne lui avait pas enlevé le don de la sagesse et la capacité de comprendre les autres.

Sennar apprit de lui la patience, la diplomatie, la compréhension et l'empathie.

Enfin, il fut prêt pour prendre ses fonctions officielles au Conseil des Mages.

Une cérémonie solennelle fut organisée pour l'occasion dans le palais royal de la Terre du Soleil, avec présentation à la haute société et banquet pharaonique en clôture. Tous les cuisiniers du palais travaillèrent pendant des jours à la préparation du festin. La salle principale fut somptueusement parée de cornes d'abondance, dans lesquelles s'épanouissaient des fruits venant des régions les plus reculées du Monde Émergé, de tapisseries antiques et d'étoffes précieuses.

La nomination d'un conseiller était un événement important. Vers Makrat convergèrent non seulement les notables de la Terre du Soleil, mais aussi de nombreux représentants des souverains des autres Terres. Il y avait également les généraux en grand uniforme, et la masse des curieux, habillés de neuf pour la circonstance, qui n'auraient manqué pour rien une occasion mondaine.

À force d'insister, Nihal sut arracher à Raven la permission d'y assister. Le jour de l'investiture, elle remit enfin ses habits qui lui avaient tant manqué. Libérée de son horrible froc de toile, elle se sentait plus belle que jamais. Elle astiqua son épée jusqu'à la faire briller de mille feux, tressa ses cheveux avec soin et se rendit au palais royal, le sourire aux lèvres.

Quand elle fit son entrée dans la salle étincelante de lumières et ornée de fresques et de stucs, beaucoup se turent. Parmi les dames rivalisant d'élégance, les magiciens en grande tenue et les membres de la noblesse, une jeune fille en habit de guerre, avec des cheveux bleus et une démarche militaire, ne pouvait passer inaperçue.

Tous les regards braqués sur elle, Nihal eut la sensation, désormais familière, de n'être pas à sa place, et pour la première fois de sa vie elle regretta de ne pas porter un vêtement de femme, une jupe longue, un beau décolleté et des bijoux. « Bon sang, mais qu'est-ce que je fais là ? » se dit-elle.

C'est alors qu'elle vit Sennar.

Il avait les cheveux longs et ébouriffés, et il ne s'était pas fait la barbe ; en outre, il avait revêtu son éternelle tunique noire, celle qu'il avait reçue lors de sa première investiture, avec l'œil rouge brodé sur la poitrine. Pourtant, tout le monde avait cherché à le convaincre de la quitter pour ce jour solennel... « Et pourquoi donc ? Ce n'est pas un vêtement, c'est ma seconde peau. Et je n'ai pas l'habitude d'en changer comme les serpents ! » avait-il répondu.

On l'avait donc conjuré d'attacher au moins ses cheveux et de tailler sa barbe pour en finir avec son air de naufragé. Il s'était contenté de rire : il aimait transgresser les règles sociales, qu'il jugeait ridicules, et il s'amusait follement à le faire chaque fois qu'il le pouvait.

Il salua Nihal d'un clin d'œil avant de se soumettre à la pompeuse cérémonie.

Les festivités furent ouvertes par l'un des courtisans chargé pour l'occasion du rôle de chambellan, qui fit un long et inutile discours sur l'importance de l'événement. Puis ce fut au tour des conseillers, qui se levèrent l'un après l'autre pour pontifier et énumérer les raisons qui les avaient poussés à juger Sennar digne de siéger parmi eux.

À la troisième déclamation, les invités étaient

déjà à moitié morts d'ennui. La cérémonie n'en finissait pas : discours, salamalecs, nouveaux discours,
marques d'estime, et encore des discours.

Nihal trompait son ennui en regardant l'assistance.

Son attention fut attirée par une toute jeune fille
qui devait avoir quelques années de moins qu'elle.
Elle avait l'air d'une enfant ayant revêtu par erreur
les habits d'une femme. Elle était très belle, pleine
de sérieux et de dignité ; et comme elle était assise
sur une sorte de trône, Nihal pensa qu'elle devait
être la fille du roi, qui, lui, demeurait invisible.

Quel ne fut pas son étonnement quand, au
moment crucial de la cérémonie, elle la vit se lever,
s'avancer vers Sennar et s'arrêter devant lui, un
médaillon à la main :

— Moi, Sulana, reine de la Terre du Soleil, je te
décore de l'insigne des serviteurs de la liberté et de
la paix dans le Monde Émergé, afin que tu n'oublies
jamais ce pour quoi tu œuvres.

Il y eut des applaudissements. Sennar s'inclina,
baisa la main de la reine ; puis celle-ci s'en retourna
à son trône d'un pas lent et gracieux.

Ainsi donc la souveraine de cette Terre était une
enfant ! Nihal en était éberluée. Un de ses voisins,
un damoiseau poudré à outrance, remarqua sa mine
incrédule :

— Alors, surprise par le jeune âge de notre
reine ?

— En effet… De plus, je croyais qu'il y avait un roi…

Le courtisan soupira avec affectation :

— Un roi, nous en avions un, mais il est mort à la guerre. Ah, quel grand roi ! Combatif mais respectueux de la paix, fort mais diplomate… Quelle perte !

Il se lança dans une série de grimaces exaspérantes. Nihal, trop curieuse, le pressa :

— Et il n'y avait personne qui puisse assumer la régence ?

— Oh, si ! Bien sûr ! Pendant un temps, c'est le frère du roi qui assura le pouvoir. Seulement, le jour de ses quatorze ans, devant tous les dignitaires de la cour réunis en audience autour du régent, Sulana a déclaré qu'elle voulait monter sur le trône. Son oncle a essayé de l'en dissuader, mais elle n'a pas fléchi : elle l'a accusé d'affamer le peuple et de spéculer sur la guerre.

— Et c'était vrai ?

Le courtisan se pencha vers elle et murmura, comme s'il lui révélait un secret :

— Entre nous, oui…

Puis il reprit son air affecté.

— La reine a déclaré qu'elle se sentait prête. Son père lui serait apparu en rêve et lui aurait dit de prendre le pouvoir pour le bien de la Terre du Soleil. Et, en effet, il faut avouer que notre souveraine gouverne d'une manière exemplaire.

Nihal était admirative : une gamine assez sage et mûre pour régner sur une Terre entière !

— Et vous ? ajouta le courtisan en la dévisageant. Vous avez plutôt l'air d'un guerrier. Et de quelque espèce inconnue, en plus !

— Oui, oui, c'est une longue histoire. Je vous prie de m'excuser, je dois aller à la recherche d'une personne…

Nihal s'éclipsa comme un éclair et s'approcha de Sennar, enfin conseiller. Elle l'embrassa en souriant :

— Compliments, magicien de pacotille ! Ton rêve a fini par se réaliser !

— Eh oui. Même si, hélas, rien n'est jamais comme dans les rêves.

— Comment ça ?

— Le Conseil n'est pas exactement ce que j'imaginais, figure-toi. Même là, il s'en trouve qui ne pensent qu'au pouvoir ou à leurs intérêts. Parfois je suis découragé par l'étroitesse d'esprit de certains de ses membres. Enfin, pour l'instant, je n'ai pas envie d'y penser. C'est le front de la Terre du Vent qui m'attend, et là, il faudra que je retrousse mes manches ! Quant aux querelles diplomatiques, je les affronterai tôt ou tard.

Nihal ne comprenait pas ce que son ami voulait dire. Pour elle, les conseillers étaient tous des héros entièrement dévoués au salut du Monde Émergé, et les paroles de Sennar la plongèrent dans une vague inquiétude.

La semaine suivante, elle apprit qu'elle et Laio partiraient quelques jours plus tard pour la Terre du Vent. Elle soupçonna Sennar de s'en être mêlé et d'avoir fait pression pour qu'elle soit envoyée sur son territoire. Cela ne lui déplut pas, loin de là : elle combattrait peut-être sous les ordres de Fen... Cette idée l'exaltait.

Ils se mirent en route un matin de la fin de l'été.

On les fit monter dans un grand chariot en bois, au-dessus duquel on avait tendu une large toile pour les protéger des intempéries. Le véhicule suivit une caravane de ravitaillement et de soldats se dirigeant vers le front.

Ils traversèrent des champs et des villages. Sur leur passage, les gens, intrigués, sortaient de leurs maisons, les enfants les saluaient de la main. Tous les regardaient avec des yeux étonnés, comme si leur équipage n'était pas le signe de la guerre imminente, mais une simple bizarrerie.

Aux villages succédèrent les bois recouvrant la Terre de la Mer, puis les champs verdoyants de celle de l'Eau. Nihal serra son épée à la pensée de Livon. Elle le revoyait dans la forge, à l'époque où il lui apparaissait encore comme un géant, noir de suie et entouré par les étincelles du métal battu. Elle repensa aux soirées de son enfance, quand il lui racontait des histoires de guerre, et à leurs combats, grâce auxquels elle avait commencé à aimer l'épée.

270

Puis elle revit la scène de sa mort, et, en route vers l'inconnu et les périls de la guerre, elle s'agrippa à sa colère.

Les doux paysages de la Terre de l'Eau cédèrent bientôt la place à des steppes.

Pendant un instant, Nihal avait espéré que sa Terre serait là, à l'attendre, exactement comme elle était lorsqu'elle l'avait quittée plus d'un an auparavant. Mais les paroles de Sennar lui bourdonnaient aux oreilles : « Le premier jour, je n'arrivais pas à y croire ! Ce lieu désolé ne pouvait pas être la Terre du Vent... Et le pire, c'était de repenser à cette Terre telle qu'elle avait été avant. »

Très vite, elle en comprit vraiment le sens.

D'abord, ce fut le vide et le silence. Des milles et des milles de plaine déserte recouverte d'herbe jaune, comme brûlée par le soleil. Même à midi, la lumière filtrait à grand-peine au travers d'épaisses couches de brouillard.

Puis apparurent les premières ruines. Des moignons de tours noircies par les flammes, des pans de murs abattus et, entre les vestiges des habitations, des gens hagards qui suivaient la caravane des yeux avec terreur ; des champs abandonnés, à la merci des corbeaux, et des morceaux de terre brûlée où s'élevaient des troncs d'arbres carbonisés.

Et, pour finir, des cadavres. Des paysans pour la plupart, avec leurs femmes et leurs enfants. Parfois des soldats. Et les vivants, qui fouillaient autour de ces corps, pillant tout ce qu'ils trouvaient.

Sur la plaine que Nihal avait admirée tant de fois depuis le toit de Salazar, pesait à présent une lourde chape de mort. Dès que la caravane commença à s'enfoncer en territoire de guerre, tous les aspirants chevaliers se turent. Laio regardait dehors avec un effroi toujours plus grand.

— C'est là que tu habitais ? souffla-t-il.

Nihal acquiesça en silence.

Au bout de plusieurs heures de voyage, ils arrivèrent en vue des premières fortifications et des campements de l'armée. À proximité de chacun d'eux s'était installée une petite communauté de survivants. Des enfants en haillons, lassés d'errer parmi des tentes, se mirent à courir derrière la caravane en quémandant quelque chose à manger. Les élèves de l'Académie leur lancèrent une partie de leurs provisions, ce qui leur attira les foudres d'un commandant :

— Arrêtez tout de suite ! Il y en a des milliers comme eux autour du camp. Ce n'est pas vos affaires. Si vous avez le cœur tendre, c'est que vous vous êtes trompés de métier !

Jusqu'à présent, ils avaient dormi dans le chariot, s'arrêtant au bord de la route. Maintenant qu'ils étaient en territoire de guerre, ils devaient chercher un camp où passer la nuit pour repartir le lendemain aux premières lueurs de l'aube.

Ce fut un voyage terrible et déprimant.

Au début, il avait pourtant eu les allures d'une excursion : les garçons parlaient joyeusement entre eux, évoquant l'épreuve qui leur apparaissait non comme un danger mortel, mais comme un jeu. Depuis qu'ils avaient entrevu la cruauté de la guerre, personne ne gardait plus le cœur à plaisanter.

Certains évitaient de regarder au-dehors ; d'autres essayèrent de se distraire en discutant à voix basse.

Seule Nihal ne détachait pas son regard de ce paysage de désolation : « Remplis-toi les yeux de ces horreurs, se disait-elle, pour t'en souvenir quand tu seras sur le champ de bataille. »

Au coucher de soleil du vingtième jour, ils arrivèrent sur la plaine de Therorn. L'aspect de l'endroit n'avait rien d'encourageant : des tentes en désordre se dressaient au milieu des décombres d'une tour, et il y avait beaucoup de blessés.

C'était la première fois que Nihal voyait un campement ; cependant elle fut surprise de découvrir combien ce spectacle lui était familier.

Sennar ne s'y trouvait pas : elle avait demandé après lui, et on lui avait répondu qu'il résidait dans le camp principal, assez éloigné de là. Les troupes placées sous le commandement de Fen, en revanche, n'étaient pas très loin, et l'action du jour suivant devait être menée en commun avec elles. À l'annonce de cette nouvelle, Nihal sentit l'habituel coup au cœur, mais elle n'eut pas le temps d'y penser davantage : elle et les cinq garçons de son groupe furent immédiatement conduits dans la tente du général affecté à cette zone de combat.

Le général était un homme rude. Il chercha tout de suite à leur faire peur.

— Sachez que, ici, ce n'est pas un jeu ! Ce que l'on vous enseigne à l'Académie, c'est des chorégraphies pour damoiseaux. La guerre est une tout autre chose : nulle place pour les simagrées, ni pour les passes tirées des manuels d'épée. Quand vous êtes dans la mêlée, la seule chose qui importe, ce sont les ordres de vos supérieurs, et le nombre d'ennemis que vous éliminez. Alors, ne pensez pas que nous allons jouer les nourrices avec vous. Votre premier devoir est d'obéir. Si vous ne respectez pas les ordres et qu'il vous arrive des problèmes, ce sera à vous de vous en sortir tout seuls. Et évitez de trop compter sur votre superviseur : pendant le combat, votre survie est votre affaire personnelle. En ce qui concerne la bataille de demain, il s'agit d'assaillir une forteresse que nous assiégeons depuis un bon moment. Leurs réserves d'eau et de nourriture sont presque épuisées, c'est pourquoi il est temps d'attaquer. Nous commencerons une heure avant l'aube. Après que les archers auront semé de la pagaille à l'intérieur, les chevaliers du dragon fondront du ciel sur les assiégés, tandis que les fantassins s'élanceront à l'assaut des murs et des portes. Vous arriverez en seconde ligne : quand les portes auront été enfoncées, vous entrerez avec les autres, et tout ce que vous aurez à faire, c'est pénétrer dans le château. Pour le reste, on vous l'expliquera après l'attaque.

» Le réveil aura lieu à la troisième heure après minuit, je vous conseille donc de faire un bon somme. La soupe est servie dans deux heures ; d'ici là, vous rencontrerez votre superviseur. Ensuite, vous pourrez faire ce que vous voudrez. Je vous recommande vivement de sortir du camp ; je ne veux pas vous voir mettre votre nez partout.

Le général pivota sur ses talons et sortit. Ses aspirants le regardèrent partir, interdits et découragés. Laio était même au bord des larmes.

— Courage, lui murmura Nihal.

Le superviseur était assez jeune pour se rappeler les émotions d'un élève de l'Académie avant sa première bataille.

Il leur expliqua de nouveau leur mission et leur dit qu'ils devaient s'en référer à lui en toute circonstance, car il était responsable de leur vie. Il leur montra les armes et les armures avec lesquelles ils combattraient, puis il les congédia tous, sauf Nihal.

— C'est toi, la demi-elfe ?

Nihal hocha la tête.

— Il est d'une importance capitale que l'ennemi

ignore ton existence. Il faudra que tu te camoufles bien pendant la bataille.

— Et pourquoi ? Je ne pense pas que le Tyran se préoccupe beaucoup de ma personne.

— Le Tyran a fait exterminer ton peuple, pour des raisons que nous ignorons. Nous savons en revanche que tu es la dernière. S'il apprenait ton existence, tout le campement pourrait se trouver en danger. Avoir crié ton nom aux quatre vents, comme on m'a dit que tu l'avais fait à Makrat, c'était une erreur. En temps de guerre, on peut perdre quelques hommes, mais pas une division entière.

Nihal se sentit de nouveau comme une menace. Ce qu'elle avait pensé après la mort de Livon était donc vrai : elle mettait en péril ceux qui l'entouraient.

Le superviseur lui donna un casque qui lui couvrait entièrement la tête : il était essentiel que ses cheveux et ses oreilles ne soient pas visibles.

Ce fut le premier problème : le casque la serrait tant que c'en était douloureux. Le second fut l'armure : les cuirasses disponibles n'étaient pas adaptées à la silhouette menue de Nihal. Pas une seule ne lui allait.

Le superviseur s'impatienta : ah, les femmes ! Il y a bien une raison pour laquelle elles doivent rester à la maison, à s'occuper des enfants !

Nihal jeta la cuirasse à terre.

— Je n'ai pas besoin de ça, de toute façon, déclara-t-elle.

— Ah oui ? Très bien ! On dirait que tu appartiens à la catégorie des héros qui viennent ici pleins d'orgueil, convaincus qu'ils vont accomplir des exploits extraordinaires. Dans tous les groupes d'élèves, il y en a comme ça. Et tu sais quoi ? Ce sont ceux qui durent le moins : ou ils sont tués pendant la bataille, ou bien au premier assaut ils se réfugient dans un coin, morts de peur.

— Monsieur, je ne suis pas là pour jouer, mais pour combattre.

Le superviseur ne la laissa pas poursuivre :

— Fais comme tu veux. Prends seulement garde à ne pas mettre la vie des autres en danger.

Nihal flâna sur le campement, observant comment la vie de tous les jours s'écoulait dans ce lieu de guerre. Là, un soldat écrivait une lettre, plus loin, un autre dormait, un autre encore lavait ses vêtements. Elle nota une étrange absence de bruit, comme si tout était figé : on avait l'impression d'être dans un endroit hors du monde, dans l'attente d'on ne sait quoi.

Le repas fut frugal et expédié en silence. Nihal se demanda si c'était toujours ainsi avant les batailles. Est-ce que tout le monde pensait au lendemain ? Ou bien est-ce qu'à force de risquer sa vie, on finissait par s'habituer et ne plus avoir peur ? En ce qui la concernait, elle était impatiente de se battre.

Après le dîner, ils s'enfermèrent tous dans leurs tentes. Nihal attendit que Laio s'endorme. Lorsqu'elle entendit que son souffle était devenu régulier, elle se coucha à son tour. Mais le sommeil tardait à venir. Dès qu'elle fermait les yeux, elle voyait des images de bataille, puis ses cauchemars par fragments, enfin des souvenirs de son enfance. Elle croyait que sa tête allait exploser. Découragée, elle se releva et sortit de la tente.

Un froid vif la saisit. Elle s'enveloppa dans son manteau et se mit à marcher à travers le camp noyé dans la brume. Il y régnait un calme parfait, presque irréel ; une atmosphère paisible qui contrastait avec le spectacle de désolation qu'elle avait vu tout au long du voyage.

Nihal marcha longuement, jusqu'à ce que de la nuit émerge la silhouette de la tour délabrée. Les pierres de cette ville inconnue et désormais anéantie semblaient l'appeler. Elle s'en approcha et grimpa sur ce qui restait d'un escalier. Il avait par miracle échappé à la destruction, mais il lui manquait de nombreuses marches, et il ouvrait sur de larges pans de vide. Il s'enroulait, incertain, d'étage en étage, presque jusqu'au sommet de la tour dévastée, pour finir soudain à l'endroit où devait se trouver la terrasse.

Les briques noircies de la tour parlaient à Nihal

de sa vie sur la Terre du Vent. Dans ces murs défigurés par le feu et la violence des hommes, elle reconnut les boutiques, les maisons, les salles des assemblées… Il y avait aussi une forge, comme celle de Livon. Certaines habitations étaient encore intactes, mais la plupart étaient éventrées, et leurs murs écroulés. Nihal entra dans une pièce assez large, coupée en deux par un tas de gravats. Elle s'avança et vit les restes du jardin intérieur de la tour, où les habitants avaient cultivé leurs potagers, et où ils aimaient prendre le frais en été. Il était en grande partie détruit, mais au centre se dressait encore un olivier. Son tronc tordu racontait l'histoire de sa longue vie tourmentée, qui résistait encore en elle. Nihal le trouva beau comme une sculpture.

Cette image ouvrit la porte aux souvenirs. Son initiation dans les bois lui revint à l'esprit, et le moment où elle avait senti battre le cœur de la terre. Elle perçut de nouveau ces pulsations secrètes, preuve que, même si elle avait choisi la voie de la guerre, son pacte avec la nature n'était pas brisé.

Alors, elle fut submergée par un océan de sensations : nostalgie, manque, regrets. Elle aurait tant voulu retourner à l'époque de son enfance, celle des jeux, de l'innocence et de la paix ! Soudain, son existence passée lui sembla merveilleuse. Elle eut peur de mourir, et de perdre tout ce qu'il lui restait. Avant cette nuit, elle avait regardé sa vie avec tristesse : la douleur de l'année précédente, les cauchemars, et son sort d'unique survivante d'un peuple entier. À présent, elle ne voulait plus mourir.

À présent, elle regardait la lune pleine, si brillante qu'elle faisait presque mal aux yeux, et elle pensait combien il serait beau de renoncer à la guerre pour devenir une jeune fille comme les autres… Qu'y aurait-il eu de mal à en finir avec les armes, avec la violence sanguinaire et le devoir ? Elle aurait pu s'installer sur la Terre du Soleil, et peut-être penser à l'amour, trouver un jeune homme avec qui vivre, faire des enfants et mourir de vieillesse, heureuse d'avoir connu une vie pleine.

Qu'y aurait-il eu de mauvais à cela ? Rien.

Et pourtant elle ne le pouvait pas. Elle ne pouvait pas vivre en paix alors que son peuple, hommes, femmes et enfants, avait été balayé par une haine féroce et insensée. Elle ne pouvait pas se contenter de laisser les jours s'écouler quand, dans tout le Monde Émergé, on continuait à perpétrer les pires cruautés.

Soudain, la réalité reprit ses droits : la tour retrouva son aspect de ruine, et l'olivier, celui d'un arbre brûlé au milieu des herbes folles.

Son rêve d'une existence normale s'acheva.

Nihal sut que cette nuit même elle deviendrait un guerrier.

Elle défit sa longue tresse bleue, qui pendant des années n'avait pas connu les ciseaux, et elle regarda le flot de cheveux qui lui descendaient jusque au-dessous de la taille. C'était des cheveux de reine, de ceux que chantaient les ménestrels et dans lesquels les amants se noyaient avec bonheur.

Elle prit son épée.

Les mèches tombèrent à terre l'une après l'autre.

Quand elle eut terminé, il ne lui restait sur la tête qu'une tignasse courte et ébouriffée. Elle jeta sa masse de cheveux bleus dans le vide, au fond du jardin.

Quand Laio se réveilla au second appel du cor et la vit debout, face à son lit de camp, il s'écria :

— Nihal ! Qu'est-ce que tu as fait ?

— Les cheveux longs, ce n'est pas pratique pendant une bataille. Maintenant, lève-toi, ou tu ne seras pas prêt pour la revue des troupes.

Elle s'assit dans un coin. Elle se sentait étrangement sereine : elle avait pris sa décision, et plus personne ne pouvait l'en faire démordre. Elle coupa une longue bande de tissu noir et se plaça devant le bouclier qu'elle devait utiliser pendant le combat. Elle y apercevait son image, à peine déformée. Quand elle se vit, un nœud se fit dans sa gorge. « Ce ne sont que des futilités ! se rabroua-t-elle. Arrête de faire l'imbécile. »

Et elle entreprit de s'envelopper la tête avec l'étoffe, jusqu'à ce qu'on ne puisse plus distinguer les détails de son visage. Certes, on la remarquerait sans doute parce qu'elle était masquée et qu'elle était une femme, mais personne ne pourrait reconnaître en elle une demi-elfe.

Laio, assis sur son lit, l'observait, les yeux écarquillés.

Nihal jeta un dernier regard à son reflet. Ses yeux violets se détachaient sur le noir du tissu. Elle ne s'était jamais rendu compte à quel point ils étaient beaux. « Ça va, Nihal ! Finis-en avec la vanité. »

Quand les troupes se mirent en marche, la nuit était encore profonde. Elles devaient rejoindre le campement installé sous les murs de la forteresse assiégée. Pour Nihal, cela ne signifiait qu'une chose : retrouver Fen.

Au bout d'une heure de marche dans un silence absolu, ils arrivèrent en vue du camp. Il était bien plus vaste et mieux organisé que celui dans lequel ils avaient passé la nuit. À l'intérieur régnait une atmosphère de zèle et de tension. Nihal cherchait Fen en dévisageant avec attention tous ceux qu'elle croisait.

Finalement, elle le vit sortir d'une tente, revêtu de son armure dorée, la mine grave. Elle se glissa hors de la file en prenant soin que le superviseur l'ignore et s'approcha de lui.

— Fen ?

Le chevalier regarda avec méfiance son visage masqué. Nihal avait pourtant espéré qu'il la reconnaîtrait, même accoutrée de la sorte. Elle ouvrit son manteau et lui montra la tunique des recrues de l'Académie.

— C'est moi…

— Nihal !

Le chevalier lui saisit la main et la serra un long moment :

— C'est ta première bataille, n'est-ce pas ?

La jeune fille acquiesça, les jambes flageolantes.

— Essaie de ne pas te risquer plus que nécessaire, Nihal. Tu auras mille occasions de briller dans l'avenir. Je penserai à toi quand je serai dans les airs.

Nihal avait l'impression de rêver. Malheureusement, les cris de son superviseur la rappelèrent à la réalité.

— Il faut que j'y aille…

Fen lâcha sa main :

— Bonne chance, Nihal !

Les recrues se rangèrent derrière les fantassins de seconde ligne. C'était un groupe plutôt hétérogène : des hommes, des gnomes, et même des elfes-follets, qui jouaient le rôle d'espions. Et puis, il y avait des guerriers de tous les âges : des jeunots, comme des hommes mûrs, voire même, pour certains, proches de la vieillesse.

On leur rappela encore la stratégie : ils devaient attendre la fin de l'attaque de la première ligne pour entrer dans la forteresse et s'infiltrer au château.

Nihal se concentra. Sa tête se vidait peu à peu.

Elle n'avait qu'une seule pensée : la bataille. Elle n'avait plus peur, elle n'était plus émue ni impatiente. Elle ne songeait qu'à son devoir.

Ils prirent leur poste.

Une infime lueur au-dessus de l'horizon indiquait que l'aube était sur le point d'apparaître. Juste derrière les archers, Nihal aperçut les chevaliers sur leurs dragons, immobiles dans l'attente du signal.

La forteresse n'était rien d'autre qu'une tour un peu moins dévastée que l'autre. Ses contreforts rendaient sa silhouette trapue et menaçante. À l'intérieur, tout semblait calme ; le même silence tendu unissait les deux formations ennemies.

Puis, à l'unisson, les archers tirèrent leurs flèches, et les chevaliers prirent leur vol.

Le temps qui s'écoula entre l'engagement de l'attaque et le moment où les flèches et les chevaliers atteignirent la forteresse parut interminable.

Soudain, d'énormes projectiles de feu lancés de la citadelle par les catapultes s'abattirent à quelques mètres de la première ligne. En même temps, un essaim de curieux êtres volants s'éleva des murs de la tour.

— Maudite volaille ! maugréa le voisin de Nihal.

— Qu'est-ce que c'est que ça ?

— Nous ne le savons pas nous-mêmes. Nous les appelons « les oiseaux de feu ». Ils ne sont pas des plus dangereux, mais ils crachent des flammes et ils donnent du travail aux archers ; ainsi, lorsque les fantassins entrent en action, ils sont moins couverts.

La stratégie fut aussitôt revue : le général qui les avait accueillis la veille ordonna à la première ligne de fantassins de passer sans tarder à l'attaque, tandis que la seconde ligne devait rester en place, prête à entrer en action.

Le vacarme devint assourdissant. Brusquement, le sol fut secoué de remous, et la terre se souleva par endroits : des centaines de fammins hurlants surgirent comme des cafards des entrailles de la terre. En un instant, ils envahirent l'espace qui entourait la tour, prenant les soldats à revers.

Étourdie par le bruit du combat, Nihal sentait son cœur battre à tout rompre. Elle brûlait de se jeter à son tour dans la bataille. Attendre ainsi était exaspérant, mais elle n'avait pas le choix : la première chose qu'on leur avait enseignée, c'était de respecter les ordres. Nihal regarda les chevaliers à l'œuvre sur leurs montures ailées, et il lui sembla distinguer Fen. Puis elle vit Laio à côté d'elle : il tremblait et se mordait les lèvres jusqu'au sang.

— Reste calme, n'aie pas peur, lui dit-elle.

Pourtant elle-même n'arrivait pas à dominer le mélange de peur, d'ardeur à combattre et d'exaltation qui l'étreignait.

Enfin, l'ordre arriva. Sur un cri, leur troupe se lança à l'attaque, Nihal entama une course folle le long du campement. Elle vit confusément une centaine de personnes devant la tour ; les fammins étaient de plus en plus près. Elle retrouva aussitôt en elle toute sa colère et sa haine. Et elle commença à se battre.

Nihal savait qu'en duel on oubliait tout, mais là, sur le champ de bataille, c'était encore différent : elle n'avait pas le temps de penser, et son corps se mouvait de façon mécanique, sous la seule impulsion de sa rage. Elle n'avait conscience que d'elle-même, tout se réduisait à son seul être physique, à sa présence et à son désir de mort.

Les fammins l'entouraient de chaque côté. L'épée noire tournoyait dans toutes les directions, portant les coups avec précision : à chaque instant, Nihal savait intuitivement qui se trouvait près d'elle, qui elle devait frapper et de quelle manière. Elle abattit son premier ennemi dans un bond, portée par l'élan de sa course. Puis elle continua, encore et encore, sans répit.

Elle avançait dans le camp pas à pas, frappant ennemi après ennemi. C'était une mêlée infernale. Des hommes se jetaient sur d'autres hommes, des fammins fondaient sur les soldats. Ces brutes ne se contentaient pas d'attaquer avec les épées et les haches : ils déchiraient la chair avec leurs dents, la lacéraient avec leurs ongles, s'acharnaient même sur les blessés. Des centaines de corps gisaient sur le sol : hommes, fammins, gnomes. L'herbe était rouge et poisseuse ; des flots de sang vermeil ruisselaient sur le champ de bataille. Mais Nihal n'avait pas peur, elle n'était pas horrifiée par ce qu'elle voyait, ni par la mort, omniprésente, ni par la souffrance des blessés. Elle pensait seulement à combattre, à tuer, et à gagner du terrain, mètre après mètre, avec les autres soldats, piétinant les cadavres et se couvrant de leur sang, comme inconsciente de ses gestes. Elle avançait en fendant l'air de son épée et en abattant les ennemis : rien d'autre n'avait d'importance.

Pourtant, peu à peu, elle commença à percevoir ce qui se passait autour d'elle. D'après les ombres qui se projetaient sur le sol, elle localisa les chevaliers du dragon et les créatures ailées qui venaient de la tour. Et dans les clameurs de la bataille, elle parvint à distinguer toujours plus nettement les ordres hurlés par le général.

Après un temps indéfini, elle se trouva devant le mur de l'enceinte. Une coulée d'huile brûlante lui effleura le bras. Un instant couverte à l'arrière, elle eut le temps de regarder vers le haut : à intervalles réguliers, les fammins déversaient sur les attaquants d'énormes marmites d'huile. Ils se sentaient en sécurité : la pluie de flèches s'était raréfiée car les archers commençaient à manquer de munitions. Nihal contourna la forteresse jusqu'à ce qu'elle trouve une sorte de niche où se cacher pour reprendre son souffle. Aussitôt après, elle en ressortit.

Elle voyait nettement les fammins, mais en abattre un ne suffisait pas : pour avoir accès au mur, il fallait dégarnir un côté de la tour.

Elle regarda avec fièvre autour d'elle.

À quelques pas de là gisait un soldat qui avait dégringolé d'en haut. Auprès de lui, il y avait un arc.

Nihal s'en approcha, évitant avec agilité l'huile fumante qui tombait le long des murs. Elle repéra plusieurs flèches éparpillées sur le sol ou fichées dans les interstices des murailles. Elle ramassa celles qui étaient à sa portée et les attacha à sa ceinture. Puis elle encocha la première et attendit. Dès qu'un fammin entra dans son champ de vision, elle tira. La flèche toucha la créature de plein fouet.

La jeune guerrière encocha aussitôt une autre flèche.

Son deuxième coup atteignit lui aussi sa cible ; mais Nihal n'eut pas le temps d'exulter : un fammin armé d'une hache ensanglantée se précipitait sur elle par-derrière en montrant les dents. La jeune fille mit rapidement son arc en bandoulière ; de sa main libre, elle chercha la garde de son épée.

En un instant, le monstre fut sur elle. Il l'assaillit de coups sans lui laisser le temps de contre-attaquer ; Nihal fut contrainte de reculer, parant comme elle pouvait. C'est alors qu'elle vit le général s'approcher sur son dragon.

L'homme transperça le monstre avec sa lance, et,

empoignant Nihal par un bras, la chargea sur sa selle.

L'animal battit de ses ailes puissantes, et ils s'élevèrent dans les airs.

S'agrippant au pommeau de la selle, la jeune fille reprit haleine et observa le champ de bataille du ciel : les fammins continuaient à empêcher quiconque de s'approcher des murs d'enceinte, tandis que la pluie de flèches diminuait toujours.

— Je vais survoler la forteresse, et toi, tu leur tireras dessus, lui dit le général.

— Je suis prête.

Nihal encocha une flèche et visa. Le coup fit mouche.

Elle tira une nouvelle fois, puis une autre encore, et deux autres ennemis tombèrent de la tour. Soudain, elle ressentit une sorte de brûlure à la jambe. Une flèche venait de l'érafler.

— Damnation ! Ils ont compris notre plan ! Continue, je m'occupe de l'huile bouillante !

Nihal sortit de sa ceinture les deux dernières flèches qui lui restaient et les tira l'une après l'autre. Le chevalier, quant à lui, ne perdit pas son temps : il propulsa sa lance sur l'une des marmites, qui se renversa vers le puits central de la tour. On entendit des hurlements de douleur.

Le dragon se retourna aussitôt vers les assiégés.

— Général !

— Encore un fammin !

— Je n'ai plus de flèches, général !

Le militaire laissa échapper un juron :

— D'accord, je te ramène à terre.

Nihal se retrouva de nouveau au pied du mur, en plein cœur de la bataille. Elle dégaina son épée et reprit le combat.

Elle se joignit au groupe qui donnait l'assaut à l'entrée principale. Quelques soldats essayaient d'enfoncer le portail de bois avec un bélier, mais leurs efforts étaient sans cesse entravés par les fammins. Nihal était en train de se battre contre l'un d'eux lorsqu'elle entendit un son insolite sur un champ de bataille : on aurait dit le cri d'un enfant.

— Laio !

Le jeune garçon se trouvait lui aussi devant le mur. Quand la bataille avait commencé, il était parti à l'attaque comme les autres ; mais, très vite, il s'était réfugié, tremblant, derrière un buisson. Le superviseur, qui l'avait vu, l'obligea à aller à l'assaut du portail avec les fantassins. Maintenant, il se tenait là, l'air hébété. Son épée lui était tombée des mains.

— Sauve-toi !

Nihal se dirigea vers lui.

— Tu vas fuir, oui ou non ? hurla-t-elle, furieuse.

Laio sembla se réveiller et se mit à courir en direction du campement. Il ne l'aurait jamais atteint si le superviseur n'avait eu pitié de ce gamin jeté en plein milieu de la guerre contre sa volonté. Il l'attrapa au vol et l'installa sur son dragon.

— Tout est fini. Tu es sain et sauf ! Tout est fini.

Laio se serra contre lui et se mit à pleurer de désespoir.

Nihal avait ramassé l'épée de son ami et combattait à présent avec les deux armes. Elle était fatiguée et couverte de blessures.

On entendit un grand fracas : le portail commençait à céder. Les assaillants poussèrent un cri de triomphe : la forteresse serait bientôt prise. Le champ de bataille était couvert de fammins abattus ; l'armée des Terres libres était sur le point de conquérir l'avant-poste ennemi.

Nihal s'efforça de persévérer, mais les yeux la brûlaient terriblement. Il lui sembla être enveloppée par un léger brouillard. Il faisait une chaleur infernale, et l'air était imprégné d'une forte odeur de fumée. Elle se mit à tousser. L'atmosphère était irrespirable.

— Bon sang, mais qu'est-ce qui…

Sous un dernier coup de bélier, le portail s'ouvrit en grand, libérant une immense flambée. Les fantassins de la première ligne furent brûlés vifs, ainsi que les soldats qui portaient le bélier. Les occupants de la forteresse avaient préféré l'incendier plutôt que la laisser aux mains de l'ennemi !

L'armée battit en retraite.

Les chevaliers du dragon s'éloignèrent un à un sous les tirs des catapultes. Alors qu'elle courait avec les autres vers le camp, Nihal ne vit pas que certains d'entre eux, touchés par les balles de feu, s'écrasaient violemment au pied de la tour.

16

UNE NOUVELLE DOULEUR

L e feu dévora la tour comme s'il avait été une créature vivante.

Il l'enserra étroitement, s'enroulant autour de son épaisse silhouette jusqu'à l'envahir tout entière. Les flammes dressèrent leurs tentacules vers le ciel ; les pierres cédèrent, et la construction s'affaissa et se désagrégea dans un nuage de poussière et de fumée.

L'armée observa la scène depuis le campement. Quand l'édifice s'écroula, un cri de victoire s'éleva dans la place. Nihal brandit elle aussi son épée vers le ciel. Ce spectacle de destruction fit naître un sourire sur ses lèvres.

— Tu as bien accompli ton devoir, lui dit d'un ton rude le général, qui l'avait rejointe.

Et Nihal sut qu'elle avait gagné son pari : elle aurait son propre dragon ! Elle apprendrait à le diriger, et elle pourrait se consacrer sans réserve à la bataille.

À ce moment précis, elle ne songea qu'aux ennemis qu'elle avait tués, et à son triomphe : elle ne pensa ni à Sennar, au loin, ni à Laio, tout juste sauvé de la mort, ni même à Fen. Elle ne voyait que sa vengeance : cette journée-là, les demi-elfes avaient pris leur première revanche.

Le superviseur lui fit signe de s'approcher :

— Tu peux être contente, tu as réussi l'épreuve ! Je dois admettre que tu t'es bien comportée sur le champ de bataille. Ton ami, au contraire... Il n'est certes pas vraiment dans son assiette, tu devrais aller le voir...

— Oui, monsieur. Merci, monsieur, répondit en hâte Nihal avant de partir en courant.

Elle trouva Laio recroquevillé dans un coin de la tente. Il sanglotait et reniflait avec bruit. Elle s'approcha doucement – ce qui ne l'empêcha pas de sursauter – et s'accroupit près de lui en lui caressant la tête avec tendresse.

— C'est fini, petit. Il ne faut pas avoir peur. Maintenant, tu vas pouvoir parler avec ton père. Tu lui expliqueras ce que tu ressens, et tout ira bien.

Il la regarda. Ses yeux étaient rouges et gonflés par les pleurs.

— Quel cauchemar ! hoqueta-t-il. Je ne pensais pas que ça pouvait être ainsi : tous ces gens qui mouraient... les fammins qui couraient partout... et ces soldats qui tombaient à terre les uns après les autres... C'était horrible, Nihal. Horrible !

Nihal ne savait pas quoi lui dire. C'était en effet horrible : la mort, le sang, les fammins… Mais telle était la guerre.

— Pourquoi tout cela doit-il avoir lieu ? Pourquoi le Tyran nous hait-il à ce point ? Pourquoi hait-il les gens qui ne lui ont rien fait ?

— Il n'y a aucune raison à cela, Laio. Il nous hait, c'est tout. C'est pour cela qu'on se bat.

— Oui, on se bat… Ou plutôt, vous vous battez, parce que, moi, je n'en ai pas le courage ! J'ai eu peur, j'ai mis ta vie en danger… Je me déteste ! Je sais qu'il est nécessaire de se battre, mais je sais aussi que je n'y arriverai jamais. Je ne suis qu'un lâche. Comment pourrais-je vivre en paix après ce que j'ai vu aujourd'hui ?

— Personne n'est obligé de se battre, Laio. On peut aider notre monde de tant de manières différentes ! Pense aux conseillers, ou aux souverains des Terres libres. Eux, ils ne se servent pas des armes, mais ils agissent pourtant si bien pour la liberté du Monde Émergé ! Toi aussi, tu trouveras ta façon de te rendre utile.

Laio se remit à pleurer tout bas.

Soudain, l'agitation s'empara du camp. On courait devant la tente. Nihal passa la tête au-dehors. Tous les soldats étaient sortis de leurs cantonnements.

— Hé, toi ! Qu'est-ce qui se passe ?

Le jeune écuyer à qui elle s'était adressée ne s'arrêta même pas.

— Nous avons perdu des chevaliers, répondit-il en haletant, et il continua son chemin.

Une pensée traversa l'esprit de Nihal comme un éclair : Fen ! Elle ne l'avait pas vu depuis la bataille. « Ne sois pas ridicule, se dit-elle. Il ne lui est rien arrivé. » Mais une étrange inquiétude l'étreignit. Elle sortit de la tente et se mit à errer à travers le campement, au milieu du va-et-vient des soldats et des écuyers, de plus en plus agités. Une petite foule était amassée devant la tente du général. Elle s'approcha elle aussi, priant pour entendre, parmi les voix qui venaient de l'intérieur, celle de Fen. Elle saisit des paroles indistinctes, des voix animées qui se superposaient, mais aucune n'était celle de Fen.

Elle interpella une des recrues de l'Académie qui se trouvait là :

— Tu sais ce qui s'est passé ?

— Je crois qu'ils parlent de la bataille. Ça n'a pas été aussi bien que l'on croyait. De nombreux fantassins sont morts, un chevalier du dragon est gravement blessé, et quatre autres sont portés disparus.

Le cœur de Nihal manqua un coup.

— Tu connais le nom des chevaliers ?

— Il y a un certain Dhuval... un autre qui s'appelle Pen, Ben, quelque chose comme ça...

Nihal l'attrapa par le cou avant même qu'il ait pu finir sa phrase :

— C'est Fen ?

— Hé ! Mais qu'est-ce qui te prend ?

— Son nom, c'est Fen ? répéta-t-elle en haussant le ton.

— Peut-être, j'en sais rien !

Nihal lâcha sa prise et se précipita comme une possédée vers l'infirmerie.

Elle ne savait pas au juste où elle se trouvait, mais elle continuait à courir parce qu'elle sentait que si elle s'arrêtait, elle risquait de perdre la raison.

En chemin, elle passa en revue toutes les tentes. Devant un grand pavillon, un magicien récitait des incantations de guérison auprès d'un mourant. Nihal l'interrompit en l'attrapant par l'épaule :

— Qui est le chevalier blessé ?

— Es-tu devenue folle ?

— Qui est-ce ? Je t'en prie, dis-moi son nom !

Le magicien regarda la jeune fille qui trépignait d'impatience.

— C'est Dhuval, un vétéran. Mais il ne vivra pas longtemps : mes enchantements ne produisent aucun effet.

Nihal ne savait pas si elle devait se réjouir ou se désespérer.

« Tant qu'on ne retrouve pas son corps, il y a de l'espoir. Peut-être qu'il s'est attardé sur le champ de bataille… ou que Gaart est blessé et qu'il n'a pas pu le ramener… Rien ne lui est arrivé. Il est sain et sauf. Rien ne lui est arrivé. »

Elle reprit sa course frénétique. Elle courait, hors d'haleine, en priant pour que Fen ne soit pas mort. Elle s'arrêta devant la tente du commandement, où le général était en train d'interroger un jeune garçon :

— Et quand dis-tu l'avoir vu ?

— Quand le portail a été abattu et que l'armée a commencé à se retirer. Il y avait deux chevaliers qui survolaient la tour.

— Tu es sûr de ce que tu dis ?

— Nous sommes beaucoup à l'avoir aperçu, monsieur. La catapulte l'a touché de plein fouet, et il est tombé sur la tour en flammes.

— Tu es certain que c'était lui ?

— Oui, monsieur. J'ai reconnu son dragon. C'était bien Fen.

À ces mots, Nihal se mit à crier en se frayant un chemin parmi les soldats :

— Non ! Ce n'est pas possible ! Fen a combattu des milliers de fois, et il en est toujours sorti indemne ! Il n'est pas mort ! Il ne peut pas être mort ! Ils l'ont fait prisonnier ! Oui, ils l'ont pris, et nous devons aller le chercher ! C'est mon maître ! Il n'est pas mort ! Il n'est pas mort !

Elle continua à hurler, la voix entrecoupée par les sanglots, les joues ruisselant de larmes.

Le général la saisit fermement par les épaules et la secoua :

— Contrôle-toi ! Garde ton calme !

Alors, Nihal tomba à genoux et se laissa aller à son désespoir. Le général la regarda avec pitié, puis la fit accompagner à sa tente par un jeune soldat, qu'il chargea de veiller sur elle.

Nihal pleura sans retenue. Quand elle se fut calmée, elle se recroquevilla dans un coin, la tête entre les genoux, dans le silence. Elle voulait se refermer en elle-même, et ne plus penser à rien.

Mais les images de Fen la tourmentaient : elle revoyait son sourire, elle entendait sa voix. Les moments qu'ils avaient passés ensemble au cours des derniers mois lui revinrent tous en mémoire, la manière dont il l'avait saluée avant le début de sa première bataille, le jour où ils s'étaient rencontrés, leurs longs duels, et une myriade d'autres moments plus anodins.

Le soldat qui était resté près d'elle la regardait tristement.

Il avait entendu parler d'elle : une espèce de sorcière appartenant à un peuple éteint, qui combattait à la manière d'un homme, dangereuse comme un scorpion, et pourtant gracieuse comme une nymphe. Quand il l'avait aperçue la première fois, il avait été frappé de constater à quel point elle était frêle. C'était une créature étrange, mais aussi belle qu'on le disait. Ensuite, il l'avait vue sur le champ de bataille, et il avait presque cru qu'elle était en effet une sorcière : il lui semblait impossible qu'une fille puisse manier l'épée de cette façon.

Mais maintenant qu'elle était là, prostrée et désespérée, elle lui apparaissait juste comme une jeune fille vulnérable. Il se contenta d'abord de la regarder, puis l'envie de lui parler et de la réconforter prit le dessus :

— C'était ton maître, n'est-ce pas ?

Il n'eut pas de réponse.

— C'est ce que j'ai entendu dire. Je suis désolé pour lui. Et aussi pour toi. Tu dois avoir beaucoup de peine.

Nihal ne leva même pas la tête.

— Moi, je n'ai pas eu de maître, mais je te comprends. J'ai vingt-deux ans, et je combats depuis ma seizième année. J'ai vu mourir tellement d'amis ! Les premières fois, j'étais comme toi aujourd'hui. Et puis je me suis habitué. La guerre, c'est comme ça : des gens meurent sans arrêt, et les larmes n'y changent rien.

Nihal n'ouvrait toujours pas la bouche et ne bougeait pas. Aucune parole ne pouvait la consoler ; d'ailleurs, elle ne voulait pas être consolée. Elle voulait seulement se fondre dans la terre sous ses pieds et perdre conscience d'elle-même.

— Moi, je crois à ce que disent les prêtres : je suis sûr qu'un monde sans guerre et sans douleur nous attend après cette vie. Tous mes amis sont là-bas, je le sens. Et ton maître y sera aussi, fier de toi… Je t'ai vue combattre, tu sais. Tu deviendras un chevalier du dragon hors pair. Mais maintenant, tu dois essayer de te reprendre. Je suis certain que ton maître…

Nihal ne put supporter plus longtemps ce flot de propos convenus. Elle leva la tête et planta ses yeux violets dans ceux du garçon :

— Laisse-moi en paix !

Le jeune soldat, interdit, baissa les yeux.

— Courage ! murmura-t-il.

Il ne réussit pas à ajouter quoi que ce soit.

Le soir venu, Laio se proposa de remplacer le soldat. Un élève de l'Académie, témoin du désespoir de Nihal, lui avait raconté les faits. Laio avait tout de suite compris que le mystérieux chevalier dont Nihal parlait toujours, c'était Fen, et il décida de rester auprès d'elle cette nuit, comme elle était restée auprès de lui la nuit précédente.

Quand il entra dans la tente, il fut troublé de voir la jeune fille forte qu'il connaissait pelotonnée sur son lit de camp. Ses yeux étaient vides. Elle avait l'air morte.

Laio ne lui dit pas un mot. Il s'étendit à côté d'elle, la prit dans ses bras, et se laissa glisser lentement dans le sommeil.

Cependant Nihal ne s'était pas encore rendue. Une fois le désespoir surmonté, une idée commença à se faire un chemin dans son esprit : Fen avait juste disparu, il n'était pas mort. Bien sûr, il y avait le témoignage de ce soldat, mais il ne pouvait pas avoir reconnu Fen avec certitude à une telle distance. Il s'était trompé ! Fen était vivant. Fen devait être vivant quelque part, prisonnier de l'ennemi ou blessé dans la tour, et chaque heure qui passait mettait davantage sa vie en danger. Elle fut prise d'une agitation incontrôlable : elle devait partir à sa recherche ! Elle le trouverait, elle le ramènerait sain et sauf au campement, et le lendemain ils riraient ensemble de cette mésaventure et de la peur absurde qu'il lui avait causée.

Un sourire désespéré éclaira son visage : « Fen est vivant, et je le sauverai. »

La nuit était profonde. De l'obscurité émergeait la silhouette de la tour, illuminée par les braises de l'incendie qui l'avait détruite. Nihal se moquait de savoir si le feu s'était éteint. Elle ne se préoccupait pas que l'ennemi puisse la voir pendant qu'elle chevauchait sur la plaine. Fen était tout ce qui lui restait, il était sa propre vie, et elle ne permettrait à rien ni personne de l'arrêter.

Elle se faufila à travers le camp endormi jusqu'à l'enclos des chevaux. Un instant plus tard, elle partait d'un galop furieux vers la forteresse.

Le portail gisait à terre, carbonisé, et le feu brûlait encore dans de nombreux endroits à l'intérieur. Nihal regarda les flammes rougeoyantes ; elle n'avait pas peur. Elle entra d'un pas décidé.

L'odeur âcre de la fumée la saisit à la gorge. Elle toussa. Partout, elle vit des cadavres, la plupart écrasés par l'effondrement de pierres causé par l'incendie, d'autres réduits en cendres. Nihal se déplaçait à grand-peine entre les énormes blocs de mur qui jonchaient le sol. Il faisait chaud, l'air était irrespirable, mais la jeune fille avançait obstinément en scrutant le terrain.

Un grand fracas la fit tressaillir : une nouvelle chute de pierres, à quelques mètres d'elle à peine.

Elle continua à avancer.

Elle appela Fen. Seul l'écho sinistre de sa propre voix lui répondit.

Elle se mit à hurler de toutes ses forces. Rien que l'écho et le crépitement du feu.

Alors, elle s'arrêta et commença à fouiller les décombres. Elle soulevait des briques, des gravats, des grosses pierres encore chaudes.

— Fen !

Elle se blessa les paumes des mains.

— Fen, où es-tu ?

Elle se brisa les ongles jusqu'à saigner, mais elle n'arrêta pas de creuser.

Brusquement, de chaudes larmes coulèrent sur ses joues.

— Réponds, Fen ! supplia-t-elle. C'est moi ! C'est Nihal !

Sa vue brouillée par les larmes, elle se remit en marche. « Il n'est pas mort, il n'est pas mort », se répétait-elle.

Et puis elle la vit.

Une énorme carcasse noire au fond de la tour.

Un dragon brûlé.

Elle hurla et courut vers la créature.

Cela aurait pu être n'importe quel dragon ; mais Nihal sut dans son cœur que c'était Gaart. Quelque chose en elle se brisa. Elle se mit à sangloter.

Gaart gisait sur le sol, ses grandes ailes déployées. Nihal se glissa instinctivement sous l'une d'elles.

Fen était là, étendu sur le sol. L'air endormi, comme indemne. Une large tache de sang noir entourait sa tête et baignait ses cheveux.

Nihal le regardait, incrédule, hypnotisée. « Combien il est pâle… », songea-t-elle. Même ses larmes avaient cessé de couler.

Elle se pencha, tendit la main et toucha son bras, puis le secoua d'un geste léger comme pour le réveiller. La peau du chevalier, au milieu de ce feu infernal, était glacée.

Alors, elle s'agenouilla à côté de lui et le secoua encore et encore, de plus en plus fort, en criant son nom.

Le lendemain, quand le superviseur entra dans la tente, il trouva Laio en larmes.

— Je me suis endormi… Je me suis endormi, et elle est partie…, répétait le garçon entre les sanglots.

Ils fouillèrent tout le campement et les alentours ; sans résultat. La troupe de reconnaissance qui devait chercher Fen et les autres disparus fut aussi chargée de trouver Nihal.

Les élèves de l'Académie furent rassemblés, et on leur annonça la fin de l'épreuve. Ils avaient eu de la chance : aucun mort, un seul blessé. Trois sur six avaient réussi l'épreuve par le courage démontré pendant la bataille, l'adresse au combat et la capacité à se tirer d'affaire sans recours à l'aide du superviseur. Parmi eux, il y avait Nihal.

La troupe de reconnaissance ne tarda pas à trouver le corps de Fen.

Deux des trois disparus, gravement blessés, gisaient dans les fourrés au pied de la tour. Le quatrième chevalier, quant à lui, s'était dissous dans le néant. Il avait sans doute été fait prisonnier, destin pire que la mort : les rares combattants qui avaient réussi à échapper à Dola avaient subi de terribles tortures.

De Nihal nul ne trouva aucune trace. Au campement, on en conclut qu'elle s'était enfuie.

Avisé de la mort de Fen, Sennar sauta sur un cheval et partit sur-le-champ. Pendant tout le voyage, il ne cessa de penser à ce que cette mort signifiait pour Nihal. Quand il atteignit le camp, il sut que ses craintes étaient justifiées.

— Mais, bon sang ! Qu'est-ce que ça veut dire : elle est partie ?

— Eh bien, le soir après la mort de ce chevalier, elle a pris ses affaires, elle a volé un cheval, et elle est partie. C'est tout, lui répondit un soldat.

Sennar courut auprès du général. Il était furieux :

— On vient de m'apprendre que l'élève de l'Académie s'est enfuie !

Le militaire acquiesça :

— On vous a bien renseigné.

— Voilà, bien renseigné ! Mais, nom d'un chien, on ne vous a pas informé qu'il s'agit du dernier demi-elfe du Monde Émergé et que son existence est très importante ?

Le général ne se laissa pas déstabiliser.

— En ce qui me concerne, ce n'était qu'une recrue parmi les autres. Elle a passé son épreuve, ce qui est arrivé ensuite ne me regarde pas.

— La vie des recrues est sous votre responsabilité, Général !

— Vous l'avez bien dit : la vie. Cette jeune fille est sortie de l'épreuve saine et sauve. Ensuite, elle est partie de son plein gré, et je n'en suis aucunement responsable, conseiller.

— D'accord, mais vous devez la considérer comme un membre de l'armée. Vous ne recherchez pas les soldats manquants à l'appel ?

Le général commençait à perdre patience :

— Écoutez, vous êtes jeune, et vous êtes là depuis peu ; donc je vous prie de ne pas me dire comment je dois accomplir mon travail. Je l'ai fait chercher pendant un jour entier ; qu'est-ce que j'aurais pu tenter de plus ? Et, si vous voulez tout savoir, j'ai fermé les yeux sur ce qui s'est passé parce que j'ai compris la situation. Si je m'en étais tenu au règlement, votre amie aurait déjà été expulsée de l'Académie.

Sennar ne se le tint pas pour dit :

— Je veux que vous mettiez immédiatement sur pied un groupe de recherche ! Peut-être qu'elle se trouve encore dans les environs. Elle doit être désemparée, c'est pour cela qu'elle s'est enfuie, et...

— Je vais être très clair avec vous : je n'ai aucune intention de mobiliser mes hommes pour partir à la recherche de votre amie. Laissez-moi faire mon métier de soldat. À présent, pardonnez-moi, conclut le général en sortant de la tente.

Sennar abattit avec rage ses deux poings sur la table.

Le général avait raison.

Le jeune magicien se retira dans la tente qui lui avait été attribuée. Il posa sur le sol une cuvette remplie d'eau et s'assit à côté.

Un enchantement de localisation exigeait la plus grande concentration. Sennar commença par chasser de son esprit tous les bruits environnants : les voix des soldats, les coups des forgerons occupés à réparer les armures défoncées par le combat, et les cris des ordres qui retentissaient à travers le campement… Il respira profondément pour essayer de retrouver son calme.

« Où es-tu, Nihal ? » demanda-t-il.

Il déplaça avec lenteur ses mains au-dessus de la cuvette. « Montre-toi ! »

Au bout de quelques instants, la surface de l'eau frémit. Sennar se pencha : une silhouette enveloppée dans une cape noire chevauchait sur la plaine. « Donne-moi un signe, supplia-t-il. Où es-tu ? » L'image s'évanouit. « Nihal ! » Le visage de la jeune demi-elfe, baigné de larmes, apparut sur le miroir de l'eau et disparut de nouveau. « Nihal ! »

Sennar maugréa. Il était incapable de maîtriser ses propres émotions. Il était si inquiet pour son amie qu'il n'arrivait pas à vider son esprit pour laisser la magie s'écouler librement. Dans ces conditions, il savait que l'eau ne lui révélerait rien de plus.

Le soir même, il devait rencontrer le commandement du camp et les chevaliers du dragon pour définir la stratégie à suivre lors des futures offensives contre l'armée du Tyran.

Il était encore à ce point bouleversé que ce fut très pénible pour lui. En outre, il avait compris depuis le premier jour que les militaires ne lui accordaient pas beaucoup de crédit à cause de son jeune âge. Il ne faisait pas de doute qu'ils le considéraient comme un blanc-bec : dès qu'il intervenait, une expression moqueuse se dessinait sur le visage de ses interlocuteurs.

Cette fois-ci, ce fut comme d'habitude : une soirée de discussions interminables, pendant lesquelles ses paroles tombaient dans le vide. Sennar partit des erreurs qui avaient été commises sur le champ de bataille pour proposer une série d'innovations tactiques. Il n'avait pas encore fini de parler que déjà un des colonels l'interrompait en secouant la tête, un grand sourire de suffisance sur les lèvres :

— Permettez, conseiller, mais vous n'étiez pas présent et donc vous ne pouvez pas connaître l'exact déroulement des faits. Par ailleurs, c'est votre première expérience de la guerre. Et vous n'êtes pas un stratège. Je pense qu'il serait plus opportun de nous laisser parler, avant de vous lancer dans des propositions irréfléchies.

Ce fut le début plutôt courtois d'une controverse infinie, qui finit par énerver Sennar et lui faire perdre patience. Il avait beau répliquer qu'il avait consulté plusieurs stratèges, qu'il avait eu largement l'occasion de se forger une idée de la situation sur le front, et que ses propositions étaient le fruit d'une étude poussée, ses conseils étaient écartés les uns après les autres. Enfin vint la classique remarque en trop qui fit exploser Sennar.

— Peut-être n'êtes-vous pas en état d'évaluer correctement la situation en ce moment, insinua un des participants. La fugue de votre amie a dû beaucoup vous ébranler...

Sennar se leva d'un bond :

— En ce qui me concerne, la réunion est close !

Il partit sans saluer personne.

Il détestait cette situation. Entre les militaires et les conseillers se jouait une lutte continuelle, et Sennar était persuadé que l'enjeu en était le pouvoir. Les soldats revendiquaient leur part en soutenant que sans eux le Monde Émergé aurait déjà été conquis par le Tyran, tandis que les conseillers prétendaient que leurs résolutions stratégiques, et aussi souvent la magie, avaient été décisives dans d'importantes batailles. Sennar, lui, ne désirait que libérer les opprimés, ramener la paix dans ce monde et pouvoir en profiter lui-même, et la mesquinerie de certains membres du Conseil et de nombreux militaires le dégoûtait.

Il retourna dans sa tente et s'assit à la table.

On lui avait apporté de la nourriture, mais il n'y toucha pas : il avait l'estomac noué. Il ne cessait de penser à Nihal. Il l'imaginait seule, passant la nuit à la belle étoile. Il avait envie de la revoir, telle qu'elle avait été une année auparavant : heureuse, enthousiaste, et pleine de vie. Il se demanda pourquoi le destin s'acharnait sur elle ; et il s'assombrit à l'idée qu'il pourrait ne plus jamais la retrouver.

Un visage apparut dans l'ouverture de la tente. Sennar le reconnut immédiatement.

« Ah, il ne manquait plus que lui ! Qu'est-ce qu'il me veut ? »

— Je peux ? demanda timidement Laio.

Le jeune magicien s'efforça de combattre l'antipathie qu'il éprouvait envers le garçon :

— Entre. Comment s'est passée l'épreuve pour toi ?

— Mal. Si je suis en vie, je le dois à Nihal.

Sennar songea que Laio voulait peut-être obtenir de lui une recommandation.

— Donc, tu ne deviendras pas un guerrier. Je suis désolé, mais je ne peux rien faire pour toi.

Laio poussa un soupir :

— C'est ma faute si Nihal s'est échappée.

— Comment cela ? s'écria Sennar en se levant d'un bond, ce qui fit tomber sa chaise.

— La nuit après la mort de Fen, c'est moi qui suis resté avec elle. Elle était si triste, elle ne parlait pas, elle ne bougeait pas... Je n'ai pas eu la force de lui dire quoi que ce soit, alors qu'elle aurait eu justement besoin d'être consolée. Je n'ai même pas été capable de rester éveillé. Et le lendemain matin, elle n'était plus là.

Sennar se tut pendant un long moment, puis soupira à son tour :

— Ce n'est pas ta faute, Laio. Nihal est comme ça, quand elle va mal, elle se referme sur elle-même. Si tu lui avais parlé, elle ne t'aurait pas écouté, de toute façon. Et, crois-moi, elle se serait enfuie même si tu ne t'étais pas endormi...

— Mais je suis son ami, et un ami doit être utile dans ces moments-là...

— Je te répète que tu n'y es pour rien. Retourne dans ta tente et essaie de dormir, Laio.

Pendant que Laio se dirigeait tristement vers la sortie, Sennar se dit que le garçon avait passé beaucoup de temps avec Nihal. Il eut un frisson de nostalgie en repensant à l'époque où lui-même et Nihal ne faisaient qu'un, quand ils étudiaient chez Soana et qu'ils étaient inséparables. Il ne pouvait pas le laisser partir comme ça !

— Non, attends ! Euh, parle-moi encore de Nihal. Dis-moi ce qui s'était passé avant son départ...

Laio lui raconta tout ce qu'il savait : la bataille, le courage dont elle avait fait preuve, la façon dont elle l'avait sauvé et consolé à la fin, lui, l'incapable.

— Elle, elle est... exceptionnelle, Sennar. C'est pour ça que je le sais, elle reviendra. Elle est forte, elle ne peut pas se sauver ainsi. Elle a toujours voulu combattre. Elle reviendra, j'en suis sûr.

En entendant ces paroles, le magicien eut presque l'impression que Nihal était déjà de retour.

— Qu'est-ce que tu vas faire maintenant ? demanda-t-il.

— J' y ai beaucoup pensé ces jours-ci. Si je ne peux pas être utile sur le champ de bataille, je veux au moins l'être pour ceux qui combattent : j'ai décidé de devenir écuyer.

Sennar sourit :

— Et tu te montreras excellent, j'en suis sûr.

Les deux jeunes gens se serrèrent la main, et Laio quitta la tente.

« Oui, elle reviendra », se dit le magicien. Pas pour lui, ni pour personne d'autre, mais parce que la douleur lui donnait une raison de plus de combattre.

Sennar et les élèves de l'Académie partirent le lendemain, emportant avec eux les corps de Dhuval et de Fen. Le magicien s'attarda un instant devant le camp, espérant que Nihal, cachée quelque part, le verrait. Son espoir : elle était restée dans les environs, et voyant qu'on emportait le corps de Fen, elle se montrerait.

Mais Nihal demeura invisible.

Tout au long du voyage, Sennar ne cessa de scruter la plaine, puis les bois de la Terre de l'Eau, et enfin les cités désordonnées de la Terre du Soleil.

Nihal ne pouvait pas avoir renoncé ! Cela aurait été une fuite, et son amie ne fuyait pas.

Ils atteignirent l'Académie sans la rencontrer.

Le magicien espérait que la nouvelle de sa disparition ne s'était pas encore ébruitée : Sa Majesté Raven ne serait sans doute pas aussi compréhensif que le général du campement...

Il demanda une audience au Général Suprême pour devancer une convocation de sa part.

— Je suis heureux que vous vous présentiez à moi, cher conseiller, déclara Raven. Il est indispensable de commencer dès maintenant à nous concerter sur les actions futures...

— En vérité, je ne suis pas là pour ça.

Raven le regarda avec surprise et agacement.

— Enfin, je voulais dire que je ne suis pas là pour ça aujourd'hui... Naturellement, j'avais l'intention de vous consulter là-dessus ces jours-ci ; votre avis me serait très précieux.

Le général se rasséréna, et Sennar comprit pourquoi cet homme arrogant détestait autant la peu diplomate Nihal.

— Le fait est que sur le territoire de ma juridiction, il s'est produit un regrettable incident pendant l'épreuve des élèves. En avez-vous déjà été averti ? demanda le magicien en retenant son souffle.

— Je ne sais pas de quoi vous parlez.

— Je suppose que vous vous souvenez de la jeune demi-elfe...

Raven soupira d'un air ennuyé et fit signe à Sennar de continuer.

— Eh bien, quand je suis arrivé au campement, on m'a appris qu'elle avait disparu. Qu'elle s'était enfuie, pour être exact.

— Encore cette fille ! Je savais bien que...

— Attendez, général. J'ai la preuve que Nihal ne s'est pas enfuie. Elle m'a laissé un message où elle dit qu'elle reviendra à l'Académie toute seule. Vous n'ignorez pas que Fen était son maître. Elle a été profondément touchée par sa mort. Il est compréhensible qu'elle ait voulu...

Le Général Suprême sauta sur ses pieds :

— Cette fille est une enquiquineuse ! Maudit soit le jour où elle est entrée à l'Académie ! Elle est peut-être un bon guerrier, mais elle n'en fait qu'à sa tête ! C'est de l'insubordination ! Elle est déjà arrivée ?

— Pas encore. Je crains qu'elle ne se soit perdue, ou bien qu'elle n'ait rencontré des ennemis. Ce serait un geste magnanime de votre part que d'envoyer un escadron à sa recherche...

Le Général Suprême leva les yeux au ciel. Sennar comprit qu'il en demandait trop.

— Je veillerai à la punir quand elle rentrera, lança Raven. À présent je n'ai pas de temps à perdre avec ces bêtises ! Deux de mes meilleurs hommes sont morts. Je vous prie de me laisser seul, conseiller.

Sennar sortit, partagé entre l'inquiétude et la satisfaction. Il n'avait pas réussi à convaincre Raven de faire chercher Nihal, mais, au moins, il avait sauvé sa place à l'Académie.

La cérémonie funèbre pour Dhuval et Fen eut lieu l'après-midi même. Y assistèrent les notables de la Terre du Soleil, les élèves de l'Académie, et l'ordre des Chevaliers du dragon au complet. Les corps des chevaliers, en tenue de combat, furent étendus sur deux grands bûchers. Sur celui de Fen se trouvaient aussi les restes de Gaart : le dragon accompagnerait son maître jusqu'à son dernier vol.

Le discours de Raven fut étrangement sobre. Il parla de Fen avec une affection particulière, rappelant comme il était estimé de tous, aussi bien dans l'armée que parmi son peuple, pour ses qualités de guerrier, son intégrité morale et son calme.

Sennar assista à la cérémonie avec tristesse. Le chevalier ne lui avait jamais inspiré de sympathie particulière : il était trop rigoureux et tourné vers la guerre, à son goût. Cependant le jeune magicien ne pouvait pas nier que pendant ses mois d'apprentissage il s'était trouvé bien avec lui. Fen avait toujours pris en compte ses idées, malgré son jeune âge et bien qu'il fût l'élève de la femme qu'il aimait. Et puis, il avait toujours soutenu Nihal dans les moments difficiles. Sennar pensa aussi à Soana, qui voyageait, loin de là, sans savoir que son compagnon était mort.

Puis on alluma les bûchers, et les flammes léchèrent les dépouilles des deux chevaliers.

La coutume voulait que ceux qui avaient aimé le défunt allument une torche au bûcher.

Sennar sentit qu'il devait accomplir ce geste, pour Soana, pour Nihal, et aussi pour lui-même. Il s'approcha du bûcher, entouré par une foule de gens, soldats, chevaliers, civils.

C'est alors qu'il aperçut une silhouette drapée de noir qui tenait à la main une branche enflammée. L'espoir fit battre son cœur plus fort. Il se fraya un chemin à travers la foule, mais l'apparition s'était déjà volatilisée. Il lui fut impossible de la retrouver au milieu de la cohue.

Quand le bûcher fut en grande partie consumé et que les gens commencèrent à se disperser, Sennar se remit à sa recherche. La cape noire continuait à lui apparaître par intermittence, pour disparaître à chaque fois l'instant d'après.

Soudain, elle fut là, à quelques mètres de lui.

Il accéléra le pas. Il esquiva des élèves et des militaires, et rattrapa la silhouette. Il lui effleura l'épaule :

— Nihal !

C'était bien elle, pâle, les habits recouverts de poussière. Ils se regardèrent pendant un moment.

— Pas ici ! Suis-moi, lui dit-elle.

Ils restèrent longtemps assis en silence sur le belvédère à observer la forteresse du Tyran. Sennar
caressait doucement ses cheveux courts. « On dirait
un poussin », pensa-t-il.

— Tu veux parler ?

Nihal secoua la tête.

— Tu peux me dire au moins où tu étais ?

— J'avais besoin de réfléchir.

— Je comprends. Mais où es-tu allée, qu'est-ce
que tu as fait ?

Nihal ne répondit pas.

— Et qu'est-ce que tu comptes faire maintenant ?

— Je dois retourner à l'Académie. J'ai réussi
l'épreuve, et j'ai droit à mon dragon. Qu'est-ce que
Raven a dit ?

— Qu'il te punirait. Rien d'autre.

Nihal se leva et se dirigea sans un mot vers l'Académie.

Sennar la suivit, exaspéré. Il se sentait totalement
impuissant.

— Pourquoi ne veux-tu pas parler ? Confie-toi,
pleure, fais quelque chose qui me permette de comprendre ce qui te passe par la tête !

Nihal continua à marcher sans un mot.

— Réagis, Nihal ! Ne te laisse pas submerger
par la haine. Dis quelque chose, je t'en prie.

La jeune fille s'arrêta et regarda son ami droit dans les yeux :

— Il n'y a rien à dire, Sennar. Fen est mort, c'est tout. À présent, laisse-moi, je dois aller à l'Académie.

Raven avait préparé son discours. Il fut féroce et agressif, sarcastique et menaçant, mais la réaction de Nihal le prit par surprise.

— Je sais que j'ai eu tort, et je vous prie de me pardonner. J'accepterai n'importe quelle punition que vous voudrez m'infliger. Je vous jure que cela ne se reproduira plus jamais. Tout ce que je désire, c'est poursuivre mon entraînement.

La jeune fille s'agenouilla devant son trône et inclina la tête :

— Je vous en supplie, Général Suprême.

Raven fut touché par son attitude, et encore plus par son regard. Il y lut la détermination dont cette créature était capable. Elle avait choisi sa voie, et elle était prête à tout pour atteindre son but ; même à s'humilier devant lui.

Il y lut aussi le désespoir de quelqu'un qui, en perdant un être cher, s'est perdu un peu lui-même. L'espace d'un instant, l'homme qu'il avait été réapparut. Il descendit de son siège et s'approcha d'elle pour la première fois. Il lui posa une main sur l'épaule :

— Je suis désolé pour Fen. Il a été un des mes

compagnons d'armes, il y a des années. Pour moi aussi, c'est une perte immense.

Puis il retira sa main et reprit son ton habituel :

— Tu peux continuer ton entraînement, mais avant, tu passeras une semaine en cellule. Un guerrier doit être capable de contrôler ses sentiments personnels.

Nihal serra les poings :

— Je vous remercie, général.

Elle se leva, s'inclina et s'en alla purger sa peine.

SAUVER SON ÂME

Il y a trois cents ans, le Monde Émergé a été secoué par une guerre interminable que les huit Terres ont menée l'une contre l'autre pour la suprématie absolue : c'était la guerre de Deux Cents Ans.

À l'époque, la Terre des Jours était habitée par des demi-elfes, dissidents de la fusion entre les elfes — très anciens habitants du Monde Émergé — et les humains. C'était un peuple pacifique, dévoué à la science et à la sagesse, qui pendant très longtemps ne prit part à aucune hostilité, et cela bien que, grâce à son agilité, il fût très doué pour les arts du combat.

Cette situation dura jusqu'à ce que Leven, son roi le plus ambitieux, décide de mettre à profit ces capacités pour agrandir son règne...

Les demi-elfes ne s'étaient pas battus depuis des siècles ; cependant le souverain était un stratège extraordinaire : en quelques années, son armée devint la plus puissante du Monde Émergé et l'emporta sur toutes les autres Terres. Mais Leven n'eut pas l'occasion de jouir de son succès : il mourut peu après la victoire finale, laissant son trône à son fils, Nammen.

À peine couronné, celui-ci convoqua les souverains du Monde Émergé. Les rois vaincus, qui se présentèrent devant lui, résignés à lui obéir, furent surpris par le discours que leur tint le jeune homme.

— *Je ne veux pas du pouvoir que mon père a bâti sur le sang*, dit-il. *Je rends leur indépendance aux huit Terres conquises.*

Nammen leur dicta toutefois ses conditions : chacune des huit Terres devait renoncer à une parcelle de son territoire qui, unie aux autres, donnerait naissance à la Grande Terre. Là siégeraient un Conseil des Rois, qui déciderait d'une politique commune pour le Monde Émergé, et un Conseil des Mages qui s'occuperait des sciences et de la culture. Ces deux Conseils réuniraient des représentants de chaque Terre, lesquelles contribueraient toutes à l'armée du Monde Émergé.

Pour finir, Nammen révoqua tous les rois en charge afin que chaque peuple puisse élire son propre souverain.

Toutes ses volontés furent réalisées.

Anonyme, bibliothèque perdue
de la cité d'Enawar (extrait)

Parmi toutes les atrocités commises par le Tyran, la plus terrible fut l'extermination du peuple des demi-elfes. Il suffit d'un mois pour que la Terre des Jours soit réduite à un désert. Les survivants de ce massacre cherchèrent asile {...}.

À la fin de cette même année, il ne restait plus qu'une centaine de demi-elfes. Ils avaient formé une colonie sur la Terre de la Mer, mais quand l'armée des Terres libres perdit le contrôle de ce territoire, les fammins y appliquèrent la solution finale.

Annales du Conseil des Mages (extrait)

17

IDO

Nihal accomplit sa semaine de cachot. Elle ne pensait à rien, ne ressentait rien.

Elle dormait pour récupérer des forces. Et le jour où elle fut libérée, elle était prête à poursuivre son apprentissage.

On vint la chercher pour la mener hors de l'Académie. Elle demanda, surprise, au garçon qui lui servait de guide :

— Mais… je ne devais pas avoir un dragon ?

— Il faut d'abord que tu fasses la connaissance de ton maître. C'est le chevalier avec lequel tu vivras désormais. C'est lui qui t'enseignera tout, y compris le dressage de ton dragon.

— Les chevaliers qui ne combattent pas n'habitent-ils pas à l'Académie ?

— Les chevaliers qui ne combattent pas, si. Seulement tous les élèves ne sont pas assignés à un chevalier qui ne combat pas. Et puis, la bataille de Therorn a changé un peu les choses. Il n'y a plus assez de maîtres à l'Académie. Beaucoup sont partis pour le front.

Nihal et son guide prirent deux chevaux à l'écurie et se mirent en route.

Ils parcoururent le versant sud de la Terre du Soleil, où se trouvaient les fronts.

Le jeune guide de Nihal aimait la vitesse. Ils galopèrent à bride abattue à travers une immense zone boisée. Cependant Nihal ne s'intéressait ni au panorama ni à la course : elle avait vu assez de bois à son goût, et les seules chevauchées qui l'exaltaient à présent étaient celles qu'elle rêvait de faire sur la croupe de son dragon. En fin de compte, elle pensait que c'était une bonne chose que son maître combatte : elle aurait sans doute la possibilité de retourner sur le champ de bataille, et elle ne désirait rien d'autre.

Après une demi-journée de voyage, ils firent une pause : les bêtes étaient fatiguées, et leur destination demeurait encore lointaine. Ils mangèrent près d'un ruisseau ; la nourriture rendit le jeune homme loquace.

— C'est toi, la demi-elfe qui a réglé son compte à un tas de fammins pendant la dernière bataille, pas vrai ?

Nihal n'avait pas envie de parler. Elle garda les yeux fixés sur sa ration.

— Tu as perdu ta langue ?

Elle se leva.

— Excuse-moi, j'ai besoin de me dégourdir les jambes.

— Comme tu veux, murmura le guide entre ses dents.

Nihal se mit à flâner à travers le bois.

Elle ne s'était pas retrouvée dans une forêt depuis qu'elle avait quitté la Terre du Vent, et, à présent qu'elle pouvait l'observer à son aise, elle la trouva splendide. Les feuilles mortes formaient un doux tapis sous ses pieds ; elle pensa qu'il aurait été beau de pouvoir se dissoudre dans cette mer de feuilles et redevenir nature...

Un bruit la fit se retourner soudain : quelque chose bougeait dans les branches. Elle dégaina silencieusement son épée et assena un grand coup dans un buisson.

Un elfe-follet épouvanté en jaillit.

— Hé ! Qu'est-ce qui te prend ? Tu veux me tuer ou quoi ? Vous, les spadassins, vous vous...

Il s'arrêta net.

— Nihal !

— Phos !

Ravi, le petit elfe se mit à voltiger autour d'elle en chantonnant son nom. Après quelques cabrioles, il s'immobilisa et la regarda droit dans les yeux :

— Qu'est-ce qui ne va pas ?

— Tout va bien, prétendit Nihal.

— Ça se voit à un mille que quelque chose cloche.

Pour toute réponse, Nihal s'assit sur un tronc d'arbre :

— Qu'est-ce que tu fais sur la Terre du Soleil, Phos ?

Le follet se remit à voleter autour d'elle :

— On n'en pouvait plus de la Terre de l'Eau ! Ces stupides nymphes n'arrêtaient pas de nous donner des ordres. Alors, nous avons fait nos paquets et nous sommes partis.

— C'est un bel endroit, ici.

— C'est aussi ce que nous pensons. La forêt est fraîche et agréable, et il y a même un arbre qui ressemble au Père de la Forêt. Et, surtout, il n'y a pas de nymphes tyranniques... C'est seulement que...

— Que quoi ?

— Eh bien, il y a quelque temps, les hommes sont arrivés... Ils nous capturent et ils se servent de nous comme espions. Au début, certains d'entre nous ont rejoint spontanément l'armée... tu sais, on voulait donner un coup de main... Mais quand les hommes ont vu que nous pouvions être utiles, ils ont commencé à nous enlever par la force. J'ai donc décidé d'aller à Makrat. Je veux faire entendre notre voix au Conseil des Mages. Ce n'est pas juste que nous, les elfes-follets, n'y soyons pas représentés.

Nihal avait beau écouter, elle n'arrivait pas à se sentir concernée. Elle avait l'impression d'être devenue insensible, comme si toutes ses émotions s'étaient envolées.

— Sennar est conseiller à présent, va le voir. Il s'apprête à partir pour la Terre du Vent, mais je crois que tu peux encore le trouver à Makrat pendant quelques jours.

Phos battit des mains avec enthousiasme :

— Toi, tu es vraiment une amie !

Puis il vola jusqu'à son visage :

— Pourquoi tu ne veux pas me dire ce qu'il y a ?

— Je dois y aller, Phos. À la prochaine, répondit Nihal en se levant.

— Attends ! Laisse-moi t'aider !

Mais Nihal s'était déjà éloignée.

Ils voyagèrent jusqu'au coucher du soleil, qu'ils virent disparaître derrière le manteau des arbres. Il faisait déjà nuit noire quand ils atteignirent l'entrée d'un campement. Nihal et son guide descendirent de cheval et s'approchèrent du soldat de garde.

— Cette jeune fille vient voir Ido, lui dit le guide. Elle est son élève. Ma mission s'arrête là, ajouta-t-il en se tournant vers Nihal. Tu peux le trouver toute seule. Bonne chance, demi-elfe !

Nihal lui tendit les rênes de son cheval et franchit l'entrée sans un mot.

Le campement était immense. Il s'agissait du camp principal de la Terre du Soleil dans lequel résidaient les généraux et les stratèges. Ce n'était pas une base provisoire, mais une vraie citadelle fortifiée, entourée d'une solide palissade. La plupart des habitations étaient en bois. Au milieu, il y avait une arène comme celle de l'Académie.

Nihal dut demander plusieurs fois son chemin. On lui indiqua finalement une baraque bancale ; elle s'y dirigea d'un pas décidé. Mais en arrivant devant la porte, elle sentit son aplomb vaciller : elle était sur le point de rencontrer son maître, celui qui lui enseignerait à combattre pour de bon ! Elle se sentait profondément agitée.

Elle hésita un instant, avala sa salive et frappa.

Personne ne répondit, mais à peine appuya-t-elle sur la porte que celle-ci s'entrouvrit en grinçant.

L'intérieur était moins engageant encore que la façade : des vêtements éparpillés partout, des armes de toutes sortes jetées çà et là, et des restes de nourriture abandonnés sur la table et au sol : Nihal regardait autour d'elle, perplexe.

Une voix indolente lui parvint de la pénombre :

— Qui est là ?

— Je suis… l'élève…

— La quoi ?

Nihal avança en titubant :

— L'élève que vous devez former…

Ce qu'elle vit lui coupa la parole.

Affalé sur un lit au milieu de couvertures roulées en boule, un gnome était occupé à fumer une pipe. Il avait une longue barbe, de grosses moustaches qui finissaient par deux tresses épaisses, et une masse de cheveux ébouriffés, bien que vaguement entortillés en petites nattes éparses. Nihal évalua que, debout, il devait lui arriver sous la poitrine. Elle était atterrée.

Le gnome bâilla et fit mine de s'étirer, si mollement que sa pipe lui tomba des mains et se renversa sur le sol. Il se leva alors d'un bond et se mit à piétiner les braises en grommelant des injures.

Il fallut un peu de temps à Nihal pour retrouver la force de parler :

— Je cherchais Ido… le chevalier du dragon…

— Et tu l'as trouvé. Et toi, rappelle-moi qui tu es ?

« Un chevalier du dragon ? songea-t-elle, effarée. Ce type-là ? »

— Votre élève, monsieur.

Le gnome la regarda attentivement. Il avait l'air perplexe.

— Mon élève ? En vérité, on m'avait dit qu'un écuyer arriverait aujourd'hui, pas un élève. Et puis, excuse-moi, mais tu n'es pas une fille ?

— Si, je suis une fille, et alors ? répliqua Nihal en levant fièrement le menton.

— Et alors ? Damnation ! À mon époque, les filles ne combattaient pas ! Elles n'étaient pas non plus écuyers, si tu veux savoir. Et pourtant je ne suis pas si vieux que ça !

Il s'assit sur son lit et ralluma sa pipe :

— En plus, toi, tu ne me sembles pas être une humaine. De quelle espèce es-tu ? Tu ne serais pas... une demi-elfe ?

— Je suis la dernière demi-elfe du Monde Émergé, monsieur. Et je crois comprendre que vous, en revanche, vous êtes un... gnome... N'est-ce pas, monsieur ?

— Nom d'une pipe ! Arrête tout de suite avec ces salamalecs, j'ai l'impression d'être un vieux décrépit ! Dis-moi « tu », et explique-moi comment tu peux être une élève... Avant, cherche-toi un endroit où t'asseoir. Il devrait y avoir des chaises quelque part... Bien cachées, mais il y en a...

Nihal regarda autour d'elle et aperçut un tabouret sous une montagne de vêtements. Elle s'y assit sans même le déplacer.

— Bon, alors ? Parle !

La jeune fille se décida :

— J'arrive de l'Académie. Il y a une semaine, j'ai réussi l'épreuve du feu, et à présent je dois finir mon entraînement. Je crois qu'ils m'ont envoyée ici parce que dans la bataille à laquelle j'ai participé, deux chevaliers sont morts, et d'autres ont été blessés. Et alors... bref... on m'a confiée à... toi.

Ido l'écoutait tout en soufflant un chapelet de petits nuages blancs avec sa pipe. Enfin, il se donna un grand coup sur le front :

— Mais bien sûr, la bataille de Therorn ! Celle qui a coûté la vie à Fen, je ne me trompe pas ?

Nihal hocha la tête.

— Donc, tu viens bien de l'Académie ! À la réflexion, quelqu'un m'a parlé d'une fille qui est devenue élève. Quand je pense que je n'y ai pas cru...

Il ricana dans sa barbe.

— Ça alors ! Et ce ballon gonflé de Raven qui autorise une telle horreur ! Les choses ont bien changé ! Euh, qu'est-ce que je peux dire ? Sincèrement, je ne me souviens pas si quelqu'un m'avait prévenu que j'aurais un élève. Peut-être bien... En tout cas, on dirait que j'y ai droit... Comment tu t'appelles ?

— Nihal.

— Ce n'est pas un nom de demi-elfe.

— Pourquoi, tu en as connu d'autres, des demi-elfes ?

— Non, pas directement, avoua Ido. Pourquoi donc ce nom absurde ?

— C'est mon père qui me l'a donné.

— Ah ! Depuis combien de temps est-ce que tu t'entraînes ?

— Depuis toujours : mon père était armurier. Et puis, jusqu'à l'âge de seize ans j'ai été l'élève de Fen, avant d'entrer à l'Académie, il y a un an.

Ido la dévisagea longuement :

— Je suis désolé pour Fen : nous avons combattu ensemble un bon nombre de fois. Grand guerrier.

Nihal ne dit rien.

La conversation prit la forme d'un interrogatoire : Nihal ne répondait que le strict nécessaire et Ido insistait pour essayer de comprendre quelque chose à l'étrange jeune fille qui était en face de lui.

— Ainsi donc, tu as tenu la bataille tout entière ?

— Y en a même qui disent que je ne me suis pas mal comportée.

— De la chance, rien d'autre ! J'ai vu un tas de valeureux jeunes guerriers se faire tuer pendant leur première bataille, des garçons à qui on avait prédit un grand avenir… Des gars bien, crois-moi !

Ido vida bruyamment sa pipe en la frappant contre la tête de lit :

— Du reste, même par la suite, c'est surtout grâce à la chance qu'on s'en tire. Sur le champ de bataille, la mort joue aux dés avec le destin de chacun.

Nihal se sentit offensée par ce discours, mais elle ne dit rien. La situation lui semblait absurde : ce bonhomme débraillé, cette chambre en désordre… Rien n'était comme elle l'avait imaginé.

— Bon, ce soir, fais un peu ce que tu veux, conclut Ido. Un tour dans le camp, si ça te tente. Moi, en attendant, je vais voir ce que dit le commandement puis te trouver un endroit où dormir. Allez, va.

La jeune fille sortit de la cabane avec l'impression d'être libérée.

Pendant que Nihal flânait à travers le campement, Ido se dirigeait à grandes foulées vers le poste de commandement.

— Qu'est-ce que ça veut dire ? lança-t-il depuis le seuil. Vous êtes devenus fous ?

Nelgar, le responsable de la citadelle, lui répondit d'un air très sérieux :

— Non, Ido. C'est ton élève.

— Écoute-moi bien ! Je ne peux pas avoir d'élève, et encore moins des élèves comme cette… gamine ! Tu peux dire à Raven que, s'il croit que je vais me la coltiner, eh bien, c'est qu'il a complètement perdu la tête !

— Quoi qu'il en soit, cette demi-elfe sera ton premier élève. Je ne te l'ai pas appris avant parce que je savais comment tu réagirais. Mais, de toute façon, tu sais aussi bien que moi que tu ne peux pas te défiler…

— Suprême Général de mes bottes ! Il a voulu faire d'une pierre deux coups : il me colle ce boulet aux oreilles en pointe, et il se débarrasse en même temps de deux personnages gênants. Il m'a bien eu, tiens !

Le gnome rentra chez lui, furieux. L'idée d'avoir un élève ne lui disait rien, certes. Il était le seul chevalier du dragon appartenant à la race des gnomes, et il lui avait fallu beaucoup de temps pour trouver sa place dans cette confrérie… Et voilà que tout était bouleversé ! Et, de plus, damnation, une demi-elfe ! Cette histoire ne finirait donc jamais ?

Il ne savait que faire. Il était hors de question de la renvoyer à l'expéditeur : mieux valait ne pas plaisanter avec Raven…

Et puis, pour tout dire, cette fille l'avait touché. Certes, l'aventure était risquée, mais…

Au fond, pourquoi ne pas l'entraîner ? Cela pouvait même être amusant. Elle lui avait semblé décidée, et une étrange lumière brillait dans ses yeux. De la douleur, peut-être ? En tout cas, elle l'intéressait. Il finit par se résoudre à prendre le temps de voir comment elle se comportait au combat pour décider ensuite si ça valait la peine de l'entraîner. Au pire, il pourrait toujours dire qu'il ne la trouvait pas à la hauteur…

Il se mit à sa recherche et eut du mal à la trouver. Finalement il la vit, assise sur une pierre à l'orée du bois qui entourait la citadelle.

— Tu aimes la solitude.

Ce n'était pas une question. Nihal se tourna vers lui.

— Allez, on va manger.

L'adolescente le suivit sans rien dire, et ils dînèrent en silence dans la grande tente qui servait de cantine à tout le campement. Sur le chemin de la tente du gnome, ils passèrent devant l'arène. C'était un grand espace circulaire en terre battue, entouré

par de hauts gradins de bois. La fontaine d'un abreuvoir gargouillait dans le noir.

Nihal s'arrêta pour la regarder pendant que Ido,
imperturbable, continuait à avancer.

— Quand est-ce que mon dragon arrivera ? lui
demanda-t-elle.

C'était les premières paroles qu'elle prononçait
depuis leur discussion de l'après-midi.

Ido revint sur ses pas et se lissa la barbe :

— Ton dragon ? Je n'en ai pas la plus pâle idée.

Quand le gnome lui montra son lit, elle le regarda
avec surprise :

— Et toi ? Où est-ce que tu vas dormir ?

— Ne t'inquiète pas. Je me suis préparé un lit
de camp dans l'entrée.

Nihal secoua la tête :

— Non, c'est ta cabane, et ça, c'est ton lit. C'est
toi le chevalier, moi je ne suis que l'élève. Je dor-
mirai dans l'entrée.

— Il n'en est pas question. Pour un gnome, il
n'y a rien de plus important que l'hospitalité.

— Mais…

— Il n'y a pas de « mais », jeune élève. C'est un
ordre, trancha Ido.

Et il sortit en claquant la porte.

Restée seule, Nihal retira ses vêtements en pensant que le lendemain elle devrait trouver un moyen
de les laver, et elle s'assit sur la couche. Cela faisait

une éternité qu'elle n'avait pas dormi dans un vrai lit : elle se balança d'avant en arrière plusieurs fois, puis elle s'allongea, son épée à côté d'elle, et ferma les yeux pour savourer le moelleux du matelas. Elle glissa lentement dans un sommeil dominé par le visage serein de Fen.

Le lendemain, le campement avait l'air d'un immense bourbier.

Quand elle s'éveilla, Nihal pensa qu'il faisait encore nuit, puis elle entendit le bruit de la pluie qui frappait sur le toit. Elle regarda au-dehors par la fenêtre : le ciel était lourd de nuages noirs. Elle devrait sûrement passer la journée entière cloîtrée dans la cabane avec ce bonhomme qui ne lui inspirait pas plus de confiance que d'estime. Elle pensa s'enfermer dans la chambre pour laver son manteau, mais la voix de Ido qui tonnait derrière la porte vint perturber ses plans.

— On peut entrer ?

— Non !

— Alors, prépare-toi, nous sortons !

Nous sortons ? Nihal s'habilla en hâte et bondit hors de la chambre :

— Et où est-ce qu'on va ? Il pleut !

— Je n'ai jamais entendu parler d'une guerre qui se serait arrêtée à cause de la pluie. Les créatures de ce monde s'entre-tuent par tous les temps, ma chère, dit Ido.

Il se dirigea vers la cantine, où les attendait le petit déjeuner.

— Mange. Ça fait du bien, d'avaler quelque chose avant une journée intense, dit-il en trempant sa tranche de pain noir dans son écuelle. Et quand tu auras fini, tu me montreras ce que tu sais faire au combat.

Nihal était abasourdie : non seulement on l'envoyait finir son apprentissage auprès d'une espèce de demi-homme qui voulait s'entraîner sous la pluie, mais en plus celui-ci ne lui disait rien de son dragon !

— Je ne crois pas qu'il soit opportun de se battre aujourd'hui, grogna-t-elle.

Ido lui jeta un regard par-dessus son écuelle. Ensuite, il posa sa tranche de pain, aspira bruyamment une dernière gorgée et s'essuya les moustaches avant de dire :

— Je sais très bien ce que tu es en train de penser, jeune fille. Tu te demandes ce qu'un gnome comme moi peut bien t'enseigner. Eh bien, tu te trompes, tu t'en rendras vite compte. En tout cas, ici, c'est moi qui définis les règles. Si ça ne te plaît pas, tu peux partir. Mais si tu restes, souviens-toi que j'exige le respect : je suis un chevalier, et toi, tu n'es rien du tout. À présent, choisis.

Il se remit à manger. Nihal resta immobile quelques instants et finit par s'asseoir : si elle voulait combattre, elle devait faire contre mauvaise fortune bon cœur. Elle prit son écuelle ; même s'il était impossible de deviner ce qu'il y avait dedans, c'était si bon qu'elle n'en laissa pas une miette.

Ils sortirent sitôt le petit déjeuner terminé. Une pluie fine tombait sur le camp.

Nihal s'enveloppa dans son manteau, se couvrit la tête, et suivit Ido, qui ne se souciait pas de l'eau qui dégoulinait sur son visage et sa barbe.

L'arène était vide.

— Avec quoi est-ce que tu combats ? demanda le gnome.

Nihal retira son manteau en maugréant et lui montra son épée.

— Du cristal noir, fit-il. C'est une arme remarquable.

— C'est mon père qui me l'a fabriquée.

— Sans doute un armurier très habile, commenta Ido en dégainant sa propre épée.

C'était une lame longue et fine – ou peut-être avait-elle cette apparence parce que Ido était tout petit –, dont la garde était sculptée de motifs et de symboles compliqués.

Ido la fit tournoyer un moment en l'air ; Nihal pensa qu'il s'échauffait. Brusquement, elle vit un coup fendant lui arriver droit dessus. Elle réussit à l'esquiver, mais elle perdit l'équilibre et tomba à terre.

— Alors, c'est tout ?

La jeune fille se releva, furibonde :

— Je croyais que tu me laissais au moins le temps de me préparer !

— Ah oui ? Écoute : il ne s'agit pas d'un de ces petits ballets auxquels on vous habitue à l'Académie. Je veux voir comment tu combats pendant une vraie bataille, alors tu peux oublier tes manuels de savoir-vivre.

Le gnome n'avait pas fini sa phrase qu'il avait déjà attaqué de nouveau.

Nihal riposta, mais elle avait été prise de court : elle se sentait gauche, la pluie la gênait et elle se battait avec peu de conviction. Soudain, une giclée de boue atterrit dans ses yeux. Elle porta instinctivement ses mains à son visage, et Ido en profita pour lui faire un croche-pied.

Quand elle rouvrit les paupières, elle était allongée par terre, l'épée d'Ido pointée sur sa gorge.

— Ça, ce n'est pas loyal ! hurla-t-elle.

— Je vois que je ne me suis pas bien expliqué. Il n'y a pas de règles à respecter : c'est la guerre. Je me bats pour de bon, toi pas, il me semble. Alors, je te conseille de te comporter comme il se doit, sinon, au prochain coup, aussi vrai que la terre sur laquelle je me tiens, je te transperce de part en part. Debout !

Nihal comprit à son regard qu'il ne plaisantait pas. « Mais qu'est-ce qu'il croit, cette espèce de petit bonhomme ? » Elle sauta sur ses pieds et reprit le duel avec fougue.

Ido ne se laissa pas impressionner. Sa manière de combattre était stupéfiante : il restait quasiment immobile, en dehors des rares et légers déplacements sur les côtés, ne bougeant que la main qui serrait la garde. Tout son art était là : il maniait son épée avec précision ; il jouait avec la lame de l'adversaire, l'agaçait et la touchait sans cesse. Puis, au moment choisi, il plaçait une fente décisive et des plus inattendues.

Nihal perdait patience : on aurait dit que ce type connaissait ses mouvements à l'avance ! Et cela n'avait rien à voir avec la force, Ido n'utilisant que celle de son poignet. Mais si elle essayait de s'approcher de lui, il la tenait en respect ; et si elle tentait une attaque par le haut, il la parait sans difficulté.

Lorsqu'elle eut épuisé sa réserve d'astuces tactiques, Nihal se jeta sur lui en poussant un cri de colère, dans une tentative désespérée de trouver de nouvelles trajectoires pour atteindre la lame du gnome. Or, là, Ido se déplaça : il se baissa, lui passa entre les jambes et la fit tomber en arrière.

Nihal se retrouva une nouvelle fois assise dans la boue.

— Bon ! C'est mieux, mais ça ne suffit pas. Tu dois absolument me toucher. On recommence !

La demi-elfe se releva. La pluie lui brouillait la vue et elle glissait sur le sol bourbeux. Elle décida de fermer les yeux. Elle se concentra sur le bruit régulier que faisait son épée en heurtant celle de Ido.

Elle essaya de rompre le rythme en frappant à contre-temps, mais le gnome s'adaptait aussitôt aux changements de vitesse qu'elle imposait. Alors, elle tenta de le faire tomber à son tour, en vain : Ido était habile dans l'art de maintenir l'adversaire à distance. Finalement, elle saisit sa chance : elle toucha l'épée du gnome et la fit tourner avec la sienne pour la lui arracher des mains. Le gnome ne lâcha pas prise. Exaspérée, elle allait se jeter sur lui lorsqu'elle s'aperçut qu'elle avait un couteau pointé sur le ventre.

— Je parie qu'on t'a déjà roulée de cette manière ! dit Ido avec un petit sourire en rangeant ses armes. Tu n'es pas mauvaise, et je pense que contre des fammins ou des guerriers normaux ta technique est plus que suffisante. Mais un chevalier combat souvent contre d'autres chevaliers, et là, tu es un peu faible... Ça ne fait rien, tu acquerras de l'expérience.

Nihal serra les poings.

— Tu as un autre gros défaut, continua Ido. Tu te bats comme un animal blessé. Il ne faut jamais perdre sa lucidité pendant le combat... Or, toi, tu te laisses porter par la colère. Rappelle-toi bien ça : la colère aveugle un guerrier et lui fait commettre des erreurs stupides. La colère mène à la tombe.

La jeune fille baissa la tête : tout ce qu'il disait était vrai, exécrablement vrai.

Le gnome essora sa barbe :

— Cette pluie est désagréable, rentrons. Tout à

l'heure, tu t'occuperas de mon Vesa ; comme ça, tu te familiariseras avec les dragons.

Nihal, trempée et couverte de boue, resta au milieu de l'arène et regarda ce drôle de chevalier s'éloigner d'un pas tranquille.

Peut-être avait-elle commis une petite erreur d'évaluation…

Elle passa une grande partie de l'après-midi à observer la pluie. À l'Académie, elle ne voyait qu'un petit morceau de ciel à travers le soupirail de sa cellule ; là, par la porte de la cabane, elle pouvait l'embrasser tout entier d'un seul regard.

Elle aimait la pluie. Sous les gouttes d'eau, le monde semblait plus calme, plus ordonné, et plus propre. Elle se surprit à penser que Fen faisait désormais partie des nuages qu'elle voyait courir là-haut dans le ciel ; et elle rêva de s'envoler et de disparaître elle aussi, telle la fumée dans le vent.

Ido, quant à lui, s'étendit sur son lit pour tirer sur sa pipe et réfléchir à la première impression que lui avait produite son élève. Oui, il y avait là matière à faire un excellent guerrier, cependant quelque chose en elle lui échappait. Il se demandait quel secret elle pouvait bien garder au fond de son cœur.

L'écurie des dragons était un édifice large et imposant qui s'élevait au centre de la citadelle, non loin de l'arène. Nihal avait à peine franchi le seuil qu'elle sentit le souffle des énormes animaux qui y vivaient. Elle en fut émue.

Le spectacle qui l'attendait était extraordinaire : l'espace était divisé en une dizaine de vastes cavités creusées dans les murs, et dans chacune d'elles se tenait un dragon. Il y en avait de toutes les nuances de vert possibles, et de toutes les tailles. Certains, gigantesques, mesuraient plus de quatre brasses au garrot ; d'autres étaient plus petits et plus compacts.

Elle en eut le souffle coupé : elle désirait tant en avoir un à elle !

Ido se déplaçait d'un pas ferme ; elle le suivait sur la pointe des pieds, comme si elle était en train de profaner un lieu sacré. Ils parcoururent jusqu'au bout le long couloir central, et le gnome s'arrêta devant la dernière niche.

Elle était occupée par un grand dragon d'une couleur insolite : il était rouge vif. Ses énormes pupilles jaunes bordées de vert ressortaient sur son manteau écarlate. Il était magnifique.

En voyant l'inconnue, l'animal se mit aussitôt sur ses gardes. Ido s'approcha de lui et lui caressa le museau :

— Tout doux, Vesa, tu n'as rien à craindre. C'est mon élève. Tu devras t'habituer à sa présence.

Le dragon sembla se calmer, mais il continuait à regarder Nihal en soufflant bruyamment par les narines. Elle se tint à distance.

— Il est seulement un peu préoccupé, lui dit Ido. Tu peux approcher.

Nihal fit quelques pas. Vesa ne réagit pas. Alors, elle s'avança encore, et s'enhardit jusqu'à tendre la main. Le dragon s'ébroua d'un air indigné, et Ido éclata de rire :

— N'exagère pas, Nihal. Ce n'est pas un chiot ! C'est un guerrier, et il veut être traité comme tel.

L'espace d'un instant, Nihal pensa que le chevalier et son dragon se ressemblaient beaucoup.

Et puis elle eut l'impression de sentir ce qu'éprouvait l'animal : de la méfiance, mais aussi de la curiosité. Cette sensation, elle l'avait déjà eue pendant la rencontre entre Laio et Sennar.

— Pourquoi s'appelle-t-il comme ça ? demanda-t-elle.

— Parce que c'est mon dragon, le dragon du seul gnome chevalier. « Vesa » est un mot du dialecte de la Terre du Feu d'où je viens. Cela veut dire « rapide ».

Ido s'installa d'un bond sur sa croupe et, par jeu, Vesa fit mine de vouloir le désarçonner. Le gnome se tenait fermement sur son dos ; puis il finit par capituler.

— Je sais, je sais : c'est toujours toi qui commandes, dit-il en donnant à son dragon une claque sonore sur le flanc.

Il se tourna vers Nihal :

— Aujourd'hui, je veux que ce soit toi qui lui donnes à manger. Sa nourriture est là-bas, au fond.

La jeune fille n'était pas très à l'aise. Elle se rappelait encore le jour où Gaart avait failli la rôtir avec son haleine de feu. Elle resta plantée comme un piquet, regardant tour à tour Ido et Vesa.

— Je te préviens que si tu as peur, il ne te laissera même pas t'approcher. Tu dois te faire accepter par lui. Et un dragon ne t'accepte que s'il t'en estime digne. Imprime-toi bien ça dans la tête, ça te servira quand ton dragon à toi sera là.

Plusieurs brouettes pleines de morceaux de viande sanguinolents étaient rangées le long de l'un des murs de l'écurie. Nihal en prit une et la poussa péniblement jusqu'à la niche de Vesa. Le dragon ne parut pas intéressé par la nourriture qu'elle lui proposait. Il continua à la fixer d'un air soupçonneux et à souffler en dilatant ses grosses narines.

Nihal, qui n'avait jamais eu peur lors d'une bataille, ni même la première fois qu'elle s'était retrouvée face à un fammin, était terriblement intimidée.

Ido l'observait, les bras croisés :

— Tu dois rester calme. C'est comme pendant un combat. Fais-lui sentir que tu es sûre de toi.

Nihal avala sa salive et avança de quelques pas. Vesa émit un grognement sourd, qui se transforma en rugissement lorsque la jeune fille fit mine de vouloir s'approcher davantage. Elle s'arrêta. Elle avait une peur bleue.

Le dragon se dressa sur ses pattes arrière, en position d'attaque. Il semblait prêt à lui sauter dessus d'un instant à l'autre.

— Ne lâche pas ta brouette : il faut la lui mettre sous le nez.

Alors Nihal fit un pas, puis un autre, puis un autre encore, tandis que Vesa lançait sa patte griffue dans sa direction en soufflant de toutes ses forces. Quand elle pensa être assez près, elle posa la brouette et s'esquiva aussi vite qu'elle pouvait, le cœur battant.

— Pour le premier jour, ça peut aller, commenta son nouveau maître.

Il s'approcha de l'animal.

— Mon pauvre, pauvre petit dragon ! dit-il d'un ton railleur en lui tapotant les naseaux. Qu'est-ce qu'il ne faut pas subir pour manger !

La pluie cessa dans la soirée, juste à temps pour que Nihal puisse assister à un splendide coucher de soleil. Assise devant la cabane, le dos appuyé contre les planches de bois, elle regardait entre ses cils entrouverts le soleil qui enflammait les arbres de la forêt et elle se sentait sereine.

Ce Ido n'était pas si mal, au fond. Et puis, Vesa était un animal merveilleux. Peut-être que son séjour dans le camp ne serait pas inutile…

Soudain, les voix se firent entendre. Nihal se boucha instinctivement les oreilles : l'incendie du coucher de soleil devint en un instant le brasier de Salazar. Elle revit le corps sans vie de Livon, le bûcher de Fen qui brûlait...

Elle eut l'impression que sa tête explosait.

« Non, non ! Par pitié ! »

Ce fut Ido qui l'arracha à son cauchemar.

— Courage ! Aujourd'hui, tu as accompli ton devoir. Maintenant, c'est l'heure de la soupe.

Nihal tressaillit, et les voix cessèrent.

Elle suivit le gnome le cœur léger.

Pendant quelques jours, la vie de Nihal suivit une nouvelle routine : le matin, la jeune fille s'entraînait à l'épée avec Ido, l'après-midi elle essayait d'apprivoiser Vesa, et le soir, elle faisait briller les armes de son maître.

Ido, quant à lui, ne semblait pas faire grand-chose. Il passait le plus clair de son temps dans la cabane, et ne sortait que rarement en vol avec Vesa. Parfois, il participait avec les autres aux réunions de commandement, au cours desquelles se décidaient les stratégies futures.

En réalité, il étudiait sans relâche le cas de son élève.

Quand ils combattaient, il percevait la colère de Nihal, et dans cette colère il reconnaissait quelque chose qui avait été sien par le passé. Le fait de l'entraîner, de lui transmettre ce que des années de combat lui avaient enseigné, le stimulait. De plus, il s'agissait d'entraîner une demi-elfe. Même si elle lui demandait de la prudence, cette tâche commençait à lui plaire.

Nihal avait essayé de se faire une idée de l'endroit où elle se trouvait.

Elle avait compris que la citadelle, que tous appelaient simplement « la base », était une sorte d'avant-poste d'où partaient des missions de guerre contre les ennemis vers la Terre des Jours. Elle fut touchée d'apprendre qu'elle se trouvait à quelques pas de sa terre natale.

Un soir, Ido l'avait amenée sur un promontoire au-delà duquel s'étendait à perte de vue un paysage désolé.

— Voilà, dit-il. C'est la terre de tes ancêtres et de tes semblables. Ou, plutôt, c'était leur terre.

La jeune fille avait regardé en silence, mais dans son for intérieur, elle s'était promis qu'un jour elle laisserait libre cours à la haine qu'elle portait en elle.

Et alors, tous les morts seraient vengés.

Elle était arrivée à la base depuis plus de dix jours, et il n'y avait toujours aucune nouvelle de son dragon.

Heureusement, Nihal n'avait presque pas le temps d'y penser. À présent, elle passait la majeure partie de sa journée à combattre avec son maître, qu'elle en était venue à apprécier : pour son habileté à l'épée, bien sûr, mais aussi pour son caractère. Sans qu'elle en eût conscience, sa méfiance avait cédé la place à l'admiration.

Un soir, fatiguée par l'entraînement, Nihal sentit le besoin de prendre un peu l'air.

Elle sortit de la cabane et s'étendit sur l'herbe pour regarder les étoiles. Il y en avait des milliers. Elle pensa à Sennar : lui, il aimait la nuit. Enfants, ils s'étaient attardés des dizaines de fois sur la terrasse de Salazar, ou dans le champ derrière la maison de Soana… On aurait dit que mille ans s'étaient écoulés depuis. Son esprit commença à vagabonder : Fen, Livon, les demi-elfes… Les voix plaintives retentirent dans sa tête. « Voilà mes vieilles amies qui reviennent ! » songea-t-elle.

— Le ciel est beau, n'est-ce pas ? lança Ido en s'asseyant près d'elle, son inévitable pipe entre les dents.

— Oui, vraiment…, répondit Nihal.

La présence du gnome ne la dérangeait pas.

— Peux-tu satisfaire ma curiosité ? poursuivit Ido.

Nihal tourna le visage vers lui.

— Tu es une jolie jeune fille, et tu n'aurais sûrement aucune difficulté à te trouver un mari…

Il tira une longue bouffée sur sa pipe.

— La guerre est une chose plutôt moche, Nihal. Pourquoi as-tu décidé de combattre ?

La demi-elfe leva les sourcils :

— Et toi, pourquoi tu as choisi cette vie-là ?

Ido sourit et cracha un nuage de fumée blanche :

— Moi ? Un jour, j'ai compris la différence entre ce qui est juste et ce qui ne l'est pas. J'ai compris que les habitants du Monde Émergé avaient droit à la paix. Alors, j'ai pris mon épée, et je l'ai mise au service de l'armée. C'est tout.

Désir qui la surprenait elle-même, ce soir-là, Nihal avait envie de parler.

— Moi, j'ai toujours su où se trouvaient le bien et le mal, depuis que je suis toute petite, dit-elle. Et je n'ai jamais imaginé devenir autre chose que guerrier.

— S'il y a une vérité que j'ai apprise pendant toutes ces années de bataille, Nihal, c'est que le bien et le mal ne sont jamais d'un seul côté.

La jeune fille s'assit brusquement :

— Ah non ? Moi, je sais juste que le Tyran veut détruire notre monde. Et je sais ce qu'il a fait. Voilà où est le mal. Le sang versé doit être racheté !

Le gnome souffla et s'allongea sur l'herbe :

— Tu parles comme ces soldats arrogants…

— Je parle comme me l'a enseigné mon père. C'est pour lui que je me bats, pour lui avant tout.

— C'est lui qui voulait que tu sois guerrier ?

— C'est sa mort qui a voulu que je sois guerrier.

Ido ne dit rien, et Nihal continua à raconter. Maintenant qu'elle avait commencé à ouvrir son cœur, elle voulait parler, parler de tout ce qu'elle lui avait tu : la fin de son enfance ce jour-là à Salazar, la découverte de ses origines, son désir de vengeance...

Le gnome fumait en silence.

Nihal était certaine qu'il comprenait : c'était un guerrier, il ne pouvait qu'éprouver les mêmes sensations. Les paroles se bousculaient dans sa bouche et son histoire s'écoulait dans l'obscurité comme un ruisseau en crue.

— Le Tyran a exterminé mon peuple, Ido. Bébé, j'ai été trouvée parmi les corps encore chauds de mes semblables. Le sang des morts a imprégné mon âme, et maintenant, il appelle le sang à nouveau.

Quand elle se tut enfin, Ido ôta sa pipe de sa bouche et s'assit.

— On ne peut racheter un seul mort, Nihal. Il n'y a pas au monde un trésor assez précieux pour racheter une vie. À présent, rentrons. On sent que l'hiver approche ! Il commence à faire froid.

18

LE DRAGON

Le dragon de Nihal apparut dans une énorme cage en fer au milieu de la stupeur générale. En principe, les dragons des novices étaient jeunes, et ils arrivaient par la voie des airs, avec des chevaliers expérimentés, qui pouvaient se faire accepter d'eux.

Or celui-là voyageait sur un chariot, accompagné par trois soldats.

Pendant que Nihal, émerveillée, s'approchait de la cage, Ido observait attentivement le dragon. C'était une bête splendide : robuste et puissante, avec de flamboyants yeux rouges et un manteau d'un vert émeraude aussi vif que les feuilles nouvelles au printemps. Mais…

— Pourquoi donc est-il enfermé ? demanda-t-il.

Un des soldats répondit par un juron :

— Cet animal est une vraie malédiction ! Il ne laisse personne s'approcher. Il a failli tuer un chevalier qui essayait de le monter, ce bâtard !

— Il a des cicatrices.

— Et pour cause ! Il a déjà combattu : son patron est mort pendant une bataille il y a quelque temps. Un certain Dhuval, vous vous souvenez ?

Ido se frotta le visage et secoua la tête :

— Nihal…

— Oui ? fit la jeune fille sans détourner les yeux de la créature.

— On peut savoir ce que tu as fait à Raven ?

Cette fois, Nihal le regarda, l'air surpris :

— Comment cela ?

— Ce dragon a déjà eu un chevalier, qui est mort pendant une bataille : tu sais ce que ça veut dire ?

Mais Nihal était de nouveau perdue dans la contemplation de son dragon.

— Quel est son nom ? demanda-t-elle à un des soldats.

— Son ancien patron l'appelait Oarf.

Ido éleva la voix :

— Alors, tu m'écoutes, ou pas ?

— Oui ! Oui… je t'écoute…, répondit la jeune fille en levant les yeux au ciel.

— Un dragon dont le chevalier est mort n'accepte la présence d'aucun autre être humain. Seul un chevalier expérimenté pourrait réussir à le monter et à combattre avec lui.

Nihal lança à son maître un regard déterminé :

— Et alors ? J'ai survécu à la destruction de Salazar et aux fammins. Ce n'est sûrement pas ce dragon qui va m'arrêter !

Là, Ido perdit patience.

— Bien. Nous commencerons aujourd'hui même, lança-t-il en s'éloignant.

Si cela n'avait tenu qu'à elle, Nihal aurait commencé tout de suite.

Ils se rendirent à l'arène dans l'après-midi.

Oarf se tenait au centre, immobile et aux aguets, comme s'il s'attendait à une attaque d'un moment à l'autre. Quand il vit arriver Nihal et Ido, il se dressa sur ses pattes arrière et déploya ses ailes d'un air menaçant. Elles étaient énormes, avec des membranes fines comme du papier, fragiles et puissantes à la fois. Nihal en eut le souffle coupé : elles ressemblaient exactement à celles que Livon avait sculptées sur son épée.

Ido la fit asseoir dans les gradins à côté de lui :

— Maintenant, écoute-moi bien, Nihal. Ce dragon est différent des autres, souviens-t'en à chaque fois que tu l'approches. Son chevalier est mort, il n'a plus confiance dans les hommes.

Nihal, concentrée, hocha la tête.

— Il va essayer de t'attaquer. Tu ne dois pas le craindre ! Tiens-toi droite devant lui, comme un guerrier face à l'ennemi, et ne baisse jamais les yeux. À présent, vas-y !

Nihal se leva et fit quelques pas dans l'arène.

Bien qu'Ido l'ait mise en garde, elle espérait qu'avec Oarf ce serait comme avec Vesa : il la regarderait de travers pendant un petit moment, pour enfin la laisser s'approcher.

Elle se trompait. À peine commença-t-elle à avancer vers lui qu'Oarf agita férocement les pattes.

Nihal recula. Le dragon continua à gronder en la défiant du regard.

Elle essaya encore une fois, deux fois, une dizaine de fois… Oarf devenait de plus en plus agresssif : sa queue balayait nerveusement la terre battue de l'arène et ses narines frémissaient.

À la dernière tentative de Nihal, il se souleva en rugissant, prêt à lui sauter dessus.

Elle s'éloigna, folle de rage : « Maintenant, c'est moi qui vais te montrer… »

Elle alla jusqu'au fond de l'arène, se tourna vers Oarf, prit une grande inspiration et se mit à courir droit sur lui en hurlant.

— Non ! s'écria Ido. Tu n'obtiendras rien comme ça, tu ne peux pas t'imposer à un dragon !

Nihal s'arrêta net. Elle se tourna vers son maître, exaspérée :

— Alors, comment faire ? J'ai besoin de lui, tu comprends ?

— Tu n'as pas besoin de lui. Tu veux qu'il soit ton compagnon, ton allié. Tu dois essayer d'entrer en contact avec lui, de sentir ce qu'il ressent. Concentre-toi !

Alors Nihal fit appel à ses talents un peu rouillés de magicienne. Après tout, ce dragon obstiné était lui aussi le fils de la nature avec laquelle elle avait fait un pacte quelques années plus tôt.

Elle respira profondément et ferma les yeux : « Tout est Un et l'Un est le tout. Tout est Un et l'Un est le tout. »

Elle se concentra encore plus fort. « Tout est Un et l'Un est le tout. »

Les sentiments du dragon la traversèrent comme une onde. Peur, haine, souffrance, mépris. Un flot de sensations qui la frappèrent de plein fouet. Elle vacilla.

Ido l'attrapa par le bras juste avant qu'elle ne tombe à terre.

— Tu sens déjà ?

— Je… Oui, je crois que oui… J'ai été un peu formée à la magie…

— Bien. Cela te sera d'une très grande aide. Maintenant, continue. Essaie de le rassurer.

Nihal retrouva son équilibre et s'ouvrit de nouveau aux émotions de Oarf. Elle sentit que la colère de l'animal était sa propre colère. La douleur du dragon était sa propre douleur.

Elle chercha à communiquer avec lui, mais il ne répondait que par l'hostilité, la crainte et la méfiance. Elle essaya encore de s'approcher. Le rugissement de l'animal retentit dans toute la base, mais Nihal continua à avancer, tendant ses mains ouvertes vers lui.

« Je suis avec toi. Je suis comme toi. »

Le gnome se leva d'un bond et se mit à courir vers elle :

— Nihal !

Mais Nihal n'écoutait pas.

« Moi aussi, j'ai tout perdu. Je suis comme toi. »

Oarf ouvrit la gueule en grand ; Ido se jeta sur Nihal et la poussa sur le côté.

La flamme grésilla à un doigt de leurs cheveux.

— Mais où as-tu la tête, jeune fille ? Entrer en contact avec lui ne veut pas dire t'isoler de tout le reste ! Tu dois garder le contrôle de la situation !

Il se releva en secouant la poussière de ses vêtements et tendit une main à son élève :

— Essaie de nouveau !

Nihal essaya encore, et encore, et sans cesse, mais l'animal répondait toujours par la violence et refusait tout contact avec elle. Ido lui donnait des conseils, l'encourageait à ne pas abandonner. Et Nilhal n'abandonnait pas.

L'après-midi passa ainsi. Peu à peu, des chevaliers, des écuyers, et des soldats, curieux de voir la rencontre entre la jeune fille guerrier et le dragon orphelin de maître, s'attroupèrent autour de l'arène.

À la énième gerbe de flammes lancée par Oarf, un jeune chevalier interpella le gnome :

— Ido, tu exagères ! Tu ne crois pas que tu devrais l'arrêter ?

Le gnome le regarda, impassible.

— Et pourquoi donc ? Nous avons tous peiné, au début.

— Oarf appartenait à Dhuval, intervint un autre chevalier. Cette gamine ne peut pas y arriver.

— Tu me surprends : tu sais aussi bien que moi qu'un dragon n'appartient à personne. Et, crois-moi, elle est tout sauf une gamine.

Fatiguée, sale et blême, Nihal ne se résolut à quitter l'arène qu'au coucher du soleil.

Avant de sortir, elle se tourna vers Oarf.

— On verra bien qui l'emportera à la fin, lança-t-elle.

Ido sourit dans ses moustaches et lui donna une petite tape :

— Allez, viens, vantarde !

Le lendemain matin, Nihal se leva avant le jour. Sans attendre qu'Ido se réveille, elle fonça à l'écurie.

L'aube pointait à peine, et les dragons dormaient encore, lovés dans leurs niches.

Oarf ne faisait pas exception. En le voyant ainsi assoupi, on ne pouvait pas imaginer qu'il était aussi féroce. Fascinée, Nihal s'assit pour le regarder en silence. Sa grande tête reposait sur ses pattes avant croisées ; ses flancs se soulevaient et s'abaissaient au rythme de sa respiration puissante, et sa queue était prise de temps à autre de petits frémissements. Voir cet énorme animal tout abandonné dans le sommeil était un spectacle à part entière. Elle ne s'était pas trompée : ce dragon était bien fait pour elle.

Pendant un moment, Oarf ne s'aperçut pas de sa présence. Puis, peu à peu, il ouvrit les yeux. Ses paupières vertes battirent plusieurs fois, laissant entrevoir ses pupilles flamboyantes. Elles se contractèrent dans la faible lumière de l'écurie.

Dès que le dragon vit la jeune fille, il tressaillit et se dressa de toute sa hauteur en rugissant férocement.

Le cœur battant la chamade, Nihal serra les poings. Elle s'obligea à rester immobile.

« Je n'ai pas peur de toi. Nous sommes pareils. Je n'ai pas peur de toi. »

Oarf rugit encore plus fort, puis essaya de s'approcher d'elle, mais la grosse chaîne fixée au mur le retint.

Le soldat de garde à l'écurie jaillit de la pénombre en braillant :

— Tu es devenue folle ? Qu'est-ce qui te prend de t'introduire ici sans permission ? Laisse cette bête tranquille, elle n'est pas pour toi !

Il la prit par le bras. Nihal se dégagea rageusement :

— Bas les pattes, toi ! Ça, c'est mon dragon, et je viens le voir quand bon me semble ! Qui t'a dit de l'entraver ?

— Eh bien, si c'est ton dragon, jeune fille, tu

n'as qu'à t'en faire obéir ! Je l'ai attaché parce qu'il voulait s'enfuir.

Le bruit avait attiré du monde. Ido se fraya un passage au milieu de soldats et chevaliers :

— Fichtre ! Que se passe-t-il ici ?

Nihal lança avec véhémence :

— Je suis venue voir mon dragon, et je l'ai trouvé enchaîné. J'exige qu'on le libère !

— Ce n'est pas ton dragon, il n'appartient à personne, combien de fois faut-il que je te le dise ? Et puis, s'il est enchaîné, c'est qu'il y a une raison. Maintenant, sors de là.

Il la tira dehors sans ménagement :

— Ne t'avise plus jamais de n'en faire qu'à ta tête, tu as compris ? Tu n'es encore ni un guerrier, ni un chevalier, tu n'es rien ! Tu dois m'obéir, ou bien je vais t'enfermer dans la cabane !

— Je... je suis venue ici pour m'entraîner. Ce n'est pas ce que tu veux ? Je n'ai enfreint aucun ordre !

Ido s'arrêta et la regarda droit dans les yeux :

— Ne joue pas avec moi, jeune fille ! Je suis ton maître. Moi seul décide quand tu dois ou ne dois pas aller voir Oarf, c'est clair ?

Obligée de faire profil bas, Nihal le suivit sans un mot.

Quand Ido la conduisit à l'arène, une pluie glacée tombait d'un ciel de plomb.

Oarf était attaché par une grosse chaîne à un pieu fiché dans le sol. Nihal serra contre elle son manteau avec un frisson de colère. Elle ne supportait pas de le voir comme ça : c'était son dragon, et il devait être libre. Elle s'élança vers lui à grands pas, mais Ido la rattrapa et la força à s'asseoir sur les gradins.

Il se planta devant elle et dit fermement :

— Souviens-toi qu'Oarf ne t'appartient pas. Si tu as de la chance, il sera ton compagnon, rien de plus. Fais-lui sentir que tu as confiance, et il aura confiance en toi. Tu dois trouver ta manière de le conquérir. Tu es prête ?

Nihal fit signe que oui.

— Bien. Commençons.

Nihal se leva et marcha d'un pas décidé vers le dragon. À mi-chemin, elle fit volte-face et se dirigea vers l'abreuvoir.

— Hé ! Où vas-tu ? cria Ido.

— Fais-moi confiance, toi aussi ! répondit Nihal sans se retourner.

Arrivée devant la fontaine, elle retira son manteau. Le froid était mordant, mais elle semblait ne pas s'en apercevoir.

Elle le plaça sous le jet d'eau jusqu'à ce qu'il soit complètement trempé, puis elle s'en drapa de nouveau et se couvrit la tête avec la capuche. Elle se retourna en frissonnant vers Oarf et fit un pas.

Le grondement du dragon déchira l'air.

Elle continua à avancer.

Le dragon rugit de toute la force de ses poumons, stupéfait qu'une si petite créature ose le défier de cette manière.

Nihal s'approcha encore ; la créature se mit à tirer furieusement sur sa chaîne.

La jeune fille s'arrêta à une vingtaine de pas du dragon. Elle le regarda droit dans ses yeux rouges.

Elle sentit ce qu'il éprouvait.

Haine. Peur. Solitude.

La flamme fusa, imprévue et puissante. Elle arriva très près d'elle.

Nihal ne recula pas d'un seul pas. Enveloppée dans son manteau dégoulinant, elle resta figée, droite comme un « I ».

— Par ma barbe…, murmura Ido.

Oarf semblait indécis. La flamme perdit de sa force, et finit par s'éteindre complètement.

Nihal continuait à le fixer. Elle comprenait ce qu'il lui disait.

Il ne voulait plus rien avoir à faire avec ces êtres minuscules qui se massacraient entre eux. Il les haïssait tous. Ils avaient transformé cette terre magnifique en un lieu de mort.

Et ils lui avaient enlevé son compagnon.

Oui, il la détestait, elle aussi. Au point de la tuer.

Une deuxième flamme jaillit de sa gorge.

Le manteau de Nihal sécha d'un coup, mais elle

ne bougea pas. Sans Oarf, tout ce qu'elle avait fait jusque-là n'aurait eu aucun sens.

La chaleur se fit plus intense. La pluie qui s'abattait sur l'arène s'évaporait avant même de toucher le sol.

Nihal se mit à crier :

— Je ne céderai pas, tu comprends ? Tu ne vois pas que toi et moi, nous sommes pareils ? Moi aussi, j'ai perdu mon maître, moi aussi, je hais ce monde !

Le dragon continuait à cracher du feu.

Nihal sentit que ses cils brûlaient. De petites langues de feu léchèrent l'ourlet de son manteau. La chaleur devint intolérable.

— Accepte de combattre avec moi ! hurla-t-elle une dernière fois.

La tête lui tournait. L'air lui manqua.

« Et voilà. C'est fini ! » pensa-t-elle. Elle tomba à genoux.

C'est à ce moment-là qu'Oarf cessa de lancer les flammes. Il se tint un instant au-dessus d'elle, puis se retira au fond de l'arène.

Ido la porta à l'infirmerie, un bel édifice en pierre. À part quelques légères brûlures, Nihal n'avait rien : elle était seulement recrue de fatigue. Une infirmière passa une pommade d'herbes, fraîche et parfumée, sur ses plaies, et la jeune guerrière s'endormit. Elle ne se réveilla que tard dans l'après-midi.

Elle eut à peine le temps de se remémorer les événements qu'elle vit Ido s'approcher de son lit.

Elle essaya de deviner à son expression s'il était en colère, mais le gnome était impénétrable.

— Tu es fâché contre moi ?

— Non. C'était un beau duel. Le problème est ailleurs.

Nihal le regarda, étonnée :

— C'est-à-dire ?

Ido s'assit sur un petit tabouret à côté du lit.

— C'est une question de stratégie et d'opportunité. Ton idée était bonne, seulement elle n'a abouti à rien.

— Je n'ai...

— Tais-toi et écoute. Pendant une bataille, chaque fois que tu entreprends une action, tu dois évaluer précisément comment parvenir au but. Une armée est faite d'hommes, et chacun d'eux est très important pour la victoire finale. Quant à la vie d'un chevalier, elle est encore plus précieuse : un chevalier est un capitaine, de ses décisions dépend le sort de nombreux soldats. S'il meurt, le plus souvent il entraîne avec lui ceux qu'il commande. C'est pour cela que chacun doit veiller à rester en vie. Elle n'appartient pas à lui seul, mais à tous ceux qui combattent à ses côtés.

Ido alluma sa pipe et tira une longue bouffée.

— Risquer sa vie dans une action suicidaire n'a pas de sens. Cela ne profite à personne, et surtout pas à celui qui meurt. Un bon guerrier ne fait que ce qu'on lui ordonne, et s'il prend l'initiative, il doit connaître ses propres limites et agir en conséquence. Aujourd'hui, tu as entrepris une action inutile et dangereuse, sans respecter tes limites et en mettant ta vie en danger de façon stupide.

Nihal était outrée :

— Je savais ce que je faisais !

— Ce n'est pas que tu ne le savais pas. Mais qu'est-ce que tu imaginais ? T'en sortir avec un manteau mouillé ? Tu étais consciente que ton truc ne durerait pas longtemps, et tu t'es tout de même lancée !

Ido, impassible, tira une autre bouffée.

— Peut-être un exalté quelconque t'a-t-il dit qu'un guerrier, ça n'a pas peur de la mort. Il n'y a rien de plus faux. Un guerrier est un être comme les autres : il aime la vie et il ne veut pas mourir. Mais il ne se laisse pas dominer par la peur, et c'est la raison pour laquelle il comprend quand la mort est inévitable, et quand elle ne l'est pas. C'est ça, un guerrier. Toi, en revanche, pourquoi as-tu pris le risque de mourir ? Pour te faire apprécier de moi, et pour jouer les braves devant un dragon qui se moque bien de toi. Je ne crois pas que ce soit des motifs valables et intelligents. C'est idiot.

Nihal fut de nouveau piquée au vif. Depuis qu'elle avait appris qui elle était, elle s'était juré de ne pas mourir en vain. Et voilà que son maître l'accusait d'avoir cherché la mort pour rien !

— Tu te trompes, répondit-elle avec fougue. J'étais sûre qu'Oarf ne me tuerait pas.

— Nihal, nous ne nous connaissons pas depuis longtemps, pourtant je pense que je commence à te comprendre. Toi, par contre, tu n'as pas compris à qui tu avais affaire… Ne me raconte pas des absurdités ! Tu n'étais sûre de rien ! Tu as seulement voulu me prouver que tu étais courageuse. Eh bien, ça, ce n'est pas du courage, c'est de l'inconscience. Et celle-ci fait beaucoup plus de morts que toutes les troupes du Tyran réunies.

Nihal se tut. Une pensée maligne venait de s'insinuer dans son esprit : et si en effet elle avait agi ainsi parce qu'il lui était égal de mourir ?

« Non, ce n'est pas vrai. Je savais ce que je faisais. Je veux vivre. Je dois vivre ! J'ai une mission à accomplir ! »

— Retiens bien ce que je t'ai dit aujourd'hui. Pour une fois, je ne me mets pas en colère, parce que, moi aussi, j'ai été souvent impulsif par le passé. Mais à partir de maintenant, tu dois apprendre à réfléchir à ce que tu fais et aux motivations qui t'y poussent.

— Je sais que ce dragon, c'est mon dragon, lâcha Nihal entre ses dents.

Ido se leva et se pencha au-dessus du lit :

— L'eau, elle est à qui ? Et le vent ? Et l'ouragan

et sa furie ? Un dragon est une force de la nature, qui de temps en temps se choisit un compagnon. Si tu n'arrives pas à te mettre ça dans la tête, tu ne monteras jamais Oarf. Ce matin, tu as dit que ton maître était mort. Je suis désolé de te le dire, mais ce n'était pas *ton* maître.

La jeune fille baissa les yeux sur ses couvertures. Elle ne voulait pas que le gnome voie ses yeux se remplir de larmes.

— Aucun homme, aucun demi-elfe, aucun gnome qui se revendique comme tel n'appartient à quelqu'un, conclut Ido. Chacun doit trouver en lui-même la force de tracer son propre destin. Ce sont les esclaves qui ont des maîtres, et toi, tu n'en es pas un. Si tu veux vraiment devenir chevalier, libère-toi de tous tes maîtres, y compris de la souffrance, et prends ta vie en main. C'est à toi d'en faire bon usage – ou de la gaspiller.

Ido reprit sa place et ralluma tranquillement sa pipe. Nihal le regarda un long moment : tant de force et de courage émanaient de ce petit être ! Pendant un instant, il lui apparut comme un géant.

— Tu te sens en forme pour un petit voyage ? lui demanda-t-il.

— Je crois que oui. Où allons-nous ?

— À la guerre, ma jeune amie. Nous devons prêter main-forte à un groupe de rebelles qui ont libéré une cité proche du front. Ils ont été encerclés par quelques troupes choisies du Tyran, et nous allons à leur secours.

Nihal sentit son cœur s'emballer.

— Je pourrai combattre, moi aussi ?

— Tu *devras* combattre, toi aussi. J'ai besoin de voir comment tu t'en sors sur un champ de bataille.

La route jusqu'à la cité assiégée fut brève.

La stratégie avait été établie avant leur départ : une fois sur place, ils n'auraient plus la possibilité de faire des plans, vu que le temps pressait et qu'il n'y avait pas de campement dans les alentours.

L'offensive était basée uniquement sur la surprise : ils devaient essayer d'attaquer les assaillants par-derrière. Le seul chevalier du dragon de la troupe, Ido, commandait l'opération.

Nihal et son maître chevauchaient côte à côte. Le gnome fumait, tranquille comme à son habitude. Nihal tremblait.

— Tu as peur ?

— Non.

— Ce n'est pas bien. Tout le monde a peur avant de se battre. Moi aussi. Et c'est normal.

— Tu ne donnes pas vraiment l'impression d'avoir peur…, commenta la jeune fille.

— J'ai peur, je ne suis pas terrorisé. La peur me révèle la dimension de ce que je suis sur le point d'accomplir. Elle est mon amie, parce qu'elle me fait comprendre ce que je dois faire pendant la bataille, m'évite de prendre des risques inutiles, et me permet de rester lucide.

Nihal haussa le sourcil :

— Ah oui ? Ce n'est pas la peur qui fait fuir les soldats devant l'ennemi ?

— Aussi, Nihal, aussi. La peur est une amie dangereuse : tu dois apprendre à la contrôler tout en écoutant ce qu'elle te dit. Si tu y parviens, elle t'aidera à accomplir ton devoir ; si tu la laisses te dominer, elle te conduira à la tombe.

Nihal regarda Ido : décidément, il lui plaisait bien, même si elle n'arrivait pas toujours à saisir le sens de ses paroles.

— Nous y sommes presque, annonça le gnome. Maintenant, il faut continuer à pied.

Ils abandonnèrent leurs chevaux. Nihal tira une bande de drap de sa besace et commença à l'enrouler autour de sa tête.

— Tu combats sans armure ?

— Oui, je préfère.

— Comme tu veux...

Ido alla rejoindre son dragon, à l'arrière du convoi, et s'envola pour évaluer la situation d'en haut.

Les fantassins accélérèrent le pas. Nihal avançait avec les autres, rapide et silencieuse comme un chat, les sens en alerte.

Ils arrivèrent en vue de la cité assiégée. L'armée

du Tyran, telle une marée noire, entourait ses murs ébréchés.

Sur un cri d'Ido, ses troupes s'élancèrent.

Nihal fut parmi l'avant-garde, animée d'une rage encore plus grande que lors de sa première bataille. Elle se jetait sur les fammins sans craindre leurs haches, une seule idée à l'esprit : détruire tout ce qui se présentait sur son passage.

Chevauchant sa monture, Ido apercevait de temps à autre son élève qui s'acharnait, impitoyable, sur l'ennemi. Et Nihal, dans les rares instants où la bataille lui laissait le temps de respirer, cherchait des yeux son maître qui voltigeait dans le ciel, serré contre Vesa.

Guidée par Ido, l'armée était une invincible machine de guerre. Le gnome dirigeait ses troupes avec fermeté et sans ménager sa peine. Les flammes que crachait son dragon semaient la panique dans les rangs adverses, pris par surprise.

Quand la situation tourna clairement à leur avantage, Ido fit atterrir Vesa, sauta à terre pour se jeter dans la mêlée et envoya son dragon mener seul l'attaque d'en haut. Nihal, sans cesser de ferrailler, vint se placer à côté de son maître.

Les assaillants furent bientôt mis en fuite. La victoire avait été facile : peu de pertes et de nombreux prisonniers. Pourtant, elle avait une grande importance : en quarante ans de guerre, rares furent les batailles où l'armée des Terres libres avait réussi à arracher des territoires au Tyran.

Les habitants de la cité accueillirent les guerriers comme des héros et leur offrirent l'hospitalité pour la nuit. Ido accepta de bon gré. Avec le peu de vivres dont elles disposaient, les femmes improvisèrent un banquet, dans lequel elles insufflèrent toute leur reconnaissance pour les soldats. Leur succès fut fêté sur la place, à grand renfort de musique et de danse.

Nihal ne participait pas à l'euphorie générale. Tout ce qu'elle désirait, c'était combattre encore, tuer de nouveaux ennemis. Même au beau milieu des festivités, elle n'arrivait pas à penser à autre chose.

Le fil de ses réflexions fut interrompu par un écuyer qui lui tendait amicalement la main :

— Tu veux danser ?

Elle rougit : « Danser ? Moi ? » C'était la première fois que quelqu'un la traitait comme une femme.

— Non, merci, fit-elle, confuse. Ce n'est pas pour moi…

— Allez ! Viens ! insista le jeune homme. Nous venons d'échapper à la mort, amusons-nous !

— Non, vraiment. Je… je ne sais pas danser.

L'écuyer haussa les épaules, lui fit une révérence et s'éloigna. Quelques minutes plus tard, il s'était déjà lancé dans la danse avec une jeune fille de la cité.

Nihal pensa à Fen. Combien de fois avait-elle rêvé de danser avec lui ? De tournoyer dans ses bras, vêtue d'une longue robe, au milieu d'une salle scintillante de lumières… Le rêve de toute jeune fille… À présent, cette scène ne pouvait plus exister même dans son imagination.

Elle se frotta les yeux. À quoi bon rêvasser ainsi ? Elle était un guerrier, et peu importait désormais qu'elle soit un homme ou une femme. Elle n'était qu'une arme au service de l'armée des Terres libres.

Elle aperçut soudain Ido parmi la foule en liesse. Il avait une chope à la main, plaisantait avec les soldats, et contemplait la joyeuse confusion qui régnait sur la place. Ce succès était le sien.

Le gnome la vit lui aussi et vint vers elle.

— Il faut que je te parle, lui souffla-t-il à l'oreille en l'entraînant à l'écart, sous des arcades.

Il commença par lui tendre sa chope :

— Bois ! Ça porte malheur, de ne pas fêter la victoire.

Nihal goûta : ça piquait un peu la langue, mais ça avait très bon goût. Des larmes lui montèrent aux yeux.

Ido rit :

— On dirait que tu n'as jamais bu de bière ! C'est la boisson préférée des gnomes, tu sais ?

Nihal lui rendit sa chope :

— C'est bon…

Ido sourit, but une gorgée et s'essuya les moustaches du revers de la main :

— Pourquoi tu ne participes pas à la fête ?

— Je n'en ai pas envie.

— Hum… Je vois.

Il but une autre gorgée :

— Je t'ai observée attentivement pendant que tu combattais.

Nihal ne put retenir un sourire. Elle s'attendait à des louanges méritées.

— Et je n'ai pas aimé ce que j'ai vu, Nihal.

Le sourire de la jeune fille mourut sur ses lèvres :

— Ai-je commis des erreurs ?

— Non… C'est ta manière de te comporter qui ne me plaît pas.

— Je ne comprends pas.

— Tu te jettes dans la mêlée sans réfléchir, dans le seul but de massacrer tout ce qui te tombe sous la main. Pour un fantassin quelconque, cela peut être une technique. Mais ce n'est pas ainsi que combat un chevalier.

— Attends ! En guerre, ce qui compte, n'est-ce pas le nombre d'ennemis qu'on abat ? Je tâche seulement de faire ce que je dois !

Ido lui tendit de nouveau sa bière. Elle en avala une grosse lampée, en essayant de contrôler la colère et la désillusion provoquées par les paroles de son maître.

— Tu m'as donné l'impression d'un animal en

cage qui combat pour se libérer, poursuivit celui-ci. Tu te laisses entraîner par ton corps, c'est ton instinct qui te mène. Et, en plus, tu te bats comme si tu étais toute seule sur le champ de bataille. Ce n'est pas ainsi que ça se passe. Tu dois toujours savoir où sont les autres et ce qu'ils font. Ce sera important quand tu deviendras chevalier, parce que tu guideras d'autres hommes et que tu devras toujours avoir une vision d'ensemble de la situation. Et pour finir, je te rappelle que combattre est une nécessité, pas un plaisir.

— Et si j'aime combattre, moi ? Quel est le problème ? répliqua Nihal.

— Il n'y en a pas. Moi aussi, j'aime combattre, et j'ai choisi cette voie de ma propre volonté. Mais, toi, tu aimes *tuer*. Écoute-moi bien : dans nos troupes, il n'y a pas de place pour qui est assoiffé de sang. Si tu entends ne descendre sur le champ de bataille que pour donner libre cours à ta haine, tu peux renoncer tout de suite à ta carrière, c'est clair ?

Le gnome mit fin à la discussion en allumant tranquillement sa pipe, comme s'ils avaient été en train de parler de la pluie et du beau temps. Nihal sentit le rouge lui monter aux joues.

— Les fammins ont tué mon père, Ido ! Et Fen ! Ils ont exterminé mon peuple ! Dis-moi comment je dois faire pour ne pas les haïr ?

Ido ne se départit pas de son calme :

— Les fammins et le Tyran ont tué mon père, ils m'ont pris un frère, et ils ont réduit mon peuple en esclavage. Tous ici ont des histoires comme la tienne ou la mienne, mais nous nous efforçons de garder à l'esprit ce pour quoi nous combattons. Tu sais pourquoi tu combats, toi ?

Il la fixa avec une telle intensité qu'elle fut obligée de baisser les yeux.

— Si tu ne le sais pas, il faut te demander si tu as fait un bon choix pour toi.

— J'ai toujours voulu…

— Ça suffit. Maintenant, viens danser.

— Je ne sais pas danser.

— C'est un ordre.

Avant qu'elle ait pu protester, Nihal se retrouva en train de danser au milieu de la place.

Cependant, les paroles d'Ido résonnaient dans sa tête. Qu'y avait-il de mal à haïr le Tyran ? N'était-ce pas la haine qui donnait la force de combattre ? N'était-ce pas juste de haïr les fammins et de ne vivre que pour les exterminer ? Nihal n'arrivait pas à comprendre ce qu'il y avait de faux dans sa logique. Alors que son corps continuait à danser, son esprit était ailleurs.

La fête se termina tard dans la nuit. Ido et son élève se retirèrent chez un marchand qui avait mis sa maison à leur disposition.

— Tu n'as pas aimé cette soirée ? lui demanda

le gnome en prenant congé. Tu n'as pas senti comme il est bon de s'amuser ? Apprécie la vie, Nihal, et tu sauras pourquoi tu combats.

La jeune fille se mit au lit, plus troublée que jamais.

19

LEÇONS DE VOL

Pour Nihal, l'entraînement ne commença vraiment qu'après cette bataille.

Ses matinées étaient consacrées aux techniques de combat. Ido ne lui laissait aucun répit. Ils s'y mettaient au lever du jour et ne s'interrompaient qu'à l'heure du déjeuner quand l'arène était pleine.

Cette fois encore, ce ne fut pas facile. Nihal était habituée à combattre à l'instinct : consciente d'avoir un don naturel, elle avait toujours cherché à l'exploiter au maximum. Ido, au contraire, attendait d'elle qu'elle soit toujours attentive et lucide. À l'entraînement ou pendant la bataille, le gnome ne manquait jamais un coup, quelle que soit l'arme qu'il utilisait.

Nihal se remit à la lance, à la masse cloutée, à la hache et au fouet, qu'elle avait déjà découverts à l'Académie. Elle apprit à se concentrer et à rester présente à elle-même à chaque instant, mais Ido n'était toujours pas satisfait. Il ne se contentait pas

de voir son élève maîtriser la technique. Il voulait
qu'elle soit forte et sûre d'elle, qu'elle ait toujours
bien à l'esprit les raisons pour lesquelles elle combattait, et qu'elle ne se fie jamais à la fureur aveugle
engendrée par la haine. Il voulait faire d'elle une
vraie guerrière, utile à elle-même et au Monde
Émergé.

Le gnome s'était pris d'affection pour la jeune
fille ; il connaissait ses facultés et admirait sa ténacité. Ayant compris quelles étaient ses motivations
– la colère, le désir de vengeance et le mépris de
soi –, il ne pouvait pas lui permettre de détruire sa
vie.

C'est pour cette raison qu'il ne lui laissait aucun
répit.

Il était aussi avare de compliments. Dans l'arène,
il la poussait à bout, la faisait sans cesse tomber à
terre, et l'obligeait ensuite à s'arracher à la poussière,
pour essayer de nouveau. Et Nihal se relevait toujours, sans se plaindre et sans se soucier de ses blessures. Elle poursuivait son objectif.

À mesure que les semaines passaient, ses certitudes commençaient pourtant à perdre de leur force.
Elle qui avait toujours été sûre de son destin de
vengeance, qui ne s'était jamais demandé si c'était
juste ou non, constata que les paroles d'Ido après la
bataille avaient entamé sa conviction. Elle continuait toutefois à se répéter que sa haine était moti-
vée : pourquoi aurait-elle survécu à son peuple, si

ce n'était pour le venger ? La nuit, lorsqu'elle se réveillait d'un cauchemar, elle se répétait que son seul but était d'abattre le Tyran. Puis mourir. Elle n'arrivait pas à imaginer son existence une fois que le Tyran aurait été vaincu. Où irait-elle ? Que ferait-elle ? Sans ce but, elle serait comme un sac vide. Et pourtant...

Et pourtant la proximité d'Ido suscitait en elle mille doutes. Comment son maître faisait-il pour combattre sans haine ? D'où tirait-il sa force, alors ?

La beauté de la vie, avait-il dit.

Oui, il y avait une époque où la vie avait paru belle à Nihal. Mais cette époque était finie. Maintenant, sa vie était rythmée par les dures journées d'entraînement et les terribles nuits de cauchemar. Parfois, elle se rappelait ce qu'elle avait ressenti la nuit précédant sa première bataille, la possibilité qu'elle avait entrevue. Était-ce cela, la vie que tout le monde aimait ? Pour elle-même, c'était un rêve irréalisable.

À la base, beaucoup avaient remarqué Nihal, et une petite foule d'écuyers et de soldats suivait désormais son entraînement. La voir combattre contre Ido, dont l'habilité était connue de tous, devint un spectacle incontournable — parce que Nihal était agile et douée, mais surtout parce qu'elle était belle.

On ne pouvait pas dire qu'elle répondait aux canons de la beauté classique. Pourtant, de tout son être émanait un charme puissant : sous ses longs cils, ses yeux violets avaient une expression fière. Fine comme un roseau, elle avait des courbes gracieuses, et sa manière de se déplacer pendant le combat était un enchantement pour qui la regardait.

Cependant, exception faite de son maître, la seule personne avec qui elle parlait, elle était aussi froide qu'un glaçon.

Bref, on la percevait comme la proie idéale. Les soldats lançaient des paris : c'était à qui saurait la séduire. Nihal, elle, continuait à marcher à travers le camp d'un pas martial, ignorant ceux qui la suivaient des yeux. Elle détestait ces regards pleins de sous-entendus. Elle avait cessé de se considérer comme une femme le jour où Fen était mort. Dorénavant, elle était un guerrier, un point c'est tout.

Même si quelqu'un l'approchait sans arrière-pensée, Nihal restait toujours distante.

Avec les femmes, ce n'était pas mieux. Jalouses du succès de la demi-elfe auprès des soldats, elles l'enviaient aussi parce qu'elle était forte et se battait comme un homme.

Il y avait bien des exceptions : quelques jeunes filles de son âge avaient essayé de lier amitié avec elle, mais Nihal pensait ne rien avoir à partager avec ces petites demoiselles qui passaient leurs journées à aider leurs mères, en attendant d'avoir l'âge de se marier.

Elle était toujours aussi seule. Et l'unique être qui retenait son attention n'était pas un homme, mais un dragon.

Nihal était littéralement amoureuse de lui. Elle était persuadée qu'elle ne pourrait jamais chevaucher d'autre dragon que cette créature sauvage.

Après ses premières tentatives désastreuses, Ido l'avait laissée libre de faire comme elle l'entendait.

— Je t'ai expliqué comment est fait un dragon et comment tu dois te comporter avec lui. Maintenant, c'est à toi de jouer ! Quand tu arriveras à grimper sur sa croupe, on pourra commencer à parler sérieusement.

Ce fut donc à Nihal de décider du moment et de la manière d'apprivoiser Oarf.

Elle se mit d'accord avec le gardien de l'écurie pour que le dragon soit prêt tous les jours après le déjeuner.

Le scénario était toujours le même : Oarf apparaissait au fond de l'arène, enchaîné, et il se mettait à gronder dès qu'il la voyait. Nihal restait du côté opposé, immobile. C'était un défi : elle devait lui prouver qu'elle était plus forte que lui et qu'elle ne céderait pas. Elle le fixait longuement en essayant de soutenir son regard rouge, lourd de mépris.

Les premiers jours, le gardien assistait aux

entraînements, puis il se lassa de ce rituel immuable : Nihal et Oarf se regardaient en chiens de faïence pendant tout l'après-midi !

À ceux qui lui demandaient des nouvelles, il apportait une seule réponse invariablement : « Pour moi, cette fille est folle. Elle reste, plantée là, et elle le fixe sans un mot. C'est sûr, ces demi-elfes devaient être de drôles de zigues ! »

Ensuite, Nihal se mit à parler au dragon. Elle s'asseyait au fond de l'arène, les yeux toujours rivés sur lui, et elle s'efforçait de lui transmettre ses pensées. Ce n'était pas facile ; quand sa tentative échouait, Nihal prononçait les mots à haute voix. Comme elle était fermement convaincue qu'Oarf et elle étaient voués à un même destin, elle croyait plus à la force de son histoire qu'à toutes les cajoleries. Alors, elle lui racontait les cauchemars qui la tourmentaient, la mort de Livon, et la destruction de sa cité. Elle lui parlait de Fen, de la manière cruelle dont elle l'avait perdu. Elle lui dit comment elle avait allumé une branche au bûcher du chevalier en espérant capturer ainsi un peu de son âme.

Oarf demeurait impassible. Aucune réaction, si ce n'est son éternel grondement sourd. Nihal continuait, essayant en même temps de pénétrer l'esprit de l'animal.

Ido l'observait de loin. Nihal était sur la bonne voie : le dragon la regardait toujours avec suspicion, mais dans ses fiers yeux rouges s'était allumée une lueur d'intérêt.

Pendant tout ce temps, Nihal n'avait cessé de combattre.

Elle et Ido étaient souvent sur le front, et le gnome avait décidé qu'Oarf les suivrait avec Vesa. Avant chaque bataille, Nihal lui rendait visite.

— Tu sens cette tension ? lui disait-elle. Ils t'appellent, Oarf ! Ils te demandent de retourner au combat.

Puis elle se lançait dans la mêlée, toujours parmi les premiers, toujours insouciante du danger. Ils gagnaient nombre de batailles, mais ils en perdaient aussi beaucoup, et elle dut s'habituer à voir le sol jonché de cadavres de ses compagnons.

Ido continuait à la réprimander sévèrement. Nihal jurait de changer, de combattre avec un autre esprit autant qu'elle pouvait, mais c'était peine perdue. Le bruit des armes lui montait à la tête. Quand elle était au cœur du combat, elle devenait un pur instrument de mort.

Sa longue route vers Oarf se poursuivait. Nihal s'approchait de lui chaque jour davantage, un pas après l'autre. Le dragon ne protestait plus quand elle avançait, il se contentait de la fixer avec méfiance. La jeune fille sentait qu'il ne la craignait plus, qu'il ne lui était plus hostile. Elle décida qu'il était temps d'établir un lien moins distant avec lui.

Pendant deux semaines, elle passa ses après-midi accroupie face à lui.

C'était comme lors de son épreuve dans la forêt : elle se concentrait, et elle essayait de capter les pensées de la créature. Ido lui avait expliqué qu'entre un chevalier et son dragon il n'y avait de communication que si tous les deux l'acceptaient. Visiblement, pour le moment Oarf ne l'était pas.

Mais Nihal était sûre de réussir.

Un jour, par hasard, elle arriva un peu plus tôt, et elle vit Oarf entrer dans l'arène.

Le gardien le traînait, aidé par deux palefreniers. C'était une scène pénible. Le dragon résistait : il regimbait, se cabrait, mais finissait par céder parce que sa patte entravée par la chaîne était blessée. Il avançait par à-coups, au milieu d'une cacophonie de jurons des trois hommes et de ses mugissements de douleur.

Nihal, qui ne s'était jamais aperçue de cette blessure, se maudit de ne s'être pas intéressée plus tôt à la manière dont était traité son dragon. Dès qu'Oarf fut installé, elle se dirigea à grands pas vers les deux palefreniers qui s'apprêtaient à quitter l'arène :

— Hé ! Vous ! Je ne veux plus voir cette chaîne !

Les deux hommes se regardèrent en ricanant.

— Laisse faire ceux qui s'y connaissent, petite

demoiselle, lança l'un d'eux. Sans cette chaîne, cette saleté aurait tôt fait de te croquer et de s'enfuir dans les airs !

Nihal le saisit au collet :

— Je suis un futur chevalier du dragon, et je te conseille de me parler sur un autre ton !

L'autre compère s'esclaffa. Nihal tira son épée et la pointa sur lui :

— Ça vous concerne tous les deux ! À partir de demain, plus de chaîne. S'il me tue, c'est mon affaire. Et s'il s'échappe, je vous décharge de toute responsabilité : j'assumerai seule les dommages éventuels.

Les deux palefreniers s'éloignèrent en hâte.

Nihal se tourna vers Oarf : il léchait sa patte, essayant en vain d'atteindre la partie blessée par la chaîne. Elle s'avança vers l'animal, l'épée encore à la main. Il se mit aussitôt en position d'attaque, mais Nihal était déjà trop près.

Le dragon émit un rugissement d'avertissement.

Il était sur le point de cracher une flamme quand Nihal donna un grand coup d'épée : elle trancha net la chaîne. Dessous, elle découvrit une grosse plaie purulente. Oarf eut l'air stupéfait par son geste, et plus encore par ce qui suivit : la jeune fille s'agenouilla et tendit la main vers sa patte. Il sentit une chaleur soudaine dans la zone de la blessure ; elle semblait atténuer la douleur qui le torturait.

Nihal perçut son soulagement. Il baissa sa grosse

tête vert émeraude et vit que des mains de Nihal émanait une légère lueur rosée. Il recula un peu pour bien montrer qu'il ne voulait l'aide de personne, mais il le fit sans conviction. Nihal s'approcha de nouveau et recommença à le soigner.

Le dragon la regardait toujours : cela faisait longtemps que personne ne l'avait traité avec autant d'amour. C'est alors qu'il s'ouvrit aux sentiments de Nihal. Il comprit sa tristesse, son désarroi et sa souffrance. Il entendit ses souvenirs et perçut l'affection qu'elle était en train d'insuffler dans son geste.

Nihal n'était pas assez experte pour maintenir longtemps un enchantement de guérison. Cependant, lorsqu'elle s'arrêta, la plaie n'était plus infectée. Elle s'assit sur le sol, couverte de sueur : ce petit tour de magie lui avait coûté un effort considérable… Oarf la renifla avec curiosité. Comme les êtres de cette terre étaient fragiles !

La jeune demi-elfe esquissa un sourire et sauta sur ses pieds :

— Tu me dois la liberté, Oarf ! À partir d'aujourd'hui, tâche de te tenir tranquille…

Et, pour la première fois, le dragon se laissa mener sans rechigner vers l'écurie.

Le lendemain, il entra dans l'arène de son plein gré. Nihal s'approcha et tendit la main vers lui, mais le dragon recula, indigné. Elle ne s'en formalisa pas :

Vesa non plus ne s'était jamais laissé toucher, bien qu'il fût désormais habitué à sa présence.

— Ho !... En voilà des manières ! plaisanta-t-elle. Je t'ai libéré, je t'ai soigné... Tu me dois bien une petite caresse, Oarf !

Le dragon grogna et secoua vigoureusement la tête.

— Allez ! Ça va te plaire, tu verras.

Elle tendit de nouveau la main, qui tremblait, tant Nihal était émue. Ses doigts effleurèrent la peau d'Oarf, une peau coriace, épaisse, mais agréable au toucher.

Nihal s'enhardit jusqu'à poser la main à plat sur le poitrail de l'animal. Elle perçut aussitôt un battement puissant et régulier : la vie, c'était la vie. Elle caressa de la paume les flancs couverts d'écailles, avec des mouvements toujours plus amples.

Oarf ne bronchait pas.

Il était à l'écoute : personne ne l'avait jamais caressé.

C'était doux et agréable. Cette main était petite et fraîche, et la créature à laquelle elle appartenait était si gentille avec lui ! Pourtant il connaissait la haine qui l'habitait : il l'avait devinée la première fois qu'il l'avait vue. C'était un être tenace, plein de rancœur et de tristesse. Comme lui.

Peut-être qu'il était possible de reprendre confiance dans les hommes, finalement ? L'énorme bête eut soudain envie de déployer ses ailes et de se laisser porter par le vent, comme il l'avait fait tant de fois dans sa vie de dragon.

— Moi aussi, j'ai toujours désiré voler, tu sais ? dit Nihal sans cesser de le caresser.

Elle aimait le contact particulier de ses écailles. Maintenant, c'était bien *son* dragon. Il lui semblait incroyable d'avoir réussi : elle était en train de câliner un dragon ! Et, un jour prochain, elle le monterait.

Pendant un instant, Nihal retrouva la part d'elle-même qu'elle avait perdue dans la destruction de Salazar. Elle se sentit de nouveau libre, avec toute la vie devant elle, une vie dont le sentier n'était pas encore tracé. « Comment ai-je pu m'éloigner à ce point de ce que j'étais ? » songea-t-elle.

Oarf recula un peu pour se soustraire à ses caresses, mais elle eut le temps de voir briller dans ses yeux quelque chose qui ressemblait à de la sérénité.

Plus tard, Nihal raconta à son maître comment s'était passée la journée.

— Bien, Nihal, commenta-t-il. Je suis content de toi.

— Maintenant, tu vas m'apprendre à le monter, n'est-ce pas ?

Le gnome cracha un nuage de fumée. Il avait l'air d'hésiter.

Nihal était sur des charbons ardents :

— Alors ? Hé !

Un autre nuage de fumée. Ido, pensif, tira sur sa barbe, puis hocha la tête :

— Oui, je crois que ce sera bientôt le moment. Cela fait trois mois que tu es là, nous avons assez attendu.

Nihal en eut un coup au cœur. Elle allait chevaucher son propre dragon ! Elle allait apprendre à combattre comme un chevalier. C'était ce qu'elle avait toujours désiré, et elle était enfin sur le point de le réaliser.

Ido ne partageait pas son enthousiasme.

Il s'était attaché à Nihal, et il souhaitait plus que tout l'aider à se libérer de la douleur qui la tourmentait. Cependant il savait que, s'il n'y parvenait pas, il devrait s'opposer à ce qu'elle devienne chevalier du dragon. Elle était trop obnubilée par la vengeance, trop fermée sur elle-même pour être vraiment utile à l'armée des Terres libres. Certes, elle avait fait de grands progrès dans les techniques de combat, mais sur le champ de bataille elle se laissait toujours aveugler par la haine. Tant qu'elle n'apprendrait pas à se battre pour quelqu'un d'autre et plus seulement pour elle, elle serait même un danger.

Le gnome espérait que tôt ou tard son élève finirait par comprendre son enseignement, mais en même temps, il savait qu'il lui faudrait prendre une décision.

Pendant les deux semaines qui suivirent, Nihal passa encore toutes ses après-midi dans l'arène. Elle parlait avec Oarf, le cajolait, puis le ramenait à l'écurie, où elle s'occupait personnellement de son repas.

Le dragon s'était habitué à ces attentions et les acceptait avec un plaisir mal dissimulé. Ce petit bout de jeune fille commençait à lui plaire, même s'il ne voulait pas trop le laisser voir.

Plus les jours passaient, plus Nihal était impatiente. Dès qu'elle se retrouvait seule avec Ido, elle le harcelait :

— Demain, tu fais quelque chose ?

— Je vais au commandement, Nihal.

— Ah. Encore ?

— Oui, Nihal.

— Et après-demain ?

— Je suis sur un autre campement.

— Quand est-ce que tu m'apprends à monter, alors ?

— Je ne sais pas, Nihal.

Ido était en effet très occupé. Une grosse offensive se préparait et il en était un des principaux stratèges. Entre les conseils de guerre à la base et les rencontres avec les généraux et les chevaliers d'autres camps, il n'avait pas un moment à lui.

— Si tu n'as pas le temps, je peux essayer toute seule, hasarda Nihal un soir, alors qu'ils dînaient à la cantine.

Le gnome en fit tomber sa cuillère dans son écuelle. Il la regarda droit dans les yeux :

— Tâche de ne pas te mettre de drôles d'idées dans la tête : chevaucher un dragon n'est pas une plaisanterie !

— Je sais, mais…

— Le sujet est clos !

L'idée avait toutefois germé dans l'esprit de Nihal.

La jeune fille essaya de résister à la tentation. Elle avait confiance dans Ido et elle admirait sa tranquillité. Mais elle se demandait pourquoi attendre. Elle avait une mission à accomplir, et rester là sans rien faire c'était perdre son temps.

Un matin, tandis qu'Ido était parti dans un autre campement, Nihal alla plus tôt que d'habitude à l'arène. Sans savoir pourquoi, elle avait ressenti le besoin de courir voir Oarf sur-le-champ.

L'hiver était rigoureux, et le froid lui pénétrait les os. Nihal se serra dans son manteau et attendit, assise sur les gradins. Elle le vit émerger peu à peu de la brume, accompagné par un palefrenier : le magnifique dragon avançait avec majesté. Nihal imagina leur matinée : les mêmes bavardages, les mêmes gestes, le même trajet jusqu'à l'écurie, et, pour finir, la même brouette de viande fraîche.

« Et si aujourd'hui… ? »

Oarf continuait à avancer.

« Non, Nihal. Laisse tomber. Ido serait fou de rage ! »

Oarf était de plus en plus près.

« D'un autre côté… »

Nihal sentit tout son corps lui réclamer de s'élever au-dessus de cette plaine humide et de s'envoler très loin.

« Non, je ne peux pas. Et puis, je ne sais même pas par quoi commencer… »

Une petite voix lui répondit que cela ne devait pas être si compliqué : elle était déjà montée plusieurs fois sur un dragon. Pas toute seule, certes, mais au fond quelle différence cela faisait-il ?

Oarf était devant elle à présent. Il baissa son imposante tête vers elle.

— Comment ça va ? lui demanda-t-elle en lui grattant le museau.

Le souffle du dragon réchauffa ses mains glacées. Elle le caressa longuement. Après deux mois de lutte, de faux pas et de tentatives manquées, elle et Oarf avaient fini par s'entendre. Ils étaient tous les deux prêts pour cette nouvelle étape.

— Qu'est-ce que tu dirais de voler aujourd'hui ?

Le dragon la fixa de ses yeux rouges. Il retira son museau de la main de la jeune fille :

« Maintenant, il ne veut pas ; c'est normal. Quand je serai sur son dos, il sera content. »

— Fais-moi monter, Oarf.

Pour toute réponse, le dragon se mit à gronder

et s'éloigna. Mais Nihal avait pris sa décision : elle volerait aujourd'hui, coûte que coûte. Elle haussa la voix :

— Arrête-toi !

Oarf n'obéit pas.

Mue par une impulsion, elle courut jusqu'à lui, s'agrippa à l'une de ses ailes et grimpa sur son dos. Chose incroyable, elle y arriva du premier coup !

Oarf, furieux, se mit à ruer violemment.

Nihal se cramponna à la peau du cou de l'animal, qui rugit d'un air menaçant pour l'effrayer ; mais la jeune fille n'en démordait pas.

Le dragon avait l'air sidéré que ce puceron ose le contrarier à ce point. Il était fou de rage et abasourdi à la fois. Il tourna les naseaux vers Nihal en grognant de toutes ses forces, mais Nihal était galvanisée.

— Désolée, mon vieux ! Il faut te résigner...

Oarf la prit au mot et s'envola dans les airs.

Il commença à s'élever vers le ciel, poussé par la puissance de ses ailes majestueuses, et Nihal sentit le vent la heurter si brutalement qu'elle en eut le souffle coupé. Elle ferma les yeux. Elle avait peur, une peur terrible. Mais elle volait ! Elle volait sur la croupe d'un dragon. Son dragon.

Elle rouvrit les yeux et se mit à hurler de joie. À présent qu'elle traversait les nuages comme un rayon de soleil en montant de plus en plus haut,

elle se sentait aussi puissante qu'une divinité.
S'agrippant de toutes ses forces, elle regarda en bas.
Elle était à une hauteur vertigineuse : les arbres des
bois autour de la base, tout petits, se détachaient de
la brume comme des îles sur un mer laiteuse.

Ce fut magnifique et effrayant.

Et cela ne dura qu'un instant.

Soudain, Oarf s'immobilisa en l'air. Il replia ses
ailes et se laissa tomber de tout son poids vers le
sol.

Plus ils descendaient, plus la vitesse augmentait.
Arbres, champs et constructions se rapprochaient,
menaçants. Nihal s'accrocha au cou du dragon et
résista comme elle pouvait au vent qui voulait
l'emporter. Elle fut prise de panique.

— J'ai confiance en toi, Oarf ! J'ai confiance en
toi ! cria-t-elle.

En réalité, elle ne s'y fiait pas tant que ça. La
terre était toujours plus proche, et l'impact immi-
nent et inévitable.

Elle hurla de toute la force de ses poumons.

Juste au moment où ils allaient s'écraser au sol,
Oarf se redressa d'un coup et se mit à planer au ras
de la base, frôlant les toits des baraquements, tandis
que les habitants s'enfuyaient dans toutes les directions.

Sous ses jambes convulsivement serrées contre les
flancs du dragon, Nihal sentait les muscles de l'animal se contracter dans l'effort alors qu'il battait de

ses ailes démesurées, plus longues que son corps entier.

Elle était terrorisée, elle avait l'estomac retourné, et son cœur battait à mille à l'heure. Elle ne vit pas Ido sortir de la tente du commandement et regarder en l'air, les yeux écarquillés. Elle ne l'entendit pas non plus l'abreuver de malédictions, elle et sa satanée bestiole.

De son côté, Oarf s'en donnait à cœur joie. Cela faisait si longtemps qu'il n'avait pas volé ! Il se délectait de la sensation du vent sur sa peau, du plaisir de voler en rase-mottes ; il se laissait porter par les courants, oubliant son insolente passagère. Il s'abandonnait avec la témérité d'un jeune chiot à tous ses jeux préférés : il montait très haut, pour descendre aussitôt en piqué, ralentissait, puis accélérait d'un seul coup. Au comble de l'enthousiasme, il commença à rouler sur lui-même, enchaînant cabriole sur cabriole dans l'air léger.

Pour Nihal, c'en fut trop. La terre et le ciel échangeaient sans arrêt leur place : « dessus » et « dessous » ne voulaient plus rien dire. La tête lui tourna, ses mains lâchèrent prise, et elle tomba comme une pierre dans le vide.

Un vent furieux la secoua. Elle hurla sans même entendre sa propre voix. Elle ferma les yeux. « Quelle mort stupide », eut-elle le temps de penser.

Et puis elle heurta avec violence quelque chose de dur et d'écailleux.

Quelques instants plus tard, Oarf volait lentement en direction de la base, l'emportant sur son dos.

Une foule nombreuse s'était rassemblée dans l'arène.

L'animal atterrit en souplesse, et s'accroupit pour que l'on puisse récupérer la jeune fille. On applaudit la demi-elfe de retour de son premier vol, et le dragon qui lui avait évité une mort certaine.

Pendant qu'on la faisait descendre, tout endolorie et complètement sonnée, Nihal murmura :

— Tu m'as sauvé la vie : maintenant il est clair que tu es mon dragon.

Mais Oarf s'éloigna, l'air outré.

Elle avait à peine touché terre qu'elle reçut une baffe sonore.

— Tu es capable de faire quelque chose sans risquer ta peau ? Mais quand est-ce que tu vas te calmer ? hurla Ido en l'arrachant des mains de ceux qui la soutenaient.

Nihal tomba à genoux.

— Tu n'avais jamais le temps… Je croyais que…

— Malédiction ! jura le gnome. Je t'avais dit d'attendre ! Mais non, il faut toujours que tu n'en fasses qu'à ta tête !

Il l'obligea à se lever. Une douleur sourde traversait tout son corps, et elle avait du mal à marcher. Imperturbable, Ido la traîna à travers le camp jusqu'à un édifice bas, à l'écart des habitations. Ses fenêtres étaient munies de barreaux…

Alors qu'un soldat poussait le verrou de sa cellule, Nihal tenta de protester :

— Je t'en prie, Ido… Je ne voulais rien faire de mal…

— Ça t'éclaircira les idées ! trancha le gnome.

Et il s'en alla.

Nihal s'appuya contre un mur. Le dos lui faisait horriblement mal. Elle toucha l'endroit où elle sentait une forte brûlure, et quand elle retira la main, elle était tachée de sang.

Trop fatiguée pour réciter une formule de guérison, elle s'allongea à même le sol et s'endormit.

Elle se réveilla quelques heures plus tard avec une sensation de fraîcheur sur les reins. Elle tourna doucement la tête et entrouvrit un œil : Ido étalait une pommade sur sa blessure. Elle ne bougea pas : elle ne voulait pas que le gnome s'aperçoive qu'elle était consciente. Plus que la blessure, il lui en cuisait de penser que cette fois encore son maître avait eu raison.

— Bien dormi ? lança Ido.

Nihal ne répondit pas.

Le gnome appliqua la pommade avec plus de

vigueur ; la jeune fille poussa un gémissement de douleur.

— Tu as semé la panique dans tout le camp, désobéi à mes ordres, et commis une énième bêtise, reprit-il. Je ne sais plus comment te le dire, Nihal : ce n'est pas du courage, c'est de la bêtise. Tu resteras là jusqu'à demain.

Quand il eut fini de la soigner, il sortit en claquant la porte.

Nihal resta étendue par terre. Elle était très en colère : contre elle, parce qu'elle savait qu'elle avait eu tort ; et contre Ido, parce qu'il le lui avait fait remarquer.

Le lendemain, son maître vint personnellement la tirer de sa prison.

Nihal avait passé une nuit horrible. Alors qu'elle glissait dans un demi-sommeil, au moment où le corps ne répond plus à l'esprit, mais où celui-ci est encore lucide, sa cellule s'était peuplée de créatures éthérées. Elle était restée paralysée, sans pouvoir détacher les yeux de ces silhouettes sanguinolentes, défigurées et mutilées qui lui murmuraient de les venger. Elle aurait voulu fermer les yeux, mais ils demeuraient grands ouverts sur l'obscurité.

Elle serra les poings : tout était la faute d'Ido ! C'était lui qui l'avait jetée dans cette geôle, lui qui contrariait son dessein de vengeance avec ses discours sur l'amour de la vie, la peur, ou les raisons de combattre.

Or elle n'était pas comme les autres.

Elle n'était pas une jeune fille. Ni un simple guerrier.

Elle était une arme entre les mains des morts.

Ido soutint son regard chargé de rancœur.

— Tu l'as cherché toi-même, Nihal. Et tu le sais.

De toute la journée, ils ne se dirent rien d'autre. Nihal devait s'occuper de Vesa et des armes de son maître. Ils ne s'entraînèrent pas, et il ne lui fut pas permis de voir Oarf.

20

UN COUP DE TÊTE

Dans la salle du Conseil, l'atmosphère était pesante. Les neuf Mages, assis sur leurs trônes de pierre, écoutaient, l'air grave, les paroles de Dagon.

— Les choses ne vont pas bien du tout, Sennar. Combien de territoires avons-nous perdus ces derniers temps ? Beaucoup trop ! Tu n'ignores pas que notre point faible est la Terre du Vent. Je ne t'en fais pas le reproche. Tu te conduis remarquablement et tu te montres digne de mes enseignements…

Sennar savait que le membre ancien du Conseil était le seul à le penser. Il était la cible des regards hostiles.

— Mais les forces du Tyran ont le contrôle de cinq Terres libres, et de chacune d'elles arrivent sans cesse de nouvelles armes et de nouvelles ressources pour la guerre. Nos troupes sont inférieures en nombre, et nous manquons de chevaliers du dragon. Il est urgent de trouver une solution.

Dagon s'assit. Le silence tomba sur la salle du Conseil.

C'était au tour de Sennar de parler. Il se leva. Ce qu'il avait à dire ne lui plaisait pas. Lorsqu'il commença à parler, sa voix tremblait :

— Dagon, conseillers… Oui, la situation est dramatique. Les laboratoires du Tyran créent chaque jour de nouveaux guerriers. Sur la Terre du Vent, nous avons pu observer une race inconnue de bêtes, et des oiseaux de feu, montés par des fammins miniatures. Nous n'avons que des hommes et des gnomes à leur opposer. Dernièrement, nous avons subi beaucoup de pertes, et le moral des troupes est au plus bas. Je dois l'admettre : je suis moi aussi souvent en proie au découragement.

Quelques sourires malveillants accueillirent cette dernière affirmation.

Sennar continua :

— Les soldats meurent en grand nombre sur nos différents fronts, et nos forces ne cessent de s'amoindrir. Je pourrais vous demander de nouvelles troupes, mais cela ne suffirait pas. Nous avons affaire à un ennemi très puissant : Dola est un excellent stratège, en plus d'être un guerrier apparemment invincible.

Sennar se frotta les yeux. Cette nuit-là, la perspective de cette réunion l'avait empêché de dormir :

— Ils nous attaquent parce qu'ils veulent la Terre de l'Eau, qui est la plus démunie des Terres libres. Elle n'a pas d'armée propre, et ne peut compter que sur les garnisons de la Terre du Soleil. Les offensives se succèdent sur nos frontières : jusque-là nous avons réussi à préserver le territoire, mais le prix que nous payons est élevé, et il se mesure en victimes. J'ai eu plusieurs entretiens avec Galléa et Astréa. Les nymphes s'efforcent d'ériger une barrière magnétique pour défendre les frontières, seulement, combien de temps cela durera-t-il ?

Le conseiller Sate, un gnome de la Terre du Soleil, l'interrompit :

— Et qu'est-ce que tu proposes ?

Depuis son élection, il avait toujours considéré Sennar avec mépris. Et, malheureusement, il n'était pas le seul.

Le magicien fit une longue pause. Il regarda les conseillers un à un avant de répondre :

— Il ne nous reste qu'à demander de l'aide aux peuples du Monde Submergé.

Sennar s'attendait à un murmure de stupeur. Or ce fut un véritable grondement d'indignation qui accueillit sa conclusion.

Sate parla au nom de tous.

— Le Monde Submergé ? dit-il d'un ton sarcastique en se tournant vers l'assemblée. Le conseiller Sennar ignore manifestement que le Monde Submergé a décidé de se désintéresser de nous depuis la guerre de Deux Cents Ans ! Il faut dire que le conseiller Sennar est très jeune. Ce détail historique lui aura échappé…

Quelques rires retentirent dans la salle.

Sate fixa froidement le magicien :

— Nous n'avons plus aucune nouvelle de ce continent, conseiller. Et nous ne savons même plus comment nous y rendre.

Un murmure d'approbation suivit ses paroles.

Sennar secoua la tête. « Courage, continue », se dit-il.

— Le Tyran est un danger pour tous, y compris pour le Monde Submergé. Et seuls, nous ne nous en sortirons pas.

La nymphe qui représentait la Terre de l'Eau prit la parole :

— Ils ont choisi de nous abandonner, Sennar, et ils ne reviendront jamais sur leur décision. Comment pourraient-ils oublier la tentative d'invasion du Monde Émergé sur leur territoire ? Et enfin, comment ferions-nous pour y parvenir ?

Sennar tira de sa besace un rouleau de parchemin :

— Voilà ce que j'ai trouvé dans la bibliothèque royale. C'est un plan qui donne approximativement la position du continent perdu.

La carte passa de main en main. Elle était vieille, mangée par le temps et imprécise.

— Si tu crois trouver le Monde Submergé avec cette…, commença quelqu'un.

Sennar serra les poings et haussa la voix.

— Je ne peux pas attendre sans rien faire la destruction de notre monde ! C'est pour l'éviter que je suis entré au Conseil ! Le Tyran est sur le point de nous battre. Nous n'avons aucune chance de lui résister avec nos seules forces. Je sais bien que beaucoup de généraux refusent l'ingérence d'autres armées ; et je sais aussi que beaucoup de souverains des Terres libres ne veulent pas s'abaisser à demander de l'aide au Monde Submergé, tout comme vous-mêmes.

— De quel droit te permets-tu, jeune homme, d'insinuer de telles intentions mauvaises ? s'indigna un des conseillers.

D'un geste, Dagon lui ordonna de se taire.

Sennar se calma et reprit :

— La vérité est que nous ne voulons pas nous humilier devant qui nous a reniés, et que le Conseil craint de perdre son prestige au profit de l'armée. Mais je vous réponds : tout cela ne m'intéresse pas. Les jeux de pouvoir ne sont plus de circonstance à présent. Je suis conscient qu'il s'agit d'une entreprise désespérée, mais je ne veux négliger aucune possibilité. Si c'est la seule chance de sauver les habitants du Monde Émergé, je suis prêt à la tenter. Et vous ?

Sennar s'assit, le cœur battant, et le silence emplit de nouveau la salle. Au bout de quelques longues minutes, le conseiller de la Terre de la Mer se leva :

— Et qui se chargerait de cette entreprise ?

— Une délégation de politiques et de militaires. Un conseiller et un général, par exemple, répondit Sennar depuis sa place.

Le silence se fit encore plus lourd. Cette fois, ce fut Dagon qui le rompit :

— Messieurs les conseillers, je pense que Sennar a raison. Cette guerre dure depuis trop d'années. C'est un miracle qu'il y ait encore des Terres libres ! Nous ne pouvons pas attendre davantage. Soumettons sa proposition aux voix.

Sate sauta sur ses pieds :

— Eh bien, soit, votons ! Mais à une condition : que ce soit Sennar qui parte pour le Monde Submergé, puisqu'il est si convaincu de ce qu'il avance.

— Si vous approuvez ma proposition, je partirai, répliqua aussitôt le magicien.

— Je n'ai pas fini, lança Sate. Les généraux sont particulièrement utiles dans ces temps difficiles. Je suggère donc que Sennar écoute leurs requêtes et les présente lui-même aux souverains du Monde Submergé. S'il le trouve, bien sûr...

Le Conseil procéda au vote. Le verdict tomba : Sennar partirait à la recherche du Monde Submergé. Seul.

« Je suis un lâche », se répétait Sennar en traversant la Terre du Soleil. De là, il devait rejoindre la Terre de la Mer pour s'embarquer vers un continent qui, d'après ce qu'il savait, pouvait tout aussi bien ne plus exister. Et il avait peur. Cela faisait cent cinquante ans que l'on n'avait aucune nouvelle du Monde Submergé. Une éternité.

En attendant, il avait mis le cap sur le campement de Nihal.

Depuis qu'elle avait quitté l'Académie, des mois plus tôt, pour se rendre auprès de son nouveau maître, ils s'étaient écrit de temps en temps, mais ils ne s'étaient pas vus. À présent, il allait lui dire adieu, peut-être à jamais… Ce voyage lui pesait aussi pour cette raison : il allait l'abandonner pour la énième fois, et c'était aussi ce que penserait Nihal. Et elle le haïrait pour ça.

Toutefois, même s'il avait peur, même s'il souffrait à l'idée de se séparer de la personne à qui il tenait le plus au monde, et même s'il était probable que cette vieille carte abîmée ne le conduise nulle part, Sennar savait qu'il lui fallait tenter sa chance.

Arrivé à la base, le magicien se fit indiquer l'arène. Il était sûr de la trouver là. Mais le grand espace circulaire était noir de soldats qui s'entraînaient ; aucune trace de la demi-elfe.

— Où puis-je trouver Nihal ? demanda-t-il à un écuyer.

— La folle furieuse ? Elle doit être avec son dragon. Une belle paire de cinglés, ces deux-là !

Sennar se dirigea vers l'écurie. Il longea l'allée centrale en la cherchant des yeux. Et puis, il la vit.

Penchée sur son dragon, elle était en train de lui donner à manger. Le magicien s'arrêta pour la regarder, ému. Il lui sembla que pendant leur séparation elle était devenue encore plus belle.

Il s'approcha :

— Nihal ?

La jeune fille tourna la tête et chassa une mèche de cheveux de son front. Elle ne se leva même pas :

— Salut, Sennar ! Qu'est-ce que tu viens faire dans cette partie du monde ?

— Quel accueil !... murmura Sennar, déçu.

Il avait imaginé qu'elle se jetterait à son cou et qu'elle lui dirait comme elle était contente de le voir. Mais Nihal n'était plus habituée à de telles démonstrations d'affection. Elle continua à nourrir le dragon, qui scrutait le magicien avec méfiance de ses grands yeux écarlates.

Plus tard, ils se promenèrent à travers le campement. Nihal raconta à Sennar ses progrès avec Oarf et la façon dont elle avait réussi à le monter, en taisant toutefois la réaction de son maître. Elle était encore en colère contre Ido. Ils ne se parlaient plus depuis des jours, et l'entraînement était toujours suspendu.

Sennar écoutait, étrangement taciturne. Toutes les tentatives de Nihal pour le faire parler échouaient.

— Oh, mais qu'est-ce qu'il y a, à la fin, Sennar ? explosa la jeune fille. Quelque chose ne va pas ?

— Ça te fait vraiment plaisir que je sois venu ?

— Bien sûr que ça me fait plaisir ! Pourquoi tu me demandes ça ?

— Cela fait si longtemps que nous ne nous sommes pas vus et… Je ne sais pas, Nihal, j'ai l'impression que tu n'as plus besoin de moi.

Le ton du magicien était amer. La demi-elfe s'arrêta :

— Je ne comprends pas ce que tu veux dire.

— Je veux dire que tu n'as plus besoin de personne. Tu as trouvé moyen de vivre sans dépendre de qui que ce soit, et je ne sais pas si ça me plaît. Ou, plutôt, je suis sûr que ça ne me plaît pas du tout.

Nihal le regarda froidement :

— Pardonne-moi, ce que je fais de ma vie me regarde !

— Ta vie ne regarde pas que toi, figure-toi ! répliqua Sennar. Elle regarde aussi Soana et moi, et tous ceux qui te veulent du bien. Je ne te reconnais plus, Nihal.

Ces paroles firent à la jeune guerrière l'effet d'une gifle. Elle sentit la colère monter.

— Je peux savoir ce qui te prend ? cria-t-elle. Qu'est-ce que tu racontes, bon sang ? Et qu'est-ce que vous avez tous contre moi ces temps-ci ? « Tu ne dois pas haïr », « Tu ne dois pas faire ça », « Tu n'es plus la même » ! C'est tout ce que vous savez me dire. Tu es dans ma tête, peut-être ? Tu sais ce que je pense, ce que je ressens ? S'il te plaît, tais-toi, et ne parle pas de ce que tu ignores !

Un silence s'installa entre les deux jeunes gens. Enfin, Sennar baissa les yeux et annonça :

— Je dois partir. Je ne sais pas quand je reviendrai.

Nihal resta interdite.

— Et où vas-tu, cette fois ? lâcha-t-elle à voix basse.

— Je vais demander du renfort au Monde Submergé.

Il fallut un peu de temps à Nihal pour comprendre ce que le mage venait de dire.

— Tu es en train de parler du continent perdu ?

— Oui.

— Et pourquoi toi ?

— C'est mon idée.

— Je comprends.

Elle donna un coup de pied dans une pierre.

— Bien. Fais comme tu le sens, conclut-elle avant de retourner à grands pas vers l'écurie.

Combien de fois avait-elle déjà vécu cette scène ? À des milliers d'occasions, lui semblait-il. Apparemment, son destin était de voir s'éloigner tous ceux qu'elle aimait.

Sennar la rejoignit. Il la tira par le bras et l'obligea à se retourner.

— Pourquoi tu ne dis pas ce que tu penses, pour une fois ? hurla-t-il. Pourquoi tu ne te mets pas en colère, pourquoi tu ne cries pas ? Fais quelque chose, nom d'un chien ! Dis-moi que tu ne veux pas que je m'en aille ! Prouve-moi que tu es encore une personne, et pas juste une épée !

Nihal dégagea son bras. Le sang lui battait aux tempes. Elle ne prit pas le temps de réfléchir. Elle agit instinctivement, comme au combat : elle dégaina son épée.

Une longue marque rouge balafra la joue de Sennar.

Pendant un instant, ce fut comme si le temps s'était arrêté. Le sang lui-même ne coula pas tout de suite, il sembla se figer quelques secondes, puis une seule goutte tomba sur le sol.

Pour la première fois depuis qu'elle avait commencé à combattre, Nihal laissa échapper son épée. Elle venait de blesser Sennar, qui l'avait aidée, protégée, soignée à d'innombrables reprises. Sennar, la seule personne qui lui restait au monde, qui la comprenait, son unique ami.

— Sennar… Je…

Le magicien sourit d'un air désabusé :

— Ça va. Je pars avec un souvenir de toi qui ne m'abandonnera pas.

Il effleura la blessure du bout des doigts :

— Reviens à la vie, Nihal. Fais-le pour toi. Ou peut-être pour Fen que tu aimes tant, même s'il n'est plus.

Sennar s'en alla sans se retourner, les joues baignées de larmes. Il n'avait pas pleuré depuis la mort de son père.

Nihal ne savait pas combien de temps elle était restée là, sur le sentier de graviers, pétrifiée, à regarder le sang de Sennar qui souillait le fil de son épée. Elle n'avait pas la force de bouger.

Ce fut Ido qui la tira de sa torpeur :

— On peut savoir où tu étais fourrée ? Viens, il fait presque nuit.

Nihal le suivit, avala son dîner et alla se coucher. Elle regarda longuement le plafond sans trouver le sommeil.

Puis, surprise par un silence inhabituel, elle se leva et s'approcha de la fenêtre.

Il neigeait.

L'entraînement ne reprit pas avant deux semaines. Au début, Nihal s'en trouva bien. Depuis que Sennar était parti, elle n'avait envie de rien. Elle passait son temps avec Oarf, juste à le regarder, pendant qu'il l'observait d'un air intrigué.

À la fin de la deuxième semaine, la jeune fille estima qu'elle avait suffisamment payé sa faute. Il était temps qu'Ido recommence à la faire travailler. Elle avait besoin de s'ôter de la tête l'image de Sennar, avec la joue balafrée, qui lui tournait le dos et s'en allait. Elle avait besoin de combattre. Elle décida de parler à son maître.

Elle le trouva en train d'astiquer son armure.

— Ce n'est pas à moi de le faire ? lui demanda-t-elle.

Ido ne répondit pas.

Elle alla droit au but :

— Je voulais te demander pardon, Ido. J'admets que je me suis conduite comme une imbécile. Je te promets que désormais je tâcherai de t'obéir. Je te prie seulement de recommencer à m'entraîner.

Impassible, le gnome continuait à polir son armure.

— Ido ?

— Nihal ?

— Je t'en prie ! Donne-moi une autre chance.

— Non, Nihal, répondit Ido sans même la regarder.

La jeune fille encaissa le coup, mais ne se rendit pas :

— Pourquoi non ?

— Tu penses qu'il suffit de venir me trouver avec ton air angélique ?

— Je ne pense rien, Ido. Je veux devenir un chevalier, et je te jure que je n'en peux plus d'attendre. J'ai été stupide, je le sais. Mais...

Ido était passé aux jambières.

— Demain, je pars pour le front. Nous en reparlerons quand je reviendrai.

— Qu'est-ce que ça veut dire, « je pars » ?

Le gnome se décida à lever les yeux et les planta dans ceux de Nihal :

— Que moi avec d'autres, nous partons au combat.

Nihal n'en croyait pas ses oreilles :

— Et tu me laisses là ?

— Je n'emmène pas avec moi des guerriers auxquels je ne peux pas me fier. Je t'ai mal évaluée : tu es encore une petite fille qui ne sait pas se retenir et qui ne décide que ce que bon lui semble.

— Tu ne peux pas me faire ça ! Je dois combattre ! Tu sais à quel point c'est important pour moi !

— C'est justement parce que je le sais que selon moi tu dois te détacher un peu de tout ça. Il y a d'autres choses que la guerre, tu comprends ? Pour toi aussi, il y a une place dans ce monde, un endroit où tu pourras te sentir chez toi.

Mais la jeune fille ne comprenait pas et ne voulait pas comprendre.

— Tu es injuste ! Tu es injuste ! hurla-t-elle.

Ido ne se laissa pas attendrir. Nihal courut s'enfermer dans sa chambre.

Elle se prépara en secret : elle fit briller son épée et étala ses vêtements de combat sur le lit, prêts à être enfilés. Toute la nuit, elle resta éveillée pour entendre Ido partir. Elle se moquait bien de savoir quelle serait la réaction de son maître, ni qui ils affronteraient et de quelle manière. Combattre, tout de suite, voilà ce qu'il lui fallait.

Elle l'entendit quitter la cabane à l'aube. La neige tombait à gros flocons. Lorsque les troupes s'ébranlèrent, Nihal s'enveloppa dans son manteau et se glissa dehors.

Elle escalada la clôture de la base et les suivit de loin, de manière que personne ne la voie. Pour éviter d'être reconnue, elle avait décidé de mettre une armure. Elle aurait peut-être un peu de mal à bouger pendant la bataille, mais elle s'en sortirait quand même : dans sa vie de guerrier, elle avait surmonté de pires obstacles.

Elle fila à l'orée du bois. Sur le manteau blanc de la neige, ses habits étaient trop visibles. Elle décida donc d'avancer dans la forêt, en se fiant à son ouïe et au pas rythmé des soldats pour repérer leur trajet. Elle attendit longtemps, mais sa patience fut récompensée : les troupes défilèrent à quelques pas d'elle.

La formation était nombreuse : la colonne de soldats s'étirait sur une lieue.

Une fois que le peloton la dépassa, elle commença à se faufiler au milieu des arbres. Le crissement de la neige sous ses pas fut couvert par le vacarme que produisaient les soldats en avançant. Elle continua à se glisser le long de la file, furtive comme une belette à l'affût de sa proie.

Les discussions des soldats lui parvenaient dans

un brouhaha. Elle essaya d'en recueillir les paroles pour comprendre quelque chose de la stratégie qu'ils adopteraient pendant le combat. Mais ils étaient trop loin. « Ça ne fait rien, je découvrirai tout sur place », se rassura-t-elle.

Ils cheminèrent longtemps. Nihal peinait : elle n'était pas habituée au poids de l'armure. Elle l'avait dérobée le matin même à l'armurerie après que le campement se fut vidé. À l'œil, elle avait jugé qu'elle lui irait. Or, elle était très inconfortable, elle lui serrait la poitrine, bâillait sur les côtes et lui labourait les épaules.

Elle vit le ciel blanchir lentement : l'aube approchait. C'était un spectacle nouveau pour elle. Sur la Terre du Vent, il ne neigeait presque jamais. Elle se rappelait encore la stupeur et la joie qu'elle avait éprouvées la première fois qu'elle avait vu la neige tomber. Livon l'avait emmenée sur le toit de Salazar où, le nez en l'air, elle avait regardé les flocons voltiger autour d'eux comme des pétales. Elle se souvint du rire de son père quand elle avait ouvert la bouche pour essayer de les attraper au vol.

Elle pensa ensuite à sa première bataille. Cela ne remontait qu'à quelques mois, mais tout avait changé depuis. Cette fois-là, elle était émue et tendue. Et elle avait même peur. À présent, elle marchait, et c'est tout. Elle n'éprouvait rien, sauf de l'impatience. C'était une marche comme une autre, une nouvelle bataille... Rien d'autre.

Quand ils arrivèrent sur le lieu du combat, Nihal se mêla aux troupes et parvint à entrer dans le campement en profitant de la confusion qui y régnait.

Porter un casque était aussi pénible qu'elle se le rappelait : il lui serrait les oreilles et l'empêchait de respirer. Se déplacer accoutrée de la sorte était plus compliqué que prévu, mais elle fut heureuse de se dire que, cette fois, elle était libre de choisir le poste auquel elle voulait combattre. D'habitude, c'était toujours Ido qui lui assignait une position, et il la mettait invariablement dans les files centrales, là où la tâche et le risque étaient moindres. Là, il n'y avait personne pour désigner sa place.

Elle se dirigea sans hésitation vers la première ligne : aujourd'hui, elle donnerait le meilleur d'elle-même.

L'armée s'avança sur le champ de bataille au milieu de la matinée. Jusque-là, Nihal n'avait participé qu'à des attaques surprises et à des actions ayant pour but de libérer de petites zones stratégiques.

Ce jour-là, c'était une tout autre entreprise.

Pour la première fois, la demi-elfe se retrouva face à la ligne ennemie. Entre elle et les troupes d'assaut du Tyran, il ne se trouvait qu'un épais mur mouvant de neige, qui lui brouillait la vue et lui entrait dans la bouche à chaque rafale de vent.

Une ligne noire, hérissée de lances et barrée par des boucliers.

Une ligne vivante, qui ondulait comme un serpent se prélassant au soleil ; un grand corps formé d'une multitude de fammins qui se déplaçaient à l'unisson, comme les membres d'un seul organisme mû par la volonté du Tyran.

Elle fut troublée par ce spectacle. Le battement de son cœur s'accéléra.

Un général qu'elle n'avait jamais vu vint les passer en revue et leur rappeler la stratégie établie : ils devraient attaquer avec force, de manière à enfoncer la première ligne et à s'engouffrer jusqu'à la seconde. Puis ils se déploieraient en deux ailes pour encercler les troupes ennemies.

— Ensuite, à mon commandement, vous vous disperserez et vous amorcerez la retraite, conclut le général en s'éloignant.

Soudain, Nihal aperçut une silhouette familière qui rejoignait le général et lui emboîtait le pas, sa longue tunique flottant au vent.

Sennar !

Elle se précipita vers lui, mais son armure la gênait et la masse des soldats l'empêchait de passer. Elle voulait le serrer fort dans ses bras et le prier de la pardonner, de renoncer à son voyage et de rester avec elle. Elle poussa brutalement un soldat, gagna un peu de terrain…

À cet instant, l'homme se retourna. Ce n'était pas Sennar. C'était un magicien, peut-être un représentant du Conseil, mais pas Sennar. Sennar était parti.

Nihal eut un pincement au cœur.

Les chevaliers du dragon devaient attaquer depuis la deuxième ligne. Parmi eux, Nihal entrevit Ido. Pas un seul instant elle n'éprouva de remords à cause de ce qu'elle était en train de faire.

Elle se prépara à s'élancer au signal du général.

La neige tombait toujours plus fort.

Devant les ennemis, son cœur se mit à battre encore plus vite : malgré le froid, elle transpirait sous son armure.

Un cri retentit, donnant le signal de la charge. La première ligne entama une course impétueuse, qui pour beaucoup se termina sur les lances que les fammins abaissèrent au dernier moment.

L'impact fut incroyablement violent ; dans la confusion, Nihal tomba à terre. Sa cuirasse la sauva lorsqu'une hache la frappa au flanc. Elle se releva péniblement et se mit à combattre. Les fammins semblaient jaillir de nulle part et se multiplier sans cesse. Le sol autour d'elle était déjà couvert de cadavres.

Nihal essayait de ne penser à rien, elle se jetait haineusement sur l'ennemi comme à son habitude. Cependant cette bataille était différente des autres. Il n'y avait pas de soldats devant elle pour atténuer le choc de la rencontre, et elle avait l'impression que tous les fammins étaient sur elle. Elle avait du mal à bouger. Elle ne voyait qu'une forêt de lances, de lames, et d'épées qui obscurcissait le ciel.

Elle continua à donner de grands coups d'épée dans toutes les directions, tandis que le sang arrosait son armure.

Une pluie serrée de flèches commença à tomber, mais Nihal avait cessé de prêter attention à ce qui se passait autour d'elle. Son esprit se vida : Sennar, la solitude, la mort, sa mission, tout s'évanouit dans l'entrechoquement arythmique des épées et les mouvements précis de son corps. La douleur aussi disparut ; elle ne sentit même pas la lame ennemie pénétrer sa chair.

L'ordre de se replier retentit soudain. Le moment était bien choisi, car l'armée des Terres libres était en train de perdre. Nihal entendit l'appel, mais elle l'ignora. Pour elle, se retirer n'avait pas de sens. C'était sa guerre, sa vengeance, et elle obéissait à des règles différentes de celles qui régissaient le reste des combattants.

Les guerriers refluèrent rapidement vers l'arrière, et elle se retrouva seule face à l'armée adverse. Elle ne s'en rendit compte que lorsque le front ennemi eut dépassé sa position, et elle regarda autour d'elle, désorientée : partout où ses yeux se posaient, elle ne voyait que des êtres répugnants qui se jetaient sur elle avec des haches ruisselantes de sang.

Un coup à la tête fit voler son casque.

Les fammins qui l'encerclaient hurlèrent d'une seule voix :

— Un demi-elfe !

Nihal fit appel à toutes ses forces. Elle s'élança vers un premier ennemi, mais elle fut aussitôt assaillie de toutes parts. Les bêtes monstrueuses l'entouraient en riant et en se moquant d'elle, leurs gueules grandes ouvertes sur leurs énormes crocs.

Elle céda au découragement et se mit à frapper au hasard. Les fammins, eux, l'attaquaient avec méthode : chacun de leurs coups atteignait sa cible. Nihal sentit une de ses jambes céder sous son poids. Elle s'aperçut qu'elle avait une blessure à la cuisse. Elle tomba à genoux. Aussitôt, les fammins se ruèrent sur cette proie facile.

« Ai-je peur ? »

La question traversa l'esprit de Nihal dans un éclair, et les paroles d'Ido lui revinrent en mémoire : « La peur est une amie dangereuse : tu dois apprendre à la contrôler et à écouter ce qu'elle te dit. Si tu y réussis, elle t'aidera à accomplir ton devoir. Si tu la laisses te dominer, elle te conduira à la tombe. »

Non, elle n'avait pas peur.

Toujours à genoux, elle continua à bouger mécaniquement, esquivant les coups.

« Je vais mourir », pensa-t-elle.

Et elle ne ressentit rien, sauf un léger picotement à sa jambe blessée.

Tout à coup, une flamme embrasa les fammins qui s'acharnaient sur elle. Nihal sentit qu'on l'empoignait avec énergie par les cheveux. Avec ses dernières forces, elle s'agrippa à la main qui la soulevait, et un instant plus tard elle se retrouva sur la croupe de Vesa.

Les fammins se jetèrent sur le dragon en hurlant de colère. Une hache toucha Ido au bras, mais le gnome ne s'en soucia pas. Pendant que Vesa crachait feu et flammes, il commença à tailler dans la masse des ennemis avec sa lance. Le sang coulait en abondance de sa blessure, mais il continuait à combattre, tout en serrant la jeune fille de sa main libre pour la protéger des flèches.

Nihal regarda son maître. Bien qu'elle lui ait désobéi, il était venu la sauver, et maintenant il risquait sa vie pour elle.

« Que m'est-il arrivé ? Pourquoi est-ce que je n'ai pas eu peur ? Pourquoi est-ce que je n'ai pas respecté les ordres ? »

D'un coup, l'énormité de ce qu'elle avait fait lui apparut. De chaudes larmes se mirent à couler sur ses joues maculées de sang et de poussière.

Ils s'élevèrent enfin dans les airs. D'en haut, Nihal vit que la manœuvre d'encerclement avait échoué ; un groupe isolé de leurs soldats risquait même de tomber aux mains de l'ennemi.

Elle ferma les yeux et continua à pleurer en silence.

Ils atterrirent derrière le champ de bataille. Ido la poussa brutalement hors de la selle. Elle s'affala aux pieds d'un soldat.

— Mets-la en cellule avec les prisonniers, ordonna Ido.

— Mais... Ce n'est pas une des nôtres ?

— Fais comme je te dis, brailla le gnome en reprenant son vol vers la zone de combat.

Nihal ne protesta pas quand le soldat l'attrapa par le bras et la traîna vers une sorte de grande cage.

Et elle ne s'arrêta pas de pleurer, même quand elle s'aperçut que ses compagnons de cellule étaient des fammins. Ils étaient cinq. Ils ne la regardèrent pas, et ne se moquèrent pas non plus d'elle : ils restaient étendus sur le sol en gémissant.

Nihal se blottit dans un coin de la cage et enfouit la tête dans ses genoux pour ne pas les voir. Mais, alors qu'elle s'y attendait le moins, une chose étrange se passa : du petit groupe de prisonniers lui parvint un flux de douleur désespérée, une affliction qu'elle n'aurait jamais soupçonnée chez de telles créatures.

Cette sensation la déconcerta profondément.

La jambe lui brûlait ; elle avait perdu beaucoup de sang.

Elle se sentit seule et perdue. « Sennar... », songea-t-elle avant de sombrer dans l'inconscience.

Quelques heures plus tard, on la transporta à l'infirmerie, où on soigna sa blessure, qui se révéla superficielle. Dès qu'elle se sentit mieux, elle alla suivre l'issue de la bataille du haut d'une colline. Elle passa tout l'après-midi là-haut, et vit, les larmes aux yeux, son armée battre en retraite.

Ce furent deux jours d'un combat sans merci, deux jours de sang et de mort.

La bataille se termina par une défaite : les troupes des Terres libres n'avaient pas gagné un pouce de terrain, et des centaines de corps jonchaient le sol.

L'armée revint à la base avec sa charge de blessés. Nihal avançait non sans peine, mais elle ne voulut l'aide de personne. Elle fit la route lentement, cette même route qu'elle avait parcourue avec tant d'impatience l'avant-veille.

Ido l'attendait à la cabane, fumant comme à son habitude. Il était assis sur un solide fauteuil de bois, le dos appuyé contre des coussins. Les larges bandages qui entouraient son buste et l'un de ses bras étaient couverts de sang.

Nihal entra la tête baissée, incapable de soutenir son regard.

Le gnome tirait rageusement sur sa pipe et crachait

de petits nuages compacts qui se dissolvaient dans l'air froid de la pièce. Il la dévisagea d'un air farouche.

Après un temps qui parut interminable à Nihal, il se décida à ôter la pipe de sa bouche :

— On peut savoir ce qui t'est passé par la tête ?

Nihal leva timidement les yeux :

— Je… je voulais combattre.

Le gnome explosa :

— Non seulement tu m'as désobéi, mais tu n'as pas respecté l'ordre de retraite, et tu as risqué de faire échouer le plan ! Tu as fait le jeu de l'ennemi, Nihal !

La jeune fille répondit dans un filet de voix :

— Pardonne-moi, Ido. Je ne savais pas ce que je…

— Ne me raconte pas de salades, jeune fille ! Tu savais on ne peut mieux ce que tu faisais ! Ah que oui, tu le savais ! Et tu veux que je te dise pourquoi tu l'as fait ? Parce que tu te moques bien de ta propre vie et de celle des autres ! Ce qui t'intéresse, c'est de tuer ! Tu n'es pas un guerrier : tu es un assassin !

Nihal serra les poings :

— Tu te trompes !

— Je me trompe ? Qu'est-ce qui différencie l'armée des Terres libres de celle du Tyran, selon toi ? Allez, dis-le-moi !

Nihal réfléchit, mais elle était si blessée par les

paroles de Ido qu'elle n'arrivait pas à trouver une réponse.

— Ceci : nous combattons pour la liberté…, babultia-t-elle.

— Tu n'y as jamais réfléchi, n'est-ce pas ? ricana le gnome. Pour toi, il n'y a que la vengeance qui compte !

— Ce n'est pas vrai ! s'écria Nihal.

Ido sauta sur ses pieds et pointa un doigt vers elle :

— Silence ! La différence entre eux et nous, c'est que nous combattons pour la vie ! La vie, Nihal ! Celle que tu ne connais pas, celle que tu nies de toutes tes forces ! Nous combattons pour que tous aient le droit de vivre sur cette terre, pour que chacun puisse décider quoi faire de sa propre existence, pour que personne ne soit l'esclave de personne, et pour que règne la paix. Nous nous battons pour les gens qui ont dansé avec nous l'autre soir sur la place, pour les marchands qui nous ont offert l'hospitalité, pour les filles qui se sont amourachées de nos soldats. Et nous combattons avec la conscience que cette guerre est horrible, mais que, si nous ne la faisons pas, le monde que nous aimons sera détruit ! Ce n'est pas la haine qui nous meut ! C'est l'espoir qu'un jour cette tragédie finira ! La haine, c'est ce qu'éprouve le Tyran !

Ido se rassit d'un coup et baissa la voix :

— Tu n'as aucune raison de rester ici. Tu ne sais

pas pour quoi tu combats. La seule chose que tu saches, c'est que tu veux mourir.

— Non ! Je ne suis pas comme ça ! hurla Nihal.

— Oh si ! Tu as peur de vivre ! Chaque fois que tu te rends sur le champ de bataille, tu espères inconsciemment recevoir un coup d'épée qui te délivrera de la responsabilité d'affronter ta vie. Qu'est-ce que tu crois, qu'il faut du courage pour mourir ? Mourir, c'est facile. C'est vivre qui demande du courage. Tu es lâche, Nihal.

— Je ne mourrai pas avant d'avoir aidé à sauver ce monde !

— Tu crois être une héroïne ? C'est ça que tu penses ? Eh bien, tu te trompes de beaucoup !

Nihal s'effondra au sol, les mains plaquées sur ses oreilles et les yeux pleins de larmes :

— Tais-toi, tais-toi !

Ido se leva et marcha vers elle. Nihal pensa qu'il voulait la consoler, mais il lui ôta violemment les mains des oreilles :

— Non, maintenant, tu vas m'entendre ! J'ai cru qu'il y avait du bon en toi. Je l'ai vu enfoui sous une montagne de rancœur, et j'ai espéré pouvoir le faire sortir. Mais tu n'as jamais voulu m'écouter, tu as toujours feint que tout allait bien…

— Non ! Non !

— Je te le répète, il n'y a plus de place ici pour toi. Si tu cherches un endroit où te battre, je te conseille l'armée du Tyran. Tu as choisi de devenir une machine de mort : va rejoindre tes semblables !

Nihal poussa un cri. Les larmes coulaient sans fin sur ses joues. Debout face à elle, Ido la regardait sans aucune pitié. Elle se recroquevilla à terre, secouée par des sanglots. Il lui semblait qu'elle ne cesserait jamais de pleurer.

— Et qu'est-ce que j'aurais dû faire, selon toi, hein ? demanda-t-elle à son maître en levant vers lui son visage. Je n'étais qu'une enfant, tu comprends ? Une enfant ! Que sais-tu de ce que je vois dans mes rêves, de ces carnages auxquels j'assiste chaque nuit ?

Ido se pencha vers elle et la regarda dans les yeux :

— De quoi parles-tu ? Qu'est-ce que c'est que cette histoire ?

— Je vois le massacre de mon peuple ! hoqueta la demi-elfe. Des femmes, des hommes, des enfants ! Nuit après nuit, depuis toujours ! Ils me murmurent des paroles incompréhensibles, ils me persécutent, ils répètent sans cesse que je dois les venger ! Qu'est-ce que j'aurais dû faire ?

Ido resta plongé quelques instants dans ses pensées, puis il s'assit devant son élève.

Sa voix s'était adoucie :

— Tu es libre, Nihal, tu comprends ? Libre ! La place des esprits n'est pas dans ce monde. Cette haine est la leur, pas la tienne.

Nihal secoua la tête.

— Et tous ceux qui sont morts ? Quelqu'un doit bien venger ce massacre ! Je suis l'unique survivante d'un peuple entier ! Pourquoi moi ?

— Les morts sont morts, Nihal. Tu ne peux rien pour eux. Mais tu peux faire quelque chose pour ceux qui sont en vie, pour ceux qui subissent chaque jour les atrocités du Tyran.

Le gnome repoussa les cheveux du front trempé de Nihal :

— Moi aussi, j'ai vu des choses terribles. Moi aussi, j'ai dû lutter contre la haine qui grandissait en moi. Et puis j'ai compris que des gens avaient besoin de moi. C'est pour cela que j'ai décidé de combattre. Je ne sais pas pourquoi tu as survécu. Mais tu es là, tu es vivante. Tu ne peux pas te permettre de gâcher ta vie, parce que ce n'est pas seulement ta vie, mais celle de ton peuple.

Nihal, désespérée, se remit à pleurer de plus belle, son corps mince secoué de hoquets.

Ido la prit par les épaules :

— Pleure, pleure tant que tu veux. Depuis combien de temps tu ne l'as pas fait ?

De toute façon, la jeune fille ne pouvait plus s'arrêter.

— J'ai vu mourir mon père, lâcha-t-elle. Et puis Fen. Je l'aimais, Ido. C'était lui qui me liait à ce monde, qui me donnait une raison de vivre. Après, il ne m'est resté que la haine. Rien d'autre.

Ido regarda cette créature égarée et se laissa toucher par la pitié.

— Ce n'est pas dans la haine que tu découvriras une réponse, Nihal, dit-il avec douceur. Seul un idéal donne un sens au combat : ce n'est pas facile d'en trouver un, ce n'est pas facile de lui rester fidèle et de le poursuivre, mais une vie, une lutte sans idéal, ça ne veut rien dire.

Il lui caressa la tête.

Nihal pleura tout le reste de la journée. Ses sanglots se calmèrent peu à peu, mais les larmes ne cessèrent de couler avant le soir.

Ido ne lui dit plus rien. À présent, c'était à elle de trouver son chemin. Il la laissa pleurer, assise sur le plancher de la cabane, la tête enfouie dans les genoux.

Il mangea seul, et pendant ce triste repas il se remémora beaucoup de choses qu'il croyait avoir oubliées depuis longtemps, mais qu'en réalité il n'avait jamais réussi à surmonter tout à fait. Et leur souvenir revint le tracasser.

Quand il eut fini de dîner, il s'aperçut qu'aucun bruit ne venait plus de la chambre de Nihal. Il entrouvrit la porte : la jeune fille dormait, étendue sur son lit tout habillée, son épée au côté. Elle semblait avoir enfin trouvé la paix.

Lorsqu'elle s'éveilla le lendemain, Nihal crut d'abord que c'était un jour comme les autres. Puis elle se souvint de ce qui s'était passé, et la douleur l'étreignit de nouveau.

Ido apparut à la porte :

— Bonjour ! On dirait que tu as bien dormi ! Comment te sens-tu ?

— J'ai un peu mal à la jambe, répondit Nihal en réprimant des larmes.

— Mange ! Après, je t'emmène à l'infirmerie, dit le gnome en lui mettant une écuelle de gruau sous le nez.

Nihal avait l'estomac noué, mais elle mangea quand même. À l'infirmerie, on récita une formule de guérison sur sa blessure qui commençait à s'infecter. Pendant qu'on la soignait, Nihal repensait au jour où elle avait failli mourir et où Sennar avait dû invoquer l'enchantement le plus puissant qu'il connaissait pendant trois jours de suite pour la sauver. Elle aurait tant aimé que les mains qui l'effleuraient à présent soient les siennes ! Si son ami avait été là, ces heures lui auraient sans doute semblé moins sombres.

Ido vint à l'infirmerie à la fin de l'après-midi. Il la trouva en train de regarder par la fenêtre. Tout était si calme dehors… Ce paysage blanc et endormi était à l'image de son âme : les pleurs l'avaient vidée ; maintenant, elle se sentait apaisée.

— Nihal…

La jeune fille se tourna vers son maître.

— Il faut que je te parle.

Elle attendit en silence.

— Je pense qu'il vaut mieux que tu t'éloignes du camp quelque temps.

Un sourire amer se dessina sur les lèvres de la demi-elfe, et les larmes se remirent à couler sur son visage.

— Ne crois pas que je te chasse. C'est juste qu'il est inutile que tu restes là pour l'instant. Je veux seulement que tu profites d'une petite permission… Si tu refuses, je n'insisterai pas : je ne peux ni ne veux te forcer à partir. Mais si tu veux réellement trouver le sens de ce que tu fais, tu dois t'en aller.

Nihal le regarda, l'air grave :

— J'ai besoin de quelqu'un, Ido. Toute seule, je n'y arriverai pas.

— C'est un mensonge, et tu le sais. Tu es forte, tu t'en sortiras très bien. Je ne peux pas t'aider plus que ça. C'est toi qui dois choisir. Tu la veux, cette permission ?

Nihal fixa sa couverture, indécise. Peut-être que Ido avait raison. Il lui fallait réfléchir. Et se trouver seule.

— Je peux partir aussi longtemps que je veux ?

— Oui, Nihal. Je t'attendrai.

Elle décida de prendre la route la nuit même. Elle aussi s'était attachée à Ido, et elle ne voulait pas le

431

revoir avant de quitter le camp. Elle avait vécu trop d'adieux dans sa vie pour en supporter un autre.

Elle se leva à l'aube et se faufila hors de l'infirmerie, enveloppée dans son manteau. Il faisait très froid. Elle entra dans la cabane de son maître en prenant soin de faire le moins de bruit possible. Elle n'avait pas grand-chose à emporter : juste quelques vêtements, son épée, et le parchemin avec le dessin de Seferdi. Cette feuille chiffonnée assumait désormais une double signification : c'était tout ce qu'il lui restait de ses origines, et en même temps c'était le seul souvenir qu'elle avait de Sennar.

Elle la regarda longuement en se demandant où elle s'était trompée. Tout le sens de son existence tenait-il bien dans cette page ? Elle en avait été persuadée, mais à présent elle n'était plus sûre de rien.

Elle enroula le parchemin avec soin et le mit dans son baluchon. Ensuite, elle sortit de la cabane sur la pointe des pieds et se dirigea vers l'écurie. Elle ne pouvait pas partir sans saluer Oarf.

Elle le trouva endormi. Plongé dans le sommeil, il ne semblait pas du tout féroce. Nihal éprouva un élan de tendresse pour son dragon. Elle lui effleura le flanc.

Oarf se réveilla. Avec le temps, il avait appris lui aussi à connaître la jeune fille, et il savait quand elle souffrait. Il sut tout de suite qu'elle allait le quitter.

Nihal le caressa :

— Je dois m'en aller, Oarf. Il faut que je comprenne ce que je désire vraiment. C'est seulement après que nous pourrons voler ensemble.

Oarf détourna la tête, refusant ses caresses. Elle lui serra le cou et appuya la tête sur son poitrail.

— Pardonne-moi. Je reviendrai.

L'énorme animal posa son museau sur la tête de Nihal, et le dragon et la jeune fille restèrent un moment ainsi, serrés l'un contre l'autre.

Le soleil illumina le ciel blanc de neige : bientôt, le camp se réveillerait.

Nihal prit un cheval et monta en selle avec difficulté, car sa jambe avait recommencé à la faire souffrir. Dès qu'elle eut franchi l'enceinte de la base, elle lança sa monture au galop vers la forêt.

Ido fut réveillé par un pressentiment. Il courut à l'infirmerie sans même prendre le temps de s'habiller, ses pieds nus s'enfonçant dans la neige.

Le lit de Nihal était vide.

Le gnome se maudit cent fois de ne pas avoir dit à la jeune fille de partir seulement quand sa blessure serait guérie. Il retourna chez lui en jurant contre tous les dieux, et entra précipitamment dans la chambre de Nihal. Sur le lit il vit une lettre.

Cher Ido,

Pardonne-moi de m'en aller ainsi. Je ne t'ai pas dit au revoir parce que je savais que tu ne me laisserais pas partir tout de suite, et peut-être aussi parce que j'étais sûre que si je te revoyais je risquais de changer d'avis.

Je m'en vais et je laisse derrière moi mes larmes et ma douleur, dont j'ai décidé de me débarrasser une bonne fois pour toutes.

Je ne sais pas si je reviendrai, ni si je saurai vivre loin du champ de bataille.

La seule chose que je sais, c'est que je veux enfin essayer de comprendre qui je suis.

Merci de tout ce que tu as fait pour moi. T'avoir eu comme maître a été un honneur. Tu es le meilleur guerrier que j'aie jamais connu, tu es la personne qui m'a ouvert les yeux. Adieu.

Ta seule élève

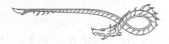

21

UNE NOUVELLE FAMILLE

Nihal descendit le flanc de la montagne en suivant le cours d'un ruisseau qui gargouillait joyeusement entre les rochers blancs de neige.

Elle dut progresser sur des sentiers sinueux et n'atteignit la plaine que lorsque le soleil était déjà haut. Le bois s'épaissit peu à peu ; le ciel ne se montrait plus que de loin en loin à travers la trame brune des branches dénudées.

Le cheval commençait à être fatigué ; elle-même était épuisée. Elle avait très chaud, et sa jambe la lançait avec violence. Elle s'arrêta : en cette demi-journée de route, elle avait mis assez de lieues entre elle et la base pour ne plus céder à la tentation d'y retourner.

À peine descendue de cheval, elle fut prise de vertige. Elle s'assit sur une grosse pierre et respira au plus profond en essayant de réciter une formule de guérison ; cependant elle se sentait toujours sur le point de s'évanouir. Elle ne pouvait pas continuer comme ça. Il lui fallait trouver de la nourriture et un endroit où se reposer un peu : après un bon somme, il lui serait sans doute plus facile de se guérir.

Elle se pencha et but avidement au ruisseau : l'eau glacée coula dans sa bouche desséchée tel un nectar.

« Je tremble. Je dois avoir de la fièvre », pensa-t-elle.

Elle était très fatiguée, et ce n'était pas seulement de la fatigue physique. Cela ne faisait que quelques heures qu'elle vagabondait, et il lui semblait déjà n'avoir jamais eu de maison.

Elle regarda en l'air : le ciel était d'un bleu profond, sans le moindre nuage.

« S'envoler, partir loin et ne plus revenir... »

Nihal fut réveillée par un cri strident que poussait une petite voix apeurée. Elle se releva avec peine et courut vers l'endroit d'où il provenait. Il se transforma en pleurs désespérés.

C'était la voix d'un enfant.

Elle accéléra autant qu'il lui était possible en dégainant son épée. Elle déboucha sur une petite clairière, en tout point semblable à celle où elle avait passé l'épreuve d'initiation à la magie. Elle y vit un petit garçon terrorisé, que menaçaient deux énormes loups gris.

Un des animaux bondit vers lui, et Nihal se précipita devant l'enfant pour le protéger. Son épée toucha la bête, mais ne fit que l'égratigner. Le loup s'élança de nouveau, suivi de peu par son congénère. Cette fois, Nihal atteignit sa cible : la tête du premier loup vola, laissant sur la neige une longue traînée vermeille. Le deuxième en profita pour lui planter ses crocs dans le bras.

L'enfant continuait à gémir en se couvrant les yeux. Nihal hurla de douleur et roula par terre en essayant de se débarrasser de l'animal affamé. Les dents du loup lui déchiraient la chair. Nihal appuya ses pieds sur le ventre de l'animal, et, au prix d'un effort surhumain, parvint à le repousser.

Le loup tenta de se relever. En un clin d'œil, Nihal fut sur lui et lui tailla la gorge d'un coup d'épée. Le hurlement rauque de l'animal mourant s'éteignit peu à peu, replongeant la clairière dans un silence ouaté.

Nihal s'effondra sur son épée. Sa poitrine se soulevait et s'abaissait avec frénésie à la recherche d'air. L'enfant était blotti au pied d'un arbre, sanglotant doucement.

Elle s'approcha de lui en boitant. Elle se servait de son épée comme d'une canne.

— C'est fini ! Ne pleure pas. C'est fini.

Le garçonnet se releva et lui étreignit les jambes de toutes ses forces. Nihal se revit, enfant, toute seule dans la forêt, morte de peur. Elle lui caressa la tête.

— Allez, tu es un petit homme courageux, n'est-ce pas ?

Le gamin la regarda, les yeux pleins de larmes. Il était haut comme trois pommes.

— Merci, monsieur. Merci !

« Tiens, il m'a prise pour un homme ! » songea-t-elle.

— Tu t'es perdu ?

Il secoua la tête.

— Non. Je jouais à cache-cache avec mes amis, et nous sommes entrés dans le bois. C'est moi qui collais... et puis, les loups sont arrivés !

Il renifla.

Nihal s'efforçait de lui sourire, malgré la douleur qui la tenaillait. Elle était secouée de frissons ; la sueur qui lui coulait le long du dos gelait sur place.

— Tu veux que je t'accompagne chez toi ?

L'enfant hocha la tête.

— Comment tu t'appelles ?

— Jona, monsieur.

— Tu es déjà monté sur un cheval, Jona ?

Il fit non de la tête.

— Alors, ce sera la première fois ! lança-t-elle d'un ton enjoué.

Elle lui prit la main et se dirigea vers sa monture.

— Mets un pied dans l'étrier et grimpe là-haut, dit-elle en l'aidant de sa main valide.

Puis elle se hissa à son tour, non sans peine, et

entoura Jona d'un bras avant d'éperonner son cheval.
L'enfant s'appuya contre sa poitrine.

— Mais… tu es une femme ! s'écria-t-il. Tu es
douce comme maman !

— Eh oui…

Elle tremblait de plus en plus, et sa vue commençait à se brouiller.

« Courage, Nihal, se répétait-elle. Tu peux y arriver. »

— Elle est loin, ta maison ?

— Non, elle est juste après le village. Je te
conduirai.

— Quel âge as-tu ?

— Sept ans, répondit l'enfant d'une voix tranquille.

Sa peur était oubliée.

— Il ne faut pas aller dans les bois tout seul. Ta
maman ne t'a pas prévenu ?

— Si, mais si je n'y vais pas, les autres disent
que je suis un trouillard…

— Eh bien, ce sont des imbéciles, fit-elle en
pensant à toutes les choses beaucoup plus dange-
reuses qu'elle avait faites à son âge avec la bande de
gamins déchaînés de Salazar. C'est encore loin ?

« Tout est sous contrôle, tentait-elle de se persuader. Je ne vais pas si mal que ça. »

— Non. Tourne à droite, c'est plus rapide.

— Tu es un très bon guide, Jona.

Elle s'obstinait à parler le plus possible pour ne

pas laisser la torpeur prendre le dessus, mais elle se sentait à bout de forces.

« Ce jour-là, à Salazar, j'allais beaucoup plus mal. Cette fois, ça va à peu près… »

Elle entendit enfin Jona crier :

— Maman ! Maman !

Une femme accourut vers l'enfant et l'arracha aux faibles bras de Nihal.

— Jona ! Que s'est-il passé ? Et qu'est-ce que c'est que tout ce sang ?

Elle le serra contre elle en l'examinant pour voir s'il n'était pas blessé.

— J'étais dans le bois… y avait des loups… la dame m'a sauvé…

Retrouvant la chaleur des bras maternels, le garçonnet se remit à pleurer.

— Combien de fois t'ai-je dit de ne pas aller dans les bois, hein ? Combien ? fit la femme en caressant le visage de l'enfant. Il ne faut pas…

Elle s'interrompit en entendant un bruit sourd.

Le cavalier qui lui avait ramené son fils gisait à terre telle une poupée de chiffons.

Quand Nihal revint à elle, la première chose qu'elle perçut, avant même de reprendre tout à fait conscience, fut la douceur de la couverture dans laquelle elle était enveloppée. Elle ouvrit grand les yeux. Un visage d'enfant était penché sur elle.

— Maman ! Maman ! Elle s'est réveillée !

Le cri perçant du petit résonna douloureusement dans la tête de Nihal.

Jona la regardait de nouveau avec curiosité. Nihal battit les paupières, éblouie par la lumière du jour.

— Jona, va-t'en de là ! Laisse-la respirer !

Une femme apparut dans le champ visuel de Nihal. Jeune et plantureuse, elle avait un beau visage cordial.

« Mais où est-ce que je suis tombée ? » se demanda la demi-elfe.

— Comment te sens-tu ?

Dans la voix mélodieuse de la femme, il y avait une note de sincère préoccupation.

— Mal, souffla Nihal.

La mère de Jona sourit :

— C'est normal. Les blessures étaient sérieuses, et tu as eu une forte fièvre…

Elle s'interrompit un instant avant d'ajouter :

— Je ne sais pas comment te remercier d'avoir sauvé mon fils. Je te suis infiniment reconnaissante…

Nihal dut faire un certain effort pour ramener à la surface le souvenir de ce qui s'était passé : l'enfant, les loups, le trajet dans le bois… Sa mémoire s'obscurcissait au moment où Jona lui disait que la maison était proche.

— Ne me remercie pas…, murmura-t-elle en priant pour qu'on la laisse tranquille.

La jeune femme dut s'apercevoir de sa souffrance, parce qu'elle se remit à chuchoter :

— Tu as eu de la fièvre toute la journée d'hier ; et puis, cette nuit, elle est tombée. J'ai soigné ta blessure au bras avec des herbes. Tu as perdu beaucoup de sang, mais à présent cela va bien. Dors maintenant, tu en as besoin.

Sur ces paroles, elle sortit en refermant la porte de la chambre derrière elle.

Nihal savoura le silence. Elle jeta un regard par la fenêtre : la neige tombait, lente et paisible. Elle remonta ses couvertures jusque sous ses yeux et se sentit en sécurité.

Elle comprit que l'heure du déjeuner était proche quand la maison s'emplit d'une agréable odeur épicée. De la pièce à côté lui parvenaient des bruits étouffés et, de temps à autre, la voix aiguë de Jona.

La femme entra dans la chambre avec un plateau où étaient posés une écuelle et un morceau de pain noir. Nihal essaya sans succès de se redresser : elle était trop faible.

— Attends, je vais t'aider ! dit son hôtesse en la soutenant et en remontant son coussin.

Nihal regarda autour d'elle : la chambre était petite. Tout son mobilier consistait en un lit, un grand miroir et un coffre de bois sous la fenêtre voilée d'un fin rideau de coton bleu. Nihal la trouva belle comme un palais. Baissant les yeux, elle s'aperçut qu'elle portait une chemise de nuit en laine, fermée au col par un petit ruban.

— Où est mon épée ? demanda-t-elle avec inquiétude.

La père de Jona indiqua un coin de la chambre :

— N'aie pas peur, elle est là.

L'arme était appuyée contre le mur, bien à l'abri dans son fourreau.

— J'ai lavé tes vêtements, ils étaient tout tachés de sang. J'espère que la chemise de nuit est assez chaude...

Nihal rougit de s'être montrée si ingrate.

— Oh oui, ça va ! Merci, murmura-t-elle.

La jeune femme posa le plateau sur ses genoux, et Nihal se jeta sur l'écuelle, dont elle avala goulûment le contenu avant de mordre à pleines dents dans le morceau de pain.

Jona, debout sur le seuil de la porte, la regardait, les yeux écarquillés.

La femme sourit :

— Cela devait faire longtemps que tu n'avais pas mangé !

Nihal s'arrêta aussitôt et fixa son écuelle, l'air gêné :

— Ben... oui...

La gentillesse de cette femme l'embarrassait.

— Je me trompe, ou c'est l'heure de ta sieste ? dit la mère à l'enfant.

— Oh, s'il te plaît, maman… Laisse-moi rester un peu avec la dame…

— Au lit, sans discuter !

Jona sortit en soupirant. Sa mère fit un clin d'œil à Nihal :

— Comme ça, il ne t'embêtera pas. Quand il s'y met, c'est un insupportable bavard…

La demi-elfe continua à manger en silence. Tout cela la tourmentait : si elle voulait se faire une nouvelle vie, elle devait s'éloigner le plus possible de la guerre. Rester là était dangereux. Elle devait se dépêcher de partir.

Pendant ce temps, la jeune femme n'avait cessé de l'observer.

— Je m'appelle Eleusi, fit-elle à la fin. Et toi ?

Nihal lui répondit par un regard méfiant, suivi d'un silence embarrassant, qu'Eleusi se hâta de combler :

— Si tu préfères ne pas le dire, ce n'est pas grave.

La jeune guerrière déposa le plateau et serra furtivement la main qu'Eleusi lui tendait :

— Nihal.

— Quel nom étrange ! Tu n'es pas d'ici. D'où…

« Ça y est, elle devient curieuse… », songea Nihal, qui fit mine de se lever :

— Je te remercie pour toute ta générosité…

— Non, attends, dit la femme en l'arrêtant. Excuse-moi si j'ai été envahissante. Je voulais juste parler un peu.

Nihal se sentit de nouveau mal à l'aise :

— Non, ce n'est pas pour ça... C'est que je dois...

Eleusi l'obligea d'un geste doux mais ferme à se rallonger :

— Écoute, tu n'es pas en état de te remettre en route. Tu es très affaiblie par la fièvre, et puis, j'ai dû te faire quelques points de suture à la jambe...

La jeune fille ouvrit de grands yeux :

— Comment ?

Elle avait déjà entendu parler de cette pratique. Quand il n'y avait pas de magicien pour réciter des formules de guérison, c'était aux prêtres de soigner les blessures, et ils avaient parfois recours au fil et à l'aiguille pour les recoudre. Une fois, à la base, elle était passée devant l'infirmerie alors qu'on rafistolait ainsi un soldat, et en entendant ses cris elle avait pensé qu'elle préférerait mourir plutôt que de souffrir une chose pareille.

— La blessure s'était rouverte, expliqua Eleusi. Tu dois te reposer au moins une semaine. Crois-moi, c'est nécessaire.

« Enfer et damnation ! » pensa Nihal en s'adossant contre le coussin.

— Tu es prêtresse ? voulut-elle savoir.

— Non. Mon père était prêtre. C'est lui qui m'a tout enseigné. Tu as de la chance, je suis très recherchée comme guérisseuse, plaisanta la jeune femme

445

en prenant le plateau. Tu as encore faim ? Tu veux du fromage ? Je dois avoir aussi quelques pommes…

Nihal hocha faiblement la tête. La jeune femme sortit et revint peu après avec une assiette contenant quelques châtaignes, des noix, deux pommes et un minuscule morceau de fromage.

— Je suis désolée, ce n'est pas grand-chose… L'année a été un peu maigre…

Nihal croqua dans une pomme. Elle était sucrée et délicieuse.

Eleusi s'assit sur le coffre en bois :

— Quand j'étais petite, j'allais toujours jouer dans le bois. À l'époque, les loups ne s'en prenaient jamais aux hommes, juste aux chèvres, et encore, c'était rare. Mais maintenant que la guerre les a chassés de leur territoire, ils sont devenus agressifs. C'est la quatrième fois qu'ils attaquent des enfants cet hiver… Maudite guerre !

Nihal avait fini sa pomme ; elle s'éclaircit la voix :

— Écoute, Eleusi…

— Oui ?

— Eh bien… Je ne veux pas occuper ton lit. Un peu de paille me suffira.

La jeune femme secoua vigoureusement la tête :

— Il n'en est pas question ! Tu as sauvé Jona. Te donner mon lit est bien la moindre des choses !

Et, sans laisser à Nihal le temps de protester, elle se dirigea vers la porte.

— Attends ! cria Nihal. Tu as été trop gentille

avec moi : tu m'as soignée, tu m'as offert ta nourriture... et tu ne sais même pas qui je suis...

— Je me fie aux actes, répondit Eleusi en souriant depuis le seuil. Pour moi, tu ne peux être
qu'une brave fille.

Nihal resta alitée plusieurs jours. Jona aimait lui
tenir compagnie. C'était un petit garçon amusant,
curieux et aussi bavard que l'avait dit sa mère. Tous
les matins, il entrait dans sa chambre tel un ouragan
pour la saluer.

Fasciné par son épée, il harcelait Nihal de questions : était-elle lourde ? De quelle matière était-elle
faite ? Est-ce qu'elle coupait beaucoup ?

La demi-elfe éprouvait une sympathie instinctive
pour ce bambin.

— Si elle te plaît tellement, prends-la dans ta
main, proposa-t-elle un jour.

— Je peux ? Pour de vrai ? lâcha le petit garçon,
tout ému.

Nihal se demanda si elle faisait la même tête
devant les armes de Livon quand elle avait son âge.

— Bien sûr que tu peux ! Mais tu ne dois pas
toucher la lame ni t'éloigner de moi.

Jona souleva à grand-peine le fourreau, qui était
presque aussi grand que lui. Il l'apporta à Nihal,
qui l'aida à dégainer l'épée.

Les yeux de l'enfant s'illuminèrent :

— Comme elle est brillante !

— Elle a été taillée dans une matière qu'on appelle le cristal noir.

Jona regarda l'objet sous tous les angles :

— Et cette chose blanche ?

— C'est une perle, elle s'appelle Larme. C'est un ami, un elfe-follet, qui me l'a offerte.

— Tu connais des elfes-follets ?

— Bien sûr, répondit Nihal en souriant.

— Ah ! Et comment sont-ils ? Ici, il n'y en a pas !

— Ils sont à peine plus grands que ta tête, et ils ont les cheveux de toutes les couleurs. Ils ont aussi des ailes, et ils volettent çà et là. Cette pierre blanche est un signe de reconnaissance. Cela veut dire que tu es l'ami du peuple des elfes-follets. Et elle sert aussi à augmenter le pouvoir des enchantements.

Jona en resta bouche bée :

— Des enchantements ? Tu sais faire des enchantements ?

— Non. Enfin, si, mais seulement quelques petites choses, se reprit Nihal.

— Oh, je t'en prie ! Tu m'en fais voir un ?

— Pas maintenant, Jona. Peut-être quand j'irai mieux.

Le garçonnet en battit les mains d'excitation.

Les jours de convalescence s'écoulaient agréablement. Eleusi était une hôtesse délicieuse ; elle entourait Nihal de mille petites attentions et veillait à ce qu'elle ne manque de rien. Elle ne lui posait plus aucune question, mais elle venait souvent pour lui tenir compagnie et bavarder avec elle. Au contraire de Nihal, elle était intarissable sur les histoires de sa vie.

Nihal apprit ainsi qu'elle s'était mariée très jeune et que son mari était soldat. Il combattait sur la Terre du Vent et ne rentrait chez lui qu'une fois par an pour un congé d'un mois.

— D'habitude, on lui donne sa permission en automne, comme ça, il rentre au bon moment pour labourer les champs. Mais il nous a fait la surprise de passer en hiver, ou en été. Ces derniers temps, c'est plutôt rare... Tu sais, les choses vont mal...

— Et il ne te manque pas ? demanda Nihal, étonnée. Tu n'es pas malheureuse qu'il ne soit presque jamais là ?

— Il me manque, bien sûr. Quand il a décidé de s'engager, il y a deux ans, nous en avons beaucoup discuté : il ne pouvait plus supporter les injustices auxquelles il assistait à longueur de temps, et il en avait assez de voir ses amis partir sans jamais revenir... Quand je suis triste, je me console en pensant qu'il se bat pour que Jona vive libre un jour. Quel avenir pourrait espérer notre fils sous la domination du Tyran ?

Elle fit une pause avant d'ajouter :

— Je suis fière de lui.

Ces paroles touchèrent Nihal : le mari d'Eleusi savait ce qu'il faisait, et pour qui il le faisait. Il avait une famille à protéger, et il se battait pour un idéal. À côté de cet inconnu qui avait renoncé à une vie paisible pour sa femme et son fils, elle se sentait minuscule.

Nihal eut tout le loisir de réfléchir pendant ces quelques jours : l'ambiance chaleureuse et sereine de cette petite maison lui donnait l'impression d'être hors du temps et lui permettait de remettre de l'ordre dans ses idées.

En premier lieu, elle avait décidé de ne plus ressasser ses cauchemars. Cela lui demandait des efforts, mais, là aussi, le quotidien avec Eleusi et Jona l'aidait : elle n'avait jamais vu auparavant comment vivait une vraie famille. La simplicité de leurs gestes et la pureté de l'affection qui les liait étaient tout à fait nouvelles pour elle. Même lorsqu'elle habitait avec Livon, elle n'avait jamais respiré une telle atmosphère.

Les heures passaient, scandées par les occupations quotidiennes d'Eleusi : ranger la maison, faire le pain, aller au marché, tisser les étoffes, qu'elle vendrait ensuite. Le soir, la jeune femme s'asseyait avec son fils devant la cheminée et lui parlait, lui racontait des histoires, l'instruisait à sa manière afin que le lendemain, quand il irait apprendre avec les autres enfants du village chez le sage, il sache déjà quelque chose.

« Alors c'est ça, une bonne mère ? » se demandait Nihal en observant Eleusi.

En tout cas, elle n'avait jamais vu une femme comme elle.

Nihal était chez Eleusi depuis quelques jours quand celle-ci rentra du marché avec une paire de béquilles, qu'elle exhiba d'un air triomphant en faisant irruption dans la chambre :

— Tu vois ce que j'ai trouvé ? Avec ça, si tu veux, tu pourras marcher un peu !

Nihal voulut étrenner tout de suite le cadeau. Elle s'assit sur le bord de son lit et empoigna les béquilles en essayant de se mettre debout, mais la tête lui tourna aussitôt et son cœur se mit à battre la chamade. Le visage d'Eleusi s'assombrit :

— Peut-être que tu es encore trop faible...

La demi-elfe secoua la tête :

— Non, non, tout va bien...

Elle mit de nouveau les béquilles sur le sol, s'appuya dessus, et, après quelques balancements, elle parvint à rester debout. Elle fit quelques pas hésitants.

Elle s'arrêta devant le miroir. C'était la première fois depuis des années qu'elle portait autre chose que sa tenue de combat. Elle regarda longuement son reflet avec curiosité, sa longue chemise de nuit lui descendant jusqu'aux chevilles.

— Qu'est-ce qu'il y a, Nihal ?

— Non, rien... C'est que...

— Je ne me suis jamais vue en jupe, avoua-t-elle en rougissant.

Eleusi écarquilla les yeux :

— Mais... quel âge as-tu ?

— Presque dix-huit ans, murmura Nihal.

— Et tu n'as pas mis de jupe jusque-là ?

— Ben... Non.

Les deux femmes se regardèrent et éclatèrent de rire.

Nihal insista pour prendre un peu l'air.

La neige recouvrait en abondance la terre, formant une couverture moelleuse. La demi-elfe se fit aider pour enfiler ses bottes et sortit, enveloppée dans son manteau, sous les yeux de Jona et d'Eleusi, qui l'observaient depuis le seuil.

Elle sautilla joyeusement devant la maison en enfonçant ses béquilles dans la neige. Ses jambes étaient encore mal assurées et elle faillit tomber plus d'une fois. Le froid qui lui piquait la peau la sortait de la torpeur de sa convalescence. Elle se laissa glisser par terre en éclatant de rire, et sa joie contamina Jona, qui se jeta sur elle en la bombardant de boules de neige. Eleusi les regardait en souriant :

— Allez, ça suffit maintenant, tous les deux !

Jona, file dans la maison ! Toi, aussi, Nihal ! Tu tiens absolument à attraper un rhume ?

Nihal regarda le ciel clair :

— Là où je suis née, il n'y avait jamais de neige. C'est magnifique !

Toute la journée, elle s'entraîna à marcher avec les béquilles, malgré les protestations d'Eleusi qui lui enjoignait de se reposer un peu. C'était trop inespéré de pouvoir se déplacer ! Nihal se sentait revivre.

Elle insista pour déménager dans la pièce principale afin qu'Eleusi puisse reprendre son lit. Celle-ci remplit un grand sac de jute avec de la paille, le recouvrit de draps frais et de deux épaisses couvertures de laine, et l'installa devant la cheminée. Le lit improvisé était d'un confort incroyable, et Nihal y fut tout de suite à son aise.

Le soir même, elle dîna à table avec ses hôtes, puis regarda Eleusi tisser une étoffe sur un énorme métier en bois. Elle n'avait jamais vu de machine comme celle-là. Fascinée, elle suivait avec attention les gestes rapides et précis par lesquels Eleusi faisait courir la navette d'un bout à l'autre de la trame.

Plus tard, la jeune femme l'aida à se mettre au lit.

— Tu es une drôle de fille ! remarqua-t-elle. Tu n'as jamais porté de jupe, ni tissé, tes cheveux ne sont pas longs, et tu es capable de te battre à l'épée !

J'aimerais bien savoir d'où tu sors… Comme ça… par curiosité…, ajouta-t-elle avec un grand sourire sincère. Mais, si tu ne veux toujours pas parler, ça ne fait rien. Vraiment.

Assise en tailleur sur sa couche, Nihal regardait les braises s'éteindre lentement dans l'âtre. Elle aurait voulu demeurer un peu plus longtemps dans ce silence paisible ; cependant Eleusi avait été si gentille avec elle qu'il était juste de lui apprendre enfin qui elle accueillait sous son toit. Elle inspira à fond avant de parler :

— Je suis un guerrier, Eleusi. Je viens du camp de l'autre côté de la montagne. La « base », c'est comme ça qu'on l'appelle. Peut-être en as-tu déjà entendu parler ?

— Tu as déserté ? chuchota la jeune femme.

Nihal laissa échapper un sourire :

— Déserté ? Qu'est-ce qui te fait dire ça ?

— Bien, je trouve étrange qu'ils aient laissé partir un guerrier blessé sans l'avoir soigné…

Eleusi semblait tout à coup un peu intimidée par cette étrange jeune fille.

— Je n'ai pas déserté, répondit Nihal. Mon maître m'a donné une permission, et j'ai décidé de m'en aller malgré mes blessures. C'est tout.

— Alors, quand tu as trouvé Jona, tu allais rejoindre ta famille ! s'exclama Eleusi, rassurée.

— Non, dit Nihal tranquillement. Je n'ai pas de famille.

Il y eut un moment de silence. Nihal regardait son hôtesse dans les yeux. « Il faut que je le lui dise. Il le faut ! » se répétait-elle.

— Il y a autre chose que tu dois savoir, reprit-elle. Je suis une demi-elfe.

Eleusi la fixa à son tour, incrédule :

— Je pensais... en fait, j'étais convaincue que les demi-elfes n'existaient pas. Enfin, n'existaient plus. On dit qu'ils sont tous...

Elle s'arrêta, gênée.

— Morts ? enchaîna Nihal. C'est vrai. Tous sauf moi. Mon peuple a été exterminé par le Tyran. Je suis le dernier demi-elfe du Monde Émergé. C'est pour ça que je veux partir le plus vite possible d'ici, pour que mon destin n'attire pas de malheur sur vous.

Eleusi sentit toute la tristesse de Nihal et toute sa solitude. Une petite voix lui disait qu'elle devait la laisser s'en aller au plus vite ; mais une autre lui murmurait qu'elle ne pouvait pas abandonner à son sort cette jeune fille perdue.

— Tu peux rester avec nous aussi longtemps que tu veux, dit-elle à la fin. Tu n'es pas encore complètement rétablie. Et puis, tu tiens compagnie à Jona... Il est très attaché à toi, tu sais ? Nous sommes loin du village, il est facile de te cacher. Personne ne te verra ici, et...

— Non, Eleusi, l'interrompit Nihal. Je vais reprendre mon voyage dès la semaine prochaine.

Déçue, la jeune femme baissa la tête : elle s'était habituée à la présence de Nihal, et elle s'aperçut qu'elle serait triste si elle partait.

— Et où iras-tu ? demanda-t-elle.

— Je ne sais pas.

— Tu dois bien avoir un ami, un fiancé, quelqu'un qui t'attend...

— Personne ne m'attend nulle part. Je voyagerai, c'est tout.

À ces paroles, Eleusi s'insurgea :

— Enfin, Nihal ! Tu vois bien que j'ai raison ! Reste ! Jona et moi sommes heureux de t'avoir avec nous. Et puis, tu pourras me donner un coup de main pour tisser, couper le bois... On sera bien, tous les trois !

Nihal esquissa un sourire :

— Merci, mais...

— Promets-moi au moins que tu y réfléchiras, insista la jeune femme en lui serrant la main.

— Bien sûr, dit Nihal avec gratitude.

Le lendemain, en rentrant à la maison, Eleusi trouva Nihal assise devant la cheminée, la paume au-dessus de sa blessure découverte. Une douce lueur rose en émanait.

— Qu'est-ce que tu es en train de faire ? lança-t-elle avec une pointe d'inquiétude dans la voix.

Nihal sursauta et retira sa main en hâte :

— Rien. Je regardais juste ma blessure…, balbutia-t-elle en se recouvrant.

Cependant, Eleusi eut le temps de voir que la plaie s'était quasiment refermée.

— Tu es une magicienne…, murmura-t-elle.

— Non, non, pas du tout. Je connais quelques formules très simples… ce qui peut être utile à un guerrier, rien de plus.

La jeune fille nota la soudaine froideur de son hôtesse : depuis que le Tyran avait pris le pouvoir, les magiciens étaient très mal vus sur les Terres libres.

Eleusi exigea qu'elle lui montre sa blessure. Jugeant que les points de suture n'étaient plus nécessaires, elle commença à couper les fils d'une main sûre, tout en regardant Nihal par en dessous, l'air de se demander si elle devait s'inquiéter de sa découverte.

À la fin de l'opération, elle semblait rassérénée.

— Tu sais ce qu'il te faudrait maintenant ? dit-elle en souriant. Un bon bain chaud ! D'ailleurs, je vais tout de suite t'en préparer un.

« Un bain chaud ? » pensa Nihal, qui s'était toujours lavée de la manière la plus simple qui soit, c'est-à-dire avec un bon seau d'eau glacée…

Eleusi se mit aussitôt à l'œuvre. Elle alla dans la grange chercher une énorme bassine en cuivre, qu'elle poussa devant le miroir. Ensuite, elle s'age-nouilla devant la cheminée, armée de plusieurs cas-seroles remplies d'eau.

Quand tout fut prêt, elle traîna Nihal dans sa chambre.

— Allez ! Ho ! Qu'est-ce que c'est que cette tête ? Tu vas voir, après, tu te sentiras comme une reine !

Nihal se déshabilla face à la glace. Enfant, elle était très intriguée par les miroirs : elle s'y regardait encore et encore en essayant de comprendre si la petite fille qu'elle voyait de l'autre côté de cette surface argentée était bien elle, ou quelque lutin en train de lui jouer un tour.

Elle s'observait avec la curiosité de quelqu'un qui se voit pour la première fois : les muscles fermes de ses jambes, son ventre plat, ses bras rendus forts par l'entraînement et les batailles. Elle s'étonna de constater que son corps avait grandi, presque à son insu, la transformant en femme. Elle avait de belles formes et des seins bien dessinés.

Elle s'approcha du reflet de son visage. « J'ai les yeux trop grands ! » songea-t-elle. Mais elle aimait bien leur couleur profonde et intense. Elle essaya de sourire, sans parvenir à chasser le voile de tristesse de son regard.

Elle glissa un pied dans l'eau, agréablement chaude. Elle entra dans le baquet et s'abandonna à la délicieuse tiédeur qui l'enveloppait. Puis elle plongea la tête sous l'eau. Ses cheveux mi-longs flottaient en vagues bleues autour de son visage. Peut-être était-ce cela, la vie ?

La requête de Nihal surprit beaucoup Eleusi :

— Te prêter des habits ? Bien sûr ! Mais, si tu veux les tiens, ils sont propres.

La jeune fille rougit jusqu'à la pointe des oreilles :

— C'est que... J'aimerais mieux mettre un vêtement de femme...

Eleusi lui décocha un sourire enthousiaste :

— Avec plaisir ! Un *vêtement de femme* !

Et elle tira de son coffre une de ses plus belles tenues, celle qu'elle mettait pour aller avec son mari aux fêtes du village. Elle dut aider Nihal à l'enfiler : la jeune fille ne savait même pas nouer les lacets du corset ! L'uniforme qu'elle avait porté jusque-là était infiniment plus simple : le corsage de cuir se fixait devant, le pantalon sur les côtés, et le tour était joué. La robe, elle, avait non seulement un corset, mais aussi un jupon, une jupe, un tablier... De quoi se décourager !

Lorsqu'elle se vit enfin dans le miroir, Nihal se trouva très étrange. Elle ne sut pas si elle se plaisait ou non.

— Alors ? lui demanda Eleusi, satisfaite.

— J'ai un peu froid aux jambes ; et puis, cette jupe est incroyablement lourde ! J'arrive à peine à bouger.

La jeune femme éclata de rire :

— Ça, Nihal, c'est une question d'habitude !
Juste une question d'habitude !

Un autre jour, Nihal voulait distraire Jona.

Ils s'assirent sur le banc devant la maison, le dos
appuyé contre le mur, à profiter du pâle soleil hiver-
nal, et elle lui montra les petits tours de magie
qu'elle avait appris chez Soana. Elle fit apparaître
quelques éclats multicolores, alluma une branche
sèche en claquant des doigts, et finit par créer un
globe lumineux, qu'elle garda dans ses mains avant
de le passer à l'enfant, qui, fou de joie, ne cessait de
répéter :

— C'est magnifique ! Magnifique !

En jouant avec Jona, Nihal pensa soudain à Sennar. Une brûlante nostalgie l'étreignit. S'il l'avait
vue ainsi, habillée en fille et en train de jouer avec
un gamin, il se serait sans doute moqué d'elle,
mais il aurait été content. Elle pria de tout son cœur
pour qu'il revînt sain et sauf. À présent qu'il
n'était plus là, elle se rendait compte à quel point
elle tenait à son ami et combien elle avait besoin de
lui.

Le soir, après que Jona se fut couchée, Nihal et
Eleusi restèrent un moment près du feu, la première,
assise par terre, regardant les flammes, l'autre bro-
dant sur son siège à bascule.

Ce fut Eleusi qui rompit le silence :

— As-tu décidé ce que tu vas faire ?

— Oui, répondit Nihal en lissant les plis soyeux de sa robe, si légère à côté du cuir de son uniforme.

— Et… ? insista Eleusi d'une voix vacillante.

— Je vais rester un peu.

Eleusi posa son ouvrage, s'accroupit à côté de Nihal et la serra contre elle en souriant.

22

ADIEU

Grâce aux remèdes d'Eleusi et aux enchantements, Nihal finit par se rétablir. Elle voulut aussitôt se rendre utile : l'hiver était rude, et elle n'entendait pas être un poids. Elle insista pour que son hôtesse lui trouve des tâches à accomplir. Cependant, elle se rendit vite compte qu'elle ne savait rien faire, ou presque.

Eleusi décida de lui apprendre à pétrir la pâte à pain.

— Vas-y, débrouille-toi, dit-elle en plaçant les ingrédients sur la table. Moi, je vais juste te donner quelques conseils.

Ce fut un vrai désastre : Nihal se couvrit de farine des pieds à la tête, renversa un broc plein d'eau à terre, et n'obtint finalement qu'une pâte mal levée et pleine de grumeaux.

Eleusi la força à l'enfourner quand même : le résultat fut une miche plate, dure, avec un horrible goût de levure, mais les deux femmes s'étaient amusées comme deux petites folles. Elles s'entendaient bien :

Nihal découvrait le cours normal de la vie, qu'elle n'avait jamais connu, et Eleusi n'était plus seule.

Un matin, elles décidèrent d'aller tous les trois au marché. Pour passer inaperçue, Nihal se fit prêter un châle et s'en enveloppa les cheveux et les oreilles. Elle s'assura de son image dans le miroir : « Pas mal, Nihal. Pas mal ! »

Elle avait pris goût à se regarder et se surprenait souvent à guetter son reflet dans la glace avec curiosité : elle n'en revenait toujours pas d'être aussi féminine, habillée de la sorte.

La petite troupe se mit en route, pataugeant dans la neige. Jona était très excité : pour lui, aller au marché était une fête, même si depuis la guerre les échanges s'étaient on ne peut plus réduits.

— Quand j'étais enfant, raconta Eleusi, la ligne de front était encore loin, et le marché était vraiment beau : il y venait des marchands de nombreuses autres Terres, et même en hiver, on y trouvait de tout : des fruits, des légumes, des tissus, des petits animaux en cage… Tout le village se remplissait d'odeur d'épices… Dommage que tu le voies en ce moment, soupira la jeune femme.

Nihal ne répondit pas. Elle était tendue et avançait la tête baissée.

— Hé ! Qu'est-ce qui t'arrive ? lui demanda son amie.

— Rien, rien. Peut-être que j'aurais mieux fait de rester à la maison.

— Sois tranquille, la rassura Eleusi. Et pense seulement à t'amuser ; personne ne prendra garde à toi.

Ils marchèrent un moment en silence. Soudain, Nihal entendit un rire étouffé dans son dos. Elle se retourna : Eleusi était déjà redevenue sérieuse, mais sur ses lèvres roses planait encore l'ombre de l'amusement. Nihal la regarda d'un air interrogateur.

— Excuse-moi... C'est que tu marches tout comme un homme !

— Comment ça ?

— Oui, en fait, tu marches au pas.

Nihal se renfrogna :

— Dans l'armée, tout le monde marche comme ça !

— Oui, bien sûr. Ce n'était pas une critique, c'est juste drôle.

Quand ils se remirent en route, Nihal s'arrangea pour se laisser dépasser. Elle examina avec attention la démarche d'Eleusi, mais elle ne remarqua aucune différence avec la sienne. Comment une fille devait-elle marcher ?

— Eleusi ! Attends, explique-moi ! Qu'est-ce qu'il y a de drôle ?

— Eh bien, tu avances très résolument, en faisant de grands pas. Et puis, tu ne balances pas du tout les hanches ! On ne t'a pas dit que ça plaisait aux garçons ? ajouta-t-elle en plaisantant.

Nihal fit la moue.

— Tu sais, j'ai été élevée par un armurier…

Eleusi se traita en elle-même d'imbécile, et ils continuèrent sans un mot jusqu'au village.

Dès qu'ils arrivèrent en ville, Nihal se sentit mal à l'aise. Les rues pleines de gens lui donnaient le tournis. Il lui semblait être retournée au temps de Salazar, quand la confusion régnait dans la tour et que les cris et les rires résonnaient partout. La nostalgie la saisit d'un coup. Dans cette foule anonyme, elle crut revoir les visages son enfance : ses voisins, les garçons avec qui elle jouait, les propriétaires des boutiques… et même apercevoir Sennar, dans sa tunique flottante et sans sa cicatrice sur la joue.

Elle ferma les yeux, étourdie.

— Allez faire un tour pendant que je vends mes tissus ! proposa Eleusi. Vous n'avez qu'à me rejoindre dans une heure à mon étalage, au bout de la rue.

Elle glissa quelques pièces dans la main de la jeune fille pour qu'elle puisse s'acheter quelque chose.

— Ah, Nihal… Garde bien Jona près de toi…

La demi-elfe serra bien fort la main du petit garçon.

L'enfant la tira par le bras, les yeux brillants d'espoir :

— On va s'acheter des sucreries ? Hein ? On y va ?

— Je ne sais pas…, balbutia Nihal. Qu'en penserait ta mère ?

— Oh, elle m'achète toujours un petit quelque chose, répondit Jona d'un air malin.

Nihal céda : après tout, même s'il mentait, il n'y avait rien de mal…

Ils allèrent chez une petite vieille qui vendait quelques biscuits et des pommes confites. Contente d'avoir des clients, elle leur tendit un paquet avec reconnaissance.

Nihal regarda autour d'elle. La plupart des étalages proposaient peu de marchandises. Les gens s'efforçaient de vivre à l'ordinaire, ils s'habillaient pour aller au marché et se promenaient comme avant en s'arrêtant pour marchander, mais la pauvreté avait commencé à s'insinuer dans ce village blotti au pied de la montagne. Et la guerre était aussi sur le point d'y pénétrer.

Nihal entendit une des voix familières lui dire : « Ta place n'est pas ici. Tu dois reprendre l'épée ! Venge-nous ! »

Elle s'arrêta, secoua la tête et ferma les yeux pour essayer de chasser ses pensées. Quand elle les rouvrit, Jona la regardait d'un air soucieux :

— Tu te sens mal ?

Le sucre de sa pomme confite coulait sur ses petits doigts.

— Non, ça va. Un petit vertige, voilà.

Il lui présenta son paquet :

— Peut-être que tu as faim. Prends un gâteau, allez !

C'étaient des biscuits tout simples, pourtant Nihal apprécia particulièrement leur goût « maison »...

Ils flânèrent entre les étals, s'arrêtant pour regarder les poissons d'eau douce qui frétillaient dans les seaux, lorgnant de grosses pommes alléchantes dans leurs paniers d'osier, et admirant les couleurs des tissus suspendus aux portants.

Nihal découvrit à quel point le monde était beau, vu à travers les yeux du petit garçon : tout était neuf, tout demandait à être exploré. Jona regardait chaque chose avec enthousiasme, et bavardait avec vivacité à propos du moindre objet.

Après avoir arpenté le marché de long en large, ils s'arrêtèrent près d'un muret. C'était la première fois que Nihal faisait une longue promenade sans béquilles, et elle avait besoin de marquer une pause. Ils balayèrent la neige qui le recouvrait, s'assirent l'un à côté de l'autre et partagèrent le dernier biscuit.

— C'est vrai que tu es soldat ? lâcha soudain Jona.

Pour Nihal, qui s'était habituée à ce que personne ne sache qui elle était, ce fut un choc.

— Oui, répondit-elle négligemment.

L'enfant la regarda avec admiration :

— Mon papa aussi est soldat. Tu le savais ? Maman m'a dit de ne pas te poser de questions, sinon tu deviendrais triste, mais moi, j'ai vu ton épée, et alors, j'ai compris !

Nihal mordit dans son biscuit, l'air de rien.

— Tu as tué beaucoup d'ennemis ? continua l'enfant, imperturbable.

— Quelques-uns.

— Des fammins, même ? Est-ce qu'ils sont aussi affreux qu'on le dit ?

— Encore pires.

Jona se tut quelques secondes avant de repartir à l'attaque :

— Hé, Nihal ?

— Oui, Jona.

— Un jour, quand tu iras mieux, tu m'apprendras à me battre avec l'épée ?

— Te battre avec l'épée ! s'exclama Nihal en réprimant un sourire. Je ne crois pas que ce soit une bonne idée. La guerre est une chose très laide ; la paix, c'est beaucoup mieux.

— Mais j'aimerais tellement être comme mon papa ! Si j'apprend*rais* à être guerrier, j'irais avec lui, et comme ça on finirait vite fait la guerre et lui, il pourrait rentrer à la maison, chez maman.

Le raisonnement était impeccable.

— La guerre va bientôt se terminer, tu verras, affirma Nihal. En attendant, tu dois être un vrai petit homme, et consoler ta maman quand elle est triste.

L'enfant n'était pas convaincu.

— Oui, mais… Dis, une fois, on pourrait jouer à faire un combat ? Juste une fois, supplia-t-il.

— Alors, hein, tu voudrais combattre contre moi ? lui demanda Nihal en préparant une boule de neige en cachette.

— Oui !

— Tu es vraiment sûr ?

— Oui ! hurla Jona, de plus en plus excité.

— Eh bien, en garde !

Nihal sauta du petit mur et lança son projectile sur l'enfant, qui entra tout de suite dans le jeu. Ils se poursuivirent dans les ruelles du village en se bombardant de neige jusqu'à n'en plus pouvoir. Nihal avait recouvré sa bonne humeur ; elle se sentait aussi insouciante que lorsqu'elle était enfant. Elle aurait voulu que cela dure toujours.

L'étalage d'Eleusi proposait les étoffes qu'elle tissait à la maison, les œufs de ses poules, et quelques légumes de son jardin, récoltés à l'automne. En hiver, et sans son mari pour l'aider, elle n'arrivait pas à produire davantage. Elle et son fils vivaient de ces maigres gains et de ses activités de guérisseuse.

Nihal s'assit à côté d'elle et se mit à regarder la foule qui passait. Il n'y avait que des humains ; aucun représentant des autres espèces. Les réfugiés habitaient tous dans les grandes cités, où ils avaient plus de chances de trouver du travail et quelque chose à se mettre sous la dent.

— Oh oui ! Les villes sont riches ! lui expliqua Eleusi. Tous ceux qui ont de l'argent vivent là : les nobles, les guerriers qui se sont enrichis en spéculant sur des terrains… Le reste de la population habite dans les campagnes. La plupart des paysans que tu vois ne possèdent même pas la terre qu'ils cultivent ; ils travaillent pour d'autres. Il n'y a pas beaucoup de justice sur cette Terre…

Soudain, un cavalier s'arrêta devant leur étalage. Nihal sursauta : c'était un des soldats de la base qui combattaient en première ligne ! Elle se couvrit autant qu'elle put avec son châle. Eleusi avait l'air de le connaître, et ils se mirent à bavarder.

Le cavalier regardait néanmoins Nihal avec insistance :

— Bonjour ! Je me trompe, ou nous nous sommes déjà rencontrés ?

Nihal détourna le visage et secoua la tête. Son cœur battait fort dans sa poitrine. Elle eut brusquement conscience qu'elle avait *peur* de cet homme. Elle avait peur que sa présence ne puisse rompre l'enchantement de ces derniers jours.

— Je ne pense pas. C'est une parente, mentit Eleusi. Elle est venue de Makrat pour me rendre visite.

Mais le soldat ne lâchait pas Nihal des yeux.

— Une parente très gracieuse… Comment t'appelles-tu ?

— Lada, murmura la jeune fille en prenant le premier nom qui lui passa par la tête.

Puis elle se souvint qu'elle l'avait entendu dire à un vieux qui tournait autour de Salazar peu de temps avant l'invasion.

— Lada. Très beau nom ! Et qu'est-ce que tu viens faire ici, dans…

Eleusi mit fin à cette tentative de conversation :

— Lada, tu veux bien aller me chercher Jona ?

Nihal se leva aussitôt. Un instant plus tard, elle était déjà loin.

Ce soir-là, ils retournèrent à la maison avec quelques pièces de plus que d'habitude. Cependant, la somme était si maigre que Nihal se sentit comme une intruse. Avant de se coucher, elle regarda Eleusi d'un air grave et lui dit :

— Tu es sûre que je peux rester ?

— Bien sûr ! Pourquoi ?

— Eh bien, je suis une bouche en plus à nourrir, et vous n'avez pas tant d'argent que ça…

Eleusi sourit :

— Ne t'inquiète pas ! Je trouverai bien le moyen de te mettre au travail ! Et maintenant, dors, et arrête avec ces idées stupides.

Nihal se coucha, rassérénée. Seule dans la pièce, elle pensa à tout ce qui s'était passé pendant ces quelques jours. Elle prenait goût à porter des vêtements féminins, et à se promener au milieu des gens sans être gênée par son épée. Elle avait l'impression de renaître : finalement, peut-être était-elle une jeune fille normale qui menait une vie normale...

Nihal appréciait l'atmosphère paisible de la maison d'Eleusi. Elle avait compris ce que représentait une vraie famille, et elle arrivait même à penser que c'était beaucoup mieux que ce qu'elle avait connu avec Livon. L'Ancien et elle n'étaient pas une famille ; ils étaient deux naufragés que la vie avait rassemblés pour qu'ils s'épaulent l'un l'autre. Ils s'aimaient, certes ; mais l'armurier n'avait jamais su lui donner ce qu'Eleusi donnait à son fils : la tranquillité et la sensation de sécurité qui régnait entre ces quatre murs. Elle s'étonna de ne pas s'en être aperçue plus tôt. Mais maintenant elle pouvait y remédier, elle pouvait reprendre ce qu'on lui avait ôté : être là signifiait pour elle une deuxième chance.

Avant de s'endormir, elle s'imagina vivre dans la petite maison jaune pour toujours... Appuyée contre le mur, son épée commençait à prendre la poussière.

Au fur et à mesure que le temps passait, une routine quotidienne se mit en place. Le matin, Nihal donnait un coup de main dans la maison : elle était toujours une vraie incapable dans les travaux domestiques, mais pour compenser, elle était animée d'une inépuisable volonté d'apprendre, et elle suivait Eleusi pas à pas pendant que celle-ci faisait le ménage, en essayant de se rendre utile.

Elle apprit aussi à cuisiner. Malgré sa première tentative catastrophique, elle découvrit que cela lui plaisait, et qu'elle avait même un certain don : elle se laissait guider par son intuition et ses plats étaient très savoureux.

Elle attendait avec impatience le printemps pour s'occuper du potager. Ses années d'entraînement l'avaient rendue forte et elle avait hâte de mettre sa résistance physique au service de cet arpent de terre grand comme un mouchoir de poche qui leur donnerait à manger.

Le soir, Jona leur racontait les histoires qu'il avait entendues chez le sage, et les bêtises qu'il avait faites avec ses amis. Nihal l'écoutait sans penser à rien. Elle ne pleurait plus Livon, et avait rangé Soana dans un coin de sa mémoire. Même l'image de Fen était désormais un peu floue. Mais elle ne pouvait pas tout oublier : le souvenir de Sennar, toujours aussi vif, continuait de lui serrer le cœur. Elle s'efforçait de le chasser de son esprit ; dans le fond de son âme elle savait toutefois qu'elle devrait un jour ou l'autre régler ses comptes avec elle-même.

L'hiver était rigoureux, et le bois commençait à manquer. Nihal se chargea d'aller en chercher.

— J'emmènerai Jona, dit-elle à son amie, ainsi, nous ferons une promenade dans la forêt.

Elle allait souvent dans les bois avec l'enfant, pour jouer, inventer des histoires, ou simplement marcher. Jona la regardait désormais avec des yeux rêveurs.

Pour lui, une femme soldat, c'était ce qu'il y avait de mieux : les autres femmes l'exaspéraient avec leurs mamours et leur manière de faire les précieuses. Elle, elle était différente. Elle s'amusait à se jeter dans la neige, elle ne se lassait jamais de l'écouter, et elle était forte comme un homme. Il était fier de présenter à ses camarades ce soldat hors du commun.

Quant à Nihal, le petit garçon la renvoyait à sa propre enfance. Sa compagnie la détendait : elle aimait sa façon naïve de regarder le monde, elle aimait jouer avec lui et lui montrer des tours de magie. Quelques fois, elle avait même accepté de combattre avec une épée en bois. Mais quand il lui demandait de lui raconter des histoires de guerre, elle prétendait ne pas s'en souvenir.

Ce matin-là, ils s'emmitouflèrent chaudement et se dirigèrent vers la forêt. Ils marchaient d'un bon pas en chantonnant un air que Jona avait appris à Nihal. La hache qu'elle portait sur l'épaule laissait dans la neige une longue ligne sinueuse. Lorsqu'ils atteignirent la petite clairière où ils s'étaient rencontrés la première fois, la demi-elfe aperçut un petit tronc sec, parfait pour la cheminée.

— Écarte-toi, Jona, dit-elle. Voilà ce qu'il nous faut !

Au moment où elle empoigna la hache, elle eut un choc. Elle regarda la lame comme si c'était la première qu'elle voyait.

— Qu'est-ce que tu as ? demanda Jona, à qui l'air bizarre de Nihal n'avait pas échappé.

La voix de l'enfant tira la jeune fille de sa rêverie.

— Je... je viens de me souvenir du temps où je combattais avec ça.

Jona n'allait pas laisser passer une telle occasion ! Il se mit à sautiller autour d'elle :

— Montre-moi comment tu faisais ! Allez ! Montre-moi !

Nihal ne dit rien, songeuse : la hache était là, qui semblait l'appeler. « Après tout, pourquoi ne pas lui faire plaisir ? » pensa-t-elle.

Elle saisit fermement l'arme. Ensuite, ce fut le corps qui parla.

Elle commença à faire voltiger la lame de plus en plus vite, donnant de grands coups dans l'air, avec des mouvements rapides et précis. L'arme tournoyait, et la jeune guerrière se rappelait chaque exercice, chaque heure d'entraînement, chaque jour à l'Académie. Elle se surprit à en éprouver de la nostalgie : elle avait été mal traitée dans cet établissement, elle s'était sentie seule, mis à part la compagnie de Malerbe et de Laio, et pourtant elle regrettait la bataille, le plaisir de se déplacer avec agilité dans l'espace, l'épée noire brillant dans sa main... l'impression d'être enfin elle-même... la redécouverte de ses racines dans la lutte et...

« Non ! »

Elle laissa tomber la hache à ses pieds.

« Ce n'est pas la guerre que tu veux, ce n'est pas le combat ! se dit-elle avec force. Les soirées devant le feu, la vie avec Eleusi et Jona, les vêtements gracieux que tu portes, voilà ton avenir maintenant ! »

Jona vit Nihal s'assombrir, et son sourire mourut sur ses lèvres.

— Tu es fâchée ? demanda-t-il d'une voix hésitante.

— Non... Ce n'est rien, répondit-elle, encore troublée. De mauvais souvenirs. Dépêchons-nous, il se fait tard.

Et, sans un mot de plus, elle se mit à abattre l'arbre avec de grands coups secs et décidés.

Le chemin de retour se fit en silence. Jona regardait la demi-elfe à la dérobée.

— C'est ma faute, dis ? lâcha-t-il à la fin.

— Qu'est-ce que tu racontes, Jona ? répondit Nihal d'un ton froid.

Elle n'avait pas envie de parler.

Peu après, elle s'aperçut que les yeux de l'enfant étaient pleins de larmes.

— Tu es devenue si triste..., fit-il.

Elle s'arrêta, lui sourit, et lui donna un gros baiser sur la joue.

— Non, petit. Je ne suis pas triste. Pas du tout. Allez, maintenant on rentre à la maison, prendre un bon goûter ! ajouta-t-elle en lui donnant une tape affectueuse sur les fesses.

L'enfant se remit à gambader joyeusement, se contentant du mensonge de son amie.

Un après-midi, alors qu'elles étaient assises à table et que Jona jouait dehors, Eleusi posa le tablier qu'elle était en train de raccommoder et regarda Nihal :

— Tu es magicienne, n'est-ce pas ?

— Pourquoi tu me demandes ça ?

— Je pensais que tu pourrais peut-être m'aider à guérir les gens. J'aurais besoin que tu me donnes un coup de main avec tes enchantements, en fait...

Nihal était troublée. La seule idée de se montrer dans le voisinage la rendait nerveuse.

— Je ne sais pas...

— On dirait que tu viens d'une autre Terre, de quelque endroit lointain d'où tu t'es enfuie à cause de la guerre. Tiens, on dirait que tu es la fille d'une nymphe ! Ici, les gens ne savent pas du tout à quoi ça ressemble, une nymphe ! Et puis, tu ne peux pas toujours te cacher, Nihal.

Eleusi désirait que son amie s'installe dans sa nouvelle vie ; elle espérait que, si Nihal se sentait utile, elle ne serait plus tentée de repartir.

L'occasion d'accomplir leur première mission à deux se présenta un soir où il neigeait dru : un enfant du village s'était cogné violemment la tête en tombant d'une échelle, et il n'avait pas repris connaissance. Eleusi et Nihal se mirent en route dans l'obscurité. Le froid leur pénétrait les os.

Elles entrèrent dans la maison du petit blessé sur la pointe des pieds. L'enfant, pâle comme un linge, gisait sur un lit, le front ceint d'un bandage de fortune, plein de sang. L'image rappela à Nihal la guerre, mais elle s'efforça de chasser ses souvenirs.

— C'est moi, Mira, dit Eleusi à mi-voix à la mère de l'enfant. On vient soigner le petit.

Elle dut prendre avec délicatesse la femme par les épaules pour l'éloigner du lit.

Il y avait aussi un homme dans la pièce, derrière lequel se cachait une petite fille blonde. Eleusi s'adressa à lui :

— Dis-moi quand et comment cela s'est passé.

Pendant que l'homme répondait à la guérisseuse d'une voix altérée, Nihal regarda autour d'elle. Elle ne se sentait pas à sa place : elle n'était pas une prêtresse, elle ne saurait pas dire ce qu'avait l'enfant. Jusque-là, elle n'avait soigné qu'elle-même, et encore, avec des formules toutes simples. La petite fille, qui ne la quittait pas des yeux, la mettait mal à l'aise.

Eleusi tenta de rassurer les parents :

— N'ayez pas peur, je ne crois pas que ce soit grave.

Faisant signe à Nihal d'avancer, elle se pencha sur le garçon. Elle ôta le bandage de sa tête et examina la blessure. Ensuite, ses yeux experts et attentifs parcoururent le corps du petit blessé.

— Je voudrais que tu fasses quelque chose pour la blessure, dit-elle à Nihal. Moi, je me charge de le ranimer. Il a un peu de fièvre, mais cela ne devrait pas être un problème.

Nihal acquiesça. Elle releva ses manches, s'assit sur le bord du lit et joignit les mains.

Elle sentait tous les regards pointés sur elle comme des épingles ; cependant elle essaya de se concentrer et apposa ses mains sur la blessure. Celle-ci n'était pas très profonde. La demi-elfe songea qu'il lui serait facile de la refermer.

La mère s'agita :

— Qui est cette femme que tu as amenée avec toi ?

— C'est une amie. Elle est venue de la Terre de l'Eau pour me rendre visite, et elle reste chez moi quelque temps.

— Qu'est-ce qu'elle est en train de faire à mon Doran ?

— Ne t'inquiète pas, elle s'y connaît. C'est mon assistante.

Mais à peine Nihal eut-elle récité la formule de l'enchantement, et approché ses mains entourées d'un halo bleuté de la blessure, que la femme se mit à hurler :

— Une sorcière ! Tu as introduit chez moi une sorcière !

Elle repoussa violemment Nihal du lit. La jeune fille tomba à terre, et une mèche de cheveux s'échappa du châle qui lui servait de turban. La petite fille pointa un doigt sur elle :

— Regarde, maman ! Elle a les cheveux bleus !

La mère lança à Nihal un regard plein de haine.

— Éloigne-toi tout de suite de mon fils ! cria-t-elle.

— Tu ne dois pas avoir peur, intervint Eleusi en s'approchant calmement d'elle. C'est une amie, je la connais depuis longtemps. Et elle est très forte pour soigner.

Mais Mira continuait à répéter sans cesse :

— C'est une sorcière ! C'est une sorcière !

Nihal s'était retirée dans un coin de la chambre. C'était comme à l'Académie : les mêmes regards hostiles, la même méfiance, la même intolérance.

Eleusi, quant à elle, ne s'avouait toujours pas vaincue. Elle éleva la voix :

— Pour sauver ton fils, nous avons aussi besoin d'elle. Voilà des années que je soigne les gens du village. Je vous ai tous soignés ici. Pourquoi tu ne me fais pas confiance maintenant ?

— Je ne veux pas de sorcière dans ma maison !

— Comme il te plaira, Mira. Nihal, on s'en va, lança Eleusi en se dirigeant vers la porte.

— Attends ! Reste, s'il te plaît.

La femme se leva avec réticence du lit de son fils et fixa Nihal droit dans les yeux :

— Prie pour qu'il ne lui arrive rien de mal. Sinon, tu le paieras de ta vie.

Lorsque le petit garçon reprit enfin connaissance, Eleusi l'embrassa en pleurant. Elle fut payée avec quelques pièces et un sac de farine ; quant à Nihal, on ne lui adressa pas un mot.

La rumeur se répandit aussitôt dans le village. Mira en parla à ses amies, et la nouvelle passa de bouche à oreille.

— Il est arrivé une sorcière…

— Elle a des cheveux bleus…

— Elle a ensorcelé la pauvre Eleusi.

— Mais qu'est-ce que tu racontes ?

— Tu ne vois pas qu'elle la traîne partout derrière elle ?

— C'est peut-être une espionne du Tyran…

— J'ai dit à mon fils que, si je le vois avec Jona, je lui flanque une bonne fessée !

Nihal avait compris tout de suite comment cela finirait. L'année à l'Académie lui avait enseigné que la peur pouvait s'insinuer au plus profond dans l'âme humaine.

« Je ne viendrai plus avec toi. Les gens ont peur de moi, Eleusi, avait-elle dit en sortant de chez Mira.

— Mais non, c'est parce qu'ils ne t'avaient jamais vue ! Ne te décourage pas, ils s'habitueront… »

La méfiance ressurgit encore quand elles soignèrent une femme qui s'était coupée avec un couteau,

et une autre fois alors qu'elles avaient sauvé un nouveau-né pris d'une forte fièvre. Dès lors, Eleusi ne
fut plus demandée comme guérisseuse dans son village, et elle en fut réduite à aller proposer ses services dans les hameaux des alentours.

Au début, Nihal s'imposa de faire comme si de
rien n'était : elle accompagnait Eleusi au marché, elle
se montrait avec Jona… Mais partout où elle allait,
elle était la cible des regards hostiles des villageois.

Bientôt, les regards furent accompagnés de
paroles : ceux qui la connaissaient prodiguaient à
Eleusi des conseils enrobés dans des phrases amicales. Et quand Nihal n'était pas là, on lui demandait qui était l'étrangère. Eleusi se répandait en
louanges sur la demi-elfe, elle racontait avec quel
courage elle avait sauvé son fils d'une mort certaine,
comme elle était douée pour la magie, et combien
c'était une personne adorable. Rien n'y faisait ; les
autres femmes n'en démordaient pas…

— Réfléchis, Eleusi ! Tu as pris chez toi une fille
que tu ne connais même pas ! Que sais-tu d'elle ?
C'est une sorcière ! Qui sait ce qu'elle trafique avec
sa magie ?

Et chacun y allait de son petit commentaire, répétant une histoire qu'il avait entendue ou en inventant
une sur des sorcières maléfiques qui s'introduisaient
par ruse chez les braves gens pour voler leurs enfants.

Eleusi les écoutait en rageant. Cependant, même
si elle ne l'eût jamais avoué, le doute s'insinuait

parfois dans son esprit. C'était vrai qu'elle ne savait pas grand-chose de cette fille ! N'avait-elle pas été un peu inconsciente de l'accueillir ainsi, sans se poser de questions ?

Mais le souvenir de Nihal blessée, gisant aux pieds de son cheval, balayait toute hésitation. Et elle défendait son amie bec et ongles, car elle avait un immense besoin d'elle.

Nihal essayait de continuer sa nouvelle vie, mais le charme était rompu.

Elle ressentait une vague inquiétude, comme une légère douleur qui cherchait à venir à la lumière depuis les profondeurs de son être. Elle se demandait quand cela avait commencé : était-ce au moment où elle avait empoigné la hache ? Ou quand elle avait senti les regards haineux des gens qu'elle avait été aider ? Elle ne savait pas. Elle entendait toutefois un appel lointain, qui l'envoûtait et l'effrayait à la fois.

Un jour, son regard tomba sur l'épée appuyée au mur. Le fourreau était recouvert d'une épaisse couche de poussière. Elle la dégaina et la fit tourner dans sa main. Sur la garde sculptée, elle distinguait encore les coups de marteau de Livon, et les lignes que ses outils avaient tracées. Elle la regarda longuement ; puis elle sortit de la maison et se dirigea vers la grange, où elle la posa dans un coin pour ne pas l'avoir sans cesse sous les yeux.

Un matin, à la fin de l'hiver, elle alla toute seule au marché. Ce n'était pas la première fois ; elle l'avait compris, Eleusi voulait qu'elle devienne plus indépendante. Ce jour-là, elle était de bonne humeur. Il y avait un beau soleil, l'air froid était revigorant ; elle décida de pousser jusqu'au village voisin, où on ne la connaissait pas. Elle pourrait se perdre dans la foule anonyme et n'être plus qu'une fille parmi les autres.

Elle s'amusa à fureter dans les étalages, acheta quelques sucreries pour Jona, et même un foulard pour elle. Elle en avait maintenant une collection : ses cheveux avaient repoussé, doux et brillants comme avant.

Ensuite, elle flâna un peu sur la place, à écouter les bavardages des commères. Elles se racontaient les derniers potins du village, parlaient de la guerre, de qui était loin, de qui était mort, des rigueurs de l'hiver, des récoltes à venir et des enfants. Mais le grand sujet du jour était les mercenaires qui avaient déserté les troupes régulières de l'armée des Terres libres et se livraient à des pillages. À cette nouvelle, Nihal frémit, mais elle s'efforça de se raisonner : « Cela ne te regarde pas, Nihal. Rentre à la maison. »

Sur le chemin du retour, elle eut envie de passer par la forêt. Cela rallongeait un peu le chemin, mais marcher entre les arbres était un plaisir qui en valait la peine.

C'est là qu'elle vit les traces : elles sortaient de l'épaisseur du bois et se perdaient au loin, du côté du village. Des traces de chevaux.

Nihal se pencha pour les examiner : elles étaient encore fraîches.

Elle eut un coup au cœur. Elle accéléra le pas, puis se mit à courir. Gênée par sa jupe, elle trébucha et tomba dans la neige. Elle se releva en hâte et reprit sa course.

« La première chose à faire, c'est de prendre l'épée, se répétait-elle. Même s'il n'y a personne, et c'est sûr, il n'y aura personne, la première chose à faire, c'est de prendre l'épée. »

Elle avait peur, très peur, mais elle était parfaitement lucide.

Quand elle arriva en vue de la maison, son cœur s'arrêta : deux chevaux livrés à eux-mêmes reniflaient le sol devant l'entrée. Elle tendit l'oreille, mais elle n'entendit que le sang qui battait à ses tempes.

Elle fit le tour de la maison, en se faufilant pour qu'on ne la voie pas, et pénétra dans la grange. Dès qu'elle dégaina l'arme, il lui sembla que sa main se fondait avec sa garde… qu'elle et son épée ne formaient qu'un seul et même corps.

À cet instant, un cri, suivi de rires brutaux, parvint à ses oreilles, lui donnant la chair de poule.

Quand elle fit irruption dans la maison, elle embrassa la scène d'un seul regard : un homme s'était emparé d'Eleusi, qui essayait désespérément de se libérer, tandis qu'un autre maintenait fermement Jona.

L'agresseur d'Eleusi se retourna.

— Oh, je vois qu'il y a des invités ! ricana-t-il. Eh bien, vive la compagnie !

Il poussa la jeune femme avec violence dans un coin :

— Tu es drôlement belle, toi, tu sais ! Et on dirait que tu aimes les épées... Allez, viens jouer avec nous... Viens !

Nihal s'élança et l'abattit d'un seul coup. L'homme tomba au sol sans une plainte. Un long flot de sang s'écoulait de sa gorge. Eleusi hurla de toutes ses forces.

L'autre mercenaire se jeta furieusement sur Nihal en brandissant son épée. À l'instant, la guerrière avait retrouvé toute son agilité et sa vivacité : elle bougeait, esquivait et parait avec précision, et son cœur, malgré l'horreur du combat, bondissait de joie.

Elle avait l'impression de se retrouver après un long égarement, d'être de nouveau elle-même.

Surpris, l'homme recula en écumant de rage.

Nihal essuya la sueur de son front.

— C'est tout ce que tu sais faire, bâtard ? le défia-t-elle avant de bondir de nouveau sur lui et de le blesser au bras.

Quelques secondes plus tard, il était désarmé, l'arme de Nihal au col.

Il tomba à genoux.

— Ne me fais pas de mal, je t'en supplie ! Pardonne-moi...

La jeune fille le regarda avec mépris :

— Ramasse ta brute de copain et va-t'en ! Mon épée vaut mieux qu'une charogne de ton espèce.

L'homme obéit sans se faire prier : il souleva le corps de son compagnon et se dirigea en hâte vers la porte, où Nihal l'arrêta :

— Et souviens-toi : si tu oses remettre un pied dans ce village, je te jure que je te taille en pièces !

— Non, non ! Merci... merci..., bégaya l'homme en se sauvant à reculons.

Nihal resta immobile au milieu de la pièce.

Elle avait combattu de nouveau ! Elle avait repris l'épée. Et cela lui avait plu. Elle sentait son arme palpiter dans sa main et l'inviter à retrouver avec elle le chemin interrompu de la lutte. Elle était heureuse, heureuse jusqu'à l'ivresse.

Eleusi, blottie au pied du mur, serrait Jona contre elle.

— C'est fini, dit Nihal en s'approchant d'eux.

La femme bondit de côté en poussant un cri.

« Elle a peur de moi ! » pensa la jeune guerrière. Cette prise de conscience la foudroya. Eleusi, à qui elle s'était attachée comme à une ancre de salut, avait peur d'elle.

L'épée lui en tomba des mains.

Eleusi se releva, embarrassée, et lui tendit les bras.

— Pardonne-moi, je ne voulais pas…

Cette fois, ce fut Nihal qui s'écarta. Elle détourna la tête et vit son épée à terre, rouge de sang.

Elle s'élança dehors.

Un bruit de gouttes d'eau rythmé, régulier, résonnait dans la grange. Peut-être était-ce la neige qui fondait doucement. D'ailleurs, il y avait du soleil.

Nihal était assise par terre, la tête entre les genoux. Combien de fois était-elle restée ainsi dans sa vie ? Elle eut presque envie de les compter…

Eleusi passa la tête par-dessus la trappe.

— Ah ! Tu es là ? Tant mieux…

Silence.

— Excuse-moi, Nihal. C'est… ç'a été plus fort que moi. Je te suis infiniment reconnaissante de m'avoir sauvée, infiniment… C'est juste que tout ce sang, cet homme à terre, toi qui semblais une autre… Dis quelque chose, je t'en prie !

Nihal leva la tête, mais ne dit rien.

— Ce n'est pas bon de tout garder pour soi. À quoi penses-tu ?

— Je ne sais pas.

— Tu souhaites que je m'en aille ?

La demi-elfe se passa une main sur le visage :

— Oui.

— D'accord. Comme tu veux, fit Eleusi, les yeux pleins de larmes.

Nihal regardait le rai de lumière tombant de la lucarne, songeuse. Il avait suffi qu'elle reprenne l'épée pour que tout soit bouleversé ! D'un coup, les splendides couleurs de ces quelques mois passés avec Eleusi et Jona s'estompaient. Oui, elle avait été heureuse. Seulement, la jeune fille timide qu'elle avait surprise dans le miroir, ce n'était pas elle.

Et la vie qu'elle avait menée ces derniers mois n'était pas la sienne. Elle, elle était la demi-elfe à l'épée qui combattait toujours en première ligne, qui se jetait dans toutes les batailles.

« Qu'est-ce que je dois faire maintenant ? se demanda-t-elle en se frappant la tête contre les genoux. Qu'est-ce que je dois faire ? »

Elle retourna dans la maison à l'heure du dîner. Elle s'assit à table et mangea en silence. Eleusi la regardait, sans savoir comment se comporter. Jona se taisait, cherchant des yeux le regard de sa mère.

Quand Nihal eut fini, elle posa sa cuillère et se leva, toujours sans dire un mot. Alors Eleusi hurla :

— Bon sang ! Tu vas en finir, avec ce silence ?

Laisse-moi au moins comprendre ce qui se passe dans ta tête !

Jona frissonna.

Nihal regarda Eleusi sans aménité :

— Tu n'as jamais eu besoin d'un temps de pause, Eleusi ? Tu n'as jamais senti que les paroles ne servaient à rien ? L'ombre d'un doute ne t'a jamais effleurée ? Hein ? Dis-moi ? Tu n'as jamais eu besoin de réfléchir ?

La jeune femme rougit violemment et se leva d'un bond :

— Quoi que j'aie fait, ça ne mérite pas que tu me traites ainsi !

— Ah ! Pourquoi tu ne veux pas faire l'effort de comprendre ? rugit Nihal. Tu penses que le monde tourne autour de toi ? Tu n'as rien fait de mal, et je n'ai rien contre toi. Mon tourment est ailleurs, et ce n'est pas en parlant qu'on peut le résoudre. Toi, tu vis dans le cocon de cette maison. Qu'est-ce que tu peux savoir de ce qui se passe dans ma tête, ou dans le monde, ou à la guerre ?

— Mais bien sûr ! cria à son tour Eleusi. Qu'est-ce que je peux donc en savoir, moi, une stupide paysanne ! Mieux vaut ne pas en parler avec moi ! Quant au « cocon » dans lequel on vit ici, il me semble que cela ne t'a pas déplu tant que ça, vu comment tu t'y es facilement habituée !

Nihal sauta sur ses pieds, prit son manteau et

sortit sans un mot. Cette nuit-là, elle dormit dans la grange.

Pendant quelques jours, ce fut comme si le temps s'était arrêté. La petite maison jaune semblait enfermée dans une bulle de verre, et les heures s'écoulaient dans un calme surnaturel. Tous trois étaient dans l'attente de quelque chose :

Jona, de comprendre pourquoi les choses semblaient différentes, tout à coup.

Eleusi, de découvrir quel avait été l'effet de ses paroles sur son amie.

Et Nihal, d'une réponse, de celle qu'elle avait cherchée toute sa vie : pourquoi avait-elle survécu et quel était son rôle dans ce monde ? Elle se le demandait sans cesse. Seulement, existait-elle, la réponse ?

Le dîner était terminé depuis un moment : Jona était au lit, et sa respiration régulière soulignait le silence de la maison. Nihal était dehors : en se penchant à la fenêtre, Eleusi entrevit la jeune femme de dos. Elle attrapa un châle et sortit dans le froid glacial de la nuit.

Nihal portait de nouveau ses vêtements de combat. Elle tenait son épée à la main. Des mèches bleues jonchaient le sol à ses pieds.

— Ah ! fit Eleusi. Je croyais que tu avais décidé de les laisser pousser.

Nihal abaissa son arme et la regarda.

— Avant, j'avais les cheveux très longs. Je les ai coupés la nuit précédant ma première bataille.

Eleusi refusait de comprendre.

— Qu'est-ce que ça veut dire ? Pourquoi tu me le racontes maintenant ?

Nihal lui sourit d'une voix douce :

— Tu le sais, Eleusi. Je ne peux plus rester ici. Je dois retourner à ma vie.

La jeune femme essaya rageusement de réprimer ses larmes. Elle cria :

— Pourquoi ? Tu n'es pas bien ici ? C'est à cause des gens du village, peut-être ? Mais ils s'habitueront à toi, il leur faut seulement du temps. Tu es faite pour cette vie, ne le nie pas ! Tu ne peux pas t'en aller.

Nihal souriait toujours. Elle leva son épée et la regarda briller au clair de lune :

— L'autre jour, quand j'ai repris mon épée, elle m'a parlé. Elle m'a dit que je devais la suivre et me fier à elle, parce que mon destin était en elle. Combattre est la seule chose que je sais faire.

Eleusi se tut : ainsi, c'était fini pour de bon ! Nihal était déjà loin, elle ne lui appartenait plus.

— Tu me manqueras beaucoup, poursuivit la demi-elfe. Je te dois tant ! Si tu n'avais pas été là, j'ignore comment j'aurais fini...

La jeune femme continuait à regarder par terre, les joues baignées de larmes.

— Tu m'as fait espérer que ma solitude était

finie, que tu resterais avec moi. Tu nous l'as fait espérer à tous les deux, à Jona et à moi. Et maintenant que nous ne te servons plus à rien, tu t'en vas.

— Je ne t'ai jamais promis que je resterais, dit Nihal à mi-voix.

— Tu me l'as fait croire de mille manières. Eh bien, puisque c'est comme ça, fais ce que tu veux, pars, va-t'en tuer et mourir, si c'est ce que tu désires !

Elle rentra avec brusquerie dans la maison ; Nihal entendit longtemps ses sanglots à travers la porte.

Elle fut prête un peu avant l'aube. Elle sella son cheval, empaqueta ses affaires et mit son manteau. Puis elle monta dans la petite chambre où dormait Jona.

Elle le secoua doucement. L'enfant ouvrit non sans peine ses yeux lourds de sommeil :

— Qu'est-ce qu'il y a ?

— Je suis venue te dire au revoir.

Il s'assit soudain :

— Pourquoi ?

— Je m'en vais, Jona.

— Non ! pleurnicha-t-il.

Deux grosses larmes roulèrent sur ses joues.

— Ne pleure pas, mon grand ! Nous nous reverrons. Je vais « me battre avec l'épée », comme tu dis, mais je reviendrai. Et alors, il y aura aussi ton papa, et tous les deux, nous t'apprendrons à te servir d'une épée. Il te faut juste un peu de patience.

— Ne t'en va pas ! dit Jona en la serrant fort dans ses petits bras.

Nihal l'aida à se recoucher et le borda :

— Je dois partir. Toi, veille sur ta maman. L'homme de la maison, c'est toi, n'est-ce pas ?

Elle l'embrassa sur le front. Ensuite, elle courut jusqu'à son cheval, et, les pleurs de Jona encore dans les oreilles, elle le lança au galop.

La pierre courait d'avant en arrière le long de la lame, faisant jaillir des étincelles. Il aimait aiguiser lui-même son épée, et il était entièrement absorbé dans sa tâche.

Pourtant, bien que le bruit couvrît tout autre son, Ido sentit que quelqu'un était arrivé. Il leva les yeux.

Une silhouette menue, habillée de noir, se tenait immobile sur le seuil de la cabane. Le cœur du gnome bondit dans sa poitrine. Il était content, mais il ne voulait surtout pas le montrer. Il retourna à son travail.

— Alors ? dit-il calmement.

— J'ai vécu, comme tu me l'avais demandé.

— Et tu as compris pourquoi tu combats ?

— Je n'en suis pas sûre… Maintenant, je sais ce que c'est que la vie, je sais ce qu'est la paix, et je sens que je dois combattre, que c'est la seule chose que je peux faire. Ce n'est pas la vengeance qui me pousse, c'est quelque chose d'autre, que je ne comprends pas encore très bien... Peut-être que je n'ai pas les idées assez claires pour reprendre l'entraînement. Si tu ne m'acceptes pas...

— Ça suffit ! l'interrompit Ido.

Nihal resta sur le pas de la porte, tête baissée. Elle avait peur. Il lui semblait que toute sa vie se jouait pendant ces quelques secondes.

— Oarf t'attend. Nous reprendrons demain.

Folle de joie, la jeune fille embrassa son maître. Il rit. Elle était revenue !

LIEUX ET PERSONNAGES

Assa : capitale de la Terre du Feu.

Astréa : nymphe, reine de la Terre de l'Eau.

Barod : ami d'enfance de Nihal.

Dagon : membre ancien du Conseil des Mages.

Eleusi : paysanne qui héberge Nihal quelque temps sur la Terre du Soleil.

Fen : chevalier du dragon, compagnon de Soana.

Flogisto : magicien de la Terre du Soleil, vieux maître de Sennar pendant son apprentissage pour devenir conseiller.

Gaart : dragon de Fen.

Galla : roi de la Terre de l'Eau.

Ido : gnome, chevalier du dragon et maître de Nihal.

Jona : fils d'Eleusi.

Laio : élève de l'Académie et ami de Nihal.

Laodaméa : capitale de la Terre de l'Eau.

Livon : père adoptif de Nihal, frère de Soana.

Makrat : capitale de la Terre du Soleil.

Nammen : ancien roi des demi-elfes, fils de Leven, qui mit fin à la guerre de Deux Cents Ans et inaugura une période de paix.

Nelgar : surintendant de la base de la Terre du Soleil.

Nihal : jeune fille, guerrier et chevalier du dragon ; dernière demi-elfe du Monde Émergé.

Oarf : dragon de Nihal.

Parsel : chevalier du dragon, maître d'armes de Nihal à l'Académie.

Phos : elfe-follet, chef de la communauté de la Forêt.

Raven : Général Suprême de l'ordre des Chevaliers du dragon de la Terre du Soleil.

Reis : gnome, ex-membre du Conseil des Mages.

Salazar : tour-cité de la Terre du Vent.

Sate : gnome, membre du Conseil des Mages, représentant de la Terre du Feu.

Seferdi : capitale de la Terre des Jours.

Sennar : magicien, membre du Conseil des Mages, représentant de la Terre du Vent ; meilleur ami de Nihal.

Soana : magicienne, ex-membre du Conseil des Mages, premier maître de magie de Sennar, sœur de Livon.

Sulana : très jeune reine de la Terre du Soleil.

Théris : nymphe, membre du Conseil des Mages, représentante de la Terre de l'Eau.

Tyran : souverain despote de cinq des huit Terres.

Vesa : dragon d'Ido.

Découvrez la suite des aventures
de Nihal et Sennar dans :

CHRONIQUES DU
MONDE
ÉMERGÉ

Livre II. La mission de Sennar

Ouvrage composé par
PCA - 44400 Rezé

Imprimé en France par CPI
en août 2018
N° d'impression : 3030227
S21390/11

Dépôt légal : janvier 2011

www.pocketjeunesse.fr

MIXTE
Papier issu de
sources responsables
FSC® C003309